왑샷 가문 몰락기

The Wapshot Scandal

세계문학전집 193

왑샷 가문 몰락기

The Wapshot Scandal

존 치버

김승욱 옮김

민음사

W. M.에게

여기에 나오는 대부분의 과학적 설정과 마찬가지로,
등장인물들도 모두 허구의 산물이다.

차례

1부

1

크리스마스이브 4시 15분에 세인트보톨프스에 눈이 내리기 시작했다. 역장인 조윗 영감은 랜턴을 들고 플랫폼으로 나가 허공으로 치켜들었다. 불빛 속에서 눈송이들이 줄밥처럼 반짝였다. 손으로 만질 수 있는 것은 사실 하나도 없었지만. 그는 떨어지는 눈을 보며 기분이 들뜨고 기운이 나서 걱정과 소화 불량이라는 마음의 갑옷을 벗어 버렸다.(그의 영혼이 온전히 그렇게 된 것 같았다.) 오후 열차는 벌써 한 시간이나 늦어졌고, 눈(그 하얀색은 우리 꿈의 일부처럼 보인다. 어딜 가든 우리가 그것을 함께 가지고 간다는 점에서.)이 아주 통 크게 빠른 속도로 내리고 있었으므로 이 마을이 지구라는 주위 환경으로부터 스스로를 차단해 버리고 지붕과 뾰족탑들을 허공으로 높이 밀어 올리고 있는 것 같았다. 기상 관측을 위해 띄운 상자 모양의 연 잔해가 머리 위 전화선에 매달려 있었다. 그해의 변덕스러움을 일깨워 주는 물건인 셈이었다. "아이고, 머피 부인의 차우더에 누가 작업복을 넣은 거야?*" 조윗 영감은 커다란 소리로 노래하듯 말했다. 그것이 이 계절에도, 오늘에도, 역무원의 품위에도 전혀 맞지 않는 말이라는 것을 알면서도. 그는 고대로부터 내려오는 이 마을의 진정한 경계선 '헤라클레스의 문'을 지키는 청지기였다.

역을 빙 돌아서 가다 보니 구름다리 호텔의 불빛이 보였다. 지금 그곳에서는 고독한 순회 외판원이 우편 주문 상품 안내서에 들어 있는 예쁜 아가씨 사진에 입을 맞추려고 허리를 숙이는 중이었다. 입맞춤에서는 어렴풋이 잉크 맛이 났다. 구름다리 호텔 너머 마을 잔디밭에는 불빛들이 직선으로 쭉 뻗어 있었지만, 마을 자체는 둥근 모양이라서 트래버틴이나 철로를 향해, 심지어 둥글게 휜 강을 향해 바다 쪽으로 구불구불 이어진 중앙로와 전혀 들어맞지 않았다. 하지만 마을이 둥근 모양인 덕분에 어디서든 잔디밭까지 걸어서 갈 수 있었으므로, 길을 걸어 다니는 주민들의 욕구와는 잘 맞아떨어졌다. 따라서 마을은 아주 오래전 모습을 그대로 간직하고 있는 것처럼 보였다. 맑은 날 공중에서 보면 에트루리아처럼 보였을지도 모른다. 조윗 영감은 구름다리 호텔 건너편의 선구상(船具商) 위에 있는 헤이스팅스 일가의 집을 창문으로 들여다볼 수 있었다. 헤이스팅스 씨가 크리스마스트리에 장식을 다는 중이었다. 헤이스팅스 씨는 사다리에 올라가 있고, 아내와 아이들이 그에게 장식물을 주며 어디에 걸지 말해 주었다. 그런데 그가 갑자

---

* 노래 제목. 머피 부인이 파티에서 손님들에게 차우더를 대접하려고 냄비를 열어 보았더니 그 안에 누군가의 작업복이 들어 있었다는 내용이다.

기 허리를 숙이더니 아내에게 입을 맞췄다. 크리스마스와 폭풍에 대한 그의 감정을 단적으로 보여 주는 행동이라고 조윗 영감은 생각했다. 그런 모습을 보니 아주 기뻤다. 그는 가게와 집들에서 행복을 느끼는 것 같았다. 어디에나 행복이 있었다. 늙은 개 트레이가 기쁜 듯이 거리를 뛰어왔다. 집으로 돌아가는 길이었다. 조윗 영감은 따뜻한 마음으로 세인트보톨프스의 개들을 생각했다. 현명한 개도 있고, 멍청한 개도 있고, 피에 굶주린 녀석이나 도둑질을 일삼는 개도 있었다. 녀석들이 빨랫줄을 습격하고, 쓰레기통을 뒤집고, 우체부를 물고, 정의로운 사람들의 잠을 방해할 때면 마치 외교관이나 사절들처럼 보였다. 녀석들은 자기들 나름의 장난을 통해 이 마을을 지탱해 주는 것 같았다.

마지막 쇼핑객들이 집으로 돌아가고 있었다. 청소부에게 줄 벙어리장갑 한 켤레, 할머니에게 줄 브로치, 어린 애비게일에게 줄 톱밥을 채운 곰 인형을 손에 들고서. 늙은 개 트레이처럼 모두 집으로 돌아가고 있었다. 다들 돌아갈 집이 있었다. 수많은 집 중에 딱 한 곳이지. 조윗 영감은 속으로 생각했다. 그는 승차권이 있는데도 여행을 그다지 갈망한 적이 없었다. 이 마을에도 다른 마을들과 마찬가지로 짐승 같은 놈과 잔소리 심한 여자, 도둑놈과 변태들이 있지만, 다른 마을들과 마찬가지로 번쩍거리는 예의범절 아래 그런 사실을 숨길 작정이라는 것을 그는 알았다. 그것은 위선이 아니라 희망의 다른 모습이었다. 지금 이 시간에 주민들 대부분은 크리스마스트리를 장식하고 있었다. 동지에 초록색 나무를 집 안으로 가져오는 것이 드루이드 교의 영향이라는 생각을 한 사람은 이곳 주민 중 틀림없이 한 명도 없겠지만, 그들은 (내가 이 글을 쓰고 있는 시점에) 자기들이 선택한 나무를 오늘날보다는 더 본능적인 존경심으로 대했다. 소임을 다한 나무들이 쓰레기통에 처박히거나 '천사의 머리카락*'을 몇 가닥 뒤집어쓴 채 기찻길 옆 도랑에 던져지는 일은 없었다. 남자들과 소년들이 뒤뜰에서 격식을 갖춰 나무를 태우며 치솟아 오르는 불길과 향기로운 연기 냄새에 찬사를 보냈다. 트리메인 일가의 트리는 앙상하고, 왑샷 일가의 트리는 중간에 벗겨진 부분이 있고, 헤이스팅스 일가의 트리는 땅딸막하고, 길포일 일가는 트리 값으로 겨우 50센트를 낸 것으로 보아 형편이 어려운 모양이라는 말을 하는 사람도 없었다. 곧 그런 말들을 하게 되겠지만 말이다. 화려한 조명, 승부욕, 크리스마스와 관련된 상징에 대한 무관심이 모두 나타나겠지만, 그것은 나중 일이었다. 내가 이 글을 쓰는 시점에는 나무에 걸친 전구 불빛들이 빈약하고 초보적이었으며, 장식품들은 은그릇 같은 기념품이라서 조심스레 다루어졌다. 마치 가문의 뼈대를 다시 헤아리듯이. 그들은 당연히 절망에 빠져 있었다. 꼬리 없는 새들, 추가 없는 종들 때문에. 가끔은 날개 없는 천사들도 있었다. 이 크리스마스트리 꾸미기 의식을 수행하는 사람들은 옷을 보수적으로 차려입었다. 남자들은 모두 바지를 입었고, 여자들은 모두 치마를 입었다. 과부인 윌스턴 부인과 여기저기 돌아다니며 목수 일을 하는 앨비 후퍼만 빼고. 두 사람은 이틀 전부터 버번을 마셨으며, 몸에는 아무것도 입지 않았다.

* 국수의 이름.

꽁꽁 언 연못(마을 북쪽 끝의 파슨스 연못) 위에서 청년 두 명이 아침에 하키 경기를 할 수 있게 얼음을 깨끗이 다듬으려고 애쓰고 있었다. 두 사람은 스케이트를 타고 오락가락하며 석탄을 푸는 삽으로 얼음 위를 밀었다. 두 사람의 임무는 도저히 달성할 수 없는 것이었다. 둘 다 그 사실을 분명히 알았지만, 그래도 계속 얼음 위를 오락가락했다. 폭포처럼 물이 쏟아지는 댐을 향해 갔다가 다시 돌아오기를 되풀이하며. 설명할 수 없는 열정을 품고. 눈이 너무 많이 쌓여서 스케이트를 탈 수 없게 되자 두 사람은 소나무에 삽을 기대어 놓고 나무 밑에 앉아 스케이트 끈을 풀었다.

"있잖아, 테리, 네가 학교에 가 있을 때면 네가 보고 싶어."

"학교에서 공부를 어찌나 지독하게 시키는지 난 누굴 보고 싶어 할 시간도 없어."

"담배 피울래?"

"아니, 됐어."

한 청년이 주머니에서 사사프라스 뿌리가 가득 담긴 봉지를 꺼냈다. 그 안에는 사사프라스 뿌리를 깨끗한 연필깎이로 갈아서 거친 노란색 화장지로 느슨하게 말아 놓은 것이 들어 있었다. 청년이 거기에 불을 붙이자 담배가 햇불처럼 타오르면서 청년의 여윈 얼굴을 환하게 밝혔다. 그의 온화한 얼굴이 순간적으로 드러나더니, 불똥이 그의 바지 위로 우수수 떨어졌다. 그는 담배를 빨아들이면서 그 안에 들어간 재료들의 맛을 느낄 수 있었다. 화장지가 타면서 나는, 얼얼한 가스 같은 냄새와 사사프라스의 달콤한 맛. 그 맛과 향기가 허파를 건드리자 그는 몸을 부르르 떨었다. 하지만 담배를 피우면서 자신이 지혜롭고 힘센 사람이 된 것 같은 느낌이 좋았다. 스케이트 끈을 다 풀고 담뱃불도 꺼진 뒤, 두 사람은 마을로 향했다. 두 사람이 지나친 첫 번째 집은 라이더의 집이었는데, 세인트보톨프스에서 유명한 곳이었다. 그 집 거실의 블라인드가 옛날부터 항상 내려져 있고 거실 문도 잠겨 있기 때문이었다. 라이더 일가는 그 거실에 무엇을 숨겨 놓은 것일까? 마을 사람들 중에는 이런 생각을 해 보지 않은 사람이 없었다. 거기에 시체나, 영구 기관(永久機關)이나, 18세기 가구나, 이교의 제단이나, 개와 고양이를 상대로 잔인한 실험을 하는 실험실 같은 것이 있지는 않을까? 사람들은 혹시나 그 거실에 들어가 볼 수 있을까 하고 라이더 일가와 친구가 되었지만, 아무도 성공한 적이 없었다. 라이더 일가는 조금 특이하기는 해도 그다지 불친절한 편은 아니었으며, 지금 식당에서 크리스마스트리를 장식하고 있었다. 식당은 그들이 평소에 생활하는 곳이기도 했다. 라이더의 집 옆에는 트리메인의 집이 있었다. 두 청년은 그 집 앞을 지나면서 뭔가 노란 것(구리 아니면 청동)이 반짝이는 것을 볼 수 있었다. 그 집이 얼마나 다채로운 색으로 장식되어 있는지를 알려 주는 실마리였다. 트리메인 박사는 젊었을 때 페르시아를 여행하면서 샤*의 부스럼을 치료해 주고 융단을 선물로 받았다. 트리메인 일가는 식탁, 피아노, 벽, 바닥을 모두 융단으로 장식했는데, 불이 밝혀진 창문을 통해 눈부시게 염색된 융단들을 볼 수 있었다. 두 청년 중 한 명(담배를 피운 청년)은 갑자기 폭풍의 지독함과 트리메인의 집 안을 장식한 색채

---

* 이란 국왕을 일컫는 존칭.

의 따스함이 하나로 합쳐지는 듯한 느낌을 받았다. 그것은 새로운 발견 같았으므로 그는 너무나 신이 나서 뛰기 시작했다. 그의 친구도 그와 나란히 달렸다. 두 사람이 모퉁이에 이르렀을 때 그리스도 교회의 종소리가 들렸다.

목사는 자기 집 거실에 선 캐롤 합창단에게 막 축복을 내리려는 참이었다. 사람들의 옷에서 고약하면서도 사람을 흥분시키는 폭풍의 냄새가 났다. 거실은 깔끔하고 깨끗하고 따스했으며, 사람들이 눈 묻은 옷을 입고 들어오기 전까지는 향기로웠다. 애플게이트 목사가 직접 이 방을 청소했음을 그들은 알고 있었다. 그는 독신이었고 가정부도 없었으니까. 그는 자신의 성소에 여자를 들이고 싶어 하지 않았다. 그는 척추가 희한한 모양으로 우아하게 휜 장신의 남자였다. 등뼈가 그렇게 굴곡을 그리게 된 것은 불룩한 아랫배 때문이었는데, 그는 그 배를 안고 당당하고 만족스러운 표정으로 돌아다녔다. 마치 그 안에 돈과 채권이 들어 있기라도 한 것처럼. 가끔 그는 자기 배를 툭툭 두드렸다. 그의 자랑이며, 친구이며, 위안이며, 실수에 대비한 여유 공간인 배. 안경을 쓰면 그는 풍채 좋고 친절한 성직자처럼 보였지만, 안경을 닦으려고 벗으면 사납게 상대를 꿰뚫어보는 듯한 시선이 드러났다. 그의 입에서는 진 냄새가 났다.

그의 인생은 고독했다. 나이를 먹을수록 그는 성령과 동정녀 마리아에 대한 의심 때문에 당혹감에 빠졌다. 술도 마셨다. 그가 처음 이 교구를 맡았을 때에는 노처녀들이 그의 제의에 수를 놓아 주고 기도서에 장식을 해 주었다. 하지만 그 노처녀들은 그가 자기들에게 관심을 보이지 않자 교구 위원회와 감독에게 그의 음주 사실을 일러바치며 그를 쫓아내라고 했다.

그들이 화가 난 것은 음주 때문이 아니었다. 독신을 지키겠다는 그의 주장, 즉 결혼하지 않고 살아가는 것이 그들의 여성성에 상처를 주었기 때문이었다. 그들은 그가 수치를 당하고, 성직을 박탈당하고, 징계를 받아서 월턴트레이스를 따라, 오래된 제약 공장을 지나 마을 경계까지 쫓겨나는 꼴을 보고 싶어 했다. 설상가상으로 애플게이트 목사는 얼마 전부터 환각에 시달리고 있었다. 그가 예배 도중에 빵과 포도주를 나눠 줄 때면 신도들이 드리는 기도의 내용이 귀에 들려오는 것 같았다. 신도들의 입술이 움직이지 않았으므로, 그는 이것이 환각임을 깨달았다. 일종의 광기. 하지만 무릎을 꿇고 있는 신도들에게 차례로 다가갈 때마다 "성체의 주님이시여, 제가 씨암탉을 팔아야 할까요?" "제 초록색 원피스를 줄여 입을까요?" "사과나무를 베어야 할까요?" "새 아이스박스를 살까요?" "에밋을 하버드에 보낼까요?" 하고 하느님께 묻는 소리가 들리는 것 같았다. 그는 이 괴로운 환각으로부터 벗어날 수 있을까 싶어서 "그리스도가 그대를 위해 피 흘렸음을 기억하며 이것을 마시고 주님께 감사하시오."라고 말했지만, 그래도 신도들의 기도 소리가 계속 들리는 것 같았다. "아침에 소시지를 튀겨 먹을까요?" "간장약을 먹을까요?" "뷰익 자동차를 살까요?" "헬렌한테 금팔찌를 줄까요, 아니면 그애가 좀 더 클 때까지 기다릴까요?" "계단에 페인트를 칠할까요?" 사람들이 잔뜩 떠받드는 인간적 경험이라는 것이 모두 사기이며, 존재의 사슬은 곧 하찮은 근심의 사슬이라는 생각이 들었다. 만약 그가 음주라는 악덕과 은총에 대한 진지한 회의를 고백했더라면 그는 어떤 교구의 사무실에서 우표에 침이나 바르는 신세가 되었을 것이다. 자신이 이런 일을 겪기에는 너무 늙었다는 생각이 들었다. "전능하신 하느님." 그가 큰 소리로 말했다. "주님의 외아들이 태어나신 것을 축하하는 주님의 종들을 축복해 주소서. 주님의 아드님을 통해, 그리고 성령과 하나가 되신 그분과 함께 주님께 모든 영광과 찬양을 바칩니다. 오, 전능하신 아버지시여, 세상에는 끝이 없습니다. 아멘!" 그의 축복 기도에서는 확실히 로템 나무 냄새가 났다. 사람들은 아멘을 합창하고 「오늘 구주 나셨네」를 불렀다.

노래 부르는 일에 푹 빠져서 긴장을 풀어 버린 사람들의 얼굴이 여느 때와 달리 열려 있는 것 같았다. 수많은 창문처럼. 애플게이트 목사는 그 얼굴들을 바라보며 기분이 좋아졌다. 사람들의 얼굴이 아주 다양한 것 같았다. 가장 먼저 해리엇 브라운이 있었다. 그녀는 서커스 단에서 살아 있는 조각상들을 위해 로맨틱한 노래를 부른 적이 있었다. 그녀의 남편은 낭비를 일삼는 사람이었으므로, 요즘은 그녀가 케이크와 파이를 구워 팔아서 가계를 지탱했다. 그녀의 삶은 험난했고, 그녀의 창백한 얼굴에 그 흔적이 남아 있었다. 해리엇 옆에는 글로리아 펜들턴이 서 있었다. 그녀의 아버지는 자전거 수리점을 운영했다. 글로리아 부녀는 이 마을에서 유일한 유색인 가족이었다. 글로리아가 건 10센트짜리 목걸이는 헤아릴 수 없는 가치를 지닌 물건처럼 보였다. 그녀는 손대는 물건마다 고상해 보이게 하는 재주가 있었다. 그녀는 원시적이거나 야만적인 미인이 아니라 놀라운 흑인 미녀였으며, 그 때문에 그녀의 오른쪽에 선 루실 스키너의 통통한 몸매와 창백한 안색이 더 두드러지는 것 같았다. 루실은 뉴욕에서 5년 동안 음악을 공부한 적이 있었다. 사람들은 그녀의 학비로 1만 달러쯤 들었을 거라고 들 했다. 그녀에게는 오페라 단의 자리가 예약되어 있었다. 산 카를로나 라스칼라를 생각하면 아찔해지지 않는가. 세상에서 가장 따뜻한, 최고의 미소를 한데 모은 듯한 우레와 같은 박수 갈채라니! 사파이어와 친칠라! 하지만 다들 알다시피 그 분야 는 사람들이 북적거렸고 파렴치한 사람들이 지배했다. 그래서 그녀는 고향으로 돌아와 어머니 집 거실에서 피아노를 가르치 며 정직하게 살았다. 음악에 대한 그녀의 사랑은 미망에서 눈 을 뜨게 해 주는 격렬한 열정이었다.(대부분의 사람들에게도 마 찬가지라고 애플게이트 목사는 생각했다.) 루실 옆에는 배관공의 아내인 쿨터 부인이 서 있었다. 그녀는 빈 출신이었으며 결혼 전에는 삯바느질을 했다. 그녀는 몸이 약하고 피부가 가무잡잡 한 여자였으며, 눈 밑에는 검댕 같은 그림자가 있었다. 그녀 옆 에는 스터지스 영감이 서 있었다. 그는 셀룰로이드 깃을 달고 문직(紋織) 넥타이를 맸으며, 50년 전 대학 합창단에 들어갔을 때부터 언제든 기회만 생기면 사람들 앞에서 노래를 불렀다.

스터지스 영감 뒤에는 마일스 하울랜드와 매리 퍼킨스가 서 있었다. 두 사람은 봄에 결혼할 예정이었지만 사귀기 시작한 것은 지난여름부터였다. 비록 아무도 그 사실을 몰랐지만. 마 일스 하울랜드는 뇌우가 치던 날 파슨스 연못 뒤 소나무 숲에 서 처음으로 매리 퍼킨스의 옷을 벗겼다. 그 일 이후로 두 사 람은 자신들을 믿는 사랑하는 부모님의 지적인 얼굴이 밝혀 주는 세상에서 움직이면서도 다음에는 언제, 어디서, 어떻게 할 수 있을지를 생각하는 데 대부분의 시간을 쏟았다. 두 사 람은 배스컴스 섬으로 점심 소풍을 나가 하루 종일 옷을 벗고 지냈다. 즐거웠다. 즐거운 일이었다. 이것이 죄냐고? 두 사람이 지옥 불에 타면서 학질과 발작에 시달리지 않겠냐고? 그가 야구 경기 도중에 벼락에 맞아 죽지 않겠냐고? 그날 크리스마스 이브에 그는 흰색과 진홍색의 깨끗한 옷을 입고 제단에서 성찬식을 도울 터였다. 겉으로는 기도하는 척하지만, 사실은 그녀의 얼굴을 찾아 어두운 교회 안을 샅샅이 뒤지면서. 그가 지금까지 했던 모든 맹세에 비추어 볼 때, 이것은 가증스러운 일이었다. 하지만 어떻게 가증스러운 일이 될 수 있단 말인가? 육체가 영혼에게 가르쳐 주지 않았다면, 그는 뼈가 이처럼 강하고 가벼워진 느낌, 가슴이 그득해진 느낌, 크리스마스와 별과 왕들의 찬란한 흥망성쇠에 대한 절대적인 믿음을 결코 알지 못했을 텐데 말이다. 그가 폭풍이 치는 가운데 그녀를 교회에서 집까지 바래다준다면 그녀의 친절한 부모가 그에게 하룻밤 자고 가라고 할지도 모르고, 그녀가 그의 방으로 찾아올지도 모른다. 그는 마음속에서 계단이 삐걱거리는 소리를 듣고 그녀의 발등 색깔을 보았다. 순진하게도 그는 구세주를 찬양하면서 동시에 자기 여자의 발을 볼 수 있다니 자신이 얼마나 굉장한 사람인가 하는 생각을 했다. 매리 옆에는 찰리 앤더슨이 서 있었다. 그는 유난히 감미로운 테너 목소리의 축복을 받은 사람이었다. 그 옆에는 배섯 쌍둥이가 있었다.

폭풍에 대비해 뒤죽박죽 옷을 입은 캐롤 합창단이 어둠 속에서 유달리 쓸쓸하게 보였지만, 노래를 부르기 시작하는 순간 그들의 모습이 싹 바뀌었다. 흑인 여자는 천사처럼 보였고, 땅딸막한 루실은 우아하게 고개를 치켜들고 카네기 홀 근처의 비 내리는 거리에서 낭비한 젊은 날을 털어 버리는 것 같았다.

합창단의 순간적인 변신은 짜릿할 정도였다. 애플게이트 목사는 자신의 믿음이 새로워지는 것을 느꼈다. 아직 실현되지 않은 무한한 가능성이 그들 앞에 놓여 있는 것 같았다. 놀라울 정도로 풍요로운 평화, 도적들이 없는 르네상스, 빛과 색채의 황홀경, 하느님의 왕국! 혹시 진을 마셔서 이런 건가? 캐롤 합창단은 음악이 계속되는 동안에는 모든 죄를 용서받고 정화된 것처럼 보였다. 하지만 노래가 끝나자 그들은 변신할 때와 마찬가지로 순식간에 본연의 모습으로 돌아왔다. 애플게이트 목사는 그들에게 고맙다고 인사했고, 그들은 문을 향해 움직이기 시작했다. 애플게이트 목사는 스터지스 영감을 한쪽으로 끌고 가서 세련된 말솜씨로 말했다. "영감님이 아주 건강하시다는 건 저도 알지만, 오늘 밤에는 눈보라가 너무 심하니까 영감님이 밖으로 나가시기에는 조금 그런 것 같아요. 라디오에서 들으니 100년 만에 제일 심한 눈보라라고 하던데요."

"아, 괜찮소." 귀가 들리지 않는 스터지스 영감이 대답했다. "나오기 전에 크래커랑 우유를 먹었어요."

캐롤 합창단은 목사관을 나와 마을 잔디밭으로 향했다.

사료 가게에서 음악 소리가 들렸다. 배리 프리먼이 사료 가게의 문을 닫고 있었다. 배리는 앤도버 아카데미를 졸업했는데, 졸업반 때 크리스마스 휴가에 새로 산 턱시도를 입고 이스턴 스타 무도회에 간 적이 있었다. 그가 나타나자마자 사람들이 웃음을 터뜨렸다. 그는 여자들에게 차례로 접근했지만 모두 그의 춤 신청을 거절했고, 그러자 그는 남의 춤 상대를 가로채려 했다. 하지만 결국은 사람들의 웃음거리가 되어 쫓겨나고 말았다. 그는 거의 30분 동안 벽에 기대 서 있다가 외투를 입고 눈을 맞으며 집까지 걸어서 돌아왔다. 사람들은 턱시도를 입은 그의 모습을 결코 잊어버리지 않았다. "우리 큰딸은 배리 프리먼이 그 원숭이 같은 옷을 입고 이스턴 스타 무도회에 간 사건이 있고 2년 후에 태어났어요." 하고 말하는 식이었다. 그 일은 그의 인생에서 전환점이 되었다. 그가 줄곧 결혼하지 않고 사는 것과 크리스마스이브에도 함께할 사람이 없는 것이 어쩌면 그 탓일 수도 있었다.

브라이언트 잡화점('최저 가격')에서도 음악 소리가 들렸다. 가게에서는 루시 마크햄 할머니가 누군가와 통화 중이었다. "앨버트 공(公) 통조림 있어요, 마크햄 할머니?" 수화기 속에서 어떤 아이가 물었다.

"있고말고." 미스 마크햄이 대답했다.

"마크햄 할머니 좀 그만 괴롭혀." 전화 교환원인 앨시아 스위니가 말했다. "크리스마스이브에 전화로 사람들을 괴롭히면 안 돼."

"개인적인 전화 통화에 끼어드는 건 불법이에요." 아이가 말했다. "난 그냥 마크햄 할머니한테 앨버트 공 통조림이 있냐고 물었을 뿐이라고요."

"있고말고." 미스 마크햄이 말했다.

"그럼 앨버트 공을 꺼내 주세요." 아이가 말했다. 아이는 웃느라고 말을 제대로 하지 못했다. 앨시아는 더 흥미로운 전화로 주의를 돌렸다. 프레스콧 잡화점에서 뉴저지로 건 85센트짜리 전화였다.

"돌로레스예요, 엄마." 낯선 목소리가 말했다. "돌로레스예요. 난 지금 세인트보톨프스라는 곳에 있어요…… 아뇨, 술 취하지 않았어요, 엄마. 술 안 취했어요. 그냥 메리 크리스마스라는 말을 하고 싶어서 전화한 거예요……. 메리 크리스마스라는 말을 하고 싶어서 전화한 거라고요. 피트 삼촌하고 밀드레드 숙모한테도 메리 크리스마스라고 인사 좀 전해 주세요. 모두한테 메리 크리스마스라고……." 그녀는 울고 있었다.

"……스티븐의 잔치에서," 캐롤 합창단이 노래를 불렀다. "눈이 사방에 쌓여 있을 때……." 하지만 주유소와 모텔, 고속도로와 24시간 슈퍼마켓의 분위기가 배어 있는 돌로레스의 목소리는 잔디밭 위에서 부르는 노래보다 다가올 세상과 더 가까이 닿아 있었다.

합창단은 방향을 꺾어 보트 거리를 내려가서 윌리엄스의 집으로 갔다. 그 집에서는 아무런 대접도 받지 못할 터였다. 그들도 그 사실을 알고 있었다. 윌리엄스 씨가 나쁜 사람이라서가 아니라, 친절을 베풀면 자신이 행장으로 있는 은행의 정직성이 의심받을지도 모른다고 생각하기 때문이었다. 보수적인 그는 오래된 마호가니 변좌(便座)에 끼운 우드로 윌슨의 사진을 서재에 보관해 두었다. 미스 윈저의 집에 가 있다가 돌아온 그의 딸과 세인트마크에서 돌아온 그의 아들이 부모와 함께 문간에 서서 "메리 크리스마스! 메리 크리스마스!" 하고 소리쳤다. 윌리엄스의 옆집은 브래틀 씨네였다. 그 집 식구들은 합창단에게 안으로 들어와 코코아라도 한잔하라고 권했다. 잭 브래틀은 트래버틴 출신의 데이븐포트 아가씨와 결혼했다. 두 사람의 결혼 생활은 행복하지 않았다. 파슬리에 최음 효과가 있다는 말을 어디선가 들은 잭은 자기 집 정원에 파슬리를 여덟 줄인가 열 줄인가 심었다. 파슬리가 다 자라자마자 토끼들이 밭을 습격하기 시작했다. 어느 날 밤, 잭은 엽총을 들고 정원으로 들어가 마누엘 파다라는 포르투갈 인 어부의 배에 고칠 수 없는 구멍을 뚫어 놓았다. 오래전부터 잭의 아내의 애인이던 남자였다. 그는 지방 법원에서 과실 치사 혐의로 재판을 받은 끝에 무죄 방면되었지만, 아내는 옷감 외판원과 도망쳐 버렸다. 그래서 지금 잭은 어머니와 함께 살고 있었다.

브래틀의 옆집은 더머 씨네였다. 더머 일가는 합창단에게 민들레 술과 달콤한 과자를 대접했다. 더머 씨는 몸이 약했으며 가끔 뜨개질을 했다. 아이는 여덟 명이었다. 그 엄청난 아이들이 거실에서 그의 뒤에 늘어서 있었다. 그의 정력을 지나치게 확인해 주는 증명서처럼. 더머 부인은 또 임신한 것 같았지만 확실치는 않았다. 복도에는 젊고 예쁜 그녀가 무쇠 사슴 옆에서 자세를 취한 사진이 걸려 있었다. 더머 씨는 그 사진 밑에 '소중한 두 가지'라는 제목을 붙여 놓았다. 합창단은 눈보라가 치는 밖으로 나가면서 서로 그 얘기를 했다.

더머의 옆집은 브리테인 씨네였다. 그 집 식구들은 10년 전에 유럽 여행을 하면서 아기 예수상을 사 왔는데, 다들 그것을 보고 감탄을 금치 못했다. 브리테인 씨의 외동딸인 헤이즐이 남편, 아이들과 함께 와 있었다. 헤이즐의 결혼식 때 애플게이트 목사가 헤이즐을 신랑에게 인도할 사람이 누구냐고 묻자 브리테인 부인이 신도석에서 일어나 이렇게 말했다. "내가 할 거예요. 저애는 내 자식이지 그 사람 자식이 아니에요. 저애가 아플 때 돌봐 준 사람도 나고, 옷을 지어 준 사람도 나고, 숙제를 도와준 사람도 나예요. 그이는 아무것도 안 했어요. 저애는 내 자식이니까 내가 저애를 신랑한테 인도할 거예요." 관습에 어긋나는 그런 행동도 헤이즐이 행복한 결혼 생활을 하는 데는 방해가 되지 않은 것 같았다. 그녀의 남편은 유복하게 보였고, 아이들은 예쁘고 얌전했다.

거리 끝에 오노라 왑샷 할머니의 집이 있었다. 합창단은 그 집에서 버터를 섞은 럼주를 대접받게 되리라는 것을 알고 있었다. 눈보라 속에서 모든 벽난로에 불을 피워 모든 굴뚝에서 연기를 피워 올리는 그 낡은 집은 인간의 훌륭한 작품처럼 보였다. 카드에 그림을 그리는 화가나 가구가 딸린 방에서 숙취 때문에 식은땀을 흘리며 외로움에 몸부림치는 선원이 크리스마스이브에 벽돌 하나하나, 방 하나하나를 정성껏 그릴 법한 집. 하녀인 매기가 합창단을 안으로 인도해 럼주를 나눠 주었다. 오노라는 거실 끝에 서 있었다. 밀가루인지 파우더인지가 잔뜩 묻은 검은 드레스 차림이었다. 스터지스 영감이 대표로 그녀에게 인사했다. "시를 읊어 주시오, 오노라."

그녀는 피아노를 향해 뒷걸음질을 치더니 옷매무새를 바로 잡고 시를 읊기 시작했다.

하늘의 모든 나팔이 알려 주었던,
눈이 이곳에 도착해 들판을 가로지르네
내려앉을 곳이 없는 것같이, 하얗게 변한 공기가
산과 숲을, 강과 하늘을 가리고,
정원 끝머리의 농가를 덮네……

그녀가 실수 한 번 없이 시를 끝까지 암송한 뒤, 다 같이 「기쁘다 구주 오셨네」를 불렀다. 이 노래를 가장 좋아하는 쿨터 부인이 눈물을 비쳤다. 베들레헴에서 일어난 일들은 단순한 계시가 아니라, 그녀가 삶의 놀라운 풍요로움이라 항상 철석같이 믿고 있는 것들을 확인해 주는 역할을 하는 것 같았다. 주님은 이 집, 이 사람들, 이 눈보라 치는 밤을 위해 살다가 돌아가셨다. 얼마나 놀라운 일인가. 이 세상이 구세주의 축복을 받았다니! 자신이 이렇게 커다란 기쁨을 느낄 수 있다니 얼마나 놀라운 일인가! 캐롤이 끝나자 그녀는 눈물을 닦고 글로리아 펜들턴에게 말했다. "정말 놀랍지 않아?" 매기가 다시 사람들의 잔을 채워 주었다. 다들 이제 됐다면서도 술을 다 마시고 다시 눈보라 속으로 나갔다. 조윗 영감처럼 그들 역시 어디를 봐도 행복이 있다고, 사방에 행복이 있다고 생각했다.

하지만 외로운 사람이 적어도 한 명은 있었다. 외롭고 은밀한 사람. 도둑들 특유의 민첩한 몸놀림으로 강을 향해 난 길을 걷고 있는 스포포드 영감이었다. 그는 정체불명의 자루를 들고 있었다. 그는 마을 외곽에서 혼자 살면서 시계 수리로 생계를 이었다. 예전에는 그의 집안이 유복했으므로, 그는 여행도 하고 대학에도 다녔다. 기록적인 눈보라가 치는 크리스마스이브에 그는 강으로 무엇을 들고 가는 걸까? 뭔가 비밀스러운 물건이 틀림없었다. 그가 없애 버려야 하는 것. 하지만 외로운 노인이 가진 서류가 무엇일까? 그는 왜 하필이면 오늘 밤을 택해서 강에 자신의 비밀을 숨기려 하는 걸까?

그가 든 자루는 베갯잇이었으며, 그 안에는 살아 있는 새끼고양이 아홉 마리가 들어 있었다. 자루는 녀석들 때문에 울룩불룩했으며, 녀석들은 우유를 달라고 큰 소리로 야옹거렸다. 번지수를 잘못 찾은 녀석들의 활기가 그를 괴롭혔다. 그는 녀석들을 정육점 주인, 어부, 청소부, 약제사에게 주려고 했지만, 크리스마스이브에 길 잃은 고양이를 원하는 사람이 어디 있겠는가. 그는 아홉 마리를 모두 돌볼 수 있는 처지가 아니었다. 그의 늙은 고양이가 임신한 것은 그의 잘못이 아니었지만(사실 누구의 잘못도 아니었다.) 강이 가까워질수록 죄책감이 그의 마음을 무겁게 짓눌렀다. 그가 괴로운 것은 녀석들의 활기, 녀석들의 목숨을 빼앗아야 한다는 사실 때문이었다. 동물들은 죽음을 두려워하지 않는 법이지만, 베갯잇 속의 새끼 고양이들은 두려운 듯 거칠게 몸부림치고 있었다. 날씨도 추웠다.

그는 노인이었고, 눈을 몹시 싫어했다. 강을 향해 힘겹게 나아가다 보니 눈보라 속에서 언젠가 죽을 수밖에 없는 이 행성의 운명이 보이는 듯했다. 다시는 봄이 오지 않을 것 같았다. 웨스트 강 계곡에 잔디와 제비꽃이 다시 돋아나지 않을 것 같았다. 라일락도 다시 꽃을 피우지 않을 것 같았다. 벌판 위에 눈보라가 치는 것을 지켜보면서 그는 문명의 죽음을 뼛속 깊이 느꼈다. 파리는 눈 속에 파묻혔고, 대운하와 템스 강은 얼어붙었으며, 런던에는 인적이 끊겼다. 인스브루크의 가파른 비탈에 있는 동굴 속에서는 소수의 생존자들이 의자와 식탁 다리로 피운 화톳불 주위에 웅크리고 있었다. 이 잔인하고 슬픈 러시아의 겨울이라니. 그는 속으로 생각했다. 희망은 죽어 버렸다. 활기와 용기 같은 온갖 좋은 감정들이 그의 몸속에서 사라져 버렸다. 추위 때문에. 그는 미래를 생각하려고, 부드러운 해빙과 온화한 남서풍을 생각해 내려고 애썼다. 강에는 푸른 물이 흐르고, 튤립과 히아신스가 만발하고, 봄밤의 통통한 별들이 천국의 나무 주위에 떠 있는 모습. 하지만 고통스럽게 뛰는 심장과 뼛속에서는 빙하의 차가움, 빙하 시대만이 느껴질 뿐이었다.

강은 얼어 있었지만, 조류가 바뀌는 강둑 근처에는 얼지 않은 곳이 있었다. 베갯잇 속에 돌덩이 하나를 집어넣으면 일이 쉬울 것이다. 하지만 그랬다가는 그가 죽일 작정인 새끼 고양이들이 상처를 입을 수 있었다. 그는 자루 입구를 묶었다. 그가 강으로 다가가는 동안 베갯잇 속에서 나는 소리가 점점 커지면서 더욱더 애처롭게 변했다. 강둑은 얼음처럼 차가웠고, 강은 깊었다. 눈은 앞이 보이지 않을 정도로 쏟아지고 있었다. 그가 자루를 물속에 집어넣자 자루가 물에 떴다. 그것을 물속에 담그려다가 그는 균형을 잃고 물속으로 떨어져 버렸다. "사람 살려! 사람 살려! 사람 살려!" 그가 소리쳤다. "사람 살려! 사람 살려! 사람 살려! 사람이 물에 빠졌다!" 하지만 아무도 그의 목소리를 듣지 못했다. 사람들이 그가 없어진 것을 알아채는 데에는 몇 주가 걸릴 터였다.

잠시 후, 기차의 경적이 울렸다. 강한 바람을 뚫고 달리며 마지막 귀성객들을 실어 나르는 오후 기차였다. 보트 거리의 낡은 집들로 사람들을 실어 나르는 기차. 보트 거리에서는 아무것도 변하지 않았고, 아무것도 이상하지 않았으며, 걱정하는 사람도 없고, 슬퍼하는 사람도 없었다. 그리고 한두 시간 뒤면 사람들의 영혼이 체에 걸러져서 착한 사람들은 터보건*과 썰매, 스케이트와 설상화(雪上靴), 망아지와 금붙이를 받고, 나쁜 사람들은 석탄 한 덩이 외에는 아무것도 받지 못할 것이다.

---

* 바닥이 편평하고 긴 썰매.

2

왑샷 일가는 17세기에 세인트보톨프스에 정착했다. 나는 그들을 잘 안다. 그들의 일을 조사하는 것을 내 업으로 삼았고, 내 인생이 정점에 올랐던 시절을 그들의 연대기 집필에 바쳤다. 그들은 친절했다. 세인트보톨프스의 거리에서 사람들과 마주치면 그들은 마치 이 우연한 만남을 기대하던 사람들처럼 행동했다. 하지만 사람들이 그들에게 뭔가 얘기를 하면, 예를 들어 웨스트 강이 넘쳤다든가 핑크햄의 아방궁이 불에 타서 무너졌다는 얘기를 하면, 그들은 스치듯 미소를 지으면서 당신이 잘못 알고 있다고 말하곤 했다. 사람들은 왑샷 일가 사람들에게 아무 이야기도 해 주지 않았다. 정보를 받아들이는 것에 거부감을 일으키는 것은 집안 내력인 것 같았다. 그들은 스스로를 높게 평가했다. 자기들이 워낙 건강하기 때문에 홍수나 화재에 대해 모른다는 것은 있을 수 없는 일이라고 생각했다. 비록 자기들이 그 시기에 유럽에 있었다 해도 말이다. 나는 그 집 아들들과 함께 학교를 다녔으며, 트래버틴 보트 클럽에서 모지스와 경주를 했고, 모지스 형제와 축구를 하기도 했다. 그들은 경기장 너머까지 들리도록 가문의 이름을 외쳐 대며 자기들이 불멸의 존재가 될 거라고 생각하는 사람들처럼 시끄럽게 서로를 응원하곤 했다. 나는 리버 거리에 있는 그들의 집에서 즐거운 시간을 보낸 적이 많았지만, 기억나는 것이라고는 그들이 항상 나를 외롭게 만들었다는 것, 내가 외부인임을 고통스러울 정도로 분명히 느끼게 했다는 것뿐이다.

나와 가장 친하던 시기에 모지스는 그럭저럭 잘생긴 편이었고 중학교에서 기세를 올릴 수 있을 만큼 존재감이 있었지만, 실망스럽게도 그 이상 멀리 나아가지 못했다. 그의 머리카락은 어두운 노란색이었고 안색은 창백했다. 모두들 모지스를 사랑했다. 심지어 마을의 개들까지도. 그리고 그는 누구보다도 순수하고 누구보다도 충동적인 겸손함을 보여 주었다. 반면 코벌리를 사랑하는 사람은 아무도 없었다. 그는 목이 길었고 손마디를 꺾는 불쾌한 버릇이 있었다. 두 사람의 어머니인 새러 왑샷은 아름답고 호리호리한 여성이었다. 그녀는 코안경을 썼으며, '흥미롭다'는 말을 이상하게 발음했고, 『미들마치』를 열여섯 번이나 읽었다고 주장했다. 그녀는 정원에 책을 놓아둔 채가 버리곤 했기 때문에 조지 엘리엇의 책이 비를 맞아 노랗게 변색되고 뒤틀려 버렸다. 두 사람의 아버지 리앤더는 언제나 소년처럼 보이는 매사추세츠 양키였다. 비록 말년에는 고르곤을 목격한 소년처럼 보였지만. 그는 혈색이 좋았고, 눈은 아름다운 파란색이었으며, 머리카락은 굵은 백발이었다. 그는 '돛대'를 '도대'로, '어렵다'를 '어려다'로 발음했으며, 늙어서는 소형 증기선으로 트래버틴과 냉거서킷의 놀이 공원 사이를 오가는 사업을 했다. 리앤더는 수영을 하다가 물에 빠져 죽었다. 왑샷 부인은 그로부터 2년 뒤에 세상을 떠나 천국에 갔다. 그녀는 양성평등을 경험한 1세대 미국 여성에 속했으므로 천국에서도 틀림없이 계속 바쁘게 지냈을 것이다. 그녀는 좋은 일을 하느라 기운을 다 써 버렸다. 그녀는 여성 클럽, 시사 클럽을 설립했으며, 동물 구조대와 미혼모를 위한 '램버트의 집' 간부였다. 이 모든 활동 때문에 리버 거리의 집은 항상 먼지 투성이였으며, 꽃병에는 이미 오래전에 죽어 버린 꽃이 꽂혀 있고, 시계는 멈춰 있었다. 새러 왑샷은 중요한 일을 해야 하기 때문에 간단한 집안일은 다소 엉망이 될 수밖에 없었던 여성들 중 한 명이었다. 코벌리는 조지아 황무지 출신의 벳시 마커스라는 아가씨와 결혼했다. 42번가의 샌드위치 가게에서 카운터를 보던 아가씨였다. 내가 이 글을 쓸 때 그는 탤리퍼 미사일 발사대에서 일하고 있었다. 모지스는 수습 은행원 자리를 내던지고 수상쩍은 중개 회사인 레오폴드 사에 취직했다. 그는 멜리사 스캐던과 결혼했다. 모지스와 코벌리 모두 아들이 있었다.

어느 여름밤, 저녁 식사 전의 쾌적한 시간에 그들의 집과 웨스트 강둑 사이의 잔디밭에 그들이 앉아 있다고 생각해 보자. 왑샷 부인은 요리사 룰루에게 풍경화 그리는 법을 가르치고 있다. 두 사람은 다른 사람들로부터 오른쪽으로 조금 떨어진 곳에 이젤을 세워 놓았다. 왑샷 부인은 종이로 만든 틀을 강가의 풍경을 향해 들고 이렇게 말하고 있다. "Cherchez la motif, Lulu. Cherchez la motif.*" 리앤더는 버번을 마시며 햇빛에 감탄하고 있다. 어느 모로 보나 확실히 시골티가 나는 사람 치고 리앤더의 삶은 생각보다 다채로웠다. 예전에 그는 셰익스피어 극단과 함께 서쪽으로 클리블랜드까지 여행한 적이 있었고, 몇 년 뒤에는 마을 축제에서 열기구를 타고 39미터 높이까지 올라가기도 했다. 그는 자신을 자랑스러워 하고 아들들을 자랑스러워 한다. 자부심은 그의 강둑을 바라보는 차분하고 호기심 어린 시선 속에도 들어 있다. 그는 세상의 모든 강이 오래되었지만 자기 마을의 강들이 제일 오래되었다는 생각을 한다.

코벌리는 사과나무에 앉은 텐트나방들을 불로 쫓아내고 있다. 모지스는 돛을 접는다. 집의 열린 창문에서 사촌 드버로가 발트슈타인 소나타를 연주하는 소리가 들린다. 드버로는 가을의 데뷔 연주회를 위해 연습 중이다. 드버로는 가무잡잡한 얼굴에 수심이 가득하지만 아직 열두 살도 채 되지 않았다. "빛과 그림자, 빛과 그림자." 나이 많은 오노라 고모가 음악에 대해 이렇게 말한다. 그녀는 쇼팽이나 스트라빈스키나 셀로니어스 멍크**의 음악에 대해서도 같은 말을 할 것이다. 그녀는 70대의 무서운 노파이며 옷차림은 하얀색 일색이다.(노동절에는 검은 옷으로 갈아입을 것이다.) 그녀의 돈이 이 가족들을 불명예 혹은 그보다 더한 일에서 여러 차례 구해 주었다. 그녀의 집은 마을 반대편에 있지만, 그녀는 이곳의 풍경과 그 일대를 주인 같은 눈으로 바라본다. 부엌문 옆의 새장 속에서 앵무새가 소리친다. "율리우스 카이사르, 정말이지 구역질이 날 지경이에요."

* 모티프를 찾아, 룰루. 모티프를 찾아.
** 미국의 재즈 피아니스트 겸 작곡가.

녀석이 하는 말은 언제나 이것뿐이다.

세상이 얼마나 질서 정연하고 깨끗하고 현명하게 보이는지. 무엇보다도 빛이 얼마나 좋은지. 마치 지금이 세상의 시작, 아침이 줄줄이 꿰어 있는 사슬이라도 되는 것처럼. 늦은 시간이다. 이곳 역사에서도 뒷부분의 이야기이다. 하지만 이렇게 시기가 늦었다고 해서 그들의 열정이 가려지지는 않는다. 이윽고 부엌에서 검은 연기가 구름처럼 흘러나온다. 롤빵이 타고 있다. 하지만 그다지 중요한 일은 아니다. 그들은 휑뎅그렁한 식당에서 저녁을 먹고, 휘스트*를 하고, 서로서로 잘 자라고 입을 맞추고, 꿈나라로 간다.

---

* 보통 네 명이 둘씩 편을 짜고 하는 카드놀이.

3

사건은 코벌리 왑샷이 완행열차에서 내린 어느 날 오후에 시작되었다. 그 기차는 아직도 세인트보톨프스에 정차하는 유일한 남행 열차였다. 늦겨울의 어스름 직전이었다. 눈은 다 녹았지만 잔디는 죽어 있었고, 마을은 2월의 눈보라에서 아직 회복하지 못한 것처럼 보였다. 코벌리는 조웻 영감과 악수를 하고 식구들의 안부를 물었다. 구름다리 호텔에서는 바텐더에게 손을 흔들었고, 사료 가게의 배리 프리먼에게도 손을 흔들었으며, 은행에서 나오던 마일스 하울랜드에게는 큰 소리로 인사를 했다. 늦은 오후의 하늘은 눈부시고 거칠었지만, 잔디밭의 어둠에 오페라 같은 빛과 불길을 전혀 내려 주지 않았다. 하늘의 경이로운 공연은 공중에서만 벌어졌다. 건물들 사이로 웨스트 강이 보였다. 그에게 웨스트 강은 즐거운 기억이 잔뜩 있는 곳이었다. 그는 이 밝은 분위기 속에서 이 강의 오랜 역사가 정화의 힘을 가져서 강물이 식수로 적합한 수준을 유지하게 되었다는 말도 안 되는 느낌을 받았다. 코벌리는 보트 거리에서 오른쪽으로 방향을 틀었다. 윌리엄스 부인이 거실에 앉아 신문을 읽고 있었다. 브래틀 씨 집에는 부엌에만 불이 들어와 있었고, 더머 씨 집은 어두웠다. 손님에게 작별 인사를 하던 브리테인 부인이 그에게 잘 돌아왔다고 인사했다. 곧이어 오노라고모의 집으로 이어진 길이 나왔다.

매기가 문을 열어 주었고, 그는 그녀에게 입을 맞췄다. "말린 쇠고기 말고는 아무것도 없어요." 매기가 말했다. "닭을 한마리 잡아야 할 거예요." 그는 로마의 풍경화 일곱 장이 걸린 긴 복도를 내려가 서재로 들어갔다. 늙은 오노라 고모가 무릎에 책을 펼쳐놓고 있었다. 이곳이야말로 즐거운 우리 집의 분위기가 났다. 반짝반짝 윤이 나는 놋쇠 물건들, 사과나무로 피운 불. "아이고, 코벌리." 오노라가 갑작스러운 애정을 느끼며 그의 입술에 입을 맞췄다. "오노라 고모님." 코벌리가 그녀를 끌어안으며 말했다. 두 사람은 곧 떨어져 상대방이 그동안 얼마나 변했는지 보려고 빈틈없이 서로를 살펴보았다.

그녀의 백발은 여전히 풍성했고 얼굴은 사자처럼 당당했지만, 새로 해 넣은 이가 잘 맞지 않아서 마치 식인종처럼 보였다. 이렇게 살짝 야만을 상기시키는 모습을 보니 오노라가 사진을 찍은 적이 한 번도 없다는 사실이 생각났다. 가족 앨범 속의 모든 사진에서 그녀는 카메라에 등을 돌리고 도망치거나 손, 핸드백, 모자, 신문 같은 것으로 얼굴을 가린 모습이었다. 모르는 사람이 가족 앨범을 본다면 그녀가 지명 수배된 살인범인 줄 알 터였다. 오노라는 코벌리가 잘 먹지 못한 것처럼 보인다고 말했다. "비쩍 말랐구나."

"예."

"매기더러 포트와인을 좀 가져오라고 해야겠다."

"전 위스키가 더 좋은데요."

"넌 위스키 안 마시잖아."

"옛날에는 그랬죠. 하지만 지금은 마셔요."

"세상엔 항상 놀랄 일이 있다니까."

"닭을 잡을 생각이라면," 매기가 문간에서 말했다. "지금 잡는 게 좋을 거예요. 안 그러면 자정 전에 저녁을 먹기 힘들 테니까요."

"지금 닭을 잡을게요." 코벌리가 말했다.

"더 크게 말해야 될 거다." 오노라가 말했다. "매기가 잘 못 듣거든."

코벌리는 매기를 따라 부엌으로 갔다. "마님은 옛날보다 더 이상해졌어요." 매기가 말했다. "요즘은 잠을 통 잘 수 없다고 하세요. 몇 년 동안이나 잠을 못 잤대요. 그런데 어느 날 오후에 내가 마님께 드릴 차를 들고 거실로 들어갔더니, 세상에, 마님이 곤히 주무시고 계시더라고요. 코까지 골면서. 그래서 내가 말했죠. '일어나세요, 왑샷 부인. 차 가져왔어요.' 그랬더니 마님은 '무슨 말이야? 일어나라니? 난 안 잤어.' 이러시는 거예요. '그냥 깊이 명상에 빠져 있었다고.' 지금은 자동차를 살까 생각하시는 중이에요. 아이고 세상에, 그러면 굶주린 사자를 거리에 풀어 놓는 꼴이 될걸요. 마님이 먼저 목숨을 잃거나, 아니면 순진무구한 어린애들을 치어 죽일 거예요."

이 두 노파의 관계는 뒷담화라는 바탕 위에 굳건히 서 있었다. 그런데 두 사람이 서로를 헐뜯는 소리에 진실이란 거의 없었기 때문에 우스꽝스럽게 들릴 지경이었다. 매기의 귀에는 아무 이상이 없었지만, 오노라는 몇 년 전부터 사람들에게 그녀가 귀머거리가 됐다고 말했다. 오노라는 성질이 괴팍할 뿐이었지만, 매기는 마을 사람들에게 그녀가 미쳤다고 말했다. 그러나 두 사람이 제각기 상대방에게 신체적·정신적 장애가 있다고 마음대로 이야기를 꾸며 내는 모습에는 순박한 구석이 있어서 두 사람이 못된 마음으로 서로를 헐뜯는 것처럼 보이지는 않았다.

코벌리는 식품 창고에서 도끼를 하나 찾아내서 나무 계단을 내려가 정원으로 갔다. 저 멀리 어디선가 아이들의 목소리가 들려왔다. 코맹맹이 발음이 분명하게 드러나는 목소리였다. 산울타리 너머의 닭장에서 꽥꽥거리는 소리가 났다. 사람이 많지 않은 이곳에서 그는 유난히 기분이 좋았다. 자신이 품고 있는 불만들이 눈에 띄게 풀어지는 느낌이었다. 지금쯤이면 피노클*을 하는 사람들이 잔디밭을 한가로이 가로질러 소방서로 가고, 마을이 너무 작기 때문에 더욱 강렬해진 사춘기의 열망이 절정을 향해 다가가리라는 것을 그는 알고 있었다. 자기도 리버 거리의 집 뒤에 앉아서 사랑과 우정과 명성을 향한 갈망으로 괴로워하던 기억이 났다. 그래서 마구 울부짖었던 것도.

그는 산울타리를 지나 닭장으로 갔다. 씨암탉들은 이미 쉬고 있었지만, 수평아리 네댓 마리가 마당에서 먹이를 먹고 있었다. 그는 녀석들을 닭장으로 몰아넣고 품위 없이 드잡이를 벌인 끝에 한 녀석의 노란색 다리를 붙들었다. 닭이 꽥꽥거리

---

* 카드놀이의 일종.

며 자비를 구했지만, 코벌리는 녀석에게 달래듯이 말을 걸면서 (그는 자기 목소리가 그렇게 들리기를 바랐다.) 녀석의 목을 도마에 놓고 머리를 잘랐다. 그는 마구 푸드덕거리는 녀석의 몸을 자기 몸에서 멀리 떨어진 곳에 꽉 누르고 피가 바닥으로 떨어지게 했다. 매기가 펄펄 끓는 물과 세인트보틀프스의 《엔터프라이즈》 지난 호를 한 부 가져왔다. 닭의 털을 뽑고 내장을 꺼내는 동안 점점 닭고기를 먹고 싶은 생각이 사라졌다. 그는 닭의 시체를 부엌으로 가져다주고는 오노라가 있는 서재로 다시 갔다. 매기가 차려 놓은 위스키와 물이 있었다.

"이제 얘기 좀 할 수 있어요?" 코벌리가 물었다.

"그런 것 같구나." 오노라가 대답했다. 그녀는 팔꿈치를 무릎에 고이고 몸을 앞으로 기울였다. "리버 거리의 집에 대해 이야기하고 싶은 거냐?"

"예."

"뭐, 그걸 빌리겠다는 사람도 없고 사겠다는 사람도 없을 거다. 집을 무너뜨린다면 내 가슴이 아플 거고."

"문제가 뭐예요?"

"화이트홀 가족이 10월에 그 집에 세를 들었지. 그런데 이사해서 들어가자마자 도로 나와 버렸어. 그 다음에는 해버스트로 가족이 들어가 일주일을 버텼다. 해버스트로 부인은 가게에서 만나는 사람마다 붙들고 그 집에 귀신이 있다고 떠들어 댔지. 하지만 말이다," 그녀가 고개를 들면서 말을 이었다. "누가 귀신이 되어 그 집에 살고 있겠니? 우리 식구들은 항상 행복했다. 어느 누구도 귀신 같은 것에는 신경을 쓴 적이 없어. 하긴 마을 전체가 마찬가지지만."

"해버스트로 부인은 뭐라고 하던가요?"

"해버스트로 부인은 네 아버지의 유령이 나타났다고 소문을 퍼뜨리고 다녔어."

"리앤더." 코벌리가 말했다.

"하지만 리앤더가 무엇 때문에 다시 돌아와서 사람들을 괴롭히겠니? 물론 리앤더가 유령을 믿지 않은 건 아니었다. 그저 유령을 어디 써먹을 데가 없었을 뿐이지. 유령들은 사람과 잘 사귀지 않을 거라고 리앤더가 말하는 걸 여러 번 들었다. 게다가 리앤더가 얼마나 상냥한 사람이었는지 너도 알잖니. 파리랑 나방이 무슨 손님이나 되는 것처럼 문 밖까지 호위해 주기도 했어. 리앤더가 크래커와 우유를 먹으러 오는 것 말고 다른 이유로 돌아올 리가 있겠니? 물론 리앤더한테도 부족한 점들이 있기는 했지만."

"아버지가 교회에서 담배를 피웠을 때 고모님도 저희랑 함께 계셨어요?" 코벌리가 물었다.

"그건 아무래도 네가 꾸며 낸 얘기 같구나." 오노라는 과거를 옹호했다.

"아니에요." 코벌리가 말했다. "크리스마스이브에 성찬식에 참석했을 때예요. 아버지가 아주 독실한 신자처럼 보였던 게 기억나요. 일어났다 앉았다 하면서 성호도 긋고, 신도들이 응답해야 하는 말도 우렁차게 외쳐 댔죠. 그러더니 마지막 기도 전에 주머니에서 담배를 꺼내 불을 붙이시더라고요. 저는 그제야 아버지가 엄청 취해 있다는 걸 알았어요. 제가 아버지한테 교회에서는 담배를 피우면 안 된다고 말했죠. 하지만 우리가 앞쪽에 앉아 있었기 때문에 아버지의 행동을 많은 사람이 봤어요. 그때 저는 그냥 농사짓는 플루진스키 아저씨의 아들이 되고 싶었어요. 이유는 모르겠어요. 플루진스키 아저씨네 식구들이 전부 아주 진지한 사람들이었다는 점 외에는. 그때 제 생각에는 플루진스키 아저씨의 아들이 될 수만 있다면 행복해질 것 같았어요."

"부끄러운 줄 알아라." 오노라는 이렇게 말하고 나서 한숨을 내쉬더니 말투를 바꿔 머뭇거리며 덧붙였다. "다른 얘기가 또 있다."

"뭔데요?"

"네 아버지가 7월 4일에 5센트짜리 동전을 나눠 주곤 하던 것 기억하지?"

"그럼요." 색색으로 장식돼 있던 집의 모습이 코벌리의 눈앞에 떠올랐다. 2층에는 커다란 국기가 걸려 있었는데, 진홍색 줄무늬의 색이 바래서 오래된 핏자국 같은 색으로 변해 있었다. 행렬은 이미 지나갔고 경기는 시작되기 전이었는데, 아버지는 현관 베란다에 서서 리버 거리까지 길게 늘어선 아이들에게 새 동전을 나눠주고 있었다. 나무에 잎이 무성하게 나 있었기 때문에 그의 기억 속에서는 햇빛이 선명한 초록색이었다.

"너도 기억하겠지만, 네 아버지는 동전을 담배 상자에 보관했다. 검은색으로 직접 칠한 상자였지. 내가 집 안을 살펴보다가 그 상자를 찾아냈는데, 그 안에 아직 동전이 조금 남아 있더구나. 대부분은 진짜 동전이 아니었어. 네 아버지가 직접 만든 동전일 거다."

"그 말씀은……."

"쉿." 오노라가 말했다.

"저녁 식사가 준비됐어요." 매기가 말했다.

저녁 식사를 마친 뒤 오노라가 피곤해 보였기 때문에 코벌리는 복도에서 안녕히 주무시라며 입을 맞춰 인사를 하고는 마을 반대편에 있는 자기 집까지 걸어갔다. 그 집은 가을부터 비어 있었다. 창턱에 있는 열쇠로 문을 열었더니 곰팡내가 확 풍겼다. 그가 잉태되고 태어난 곳, 삶이 굉장한 것이라는 사실에 눈뜬 곳이 바로 이 집이었다. 눈부신 추억이 수도 없이 많은 이 집에서 썩어 가는 냄새를 맡고 보니, 섭섭하기 그지없었다. 하지만 영원이란 없는 세상에서 우리로 하여금 영원한 것을 사랑하게 만드는 본능적인 어리석음이 바로 이런 것임을 그는 알고 있었다. 그는 홀과 거실의 불을 켜고, 창고에서 장작을 조금 가져왔다. 그는 장작을 쌓고 불을 붙이는 데 몰두했지만, 막상 불이 붙고 보니 사람이 살지 않는 수많은 방에 둘러싸인 탓에 비이성적인 두려움이 몰려왔다. 마치 자신이 이 집에 침입한 사람 같았다.

이곳은 그와 형의 집이었다. 계약서를 따져도 그렇고, 유산 상속 면에서도 그렇고, 추억이라는 면에서도 그랬다. 비가 새는 곳이나 기타 문제들은 그의 책임이었다. 벽난로 위의 꽃병을 깨뜨린 사람도, 소파를 태워 구멍을 낸 사람도 그였다. 그는 유령이나 망령이나 영혼처럼 죽은 자들의 세계에서 뭔가 움직이는 존재가 있다고는 믿지 않았다. 그는 스물여덟 살의 청년이었으며, 행복한 결혼 생활을 하며 아들 하나를 키우고 있었다. 몸무게는 62킬로그램이었고, 건강 상태도 지극히 좋았으며, 저녁 식사로 닭고기를 조금 먹었다. 이것들이 사실이었다. 그는 선반에서 『트리스트럼 샌디』를 꺼내 읽기 시작했다. 부엌에서 큰 소리가 나는 바람에 그는 놀란 나머지 손에 땀이 고였다. 그는 잠시 고개를 들고 이 소리를 확실한 사실의 영역으로 끌어들였다. 소리를 낸 주범은 덧창일 수도 있고, 더미에서 굴러 떨어진 장작개비일 수도 있고, 짐승일 수도 있고, 이 동네의 악마 전설에 등장하는 뜨내기일 수도 있었다. 그런 뜨내기들은 사람이 살지 않는 농가에 살다가 불을 피운 자국, 빈 코담배통, 말라 버린 우유 자국을 남긴 채 떠나 버린다고 했다. 그들 때문에 노처녀들이 겁을 집어먹기도 했다. 하지만 그는 튼튼하고 젊었다. 설사 어두운 복도에서 뜨내기와 마주치더라도 자기 몸을 지킬 수 있었다. 그런데 왜 이렇게 마음이 불편한 걸까? 그는 전화 교환원에게 몇 시인지 물어보려고 수화기를 들었지만 전화는 먹통이 되어 있었다.

그는 계속 책을 읽었다. 식당에서 무슨 소리가 났다. 그는 겁을 내는 자신이 짜증스러워서 큰 소리로 뭔가 씩씩한 말을 했지만, 오히려 누군가가 자기 말을 들었다는 확신이 그를 엄습할 뿐이었다. 누군가가 귀를 기울이고 있었다. 이런 어리석음을 치료하는 방법이 있었다. 그는 곧장 소리가 나는 곳으로 가서 불을 켰다. 식당에는 아무것도 없었지만, 그의 심장 박동이 고통스러울 정도로 빨라졌고 손바닥에서 땀이 뚝뚝 떨어졌다. 그때 식당 문이 저절로 천천히 닫혔다. 이 낡은 집이 심하게 기울어져 있었으므로, 그것은 지극히 자연스러운 일이었다. 게다가 세상에는 전혀 닫히지 않는 문이 절반, 저절로 닫히는 문이 절반이었다. 그는 덜컹거리는 문을 지나 식품 창고와 부엌으로 들어갔다. 여기서도 눈에 보이는 것은 하나도 없었지만, 불을 켰을 때 조금 전까지 누군가 있었던 것 같다는 느낌이 들었다.

방이 비어 있는 것과 그의 살갗에 소름이 돋은 것, 이 두 가지가 모두 사실이었다. 그는 아예 끝장을 보기로 하고 부엌에서 복도로 나가 계단을 올랐다.

침실들의 문이 모두 열려 있었다. 여기 어둠 속에서 그는 거의 200년 동안 이곳에 살았던 사람들의 삶의 밀도에 굴복할 것 같았다. 과거의 무게가 손에 잡힐 듯 생생히 느껴졌다. 아이를 잉태하고, 아이를 낳고, 죽어 갈 때 사람들이 한 말과 신음 소리, 1893년에 가족이 한자리에 모여 노래를 부른 일, 7월 4일의 행진 때문에 풀썩 일어난 먼지, 복도에서 우연히 마주쳐 깜짝 놀란 연인들, 1900년에 서쪽 건물을 태워 버린 화재에서 포효하던 불꽃, 세례식 때의 정중함, 결혼식을 치르고 아내를 집으로 데려오는 젊은 남편의 기쁨, 잔인한 겨울의 고난 같은 것들이 모두 어둠 속에서 손에 잡힐 듯 생생해졌다. 하지만 왜 이 어둠 속에서 골치 아픈 일과 실패의 분위기가 뚜렷이 느껴지는 걸까? 에벤에저는 큰돈을 벌었다. 로렌조는 주 의회에서 아동 복지법을 처음으로 만들었다. 앨리스는 수백 명의 폴리네시아 인을 기독교도로 개종시켰다. 이런 유령과 망령들이 왜 자기들의 업적에 만족하지 않는 것처럼 보이는 걸까? 그들이 결국은 죽을 수밖에 없는 인간이었기 때문일까? 그들 모두 지독한 죽음의 고통을 겪었기 때문일까?

그는 불을 피워 놓은 곳으로 돌아왔다. 여기는 물리적인 세계였다. 불이 타오르고, 고집스럽고, 사랑받는 세계. 하지만 그의 몸은 이 거실이 아니라 주위를 둘러싼 방들의 어둠에 반응하고 있었다. 불가에 가까이 앉아 있는데 왜 왼쪽 어깨를 따라 서늘한 기운이 훑어 내려가는 느낌이 드는 걸까? 잠시 후에는 그 서늘한 기운이 몰려와 가슴에 소름이 돋았다. 마치 누군가가 거기에 손을 얹은 것처럼. 만약 유령이 있다 해도, 그는 아버지처럼 그들이 사람과 잘 사귀지 않는다고 믿었다. 그들은 마음이 가난하고 약한 사람들과 사귀었다. 그는 사람들이 때로 방을 나가면서 사랑이나 원한으로 인한 동요를 뒤에 남긴다는 것을 알고 있었다. 그는 우리가 사랑의 대가로 돈을 잃든, 성병에 걸리든, 추문에 휘말리든, 황홀경을 맛보든, 항상 자신의 감정을 풀어 놓았던 호텔, 모텔, 객실, 초원, 들판에 선의의 향기나 악마의 냄새를 남겨서 나중에 그곳을 찾는 사람들에게 영향을 미친다고 믿었다. 따라서 그 정열적이고 괴상한 사람들이 그로 하여금 침입자 같은 기분을 느끼게 하는 모종의 분위기를 남기고 떠났을 가능성이 있었다. 잠자리에 들 시간이었으므로 그는 벽장에서 담요를 몇 장 꺼내 계단과 가장 가까운 손님방에 잠자리를 마련했다.

그는 새벽 3시에 잠에서 깨어났다. 달빛인지 밤하늘이 발하는 빛인지는 몰라도 방을 밝힐 수 있을 만한 빛이 비치고 있었다. 그는 자신이 깨어난 것은 꿈이나 상념이나 두려움 때문이 아님을 금방 깨달았다. 그가 깨어난 것은 뭔가 움직이는 것, 그가 눈으로 볼 수 있는 것, 이상하고 부자연스러운 어떤 것 때문이었다. 시신경에서부터 공포가 시작되어 그의 몸 전체에 울려 퍼졌다. 하지만 공포는 그의 시선 속에서 시작되었다. 그는 눈동자와 연결된 신경계까지 공포의 근원을 더듬어 올라갈 수 있었다. 눈은 현실에 의존하는 기관이었다. 그런데 그가 본 것, 또는 보았다고 믿은 것은 바로 아버지의 유령이었다. 이 환각이 무시무시한 혼란을 불러와 그는 심리적 추위와 물리적 추위로 몸을 떨었다. 공포로 몸을 떨었다. 그는 침대에서 일어나 앉으면서 고함을 질렀다. "세상에, 아버지, 아버지, 아버지, 왜 돌아오셨어요?"

자신의 커다란 목소리가 조금 위안이 되었다. 유령은 방에서 나가 버린 것 같았다. 계단에서 무슨 소리가 들리는 것 같았다. 아버지가 크래커와 우유를 찾으러, 셰익스피어를 읽으러 돌아온 걸까? 다른 사람들과 마찬가지로 죽음의 고통이 지독하다는 생각 때문에 돌아온 걸까? 자신이 젊음이라는 최고의 특권을 포기했던 그 순간, 여느 때보다 축 처진 느낌을 받으며 잠에서 깨어나 그 어떤 의사도 가을을 치료할 수 없고 그 어떤 약도 북풍을 치료할 수 없다는 사실을 깨달은 그 순간을 다시 되풀이하려고 돌아온 걸까? 파릇파릇하던 시절의 냄새가 아직도 그의 콧속에 남아 있을 것이다. 클로버 냄새, 여자의 젖가슴에서 나는 향기, 풀과 나무의 향기가 나는 육지의 바람과 너무나 흡사한 그 향기. 하지만 이제 자기보다 젊은 사람을 위해 들판을 비워 줄 때가 되었다. 몸이 불편해지고 머리가 하얗게 센 그는 젊은이들과 마찬가지로 님프들의 뒤를 쫓고 싶었다. 언덕과 골짜기를 넘어서. 님프들이 보인다. 어, 다시 사라졌다. 세상은 낙원이다, 낙원이야! 아버지, 아버지, 왜 돌아오신 거예요?

옆방에서 뭔가가 떨어지는 소리가 났다. 설사 그것이 다람쥐 소리임을 코벌리가 알고 있었다 해도 이성을 되찾지는 못했을 것이다. 그는 이미 너무 멀리까지 가 있었다. 그는 옷가지를 움켜쥐고 계단을 날듯이 내려와 현관문을 활짝 열어 둔 채 뛰어나갔다. 그는 보도에서 잠시 걸음을 멈추고 팬티를 끌어올린

다음 길모퉁이로 뛰어갔다. 거기서 바지와 셔츠를 입고는 오노라의 집까지 내내 맨발로 뛰었다. 그는 종이에 작별 인사를 재빨리 갈겨써서 오노라의 집 응접실 탁자 위에 놓아두고는 북쪽으로 가는 단거리 열차를 탔다. 동이 튼 직후였다. 기차는 마크햄의 집을 지나고, 윌턴트레이스를 지나고, 로웰의 집을 지났다. 로웰의 집 헛간에 걸려 있던 간판은 "동물을 친절하게 대하자."에서 "하느님은 기도에 응답하신다."로 바뀌어 있었다. 기차는 스터지스 영감이 예전에 시계를 수리하며 살던 집도 지나갔다.

4

　벳시와 함께 살고 있는 텔리퍼로 돌아간 코벌리는 자기가
미친 건지 아니면 정말로 아버지의 유령을 본 건지 둘 중 하나
를 선택해야 했다. 물론 그는 후자를 선택했지만, 아내에게는
말할 수 없었다. 형 모지스에게도 리버 거리의 그 집이 비어 있
는 이유를 설명하지 못했다. 아버지의 유령은 서쪽으로 향하
는 비행기 안에서도 그의 옆자리에 앉아 있는 것 같았다. 아,
아버지, 아버지, 왜 돌아오셨어요! 아버지가 텔리퍼를 봤다면
무슨 생각을 했을지 궁금했다.

　미사일 연구 개발 단지가 들어선 곳에는 2만 명의 사람들
이 살았다. 어느 곳이나 그렇듯이, 이곳 사람들도 포부가 무엇
이든 1급, 2급, 3급, 최하급으로 나뉘었다. 수가 많은 귀족 계급
은 물리학자와 공학자들이었다. 상인들은 중산층을 차지했고,
그 밑에는 기계공, 지상 근무원, 정비공으로 이루어진 방대한
프롤레타리아 계급이 있었다. 대부분의 귀족들은 지하 방공호

를 할당받았다. 그런 사실이 널리 선전되지는 않았지만, 재앙이 일어날 경우 프롤레타리아 계급은 불에 타서 죽든 말든 그냥 방치될 거라는 사실은 잘 알려져 있었다. 그 때문에 앙심을 품는 사람들이 생겨났다. 이곳의 중추는 사막 가장자리에 있는 스물아홉 개의 이동식 발사 정비탑, 회교 사원 같은 모양의 원자로, 지하 실험실, 격납고, 5제곱킬로미터 넓이의 전산 및 행정 센터였다. 이곳 사람들의 관심은 온통 외계에 쏠려 있었다. 비이성적인 고독과 쓸쓸함과 황홀경에 빠져 들 수 있는 과학자들의 능력과 텔리퍼에서 이루어지고 있는 과학 연구의 방대함에 관한 감정적이고 뻔한 풍자들이 모두 상식에 짓눌리곤 했어도 어쨌든 이곳 사람들은 지적 차이가 격심하게 드러나는 삶을 살고 있었다.

보안은 항상 문제였다. 텔리퍼는 단 한 번도 신문에 언급된 적이 없었다. 공개적으로 알려진 곳이 아니었다. 보안에 관한 이런 강박 관념이 모든 면에서 삶을 짓누르는 것 같았다. 어느 토요일 오후 벳시는 텔레비전을 보고 있었다. 코벌리는 빈시를 데리고 쇼핑센터에 가고 없었다. 창밖에서 길 건너편에 사는 핸슨 씨가 덧문을 떼어 내고 칸막이를 세우는 것이 보였다. 그는 사다리를 하나 갖고 있었는데, 그것을 조심스레 꽃밭에 내려놓더니 창문을 들어 올려 차고로 가져갔다. 그의 아내와 아이들은 집에 없는 것 같았다. 그의 움직임 외에는 인기척이 전혀 없었다. 그는 1층의 창문들을 떼어 낸 뒤 2층 침실의 창문들도 떼어 내기 시작했다. 사다리가 2층까지 닿지 않았으므로, 창문을 열어 놓고 안에서 밖으로 몸을 쭉 빼서 창틀의 고리를 풀고 창문을 방 안으로 비스듬하게 잡아당겨야 했다. 그런데 창문 한 곳의 고리가 휘거나 녹이 슨 모양이었다. 고리가 잘 풀리지 않았다. 그는 창턱을 타고 앉아 창틀을 힘주어 잡아당겼다. 그러다가 창밖으로 떨어져 자신이 몇 주 전 시멘트 벽돌을 깔아 놓은 자그마한 테라스에 쿵 하고 떨어졌다. 벳시는 창밖을 내다보며 그의 몸이 꼼짝도 하지 않는 것을 확인하고는 다시 텔레비전을 보기 시작했다. 20분 뒤 사이렌 소리가 들리더니 구급차 한 대가 거리를 달려와 여전히 꼼짝도 하지 않는 핸슨 씨를 들것으로 실어 갔다. 그날 저녁, 그녀는 그가 즉사했다는 소식을 들었다. 아이들 몇 명이 구급차를 불렀다고 했다. 그런데 그녀는 왜 그렇게 하지 않은 걸까? 자신의 부자연스러운 행동을 어떻게 설명할 수 있을까? 보안에 집착하는 전체적인 분위기가 그녀의 무심한 태도 밑바닥에 깔려 있는 것 같았다. 그녀는 남들의 주의를 끌 만한 일, 증언을 하거나 질문에 대답할 필요가 있는 일을 하고 싶지 않았다. 보안에 대한 강박 관념 때문에 이웃의 죽음을 무시해 버리게 된 것 같았다.

코벌리가 테이프 기록원 겸 서브프로그램 프로그래머로 교육받던 도중 렘젠에서 탤리퍼로 전근 발령을 받았을 때 홍보 쪽으로 부서가 바뀌었다고 아버지한테 설명하려면 애를 먹을 것 같았다. 부서가 바뀐 것은 실수였다. 인력 배치를 담당한 계산 기계의 실수. 하지만 그는 항의하지 않았다. 코벌리는 여러 사람이 뒤섞여 사는 동네에 살았다. 벳시가 방공호를 갖고 싶다고 해서 다른 동네로 이주 신청을 했지만, 정부가 운영하는 부동산 사무실은 그런 신청서에 푹 잠겨 있었다. 게다가 지금 사는 동네가 싫지도 않았다. 아이들이 롤러스케이트를 타는 인도에는 은행나무가 죽 심어져 있었고, 거기에 새들이 둥지를 틀었다. 저녁 식사 전에 뒤뜰에 앉아 있으면, 말라 빠진 석양이 산 저 멀리 정비탑 뒤로 움직이는 것을 지켜볼 수 있었다. 그 우중충하고 강렬한 빛이라니. 코벌리의 집에는 자그마한 정원과 고기를 굽는 그릴이 있었다. 오른쪽의 이웃집에는 암스트롱이라는 남자가 살았는데, 그는 국제 관계부에서 일했다. 암스트롱은 건조하고 남자답고 간결한 문체로 우주 비행사들의 이야기를 대필해 주는 방법을 개발했다. 왼쪽 이웃집에 사는 머피라는 정비공은 토요일 밤만 되면 술에 취해 아내를 두들겨 팼다. 왑샷 부부는 머피 부부와 사이가 별로 좋지 않았다. 어느 날 오전 코벌리가 일을 하고 있을 때, 전화가 왔다는 신호가 신호판에 떴다. 그는 보안 구역에서 나가 전화를 받았다. 벳시의 전화였다. "그 여자가 내 쓰레기통을 훔쳐 갔어." 벳시가 말했다.

"무슨 말인지 모르겠어, 여보." 코벌리가 말했다.

"머피 부인 말이야." 벳시가 말했다. "쓰레기 수거하는 사람이 오늘 오전에 왔어. 항상 화요일에 오거든. 그런데 그 사람이 쓰레기를 내가고 있을 때 그 여자가 주석에 아연 도금을 한 내 새 쓰레기통을 자기 집 뒤로 곧장 가져갔어. 내 앞에는 자기들이 캐너버럴에서 가져온 낡고 깨진 플라스틱 쓰레기통을 남겨 두고."

"뭐, 지금은 나도 어쩔 수 없어." 코벌리가 말했다. 5시 30분이면 내가 집에 도착할 거야."

그가 퇴근해서 돌아왔을 때에도 벳시는 여전히 화가 난 상태였다. "당장 가서 쓰레기통을 가져와." 그녀가 말했다. "그 사람들이 거기다 쓰레기를 채우고는 자기네 거라고 할 거야. 거기에 우리 이름을 써 놓을 걸 그랬어. 당장 가서 그걸 뺏어 와. 저기 그 집 남편이 잔디를 깎고 있어."

코벌리는 집을 나와 옆집과의 경계선까지 걸어갔다. 피트 머피는 방금 잔디 깎는 기계를 켠 참이었다. 저 멀리 보이는 산들은 파란색이었다. 지금 이 시간, 똑같이 생긴 집들, 1기통 엔진에서 나는 펑펑 소리, 하얀 셔츠를 입은 두 남자 때문에 이곳이 아주 특이한 다른 세상처럼 보였다. 마치 코벌리가 이제부터 이웃 남자나 그의 아내에게 도둑질을 했다고 비난하려는 것이 아니라, 판매 지표가 상승세인 것을 보면 우편 광고의 효과에 논의의 여지가 없다는 말을 하려는 것 같았다. 요컨대 그들의 현실과 열정이 도전을 받고 있는 것처럼 보였다는 뜻이다. 저 멀리 보이는 산들은 불과 물이 만들어 놓은 것이지만, 계곡의 집들은 너무나 덧없고 비현실적인 모습이라 어스름 속에서 보니 포장용 마분지 냄새라도 날 것 같았다. 코벌리는 불안한 표정으로 손마디를 꺾으며 피트에게 고갯짓을 했다. 피트는 잔디 깎는 기계를 몰고 코벌리 바로 앞을 지나가며 기계의 모터 소리로 코벌리의 말을 덮어 버렸다. 코벌리는 기다렸다. 피트는 잔디밭을 두 번 돌고 나서야 모터의 출력을 줄이고 코벌리 앞에 멈춰 섰다.

"집사람 말이 자네 집에서 우리 쓰레기통을 훔쳐 갔다던데." 코벌리가 말했다.

"그래서?"

"다른 사람의 물건을 그냥 가져다 쓰는 버릇이 있나?" 코벌리는 화가 났다기보다 당혹스러웠다.

"잘 들어, 겁쟁이." 머피가 말했다. "내가 어렸을 때 살던 동네에서는 스스로 알아서 하지 않으면 먹을 게 흙밖에 없었어."

"하지만 여긴 자네가 살던 동네가 아니잖아." 그건 잘못된 전술이었다. 그가 상대의 주장에 토를 단 것처럼 보였으니까. 그래도 그는 이내 자신이 옳다는 자신감을 갖고 단호하게 목소리를 높였다. 하지만 구식인 것 같기도 하고 촌스러운 것 같기도 한 오만함이 그의 단호함을 깎아내렸다.

"우리 쓰레기통을 돌려주겠나?" 코벌리가 물었다.

"잘 들어." 머피가 말했다. "넌 우리 집에 제멋대로 들어왔어. 지금 내 땅에 서 있다고. 당장 나가지 않으면 평생 다리를 절게 될 테니 그리 알아. 내가 네놈 눈을 파내고, 코를 부러뜨리고, 귀를 잡아뜯어 버릴 테니까."

코벌리는 엉덩이에서부터 오른손을 휘둘러 올렸다. 덩치는 크지만 비겁한 머피가 쓰러지는 것처럼 보였다. 코벌리는 약간 당혹스러운 심정으로 그 자리에 서 있었다. 그런데 머피가 네 발로 기어 다가오더니 코벌리의 정강이를 물었다. 코벌리는 비명을 질렀다. 벳시와 머피 부인이 각자 부엌에서 달려 나왔다. 바로 그때, 미사일 한 기가 발사대를 떠나 어스름 속에서 한여름의 햇빛만큼 밝은 빛을 계곡과 연구 단지 위에 뿌리며 싸움을 벌이고 있는 두 남자와 그들의 집과 은행나무의 그림자를 잔디밭 위에 검게 드리웠다. 이와 동시에 공기의 파동이 땅을 뒤흔드는 폭음을 누그러뜨렸기 때문에 마치 철도 침목이 자그마한 소리로 딸깍 하고 움직인 것 같았다. 미사일이 상승하면서 빛이 약해졌고, 두 여자는 각자 자기 남편을 집으로 데려갔다.

아, 아버지, 아버지, 왜 돌아오셨어요?

코벌리가 일하는 전산 및 행정 센터는 멀리서 보면 커다란

1층 건물처럼 보였지만, 그 건물 안에는 엘리베이터 터미널과 경비실이 있을 뿐이었다. 다른 사무실과 기계 장비들은 지하에 있었다. 겉으로 드러난 1층 건물은 기름 섞인 물 같은 검은색으로 칠한 유리로 되어 있었다. 이 검은 유리는 한낮의 빛을 막아 주지는 못했지만 바꿔 놓기는 했다. 이 어두운 유리벽 뒤로 평평한 풀밭과 버려진 농가의 건물들이 보였다. 집 한 채, 헛간 한 채, 옹기종기 모여 있는 나무들, 나무를 쪼개서 엮은 울타리 등이었다. 이 버려진 건물들과 그 뒤에 보이는 정비탑은 고향을 떠올리게 만드는 매력이 있었다. 그것들은 과거의 흔적이었다. 사정이야 어찌 됐든, 그것들은 풍요롭고 자연스러운 삶의 상징처럼 보였다. 그 버려진 농장을 보면 통속적이고 목가적인 이미지가 홍수처럼 떠올랐다. 야외에 피운 모닥불, 신선한 우유가 담긴 들통, 사과나무에서 그네를 타는 예쁜 아가씨들. 그 이미지들은 어쨌든 설득력이 있었다. 사람들은 여기서 시선을 돌려 석유 색깔의 검은 유리를 바라보며 완전히 다른 세상으로 들어갔다. 소를 놓아먹이는 풀밭 밑에 6층 깊이로 파묻힌 세상. 그것은 모든 면에서 새로운 세상이었다. 그 새로움이 가장 분명하게 드러나는 것은 오늘날 대부분의 사람들이 잃어버린 것처럼 보이는 열정과 협력의 분위기였다. 엘리베이터들이 가끔 고장나기도 하고, 유리 벽 중 한 곳에 금이 가 있고, 경비실의 예쁜 접수원이 태곳적부터 내려오는 원시적인 매력을 지니고 있다는 사실을 알아채는 것은 세월에 밀려 무엇이든 쓸모 있는 일을 할 수 있는 한계선 밖으로 내몰린 노인을 관찰하며 스스로 부담을 느끼는 것과 같았다. 전산 센터를 드나드는 사람들은 뉴욕이나 파리의 지하철에서는 찾아볼 수 없는 만족스러운 표정과 단호한 표정을 짓고 있었다. 뉴욕이나 파리의 지하철에서는 사람들이 캐리커처 같은 문명에 대한 경악과 당혹감을 안고 서로를 바라보는 것 같다. 어느 날 밤늦게 사무실을 나서던 코벌리는 이 단지의 소장인 캐머런 박사가 부하 직원과의 토론에 종지부를 찍는 소리를 들었다. 박사는 고함을 지르고 있었다. "젠장, 사람이 어떻게 저 빌어먹을 달에 가? 설사 거기에 사람을 보낸다 해도 그게 도대체 무슨 쓸모가 있다는 거야?"

아, 아버지, 아버지, 왜 돌아오셨어요?

벳시는 캐너버럴로 가기를 바랐기 때문에 이곳 탤리퍼로 왔을 때 실망했다. 두 사람이 이곳에 온 지 두 달째였는데, 그들을 찾아온 사람이 아무도 없었다. 벳시는 친구도 사귀지 못했다. 저녁이면 이야기 소리와 웃음소리가 들렸지만, 그녀와 코벌리는 그런 모임에 한 번도 끼지 못했다. 벳시는 창을 통해 암스트롱 부인이 꽃밭에서 일하는 모습을 볼 수 있었다. 꽃에 관심을 보이는 것을 보니 천성적으로 상냥한 사람 같다는 생각이 들었다. 어느 날 빈시가 낮잠을 자고 있을 때, 벳시는 옆집으로 가서 초인종을 울렸다. 암스트롱 부인이 문을 열어 주었다. "저는 벳시 왑샷이에요." 벳시가 말했다. "옆집에 살아요. 제 남편 코벌리는 서브프로그램 프로그래머가 되는 공부를 했지만 지금은 홍보부에서 일하고 있어요. 부인이 정원에서 일하시는 걸 보고 한번 만나 뵙고 싶었어요." 여자는 상냥하게 안으로 들어오라고 말했다. 불친절하지는 않았지만 왠지 억눌려 있는 것 같았다. "이웃 사람들에 대해 좀 여쭤 보고 싶어요." 벳시가 말했다. "저희가 이리로 온 지 두 달이 됐는데, 너무 바빠서 그런지 친구를 사귈 수가 없네요. 여기에는 아는 사람이 하나도 없어서, 집에서 작은 칵테일파티를 열어 이웃에 사시는 분들과 만날 기회를 마련해 볼까 생각해 봤어요. 그런데 그런 일을 누구한테 물어봐야 할지 몰라서요."

"글쎄요, 나라면 조금 더 기다려 볼 것 같은데요." 암스트롱 부인이 말했다. "이유는 잘 모르겠지만 여기 사람들은 상당히 보수적이에요. 그러니까 이웃들을 집으로 초대하기 전에 먼저 만나 보는 게 좋을 것 같아요."

"저는 작은 마을 출신이거든요." 벳시가 말했다. "거기서는 모든 사람이 다 이웃이었어요. 저는 만약 낯선 사람들이 베푸는 친절을 믿지 못한다면 세상에서 무엇을 믿을 수 있겠느냐고 자주 혼잣말을 하곤 해요."

"무슨 말씀인지 알겠어요." 암스트롱 부인이 말했다.

"저는 아주 다양한 곳에서 살아 봤어요." 벳시가 말했다. "고급스러운 동네, 가난한 동네. 저희 시댁은 아벨라 호를 타고 건너오신 분들이에요. 메이플라워 호 다음에 온 배 말이에요. 거기에는 메이플라워 호보다 더 상류층 사람들이 타고 있었죠. 제가 보기에는 모든 사람이 알고 보면 다 똑같은 것 같아요. 이 동네에서 제일 재미있는 분들을 스물다섯 명이나 서른 명쯤 저한테 알려 주시면 안 될까요?"

"저런, 그건 안 될 것 같은데요."

"왜요?"

"그럴 시간이 없어요."

"하지만 시간이 오래 걸리지 않을 텐데요, 그렇죠?" 벳시가 물었다. "제가 연필과 종이를 가져왔어요. 그러니까 저 모퉁이

집에 누가 사는지만 말해 주세요."

"셀던 씨 가족이에요."

"재미있는 분들인가요?"

"예, 아주 재미있는 분들이지만, 그다지 친절하지는 않아요."

"셀던 씨의 이름이 뭐죠?"

"허버트."

"그 옆집에는 누가 살아요?"

"트램슨 씨 가족이요."

"재미있는 분들인가요?"

"예, 정말로 재미있어요. 트램슨 씨와 레지널드 태펀이 태펀 상수를 발견했죠. 트램슨 씨는 노벨 상 후보로 거론된 적도 있지만, 그다지 친절하지는 않아요."

"그럼 그 집 맞은편 집에는요?" 벳시가 물었다.

"하넥 씨 가족이요." 암스트롱 부인이 말했다. "아무래도 이 말은 꼭 해 줘야 할 것 같은데, 소개를 받기 전에 그분들한테 먼저 말을 걸 생각은 하지 마요."

"제 생각은 좀 달라요." 벳시가 말했다. "두고 보세요. 그 집 맞은편에는 누가 살죠?"

결국 벳시는 스물다섯 명의 이름을 알아냈다. 암스트롱 부인은 덴버에 갈 예정이라 파티에 못 갈 것 같다고 말했다. 벳시는 파티 준비를 할 생각에 기분이 좋아서 세상에 대한 불만을 잊었다. 그녀는 쇼핑센터의 주류 코너 주인에게 자신의 계획을 설명해 주었다. 그는 그녀에게 필요한 물건이 무엇인지 일러 주고 어떤 부부의 전화번호를 가르쳐 주었다. 파티 도우미와 바텐더 부부였는데, 그들이 칵테일과 음식을 준비해 줄 거라고 했다. 그녀는 문구점에서 초대장 한 상자를 사서 오후와 저녁 내내 초대장을 쓰며 행복한 시간을 보냈다. 파티가 열리던 날, 바텐더 부부가 3시에 도착했다. 벳시는 옷을 차려입고 아들에게도 좋은 옷을 입혔다. 코벌리는 5시에 집에 돌아왔다. 첫 손님이 오기로 한 시간이었다. 준비가 다 끝났다.

5시 30분이 돼도 아무도 나타나지 않자 코벌리는 맥주 한 병을 땄고, 바텐더는 벳시를 위해 위스키와 진저에일을 섞은 칵테일을 만들어 주었다. 거리에는 자동차들이 오갔지만, 왑샷 부부의 집 앞에 멈추는 차는 한 대도 없었다. 옆 블록의 테니스장에서 사람들이 테니스를 치는 소리가 들렸다. 웃음소리와 이야기 소리도. 바텐더는 이 동네가 이상한 곳이라고 친절하게 말했다. 이곳에 오기 전에 덴버에서 일했는데, 여기보다 더 예의 바르고 정상적인 사람들이 사는 곳으로 돌아가고 싶어 죽겠다면서. 그는 라임을 반으로 자르고, 레몬 즙을 짜고, 식탁에 칵테일 잔을 줄지어 늘어놓고, 거기에 얼음을 채웠다. 6시가 되자 파티 도우미가 가방에서 소설을 한 권 꺼내더니 앉아서 읽기 시작했다. 6시가 조금 지나서 뒷문 초인종이 울리자 벳시가 서둘러 나갔다. 세탁소 배달부였다. 코벌리는 벳시가 그에게 들어와서 한잔하고 가라고 말하는 소리를 들었다. "아이고, 그거 좋지요, 왑샷 부인." 남자가 말했다. "하지만 집에 가서 저녁 식사를 만들어야 돼서요. 지금 혼자 살고 있거든요. 이미 말씀 드린 것 같은데, 아내가 식당가의 정육점에서 일하는 놈과 달아났어요. 변호사는 저더러 애들을 고아원에 보내라고 하더군요. 그래야 양육권을 더 빨리 얻는다면서. 그래서 지금은 완전히 혼자예요. 너무 외로워서 파리들하고 이야기를 할 정도라니까요. 저희 집에는 파리가 많은데 저는 파리를 안 죽여요. 그냥 얘기만 하죠. 친구 같아요. '안녕, 파리들아. 우리밖에 없구나. 너희들이랑 나. 좋아 보인다, 파리들아.' 이런 얘기를 해요. 파리하고 이야기를 한다니까 절 미친 사람으로 보실지도 모르지만, 세상 사는 게 다 그렇죠 뭐. 말할 상대가 없는걸요."

코벌리는 문이 닫히는 소리를 들었다. 벳시가 싱크대에서 물을 좀 받았다. 그러고는 창백한 얼굴로 방에 돌아왔다. "우리 파티 하자." 코벌리가 말했다. "당신이랑 나랑 하는 거야." 그는 벳시에게 술 한 잔을 더 가져다주고 샌드위치 쟁반을 내밀었지만, 그녀는 너무 고통스러워서 몸이 뻣뻣해진 나머지 고개도 돌릴 수 없는 것 같았다. 그녀는 턱에 조금 흘리면서 위스키를 마셨다. "이런 책에 쓰여 있는 이야기들 말인데요," 도우미가 말했다. "잘 모르겠어요. 저는 세 번 결혼했는데, 이 책에는 그게 뭔가 영향을 미친다고 쓰여 있지만 그게 뭔지 모르겠어요. 대체 무슨 영향을 미친다는 건지……." 그녀는 아이를 흘깃 바라보고는 다시 책을 읽었다. 코벌리는 바텐더 부부에게 술 한 잔 하겠느냐고 물었지만, 두 사람 모두 정중히 거절하면서 일할 때는 술을 마시지 않는다고 대답했다. 두 사람의 존재가 당혹감을 더욱 증폭시키는 것 같았고, 당혹감은 수치심으로 빠르게 바뀌고 있었다. 두 사람의 눈이 세상의 눈 같았다. 비록 그시선은 정중했지만. 결국 코벌리는 두 사람에게 그만 가 보시라고 말했다. 그러자 두 사람은 한결 마음이 놓이는 모양이었다. 그들은 그래도 미안하다는 말을 하지 않을 정도의 눈치는 있었다. 두 사람은 안녕히 계시라는 말 외에 아무 말도 하지 않았다. "혹시 늦게 오는 사람이 있을지도 모르니까 음식은 이대로 놔둘 거예요." 벳시가 문 밖으로 나가는 두 사람의 등을 향해 호기롭게 소리쳤다.

그것이 그녀가 부린 마지막 호기였다. 가슴의 통증이 그녀를 압도해 버릴 것 같았다. 이 세상의 조직적인 잔인함 때문에 영혼이 금방이라도 꺾여 버릴 것 같았다. 그녀는 이 동네 사람들에게 자신의 순수함, 친절한 이방인들에 대한 자신의 생각을 내보였지만, 무참하게 퇴짜를 맞았다. 그녀가 그들에게 돈을 달라고 한 것도 아니고, 도움을 요청한 것도 아니고, 우정을 요구한 것도 아니었다. 다만 자기 집으로 와서 위스키를 마시며 텅 빈 방을 한동안 이야기 소리로 채워 달라고 부탁했을 뿐이다. 그런데 어느 누구도 그만 한 친절을 베풀지 않았다. 그녀에게는 이 세상이 적대적이고, 불가해하고, 위협적으로 보였다. 지평선에 늘어선 정비탑들처럼. 코벌리가 그녀의 어깨에 팔을 두르고 "미안해, 여보."라고 말하자 그녀는 그를 밀쳐 버리고는 모진 목소리로 말했다. "날 내버려 둬, 내버려 둬. 그냥 내버려 둬."

결국 코벌리는 벳시를 위로하려고 쇼핑센터의 커피 하우스로 데려갔다. 두 사람은 티켓을 사서 커피 잔을 들고 캔버스 의자에 앉았다. 노란 머리카락을 귀 뒤로 넘긴 젊은 여자가 자그마한 하프를 튕기며 노래를 부르고 있었다.

아, 어머니, 사랑하는 어머니, 아, 어머니,
왜 하늘이 이렇게 어두운 거죠?
왜 공기에서 바퀴벌레 약 냄새가 나는 거죠?

왜 공원에 아무도 없는 거죠?

아무것도 아니란다, 내 귀여운 딸,
세상은 이렇게 끝나지 않아,
세탁기가 돌아가고 있고,
난 친구들을 접대하려고 기다리고 있어.

하지만 어머니, 사랑하는 어머니, 제발 말씀해 주세요,
왜 어머니의 가이거 계수기가 탁탁거리는 거죠?
왜 저 착한 사람들이 전부
개울로 뛰어드는 거죠?

아무것도 아니란다, 아무것도 아니란다, 아가,
정말 아무것도 아니야,
내 가이거 계수기에
방사능 낙진 증가가 나타났을 뿐이야.

하지만 어머니, 사랑하는 어머니, 제발 말씀해 주세요,
제가 자러 올라가기 전에,
왜 저의 노란색 곱슬머리가 떨어지는 거죠?
제 머리에서?
하늘은 왜 저렇게 빨간 거죠?
하늘은 왜 저렇게 빨간 거예요……

코벌리는 이런 식의 한탄을 천성적으로 참지 못했기 때문에

(촌스러운 천성이 분명하다.) 벳시의 손을 움켜쥐고 나이가 아주 많은 사람처럼 코웃음을 치며 성큼성큼 커피 하우스 밖으로 걸어 나갔다. 별로 근사한 밤이 아니었다.

아, 아버지, 아버지, 왜 돌아오셨어요?

5

모지스와 멜리사 왑샷은 프록스마이어 장원에서 살았다. 교외선 철도 주변 지역에서 이곳은 어느 부인이 체포된 곳으로 알려져 있었다. 그 일은 5, 6년 전에 일어났지만 전설처럼 끈질기게 살아남았고, 그 부인은 잠깐이나마 이 예쁜 집을 지키는 요정이 된 것 같았다. 이야기는 간단하다. 미제로 남아 있는 한 건의 강도 사건을 제외하면 프록스마이어 장원의 경찰관 여덟 명에게는 할 일이 전혀 없었다. 결혼식이나 대규모 칵테일파티가 열릴 때 교통정리를 하는 것이 그들의 유일한 일거리였다. 그들은 다른 주들과 연결된 경찰 무전기에서 흘러나오는 다른 지역의 범죄와 경보 소식에 밤낮으로 귀를 기울였다. 자동차 절도, 폭력 사건, 취객 처리, 살인 사건 등. 하지만 프록스마이어 장원의 사건 기록부는 깨끗했다. 이렇게 한가한 일상을 보내는 것이 그들의 자부심에 무거운 짐이 되었다. 권총과 탄띠로 무장한 그들이 기차역에서 주차 위반 딱지를 떼는 일로 나날을 보내고 있었으니 말이다. 그것은 아이들의 장난 같은 일이었다. 경찰이 직접 만들어 낸 사소하기 짝이 없는 규칙 위반에 대해 통근자들에게 딱지를 발부하는 일. 하지만 그들은 이 장난에 열정적으로 몰입했다.

그 부인, 즉 르뮤얼 제임슨 부인도 비슷한 문제를 갖고 있었다. 그녀의 자식들은 타지에서 학교에 다니고 있었고, 집안일은 하녀가 도맡고 있었다. 그래서 그녀는 카드놀이를 하거나 친구들과 점심을 먹을 때 견딜 수 없는 권태 때문에 자주 짜증을 내곤 했다. 어느 날 오후 그녀가 뉴욕까지 쇼핑을 갔다가 별다른 소득 없이 돌아와 보니 자기 차에 딱지가 발부되어 있었다. 차가 하얀 선을 살짝 넘었다는 것이 그 이유였다. 그녀는 딱지를 갈기갈기 찢어 버렸다. 그날 오후 늦게 어떤 경찰관이 흙 위에 떨어져 있는 그 종잇조각들을 발견해 경찰서로 가져가 다른 경찰관들과 함께 풀로 붙였다.

누군가가 자신들의 권위에 이처럼 노골적으로 도전했다는 사실에 경찰관들은 당연히 흥분했다. 그래서 제임슨 부인에게 소환장이 발부되었다. 그녀는 친구인 플린트 판사(그는 이곳의 유일한 클럽의 일원이었다.)에게 전화를 걸어 문제 해결을 부탁했다. 플린트 판사는 알았다고 했지만, 그날 오후 늦게 급성 맹장염에 걸려 병원으로 실려 갔다. 교통 위반 사건을 다루는 법정에서 제임슨 부인이 호명되었을 때 응답하는 사람이 없자 경찰은 비상이 걸렸다. 그녀에 대한 체포 영장이 발부되었다. 몇 년 만에 처음으로 발부된 체포 영장이었다. 아침에 순찰 대원 두 명이 새 제복에 중무장을 하고 나이 많은 여자 경찰 간부와 함께 영장을 들고 제임슨 부인의 집으로 차를 몰았다. 하녀가 나와서 제임슨 부인이 자고 있다고 말했다. 그들은 여차하면 무력을 사용할 수도 있다는 뜻을 살짝 비치면서 그 집의 아름다운 거실로 들어가 하녀에게 제임슨 부인을 깨우라고 했다. 제임슨 부인은 경찰이 1층에 와 있다는 말을 듣고 분노했다. 그래서 한 발짝도 움직이지 않겠다고 고집을 부렸다. 하녀가 1층으로 내려갔고, 1, 2분 뒤에 경찰관들의 무거운 발소리가 들려왔다. 제임슨 부인은 경악했다. 저 사람들이 감히 내 침실에 들어올까? 경찰관들 중 가장 직위가 높은 사람이 밖에서 그녀에게 말했다. "침대에서 나오세요, 부인. 저희랑 함께 가 주셔야겠습니다. 안 나오면 저희가 강제로 일으켜 세우겠습니다." 제임슨 부인은 비명을 지르기 시작했다. 여자 경찰 간부는 어깨의 총집에 손을 뻗으면서 침실로 들어갔다. 제임슨 부인은 계속 비명을 질렀다. 여자 경찰은 그녀에게 일어나서 옷을 입지 않으면 잠옷 차림 그대로 경찰서로 데려가겠다고 말했다. 제임슨 부인이 욕실을 향해 움직이기 시작하자 여자 경찰이 그 뒤를 따랐고 부인은 다시 비명을 지르기 시작했다. 그녀는 히스테리 상태였다. 2층 복도에서 경찰관들과 마주쳤을 때에도 그녀는 악을 써 댔지만, 순순히 그들에게 이끌려 경찰차에 타고 경찰서로 향했다. 그런데 여기서 다시 비명을 지르기 시작했다. 결국 그녀는 벌금 1달러를 냈고, 경찰은 그녀를 택시에 태워 돌려보냈다.

제임슨 부인은 그 경찰관들을 해고시키고야 말겠다고 결심했다. 그래서 집에 발을 들여놓은 순간부터 계획을 짜기 시작했다. 이웃들 중에 말 잘하고 자신에게 공감해 줄 사람을 물색하던 그녀는 프리랜서 방송 작가인 피터 돌메치를 생각해 냈

다. 그는 풀섬의 집 경비실에 세 들어 살고 있었다. 그를 좋아
하는 사람이 아무도 없었지만, 제임슨 부인은 그를 자신의 칵
테일파티에 초대한 적이 몇 번 있었으므로 그가 그녀에게 신
세를 진 셈이었다. 그녀는 그에게 전화를 걸어 자초지종을 이
야기했다. "믿을 수가 없군요, 부인." 그가 말했다. 그녀는 그가
말솜씨를 타고났으므로 그에게 변호를 부탁하고 싶다고 말했
다. "저는 파시즘에 반대합니다, 부인. 파시즘이 그 추악한 고
개를 어디서 쳐들든 상관없어요." 다음으로 그녀는 시장에게
전화를 걸어 청문회를 열어야 한다고 주장했다. 그날 밤 8시
30분으로 청문회 일정이 잡혔다. 제임슨 씨는 공교롭게도 출장
중이었다. 그녀는 친구들 몇 명에게 전화를 걸었고, 정오쯤에
는 그녀가 여자 경찰한테 수모를 당했다는 사실을 프록스마이
어 장원에서 모르는 사람이 없었다. 그 여자 경찰이 욕실까지
따라 들어와 부인이 옷을 입는 동안 욕조 턱에 앉아 있었으며,
부인에게 총을 들이대며 경찰서로 끌고 갔다는 것이었다. 이웃
사람 열다섯 명 내지 스무 명이 청문회를 보러 나왔다. 시장
과 시 의원은 모두 합해 일곱 명이었고, 순찰 대원 두 명과 여
자 경찰 간부도 그 자리에 나와 있었다. 청문회가 시작되자 피
터가 일어나 질문을 던졌다. "프록스마이어 장원에 파시즘이
침투한 겁니까? 히틀러의 유령이 나무 그늘이 드리운 우리 마
을의 거리들을 몰래 돌아다니고 있는 겁니까? 우리가 집에서
조차 길에서 울리는 나치스 돌격대원들의 발소리와 그들이 단
단히 무장한 장갑으로 문을 두드리는 소리를 두려워해야 합니
까?" 그의 말은 이런 식으로 한없이 계속되었다. 이 글을 쓰느
라 하루를 꼬박 매달렸음이 틀림없었다. 그의 말은 모두 히틀

러를 겨냥하고 있었으며, 가끔 지나가는 말처럼 제임슨 부인을 몇 번 언급했을 뿐이었다. 사람들은 기침을 하고 하품을 하다가 자리를 뜨기 시작했다. 부인의 항의가 기각되고 청문회가 폐회했을 때, 자리에 남아 있는 사람은 사건과 직접 관련된 사람들뿐이었다. 제임슨 부인은 패배했지만, 사람들은 그녀의 주장을 잊어버리지 않았다. 기차의 차장은 기차가 초록색 산들을 지날 때 "어제 경찰이 어떤 부인을 체포했대요." 하고 말했다. 한 달 뒤에는 이 말이 "지난달에 경찰이 어떤 부인을 체포했대요."가 되었고, 곧 "저기가 그 부인이 체포된 곳이에요."라는 말이 덧붙여졌다. 저기란 바로 프록스마이어 장원이었다.

마을은 도시 북쪽, 나무가 우거진 야산 세 개 위에 자리 잡고 있었으며 경치가 좋고 편안했다. 또한 교묘한 사회적 압력을 통해 인간의 본성에서 가시가 많은 부분을 없애 버린 것 같았다. 멜리사는 어느 날 오후에 이런 사실을 억지로 알게 되었다. 이웃에 사는 로라 힐리스턴이 셰리*를 한잔하러 왔을 때였다. "내가 하고 싶은 말은 거트루드 록하트가 걸레라는 거야." 로라가 말했다. 멜리사는 방 저편에서 셰리를 따르면서 그 말을 듣고는 자기가 제대로 들은 건지 의아해 했다. 말이 너무 거친 것 같았기 때문에. 집집마다 돌아다니는 이 분위기는 무엇일까? 그녀는 자기가 살고 있는 이 마을의 정확한 본질과 의도를 도무지 알 수 없었다. 어떻게 알 수 있겠는가? 모든 것이 그토록 실험적인데. 하지만 이 도시의 본질과 의도에 정말로 이런 것도 포함되는 걸까?

---

* 스페인 남부 지방에서 생산되는 백포도주.

로라 힐리스턴이 웃었다. 그녀의 웃음소리는 건강했고 치아는 하얀색이었다. 그녀는 소파에 앉아 있었다. 몸집은 뚱뚱했으며 두 발은 융단 위에 단단히 박혀 있었다. 머리카락은 갈색이었다. 크고 부드러운 눈도 마찬가지였다. 그녀의 얼굴은 통통했고 혈색이 아주 좋았다. 그녀는 오래전에 결혼해서 장성한 아들 셋을 두었지만, 얼마 전에 그 사랑의 땅을 떠났다. 뒤도 한 번 돌아보지 않고 기운차게. 마치 김이 피어오르는 그 정글에 너무 오래 머물렀다고 생각하는 사람처럼. 이제 모든 것이 신물 난다고 그녀는 가엾은 남편에게 말했다. 그녀는 멜리사의 집에 오기 위해 향수를 살짝 뿌렸으며, 가짜 금으로 만든 굵은 목걸이를 하고 있었다. 목걸이가 그녀의 얼굴에 번드르르한 빛을 던졌다. 그녀의 신발은 하이힐이었으며 옷은 몸에 꼭 끼었지만, 그 옷차림은 남자의 눈을 끌기 위한 것이 아니라 자신의 사회적 지위를 확립하기 위한 것이었다.

　"그냥 새댁이 알아야 할 것 같아서." 로라가 말했다. "이건 뜬소문이 아니야. 그 여자는 거의 모든 사람하고 은밀한 관계를 맺었다고. 우유 배달부, 가스 검침원으로 일하는 노인네 등등. 세탁물을 배달하던 그 착하고 풋풋한 아이는 그 여자 때문에 일자리를 잃었어. 세탁소 트럭이 그 집 앞에 몇 시간 동안이나 주차되어 있곤 했지. 그러더니 그 여자가 나로비의 가게에서 장을 보기 시작했고, 그 집 배달부 한 명이 아주 곤란해졌지. 그 여자 남편은 사람 좋게 생긴 남자인데, 사람들 말로는 아이들 때문에 참고 산다는 거야. 남편이 애들을 끔찍이도 사랑하거든. 하지만 내가 정말로 하고 싶은 말은 우리가 그 여자를 쫓아낼 거라는 거야. 그 집 부부가 수리 조항이 붙은 담보로 2만 8000달러를 대출받았는데, 은행에서 일하는 찰리 피터슨이 그 집 부부한테 지붕을 새로 올려야 한다고 말했거든. 물론 그 집 부부는 지붕을 올릴 돈이 없지. 그래서 범프스 트리거가 그 사람들이 그 집을 살 때 지불한 만큼 값을 쳐줄 거고, 그 사람들은 다른 데로 가야 할 거야. 새댁이 알고 싶어 할 것 같아서 말해 주는 거야."

"고마워요." 멜리사가 말했다. "셰리 좀 더 드실래요?"

"아유, 아니야. 그만 할래. 가 봐야지. 우린 위싱 씨 집에 갈 건데, 새댁네는 안 가?"

"저희도 가요." 멜리사가 말했다.

로라는 짤막한 밍크 재킷을 걸치고 예의 그 우아하고 신중하고 부드러운, 틀림없이 연인에게 작별을 고한 귀부인 같은 태도로 집에서 나갔다.

잠시 후 뒷문 초인종이 울렸다. 요리사는 아기를 데리고 밖에 나가 있었으므로, 멜리사가 뒷문으로 가서 나로비 식품점에서 배달 온 청년에게 문을 열어 주었다. 록하트 부인이 유혹하려 했다는 아이가 이 아이인지 궁금했다. 그는 호리호리한 청년이었으며, 머리카락은 갈색에 파란 눈은 고르게 빛나고 있었다. 젊은이의 눈이 그러하듯이. 노인의 눈과는 달랐다. 전혀 빛을 내지 못하는 초라한 랜턴 같은 눈. 그녀는 록하트 부인에 대해 청년에게 물어보고 싶었지만, 그것은 물론 당치 않은 일이었다. 그녀는 청년에게 팁으로 25센트를 주었고, 청년은 예의 바르게 감사 인사를 했다. 그녀는 위싱 씨의 무도회를 위해 목욕을 하고 옷을 갈아입으러 2층으로 올라갔다.

위싱 씨의 무도회는 연례행사였다. 위싱 부인이 항상 말하는 것처럼, 그 집 식구들은 매년 융단을 깔기 전에 무도회를 열었다. 악기 세 개로 편성된 관현악단이 음악을 연주하고, 훌륭한 저녁 식사가 나왔다. 저녁 식사 메뉴는 눈이 반들거리는 연어, 쇠고기 찜, 꽃향기가 나는 진한 빛깔의 포도주였고, 술을 마실 수 있는 바도 있었다. 10시 15분쯤에 멜리사는 지루해져서 모지스에게 집으로 가자고 하고 싶었지만 그는 다른 방에 있었다. 그녀는 사랑스럽고 생기 넘치는 사람이었으므로, 지루해 하는 경우가 거의 없었다. 춤추는 사람들을 지켜보면서 그녀는 이 마을에서 쫓겨나게 될 가엾은 록하트 부인을 생각했다. 그녀는 예외적인 사람들, 즉 주정뱅이와 음탕한 사람들이 그 방종한 태도로 난공불락처럼 보이는 사람들의 껍질을 뚫어 버린다고 생각하는 것이 얼마나 쉽고 얼마나 잘못된 일인지 알고 있었다. 록하트 부인은 인류에 대해 그녀 멜리사보다 더 많은 것을 알고 있을까? 그렇게 사람들의 껍질을 뚫어 버리는 힘을 누가 갖고 있을까? 사람들이 성배로 손을 뻗을 때 손이 벌벌 떨리는 것을 본 신부일까? 사람들이 벌거벗은 모습을 본 의사일까? 사람들이 완고한 자존심을 벗어 버린 것을 본 정신과 의사일까? 정신과 의사는 지금 빨간 드레스를 입은 뚱뚱한 여자와 춤을 추고 있었다. 그렇게 사람들의 껍질을 뚫어 버리는 것에 어떤 가치가 있을까? 구석진 곳에 사는 불행한 주정뱅이 여자가 벌거벗은 서정 시인 수십 명이 숲 속에서 자신의 뒤를 쫓는 꿈을 자주 꾼다 해도 그것이 무슨 문제인가? 멜리사는 따분했다. 춤을 추고 있는 이웃 사람들도 따분한 것 같았다. 외로움도 심각한 문제였다. 그녀는 외로움에 시달리다 보면 빛과 말동무가 아주 다정하게 보일 수 있다는 것을 알고 있었다. 하지만 따분함은 다른 문제였다. 세상 어느 곳보다 번영을 누리고 있으며 공평한 이곳에서 왜 모든 사람이 따분하고 실망한 것처럼 보이는 걸까?

멜리사는 화장실로 갔다. 하지만 위싱의 집이 컸기 때문에 그녀는 길을 잃고 어두운 침실로 잘못 들어갔다. 그녀가 그 방으로 들어가는 순간, 거기서 기다리고 있었음이 분명한 어떤 여자가 열정적인 신음 소리를 내며 그녀를 끌어안았다. 그러나 이내 실수를 깨닫고 "정말 미안해요." 하고 말하더니 밖으로 나갔다. 멜리사는 그녀의 머리가 검은색이고 치맛자락이 풍성하다는 것밖에 알아보지 못했다. 그녀는 잠시 어두운 방에 서서 이 일과 멀리서 들려오는 음악 소리를 꿰어 맞추려고 했지만 전혀 성공하지 못했다. 그녀의 이웃 두 명, 그러니까 주부 두 명이 사랑에 빠져서 위싱의 무도회가 한창일 때 만나기로 했음이 틀림없었다. 하지만 그 여자가 누구였을까? 이웃 사람들 중에는 그럴 만한 사람이 없는 것 같았다. 틀림없이 다른 마을에서 온 사람일 것이다. 프록스마이어 장원 너머의 사악한 세상에서 온 사람. 그녀는 불이 밝혀진 복도로 나와 애당초 가려던 곳으로 가는 길을 찾았다. 그녀가 할 수 있는 일이라고는 그 일을 잊는 것밖에 없는 듯했다. 그 일은 일어난 적이 없었다.

그녀는 범프스 트리거에게 술을 좀 가져다 달라고 했고, 그는 그녀에게 짙은 색의 버번을 한 잔 가져다주었다. 그녀는 깊은 향수를 느꼈다. 그녀가 꿈속에서도 알아보지 못한 감정의 섬이나 반도를 향한 갈망. 그녀는 그 땅에 대해 뭔가를 알고 있는 것 같았다. 그곳은 낙원이 아니었다. 하지만 감정적인 풍요로움과 자유 덕분에 기분이 들뜰지도 모른다는 기대감이 그녀의 마음을 흔들어 놓았다. 그것은 자신이 지금보다 훨씬 더 낫게 살 수 있다는 굉장한 느낌이었다. 위싱 부인의 무도회는 현실이 아니고, 이 세상은 선과 악으로 엄격히 나뉜 것이 아니라 그녀의 욕망이라는 절대적인 권위의 지배를 받고 있다는 생각.

그녀는 춤을 추기 시작했다. 악단이 연주를 멈춘 새벽 3시까지 춤을 추었다. 그녀의 기분은 따분함에서 쾌락을 향한 가차 없는 탐욕으로 바뀌어 있었다. 파티가 영영 끝나지 말았으면 싶었다. 그녀는 동이 틀 때까지 그곳에 있다가 모지스가 자신에게 보여 주는 관심에 굴복했다. 모지스는 아주 자상한 남편이었다. 그는 보트 창고와 물이 새는 카누에서도, 바닷가와 이끼 긴 강둑에서도, 모텔과 호텔과 객실과 소파와 소파베드에서도 자상했다. 밤이 되면 그가 기쁨에 겨워 질러 대는 소리가 집 안을 울렸지만, 이 사랑의 흥분 속에는 엄격한 품위의 규칙이 있었고, 그는 성적 교섭 중 일부분에 대해 충격과 혐오를 느끼는 것 같았다. 밝은 낮에는(토요일, 일요일, 휴일을 제외하고) 품위의 기준을 엄격히 지켰다. 그는 남녀가 함께 있는 자리에서 추잡한 이야기를 하는 사람이 있으면 누구든 코를 후려쳤고, 한 번은 '젠장'이라는 말을 했다는 이유로 어린 아들의 엉덩이를 때리기도 했다. 그는 난봉꾼들에 대해 연민을 느끼게 만드는 가장이었다. 밤이 되면 그는 멜리사와 사랑을 나눴다. 밤이 되면 그는 자신 있게 침대로 올라왔다. 가엾은 난봉꾼들은 그런 안정을 결코 누리지 못한다. 사랑의 방랑자인 난봉꾼은 반드시 편지를 써야 하고, 자신이 번 돈으로 꽃과 보석을 사야 하며, 식당과 극장까지 여자들을 에스코트해야 하고, 그녀들의 끝날 줄 모르는 추억담에 귀를 기울여야 한다. 내 여동생이 나한테 얼마나 못되게 굴었으며, 고양이가 죽은 그날 밤이 어땠는지에 관한 이야기들에. 난봉꾼은 거의 미궁처럼 복잡한 여자들의 옷에 자신의 지성과 손재주를 동원해야 한다. 난봉꾼은 반드시 지리적인 문제, 변덕스러운 취향, 질투심에 사로잡힌 남편, 의심하기 시작한 요리사 등에 대처할 방법을 미리 생각해 두어야 한다. 겨우 몇 시간 동안, 때로는 아주 잠깐밖에 안 되는 달콤한 순간을 몰래 즐기려고. 난봉꾼은 우정이라는 기쁨을 맛볼 수 없으며 경찰의 의심을 받는다. 때로는 직장을 잡기가 어려울 때도 있다. 하지만 세상은 털이 많고 무식하게 생긴, 결혼한 이웃에게는 부드러운 미소를 짓는다. 모지스가 멜리사와 함께 나누고 있는 화산 지대는 엄청나게 넓었지만, 그에게 화산 지대는 그것 하나뿐이었다. 그것 외에 두 사람의 의견이 일치하는 부분은 거의 없었다. 좋아하는 위스키 상표도 서로 달랐고, 좋아하는 책과 신문도 달랐다. 사랑이라는 어두운 원 밖에서 보면 두 사람은 거의 생판 남 같았다. 그는 기다란 만찬 탁자 저 아래쪽에 앉아 있는 멜리사를 흘깃 바라보며 밝은 색 머리카락의 저 예쁜 여자가 누군지 궁금해 한 적이 있었다. 그가 침대에서 보여 주는 난폭함, 그의 자상함이 순전히 자발적인 것만은 아니라는 사실을 멜리사는 어느 날 아침에 알아차렸다. 홀에 있는 탁자의 서랍을 열었더니 한 달 또는 6주 전의 날짜가 표시된 메모 묶음이 나왔던 것이다. 메모의 제목은 '음주 기록'이었다. 메모의 내용은 이러했다. "12일 정오 마티니 석 잔. 3:20 강장제 한 병. 5:36~6:40

기차에서 버번 석 잔. 저녁 식사 전에 버번 넉 잔. 모젤 포도주 0.5리터. 저녁 식사 후 위스키 두 잔." 날짜가 바뀌어도 메모의 내용은 크게 달라지지 않았다. 그녀는 메모지를 다시 서랍 속에 집어넣었다. 잊어야 하는 일이 하나 더 생긴 셈이었다.

6

믿을 수 없는 일처럼 보이겠지만, 오노라 왑샷은 소득세를 낸 적이 없었다. 명목상 그녀의 일을 담당하고 있는 비즐리 판사는 그녀가 세법에 대해 알고 있다고 생각하고 그 주제에 대해 그녀에게 한 번도 질문을 던지지 않았다. 그녀의 부주의, 범죄적 과실은 아마도 나이 탓인 듯했다. 그녀 자신이 세금을 내는 것 같은 새로운 일을 시작하기에는 너무 늙었다고 생각했거나 체포되기 전에 세상을 떠날 거라고 생각했는지도 모른다. 가끔 자신이 의무를 게을리하고 있다는 생각이 주춤주춤 머릿속을 지나가기는 했다. 그럴 때면 순간적으로 죄책감을 느꼈지만, 그녀가 보기에 늙어서 좋은 점 중 하나는 아주 무책임하게 행동할 수 있다는 것이었다. 어쨌든 그녀가 세금을 낸 적이 없으므로, 어느 날 저녁 노먼 존슨이라는 남자가 기차에서 내렸다. 코벌리가 아버지의 유령을 본 날 밤 세인트보톨프스로 올 때 타고 왔던 바로 그 기차였다.

조윗 영감은 그 남자의 옷차림을 보고는 그가 외판원인 줄 알고 구름다리 호텔을 가르쳐 주었다. 아버지가 뇌졸중으로 쓰러진 뒤로 줄곧 이 호텔을 운영하고 있는 메이블 물턴이 그를 데리고 계단을 올라가 2층 뒤쪽에 있는 방으로 안내했다. "썩 좋은 방은 아니에요." 그녀가 설명하듯 말했다. "하지만 저희가 가진 게 이것밖에 없어요." 그녀가 그를 혼자 두고 가 버린 뒤 그는 그녀의 말을 더욱 실감했다. 하나뿐인 창문은 강 건너의 은 식기 공장을 향해 나 있었다. 구석에는 물병과 세면용 대야가 있었다. 침대 밑에는 요강이 눈에 띄었다. 이런 원시적인 시설이 마음에 들지 않았다. 사람이 자유로이 우주를 탐험하는 시대에 요강을 사용하다니! 하지만 우주 비행사들이 요강을 사용했던가? 기관사 조수들은? 그들은 무엇을 사용하지? 그는 이런 생각을 그만두고 코를 킁킁거리며 방의 냄새를 맡아 보았지만, 구름다리 호텔은 아주 낡은 호텔이었으므로 이 호텔의 냄새를 맡고 나서 할 수 있는 일은 그저 용서해 주는 것밖에 없었다. 그는 입고 있던 양복과 가방 안에 있는 양복을 모두 옷장에 걸었다. 그가 옷장의 양철 옷걸이들을 만지자 30분을 알리는 시계 종소리 같은 소리가 났다. 이 유령 같은 음악 소리에 그는 화들짝 놀랐지만, 곧 이곳 특유의 정적이 밀려들었다. 머리 위의 방에서 발소리가 났다. 남자인가? 여자? 신발 굽은 딱딱했지만 발걸음이 묵직했으므로 그는 남자의 발소리일 거라는 결론을 내렸다. 그런데 저 남자가 뭘 하고 있는 거지? 그 남자는 먼저 창가에서 옷장까지 걸어갔다. 그 다음에는 옷장에서 침대로 걸어갔다. 그 다음에는 침대에서 세면대로 갔다가 세면대에서 다시 창가로 갔다. 그의 발걸음은 팔팔

하고 재빠르고 다급했지만 그가 왔다 갔다 하는 길은 무의미했다. 짐을 싸고 있는 걸까? 옷을 입고 있는 걸까? 면도를 하는 걸까? 아니면 존슨 자신이 직접적인 경험을 통해 알고 있듯이 텅 빈 방 안을 하릴없이 돌아다니며 자기가 잊어버린 게 무엇인지 생각하고 있는 걸까?

존슨은 셔츠와 팬티 차림으로 침대 가장자리에 앉았다.(그의 팬티에는 포커의 패와 주사위가 그려져 있었다.) 그는 셰리 한 병을 따서 한 잔 마셨다. 우리 주위에 자꾸만 다시 나타나는 갖가지 얼굴들 중에는 특정한 왕국의 동전에 새겨진 얼굴처럼 보이는 얼굴, 즉 똑같은 이목구비와 가치를 지닌 것처럼 보이는 얼굴들이 있다. 전에 존슨을 본 적이 있다고 생각하는 사람도 있을 것이고, 나중에 누군가를 보고 존슨이라고 생각하는 사람도 있을 것이다. 그는 '성숙함'이라는 단어를 도저히 적용할 수 없는 긴 얼굴을 갖고 있었다. 세월이 흐르는 동안 갑작스러운 상실과 무례한 타격을 여러 번 겪었지만, 그런 감정적 상처는 아무리 봐도 전혀 드러나지 않았다. 그의 얼굴은 성실하고, 소박하고, 수수께끼처럼 보였다. 세상에는 세계 일주를 세 번이나 하는 사람도 있고, 이혼하고 재혼하고 다시 이혼하면서 아이들과 헤어지는 사람도 있고, 큰돈을 벌어 낭비하는 사람도 있다. 그렇게 해서 처음 시작했던 지점으로 돌아가 보면 똑같은 창문에 똑같은 얼굴들이 있다. 담배와 신문을 파는 영감님도 똑같은 사람이고, 우리가 아침마다 인사하는 엘리베이터맨도 똑같은 사람이며, 저녁마다 인사하는 사무원도 똑같은 사람이다. 존슨이 그랬던 것처럼 그들도 모두 못이 마룻바닥에 박히듯 불운 때문에 삶 속으로 밀려온 사람들 같다.

그는 여행자였으므로, 고독의 비참함, 그 폭력적인 관능, 당혹감에 빠진 영혼의 심상처럼 몽롱하게 보이는 고속도로, 비너스가 발명되기 전 선과 악의 구분도 없이 고통의 지배를 받으며 이 세상에 넘쳐흘렀음이 분명한 그 쓸쓸하고 색정적인 림보에 익숙했다. 그의 아버지는 그가 어렸을 때 세상을 떠났고, 그는 어머니와 이모 손에서 자랐다. 어머니는 교사, 이모는 침모였다. 그는 착한 소년이었다. 부지런하고 성실한 아이. 다른 아이들이 축구공을 쫓아 거리를 뛰어다닐 때, 그는 아치 지지대, 잡지 정기 구독권, 온수 난방기, 크리스마스카드, 신문을 팔았다. 그는 빈 자두 주스 병에 잔돈을 모았다가 일주일에 한 번씩 은행에 예금했다. 그는 자기가 번 돈으로 2년간 대학에 다니다가 보병으로 징병되었다. 슈피리어의 광석 하역 부두에서 일하면서 징병을 유예받았다면 전쟁 중에 큰돈을 벌 수도 있었지만, 그는 때가 너무 늦은 뒤에야 이 방법을 알았다.

그는 노르망디 상륙 작전 나흘째 되던 날 노르망디에 상륙했다. 그런데 부대가 상륙하자마자 건장한 선임 하사가 자기 발에 총을 쏘았고, 전투가 시작된 지 세 시간 뒤에는 피에 굶주린 중대장이 미쳐 버렸다. 존슨처럼 절도 있고 점잖은 사람들이야말로 용감한 사람들이었다. 전투 사흘째에 그는 부상을 입어 영국의 병원으로 후송되었다. 그리고 나중에 중대로 돌아갔다가 본부로 전근 발령을 받아 제대할 때까지 그곳에서 일했다. 그의 인생에서 4년이 그렇게 흘러갔다. 젊은이의 경력에서 4년이 날아가 버린 것이다. 그가 슈피리어로 돌아와 보니 이모는 돌아가셨고, 어머니도 돌아가시기 직전이었다. 어머니를 땅에 묻고 나서 그에게 남은 것이라고는 갚아야 할 병원비

3000달러, 장의사 비용 1400달러, 아무도 사고 싶어 하지 않는 집 대출금 7000달러뿐이었다. 그는 스물일곱 살이었다. 그는 셰리 한 잔을 더 따랐다. "난 전기로 가는 장난감 기차를 가져 본 적이 없어." 그가 큰 소리로 말했다. "개를 길러 본 적도 없어."

그는 둘루스의 참전 용사 관리국에 취직해서 또 하나의 교훈을 배웠다. 대부분의 사람들은 빚더미 속에서 태어나 빚더미 속에서 살다가 빚더미 속에서 죽었다. 양심과 근면은 빚이라는 짐과 상대가 되지 않았다. 그에게 필요한 것은 영감과 도박이었다. 어느 날 밤 슈피리어 외곽의 야산에 오른 그는 영감을 얻었다. 저 멀리에 둘루스의 불빛들이 보였다. 발 아래에는 통조림 공장의 납작한 지붕이 있었다. 둘루스에서 그를 향해 불어오는 저녁 바람에 개 짖는 소리가 실려 왔다. 그때 그가 생각한 것은 대략 다음과 같았다. 이 언덕에 2000명이 살고 있다. 여기 사는 사람들은 모두 개를 기르고 있다. 개들은 모두 통조림 먹이를 하루에 적어도 하나씩 먹는다. 사람들은 자기가 기르는 개를 사랑하므로 개 먹이에 상당한 돈을 기꺼이 지불한다. 하지만 개 먹이 통조림 속에 뭐가 들어가는지 누가 알겠는가? 개들이 좋아하는 음식이 무엇인가? 음식 찌꺼기, 쓰레기, 말똥이다. 집 없는 개들이 항상 털에서 윤기가 흐르고 건강 상태가 가장 좋다. 필요한 것은 판매의 강조점뿐이다. 전통 영국식 개 먹이! 대부분의 사람들은 영국 하면 구운 쇠고기를 떠올린다. 통조림에 그런 상표를 붙이면, 개 주인들은 무려 25센트나 되는 돈을 지불하고 그것을 살 것이다. 통조림 공장에서 들려오는 소음이 이 모든 것과 잘 맞아떨어졌으므로 그는 즐거운 기분으로 잠자리에 들었다.

그는 동네 개들에게 실험을 해 본 결과 아침 식사 공장의 바닥에서 긁어모은 음식 찌꺼기와 승마장에서 나온 말똥을 9대 1의 비율로 섞고 거기에 물을 넣어 촉촉하게 만드는 방식을 선택했다. 그런 다음 문장(紋章)을 연상시키는 방패 모양에 '전통 영국식 개 먹이'라는 글자가 화려하게 들어간 상표의 디자인과 인쇄를 맡겼다. 통조림 공장에서는 제품 1000개를 가공해 주기로 했고, 그는 트럭을 한 대 빌려 쓰레기통에 담은 재료를 싣고 통조림 공장으로 갔다. 통조림에 상표를 붙여 상자에 넣어서 차고에 쌓아 놓으니 뭔가 매우 가치 있고 아름다운 것을 손에 넣은 기분이었다. 그는 새 양복을 한 벌 사서 전통 영국식 개 먹이 샘플을 들고 둘루스의 시장을 돌아다니기 시작했다.

어디서나 똑같은 얘기들이었다. 식품점 주인들은 중개상에게서 물건을 산다고 했다. 중개상들을 찾아갔더니 그들은 그의 제품을 취급할 수 없다고 했다. 자기들이 파는 개 먹이는 시카고의 고기 포장 업체들이 다른 제품과 함께 끼워 파는 제품이라는 것이었다. 그는 시카고 업체들과는 경쟁할 수 없었다. 그래서 언덕에 사는 사람들에게 직접 개 먹이를 팔려고 해 보았지만 원래 개 먹이는 집집마다 돌아다니며 파는 상품이 아니므로 그는 쓰라린 교훈을 얻었다. 혼자서는 가망이 없다. 둘루스에는 배고픈 개들이 잔뜩 있었고 그의 차고에는 개 먹이 통조림이 1000개나 쌓여 있었지만, 그는 혼자였으므로 이 두 가지 사실을 결합시켜 이윤을 올릴 방법이 없었다. 그때 일을 떠올리며 그는 셰리를 한 잔 더 마셨다.

이미 날이 어두워져 있었다. 창문에서 햇빛이 사라졌으므로 그는 저녁 식사를 하러 내려가려고 옷을 입었다. 그는 식당의 유일한 손님이었다. 메이블 물턴이 그에게 기름투성이 수프를 가져다주었는데, 그릇 속에서 타고 남은 성냥 한 개비가 헤엄치고 있었다. 요강과 마찬가지로 이 타고 남은 성냥도 세인트보톨프스에 대한 그의 증오심을 돌이킬 수 없는 것으로 만들었다. "어머, 죄송해요." 그가 성냥을 보여 주자 메이블이 말했다. "정말 죄송해요. 저기, 저희 아버지가 지난달에 뇌졸중으로 쓰러지셔서 지금 일손이 엄청 부족하거든요. 저희 뜻대로 일이 돌아가질 않아요. 가스레인지의 점화 장치도 제대로 작동하지 않아서 요리사가 계속 성냥으로 가스레인지에 불을 붙이고 있거든요. 아마 그래서 성냥이 수프 속에 들어갔을 거예요. 제가 이걸 치우고 쇠고기 찜을 가져다 드릴게요. 거기엔 틀림없이 성냥이 들어가지 않게 할게요. 제가 왼손으로 접시를 치우고 있는 거 보이세요? 지난겨울에 왼손을 삐었는데 영 낫질 않네요. 하지만 혹시 왼손을 계속 쓰면 정상으로 돌아올까 싶어서 이렇게 계속 쓰고 있어요. 의사 말로는 손을 계속 쓰면 더 좋아질 거래요. 물론 오른손을 쓰는 게 더 편하지만 가끔은……." 그녀는 그가 자기 얘기를 별로 좋아하지 않는다는 것을 깨닫고 그 자리를 떠났다. 그녀가 지금까지 식당에서 만난 고독한 남자가 1000명은 될 텐데, 그들은 대부분 그녀가 그들의 아내, 아이, 집, 개들의 사진에 찬사를 보내며 자신의 몸이 여기저기 아프다고 불평하는 것을 기꺼이 들어 주었다. 그런 이야기는 대화를 이어 주는 가벼운 다리에 지나지 않았지만 그래도 다리가 아주 없는 것보다는 나았으며 시간을 보내는 데도 도움이 되었다.

존슨은 쇠고기 찜과 파이를 먹은 뒤 바로 갔다. 불이 켜진 맥주 광고판이 바 안을 조잡하게 비추고 있었고, 흙을 파헤친 것 같은 냄새가 났다. 손님이라고는 농부 두 명뿐이었다. 존슨은 그들에게서 가장 멀리 떨어진 바의 끝으로 가서 셰리를 한 잔 더 마셨다. 그러고는 미니 볼링 기계에서 볼링을 한 게임 하고 옆문을 통해 거리로 나갔다. 마을은 어두웠으며, 여행자, 방랑자, 물 흐르듯 움직이는 넓은 세상이 무엇을 필요로 하는지 전혀 신경도 쓰지 않았다. 가게란 가게는 전부 닫혀 있었다. 그는 잔디밭 너머의 유니테리언 파 교회를 흘깃 바라보았다. 교회는 기둥, 종탑, 뾰족탑이 있는 흰색 건물이었는데, 뾰족탑의 끝은 별빛 속으로 사라져 보이지 않았다. 자기 같은 사람들, 독창성이 풍부한 사람들, 가게 전면을 유리와 밝은 불빛과 끊임없이 흐르는 음악으로 장식하는 모험을 가장 먼저 한 사람들이 고대 세계에나 어울리는 교회를 지을 만큼 뒤처져 있다는 사실을 믿을 수가 없었다. 그는 풀밭을 빙 돌아서 보트 거리로 나가 오노라의 집이 있는 곳까지 갔다. 낡은 집 안 여기저기에서 불빛들이 타오르고 있었지만, 그의 눈에는 아무도 보이지 않았다. 그는 다시 바로 돌아가 텔레비전에서 방송하는 격투기 경기를 보았다.

가장 인기가 좋은 선수는 머서라는, 나이 든 클럽 선수였다. 도전자는 산티아고라는 남자였는데, 이탈리아 인 아니면 푸에르토리코 인 같았다. 그는 살집이 좋고 근육질이었으며 멍청했다. 2라운드까지는 모든 것이 머서의 뜻대로 굴러갔다. 그는 피부색이 밝고 몸이 호리호리했으며 얼굴에는 주름이 있었다. 존슨은 가정사에 대한 평범한 근심 걱정들 때문에 주름이 생긴 모양이라고 생각했다. 그는 아마 한 시간 전에 어떤 집 부엌에서 다녀오겠다며 아내에게 입을 맞췄을 것이고, 세탁기 할부금을 마련하기 위해 이 경기에 출전했을 것이다. 민첩하고 영리하고 강인한 그는 3라운드 초반까지만 해도 무적 같았다. 그런데 그때 산티아고가 그의 오른쪽 눈 위를 찢어 놓았다. 피가 머서의 얼굴과 가슴으로 줄줄 흘러내렸고, 그는 피투성이 링 위에서 미끄러졌다. 5라운드에서 산티아고가 찢어진 부분을 다시 가격하자 머서는 다시 앞이 보이지 않게 되어 비틀거리며 링 안을 무기력하게 돌아다녔다. 6라운드에서 경기가 중단되었다. 머서는 풀이 죽을 것이고, 그의 아내와 아이들은 가슴이 찢어질 것이며, 그는 세탁기를 빼앗길 것이다. 존슨은 2층으로 올라가 장애물 경주 그림이 그려진 잠옷을 입은 뒤 페이퍼백 소설을 읽었다.

그것은 재산이 수백만 달러나 되고, 로마, 파리, 뉴욕, 호놀룰루에 각각 집이 있는 젊은 여자에 관한 소설이었다. 1장에서 그녀는 스키 산막에서 남편과 그 짓을 했다. 2장에서는 식품 창고에서 집사와 그 짓을 했다. 3장에서는 그녀의 남편과 집사가 수영장에서 그 짓을 했다. 그 다음에는 여주인공이 하녀와 그 짓을 했다. 그때 남편이 그 두 사람을 발견하고 함께 즐겼다. 그 다음에는 요리사가 우체부와 그 짓을 했고, 요리사의 열두 살짜리 딸이 말구종과 그 짓을 했다. 이런 식의 이야기가 600쪽이나 계속될 터였다. 그는 이 이야기가 어딘가의 종교 기관에서 끝나리라는 것을 알고 있었다. 인류가 아는 온갖 추잡한 짓을 다 해 본 여주인공은 머리를 박박 밀고 납반지를 긴 채 어딘가의 수녀원으로 들어갈 것이다. 그리고 그녀의 타락한 남편이 수도사들이 신는 조잡한 샌들 차림으로 산골의 병든 창녀에게 가져다줄 항생제 병을 들고 눈보라 속을 뚫고 나아가는 모습이 마지막 장면일 것이다. 외로운 남자가 읽기에는 한심한 작품 같았다. 존슨 자신처럼 이 딱딱한 침대에 누워 외롭지 않은 삶을 갈망했던 수많은 사람들의 고독이 저절로 증식하는 것 같았다. 그는 불을 끄고 잠이 들어 백조, 잃어버린 여행 가방, 눈으로 뒤덮인 산이 등장하는 꿈을 꿨다. 어머니가 떨리는 손으로 크리스마스트리의 장식물을 걷어 내는 모습이 보였다. 아침에 그는 자연스럽고 활기찰 뿐만 아니라 심지어 애정까지 느끼며 잠에서 깨어났지만, 호숫가에서는 얼굴을 감춘 이방인이 항상 기다리고 있고, 정원에는 항상 독사가 있고, 서쪽에는 먹구름이 있는 법이다. 메이블이 아침 식사로 가져다준 달걀은 기름 속에서 헤엄치고 있었다. 그가 구름다리 호텔을 나서자마자 개 한 마리가 그를 향해 짖기 시작했다. 개는 그를 따라 풀밭을 가로지르면서 그의 발목을 물어뜯으려고 했다. 그는 보트 거리를 뛰어갔는데, 등굣길의 아이들 몇 명이 겁에 질린 그를 보고 와자지껄 웃어 댔다. 오노라의 집에 이르렀을 때, 그의 활기찬 기분은 온데간데없었다.

매기가 초인종 소리를 듣고 나와 그를 서재로 안내했다. 오노라는 서재 창가에 앉아 양동이에 잔뜩 쌓인 불꽃놀이 재료들을 자세히 점검하고 있었다. 남자의 발소리가 들리자 그녀는 안경을 벗었다. 젊게 보이고 싶었다. 그러나 안경을 쓰지 않으면 눈이 잘 보이지 않았으므로, 존슨이 서재로 들어왔을 때 그의 얼굴을 똑똑히 보지 못해서 그녀는 그가 강렬한 열정과 열린 마음을 지닌 젊은이라고 생각해 버렸다. 그녀는 아주 흐릿하게 보이는 그의 모습을 향해 우정인지 연민인지 모를 감정을 충동적으로 느꼈다.

"어서 오시게. 이리 앉지. 불꽃놀이 재료들을 살펴보던 중이었어. 작년에 산 건데, 작은 파티를 좀 열까 했거든. 그런데 작년 7월에는 날이 아주 건조했어. 6주 동안이나 비가 오지 않아서 소방서장이 불꽃을 쏘지 말라고 하더라고. 그래서 이걸 외투를 거는 벽장에 넣어 두고는 오늘 아침까지 까맣게 잊어버리고 있었지 뭔가. 난 불꽃놀이가 좋아. 여기 포장지에 붙은 설명서를 읽으면서 어떤 모양의 불꽃이 나올지 상상하는 게 좋아. 화약 냄새도 좋고."

"부인의 삼촌 로렌조 씨에 대해 알고 싶은 것이 있어서 왔습니다." 존슨이 말했다.

"아, 그렇지. 그 기념 명판 때문인가?"

"아뇨." 존슨은 이렇게 말하고 나서 서류 가방을 열었다.

"작년에 어떤 사람이 와서 나더러 로렌조 삼촌을 위한 기념 명판을 만들라고 졸라 대더군. 처음에 나는 그 사람이 무슨 위원회 대표인 줄 알았는데, 알고 보니 그냥 외판원이었어. 자네는 외판원이 아닌가?"

"아닙니다. 저는 정부에서 나왔습니다."

"그래, 로렌조 삼촌이 주 의회에서 일하기는 했지. 로렌조 삼촌이 아동 복지법을 처음으로 도입했어. 우리 부모님은 선교사였네. 지금 날 보고는 잘 모르겠지만, 난 폴리네시아에서 태어났어. 부모님이 학교에 다녀야 한다면서 날 이리로 보내셨는데, 내가 그리로 다시 돌아가기 전에 그만 세상을 떠나셨지. 로렌조 삼촌이 날 키워 줬어. 원래부터 그다지 다정한 사람은 아니었지." 그녀는 과거의 기억 속에 푹 잠겨 있는 것 같았다. "하지만 로렌조 삼촌이 내 아버지이자 어머니였다고 해도 될 거야." 그녀는 불만스러운 기분이 역력히 드러나는 한숨을 내쉬었다.

"여기가 그분의 집이었습니까?"

"그렇지."

"삼촌께서 부인에게 재산을 물려주신 건가요?"

"그래, 삼촌한테는 다른 가족이 없었거든."

"제가 애플턴 신탁 은행에서 보낸 편지를 가져왔습니다. 그쪽에서는 삼촌께서 돌아가실 때의 재산 가치가 약 100만 달러쯤 됐을 거라고 추정하더군요. 은행 측 주장에 따르면, 은행이 부인께 매년 7만 달러에서 10만 달러에 이르는 돈을 드렸다고 합니다."

"난 몰라. 내 돈을 대부분 여기저기 나눠 주니까."

"그걸 증명하실 수 있습니까?"

"난 기록 같은 건 안 하네." 오노라가 말했다.

"소득세를 내신 적이 있습니까, 왑샷 부인?"

"없어. 로렌조 삼촌이 나더러 자기 돈을 정부에 한 푼도 주지 않겠다고 약속하라고 했거든."

"문제가 심각합니다, 왑샷 부인." 그는 다시 크고 튼튼한 사람이 된 것 같았다. 검은 파도를 몰고 오는 사람처럼 세상 무엇보다 중요한 사람이 된 것 같았다. "형사범으로 기소되실 겁니다."

"아이고, 이런."

그녀는 꼼짝없이 덜미를 잡혔다는 것을 알고 있었다. 물총으로 은행원을 위협하는 서투른 강도처럼. 세법에 관한 그녀의 지식이 그저 꿈같은 것에 불과하다 해도, 그것이 자기가 사는 시대, 자기가 사는 나라의 법이라는 것은 알고 있었다. 그녀는 벽난로로 가서 정원사가 철판 위에 쌓아 놓은 대팻밥과 종이와 장작더미에 불을 붙였다. 그녀가 이렇게 한 것은 불이 그녀에게 최고의 진통제 역할을 해 주기 때문이었다. 자신의 행동이 마음에 들지 않거나, 고민이 있거나, 당혹스럽거나, 지루할 때 불을 붙이면 그 불이 그녀의 불만과 고민을 태워 마음의 짐을 연기로 만들어 버리는 것 같았다. 그녀는 마치 원주민처럼 불꽃이 내뿜는 빛과 열기에 가까이 다가갔다. 대팻밥과 종이가 폭발하듯 불꽃으로 피어나 건조한 가스 같은 열기로 서재를 가득 채웠다. 오노라는 마른 사과나무 장작으로 불꽃을 키웠다. 일단 불이 아주 뜨겁게 타오르기만 하면, 농장이 가난해지고 자신은 감옥에 갇힐 거라는 두려움도 다 타서 사라질 것 같았다. 장작 하나가 폭발하듯 튀어 올랐고, 깜부기불이 불꽃놀이 재료를 담아 둔 양동이에 떨어졌다. 로마 식 양초 모양의 불꽃에 가장 먼저 불이 붙었다. "자비를." 오노라가 말했다. 안경을 쓰지 않아서 눈이 침침한 그녀는 로마 식 양초의 불을 끄려고 꽃병을 집었지만 겨냥이 빗나가는 바람에 0.5리터쯤 되는 꽃병 속의 물과 히아신스 10여 송이를 존슨의 얼굴에 정면으로 던져 버린 꼴이 되고 말았다. 로마 식 양초에서는 이미 색색의 불꽃이 뿜어져 나오기 시작했고, 이것이 '황금의 베수비오 산'이라는 불꽃에 불을 붙였다. 그 불이 로켓처럼 피아노를 향해 날아가더니 집이 폭발했다.

7

가족들이 오노라 왑샷에 관해 가장 자주 하는 두 가지 이야기는 그녀의 자명종과 필체에 관한 것이었다. 사실 가족들이 그 이야기를 말로 했다기보다는 직접 몸으로 공연했다고 해야 옳을 것이다. 가족들이 각자 하나씩 역할을 맡아 일종의 아리아 같은 것을 부르고 나서, 마지막에는 19세기 이탈리아 오페라의 상투적이고 원시적인 결말처럼 모든 사람이 함께 합창을 하며 대단원의 막을 내리는 식이었다. 자명종 사건은 로렌조가 아직 살아 있던 먼 옛날의 일이었다. 로렌조는 아주 독실한 신자처럼 보이고 싶어 했기 때문에 아침 예배를 위해 정확히 11시 15분 전에 그리스도 교회에 도착하려고 했다. 속으로는 정말로 독실한 신자였는지도 모르지만 겉치레를 몹시 싫어했던 오노라는 항상 장갑이나 모자가 어디 있는지 모르겠다며 꾸물거렸다. 어느 일요일 아침 결국 화가 머리끝까지 치민 로렌조는 조카딸의 손을 잡고 잡화점으로 가서 자명종을 하나

사 주었다. 그러고 나서 두 사람은 교회로 갔다. 애플게이트 목사의 전임자인 브리엄 목사가 성 바울의 사슬에 관해 언제 끝날지 모르는 설교를 하고 있을 때 자명종이 울리기 시작했다. 대부분의 신도들은 잠들어 있다가 그 소리에 화들짝 놀라 혼란에 빠졌다. 오노라는 시계를 흔들어 보다가 포장지를 풀기 시작했지만, 포장지가 다 벗겨지고 상자가 드러났을 때에는 자명종 소리가 이미 그쳐 있었다. 그래서 브리엄 목사가 성 바울의 사슬에 관한 이야기를 다시 시작했는데, 자명종이 또 울리기 시작했다. 오노라는 이번에는 그것이 자기 시계가 아닌 척했다. 그녀는 땀을 비 오듯 흘리며 이 불경한 시계와 나란히 앉아 있었고, 브리엄 목사는 시계태엽이 다 풀릴 때까지 사슬의 의미에 관한 이야기를 계속했다. 그날은 정말이지 역사적인 일요일이었다. 그녀의 필체에 관한 이야기는 그녀가 동네 석탄 중개상에게 가격에 대해 불평하는 편지와, 성자 같은 아내를 갑자기 잃은 포터 씨에게 슬픔을 함께 나누는 편지를 차례로 썼던 날 아침을 중심으로 펼쳐졌다. 그녀가 두 통의 편지를 봉투에 엇갈리게 넣어 보낸 것이 문제였다. 포터 씨는 그녀의 필체를 전혀 읽을 수 없었지만 그녀의 서명을 보고 그 사려 깊은 마음에 감동했고, 석탄 중개상인 섬너 씨는 그 위로의 편지를 읽을 수 없었기 때문에 오노라에게 반송해 버렸다. 그녀는 스펜서 파의 필체를 배웠지만 무섭다고 해야 할지 아니면 거칠다고 해야 할지 하여튼 그녀의 본성 속의 어떤 측면이 그 필체로는 표현되지 않았으므로 그녀의 열정과 필체가 갈등을 일으켜 아무도 그녀의 글씨를 읽을 수 없게 된 것이다.

이 무렵 코벌리도 오노라에게서 편지를 한 통 받았다.

인내심이 대단한 사람이라면 이 편지의 단어를 하나씩 뜯어서 읽어 보고 그 내용이 무엇인지 진단을 내렸을지도 모르지만, 코벌리는 그런 재능도 인내심도 없었다. 그가 해독해 낼 수 있었던 것은 몇 가지 사실뿐이었다. 그녀의 집 뒤에서 자라는 호랑가시나무가 녹병에 걸렸다는 것, 코벌리가 세인트보톨프스로 와서 그 나무에 약을 뿌려 주었으면 좋겠다는 것. 그 다음에는 보스턴에 있는 애플턴 신탁 은행에 관한 이야기가 한 문단 정도 있었지만 도저히 글자를 해독할 수 없었다. 오노라가 코벌리 형제를 위해 신탁을 들어 놓았으므로, 그는 아마 그 문제와 관련된 내용일 거라고 짐작했다. 그 신탁에서 나오는 돈 덕분에 코벌리는 공무원 월급만 받아서는 누릴 수 없는 편안한 생활을 하고 있었으므로 그 신탁 계좌에 아무 문제가 없기를 바랐다. 은행 이야기 다음에는 선명하게 알아볼 수 있는 문장이 하나 있었는데, 탤리퍼 발사대의 대장인 르뮤얼 캐머런 박사가 예전에 로렌조 왑샷에게서 장학금을 받은 적이 있다는 내용이었다. 그녀는 여느 때처럼 비, 바람, 조수에 관한 이야기로 편지를 끝맺었다.

코벌리는 호랑가시나무 이야기에 사실은 완전히 다른 의미가 있을 거라고 짐작했지만, 늙은 오노라의 머릿속에 무슨 생각이 숨어 있는지 찾아낼 만큼 정서적으로 한가하지 않았다. 만약 애플턴 신탁 은행에 문제가 있는 거라면(분기마다 한 번씩 오는 수표가 이번에는 예정보다 늦어지고 있었다.) 그가 어떻게 해볼 도리가 없었다. 캐머런 박사에 관한 말은 사실일 수도 있고 아닐 수도 있었다. 오노라는 로렌조의 후한 씀씀이를 과장하는 경우가 많았고, 할머니들이 으레 그렇듯이 사람의 이름을 잘 기억하지 못했으니 말이다. 이 편지가 마침 개인적으로 좋지 않은 시기에 왔으므로 그는 이 편지를 형에게 보내 버렸다.

벳시는 칵테일파티의 실패로 인한 충격에서 회복되지 못했다. 그녀는 탤리퍼를 증오했으며, 자기를 이리로 끌고 온 코벌리를 대놓고 원망했다. 그녀는 복수를 하려고 혼자 잠을 잤으며 남편에게 말도 걸지 않았다. 집, 동네, 부엌, 날씨, 신문에 실린 뉴스에 관해 혼자서 큰 소리로 불평을 늘어놓기도 했다. 그녀는 으깬 감자에 욕을 퍼붓고, 쇠고기 찜을 저주했으며, 냄비와 프라이팬에게 지옥에나 가라고 소리를 질러 대고, 냉동 사과 파이에게 상스러운 말을 해 댔다. 하지만 코벌리에게는 아예 말을 걸지 않았다. 겉으로 드러난 삶의 모든 면, 즉 탁자와 접시와 남편의 몸이 그녀의 앞길에 놓여 있는 거친 돌멩이처럼 보였다. 마음에 드는 것이 하나도 없었다. 소파에 앉으면 허리가 아팠고, 침대에서는 잠을 이룰 수 없었다. 램프 불빛은 너무 희미해서 책도 읽을 수 없을 정도였고, 칼은 너무 무뎌서 버터도 자르지 못했으며, 텔레비전 프로그램은 지루했다. 그런데도 그녀는 충성스럽게 텔레비전을 보았다. 코벌리의 고난 중에서도 가장 심각한 것은 아내와의 성적인 관계가 완전히 무너졌다는 점이었다. 성적인 관계는 두 사람의 결혼 생활에서 가장 핵심적인 부분이자 가장 손쉽게 활력을 얻을 수 있는 부분이었다. 따라서 이런 관계가 없어지자 그녀와 함께 있는 것이 고통스러워졌다.

코벌리는 그녀를 이해하려고 노력한 끝에 그녀가 자신은 전혀 알지 못하는 과거의 무게에 가혹하게 시달리고 있음을 깨달았다. 아니, 깨달았다고 생각했다. 모든 사람이 과거에 볼모로 잡혀 있다는 생각이 들었다. 그녀의 경우에는 터무니없는 몸값을 물어야만 볼모 신세에서 벗어날 수 있는 것인지도 몰랐다. 그녀가 달의 뒷면보다 더 이해할 수 없는 어두운 측면을 지니고 있는 것도 그 때문인 것 같았다. 사랑과 인내로 그 어둠 속을 탐험해서 그녀를 비참하게 만드는 원인을 찾아내고, 그 어둠의 지형을 완벽하게 파악해서 모든 것을 합리적인 영역으로 끌어낼 수 있을까? 아니면 자신도 모르는 어둠 속에 영원히 발을 반쯤 들여놓고 있는 것이 그녀 같은 여자들의 천성인 걸까? 텔레비전 앞에 앉아 있는 그녀는 전혀 달의 여신 같지 않았지만, 그가 보기에는 도저히 조화시킬 수 없는 여러 얼굴을 지닌 그녀의 영혼이야말로 이 세상 그 무엇보다도 달과 비슷한 것 같았다.

어느 토요일 아침, 그는 면도를 하다가 벳시가 화가 나서 귀에 거슬릴 정도로 목소리를 높이는 것을 듣고 무슨 일인가 싶어서 잠옷 바람으로 아래층으로 내려갔다. 벳시가 새로 온 파출부를 호되게 나무라고 있었다. "도대체 세상이 어떻게 된 건지 모르겠어요. 정말 모르겠어. 그렇게 가만히 앉아서 내 담배나 피우고 텔레비전이나 보면서 내가 보수를 높게 쳐주기를 바라는 모양인데." 벳시가 코벌리에게 시선을 돌렸다. "이 아줌마는 영어를 거의 못해. 게다가 진공청소기 작동법도 몰라. 그걸 어떻게 움직이는지도 모른다고. 당신은 또 어떻고. 지금 시간이 9시인데 아직도 잠옷 바람이야? 당신도 하루 종일 집 안에 앉아만 있을 모양이지? 정말 신물이 나. 완전히 지쳤어. 당신이 이 아줌마를 2층으로 데려가서 진공청소기 작동법 좀 가르쳐 줘. 얼른 움직여, 두 사람 다. 2층으로 가서 한 번만이라도 좀 쓸모 있는 일을 해 보라고."

파출부는 검은 머리에 가무잡잡한 피부였다. 눈은 눈물로 젖어 있었다. 코벌리는 진공청소기를 들고 2층으로 올라가며 이 낯선 여자의 풍만한 엉덩이에 감탄했다. 두 사람 사이에 즉시 불행한 아이들 같은 관계가 형성되었다. 코벌리는 전선을 꽂고 스위치를 켰다. 하지만 그가 낯선 여자에게 미소를 지었을 때, 일이 다른 방향으로 풀리기 시작했다. "이제 이걸 여기다 넣어요." 벳시의 귀에 그의 목소리가 들려왔다. "맞아요, 그렇게 하는 거예요. 이제 이걸 구석으로 집어넣어야 돼요. 구석으로 쑥. 천천히, 천천히, 천천히. 앞으로 뒤로, 앞으로 뒤로. 너무 빨리 하면 안 돼요……." 아래층에서 벳시는 분노로 속을 끓이며 코벌리가 마침내 토요일 아침에 할 수 있는 쓸모 있는 일을 찾아냈으며, 적어도 방 하나는 깨끗해질 거라는 생각을 했다. 그러고는 욕실로 들어갔는데, 그녀의 눈앞에 환상이 나타났다. 여성의 해방이라기보다는 남성의 노예화라고 해야 할 환상이.

벳시의 상념 속에 나타난 것은 평범한 진보, 즉 여성 대통령과 여성들만으로 이루어진 상원 같은 것이 아니었다. 사실 그녀의 환상 속에서 세상의 일들은 대부분 여전히 남성들의 손으로 이루어졌다. 다만 그 일의 범위가 늘어나서 집안 살림과 장보기가 포함된 것뿐이었다. 그녀는 다림판 위에 허리를 숙이고 있는 남자를 생각하며 미소를 지었다. 탁자의 먼지를 터는 남자, 고기구이에 양념을 바르는 남자. 그녀의 환상 속에서는 위대한 남자들을 기념하는 동상들이 전부 사람들의 손에 쓰러져 쓰레기장으로 끌려갔다. 말을 탄 장군, 사제복을 입은 신부, 연미복을 입은 의원, 비행사, 탐험가, 발명가, 시인, 철학자들의 동상 대신 매력적인 여성의 모습이 그 자리에 세워질 터였다. 여성들은 성적으로 완벽한 독립을 얻어 마치 지갑을 하나 사듯 가벼운 마음으로 낯선 사람들과 사랑을 할 것이다. 그리고 저녁에 집으로 돌아와 풀 죽은 남편들에게 그 성적 모험의 주요 부분을 이야기해 줄 것이다.(남편들은 런던 식 고기구이에 아돌프 고기 연화제를 뿌리고 있을 것이다.) 그녀는 실제로 남성들의 권리를 제한하는 법이 만들어지는 것까지는 상상하지 않았지만, 남자들이 너무나 주눅이 들고, 생기 없고, 풀이 죽어서 아무도 그들의 말을 진지하게 들어 주지 않는 상상을 했다.

이제 코벌리 왑샷이 부르는 사랑의 노래는 허영심이 잔뜩 밴 우스꽝스러운 것에 지나지 않았다. 내가 이 글을 쓸 때, 그는 불행히도 중국식 행운의 쿠키 같은 말투를 습관적으로 사용하고 있었다. "시간이 모든 것을 치유해 준다."거나 "가난한 사람이 도둑보다 앞서 간다."는 식이었다. 게다가 이미 손마디를 꺾는 습관이 있던 그는 그보다 훨씬 더 신경에 거슬리는, 불안하게 헛기침을 하는 버릇이 생겼다. 그의 후두에서 일정한 간격을 두고 반사적 행동 같기도 하고, 미안해 하는 것 같기도 하고, 불평하는 것 같기도 하고, 뭔가를 망설이는 것 같기도 한 소음이 나곤 했다. "그험험." 그는 설거지를 하며 혼자 이런 소리를 냈다. "아험, 아아험, 그험험." 마치 이런 소리들이 그의 불만을 미묘하게 표현해 주는 것 같았다. 그는 가끔 참석하는 홍보 회의에서 대개 참석자들에게 나눠 주는 자기 이름표(안녕하세요! 저는 코벌리 왑샷입니다!)를 하얀 카네이션과 함께 항상 쓰레기통에 버리는 사람이었다. 그는 자기를 모르는 사람이 없는 작은 마을에 살고 있다고 생각하는 모양이었다. 물론 그것은 진실과 완전히 동떨어진 생각이었다. 벳시는 오래된 전설의 여주인공처럼 마녀에서 미인으로, 다시 마녀로 순식간에 모습을 바꿀 수 있는 사람이었으므로, 코벌리는 계속 깜짝깜짝 놀랄 수밖에 없었다.

코벌리는 무슨 폭군이라도 되는 것처럼 자신의 과거를 제멋대로 재배열하는 데 빠져 있었다. 그는 유쾌한 표정으로 기대에 차서 과거에 있었던 일을 없었던 일로 생각해 버리곤 했다. 하지만 없었던 일을 있었던 일로 주장하는 지경까지는 가지 않았다. 있었던 일이 없었던 일로 탈바꿈하는 것은 그가 부르는 사랑의 노래에 자주 등장하는 후렴구와 같았다. 성적 황홀경에 찬사를 보내는 서정적이고 시적인 말들만큼이나 자주. 이제 벳시는 불평불만이 많은 여자가 되었다. 아니, 코벌리의 표현대로라면, 벳시는 불평불만이 많은 여자가 아니었다. 그녀는 렘젠에 살 때 불행했기 때문에 캐너버럴로 옮겨 가서 살고 싶어 했다. 그곳에 가면 백사장에 앉아 거친 파도의 개수를 세고 해안 구조 대원들에게 추파를 보내며 살 수 있을 것 같았다. 만약 자신의 초상화를 그린다면, 그녀는 수수께끼투성이의 어린 시절을 보낸 조지아 북부의 풍경을 배경으로 삼고 싶었다. 멧돼지, 죽어 가는 멀구슬나무, 페인트가 다 벗겨진 판잣집이 풍경 속에 등장할 것이고, 조금만 비가 내려도 미끄럽게 변해 쓸려가 버리는 빨간 흙이 땅 위에 한없이 펼쳐져 있을 터였다. 조지아 주 북부는 표토의 양이 워낙 적었기 때문에 미끼를 넣어 두는 깡통조차 흙으로 채울 수 없을 정도였다. 코벌리는 기차의 창문을 통해 그 풍경을 스치듯 보았을 뿐이고, 그녀의 과거에 대해서는 캐롤라인이라는 여동생이 있다는 사실을 알고 있을 뿐이었다. "난 캐롤라인한테 정말 실망했어. 나한테 형제라고는 그애밖에 없었기 때문에 난 그애랑 정말로 우애좋은 자매가 되고 싶었는데 실망만 남았어. 내가 싸구려 잡화점에서 일할 때 그애 혼수 비용으로 내 월급을 몽땅 보내 줬는데, 그애는 결혼한 뒤에 뱀브리지를 그냥 떠나 버렸어. 그러고는 나한테 편지를 쓴 적도, 자기가 어디서 어떻게 살고 있는지 말해 준 적도 없어." 그런데 캐롤라인이 벳시에게 편지를 보내오기 시작했고, 벳시가 여동생에게 느끼는 감정도 180도 달라졌다. 코벌리는 이런 변화가 기뻤다. 텔레비전을 빼고는 벳시가 텔리퍼에서 느끼는 외로움을 달래 줄 물건이 없었고, 이 동네를 더 사교적인 곳으로 만드는 것은 그의 능력으로 할 수 있는 일이 아닌 것 같았기 때문에. 결국 벳시는 남편과 이혼한 캐롤라인에게 한번 놀러 오라고 말했다.

일어나지 않았던 일, 아니, 일어났을 수도 있지만 코벌리 특유의 사고방식 때문에 간과되었던 일이 시작된 것은 캐롤라인이 벳시를 만나러 왔을 때부터였다. 그녀는 목요일에 도착했다. 코벌리가 퇴근해서 집에 와 보니 창문마다 불이 켜져 있었고, 집에 발을 들여놓는 순간 거실에서 두 사람의 목소리가 들렸다. 벳시는 몇 달 만에 처음 보는 행복한 표정으로 그를 맞이하며 입을 맞춰 주었다. 캐롤라인은 그를 쳐다보며 미소를 지었다. 방 안의 풍경이 고스란히 비치는 커다란 안경 때문에 그녀의 눈 색깔과 시선이 보이지 않았다. 그녀는 뚱뚱하지 않았는데도 뚱뚱한 여자처럼 다리를 널찍하게 벌리고 그 사이로 팔을 보기 싫게 늘어뜨린 채 앉아 있었다. 몸에는 여행용 옷을 입고 있었다. 발에 꼭 끼는 파란색 구두와 피부처럼 주름이 진 파란색 타이트스커트. 그녀는 천천히 상냥한 미소를 짓더니 자리에서 일어나 축축한 입술로 코벌리에게 입을 맞췄다. "세상에, 하비랑 똑같이 생겼네요. 하비는 뱀브리지에 살던 앤데, 형부가 그애랑 똑같이 생겼어요. 아주 잘생긴 애였어요. 그애 식구들은 스파타커스 거리에 있는 좋은 집에서 살았죠."

"스파타커스 거리가 아니야." 벳시가 말했다. "그 집 식구들은 톰슨 대로에 살았어."

"그애 아버지가 뷰익 대리점을 차릴 때까지는 스파타커스 거리에 살았어. 그 다음에 톰슨 대로로 이사 간 거야."

"난 그 사람들이 줄곧 톰슨 대로에 산 줄 알았는데."

"톰슨 대로에 살던 애는 따로 있어. 머리가 곱슬곱슬하고 이가 굽어 있던 애."

커피 탁자에 버번 병이 놓여 있었으므로 그들은 각자 술을 한 잔씩 했다. 벳시가 저녁 식사를 데우려고 부엌으로 갔을 때 캐롤라인은 코벌리 옆에 남았다. 코벌리가 있었던 일을 없었던 일로 생각하기로 한 것이 바로 이때였다. 캐롤라인이 그에게 속삭이듯 작은 소리로 말했다. "벳시 언니가 어떤 남자랑 결혼했는지 만나 보고 싶어서 죽는 줄 알았어요. 뱀브리지 사람들은 벳시 언니가 절대 결혼하지 않을 거라고 생각했거든요. 언니가 워낙 이상한 사람이라서."

코벌리는 이 말 속에 독설이 숨어 있음을 깨닫고 잠시 망설이다가 그녀가 이 말을 하지 않은 것으로 치기로 했다. 그냥 조지아에서는 '이상하다'는 말이 매력적이고 독창적이고 아름답다는 뜻으로 쓰이는 모양이라고 생각하는 수밖에 없었다.

"무슨 말인지 모르겠네요."

"뭐, 그냥 이상한 사람이라고요. 그뿐이에요." 캐롤라인이 속삭였다. "뱀브리지에서는 벳시 언니가 이상하다는 걸 모르는 사람이 없었어요. 언니가 뭘 잘못해서 그런 것 같지는 않아요. 계부가 언니한테 워낙 못되게 굴어서 그렇게 됐을 거예요. 계부는 언니를 자주 때렸어요. 언니가 아무 짓도 안 했는데도 자기 허리띠를 풀어서 언니를 때리는 거예요. 내 생각에는 언니가 하도 맞아서 상식을 잃어버린 것 같아요."

"난 전혀 모르는 일이에요." 코벌리가 말했다. 아니, 말하지 않았다.

"뭐, 언니는 원래 사람들한테 아무 말도 안 하는 성격이에요." 캐롤라인이 속삭였다. "그것도 언니의 이상한 점 중 하나였어요."

"식사 준비 다 됐어요." 벳시가 그 어느 때보다 다정하고 순진한 목소리로 말했다. 지금 생각해 보면 이것만은 사실이었던 것 같다.

뱀브리지에 관한 이야기는 저녁 식사 자리에서도 계속 이어졌다. 캐롤라인이 주도한 그 대화는 묘하게 음침했다. "베시 플러케트가 또 다운 증후군에 걸린 바보를 낳았어." 캐롤라인이 큰 소리로 말했다. 즐거운 기색은 아니었지만, 열기를 띠고 있는 것만은 틀림없었다. "가엾게도 그것이 워낙 건강해서 베시는 평생 그것을 돌보며 살아야 할 거야. 정말 불쌍해. 물론 그것을 주립 요양소에 보낼 수도 있지만, 베시는 어린 아들을 굶겨 죽일 수 있는 사람이 아니지. 주립 요양소에 가면 그렇게 된

다니까. 거기 사람들이 애들을 굶겨 죽인대. 앨마 피어슨도 다운 증후군 아이를 낳았지만, 다행히도 그애는 죽었어. 그리고 그 브래지라는 애 기억나, 언니? 오른팔이 쭈그러든 애 말이야." 그녀는 코벌리를 바라보면서 설명을 해 주었다. "그애 팔이 쭈그러들어서 형부 팔꿈치 길이 정도밖에 안 되는데, 그 팔 끝에 아주 쬐끄만 손이 달려 있어요. 그런데도 피아노를 배웠다니까요. 굉장하지 않아요? 그애는 그 쬐끄만 손으로 반주를 할 수 있을 뿐만 아니라 왼손으로 나머지 음을 다 연주할 수 있었어요. 왼손은 정상이었거든요. 피아노 레슨도 받고 그랬어요. 그러니까, 그애 아버지가 면화 공장 엘리베이터에서 떨어져서 양쪽 다리가 전부 부러질 때까지는 레슨을 받았어요." 캐롤라인이 일부러 이런 음침한 이야기를 하는 걸까, 아니면 조지아에서는 이런 게 현실인 걸까? 코벌리는 궁금했다.

캐롤라인은 사흘간 머물렀다. 그녀가 비극적인 인간사를 헤아릴 수 없을 정도로 많이 알고 있다는 점과 모든 물건에 립스틱 자국을 남겨 놓았다는 점만 빼면 그럭저럭 참아 줄 만한 손님이었다.(저녁 식사 전에 그녀가 한 말만 잊어버린다면.) 그녀는 입이 큰 편이었는데 거기에 립스틱을 진하게 발랐기 때문에 컵과 유리잔, 수건과 냅킨에 모두 자주색 립스틱 자국이 남았다. 재떨이에는 립스틱이 묻은 담배꽁초가 수북했고, 화장실에는 항상 자주색 얼룩이 묻은 크리넥스가 있었다. 코벌리가 보기에 이것은 단순히 부주의한 수준을 훨씬 넘어서는 행동이었다. 자기가 아주 잠깐 머무르다 떠날 이 집에 자신을 각인시키는 간접적인 방법 같은 것. 자주색 얼룩은 그녀가 외로운 여인이라는 표식 같았다. 그녀가 떠나던 날 코벌리가 발사대로 출근할 때 그녀는 잠들어 있었고, 코벌리가 퇴근해서 돌아왔을 때에는 이미 떠나고 없었다. 그녀는 코벌리의 아들 이마에 자주색 립스틱 자국을 남겨 놓고 떠났다. 어디를 봐도 자주색 립스틱 자국이 있는 것 같았다. 마치 그녀가 자신이 떠난다는 사실을 이런 식으로 표시해 놓은 것 같았다. 벳시는 텔레비전을 보며 캐롤라인이 선물로 준 사탕을 먹고 있었다. 그녀는 그가 들어와도 그를 보지 않았고, 그가 뺨에 입을 맞추자 뺨을 손으로 문질렀다. "날 내버려 둬." 그녀가 말했다. "날 내버려 둬……."

캐롤라인이 떠난 뒤 벳시의 불만은 점점 더 커지기만 하는 것 같았다. 그러던 어느 날 밤, 실제로 일어난 일을 지워 버리는 코벌리의 습관에 따르면 특히나 일어난 적이 없는 일이 일어났다. 그는 발사대에서 일이 늦게 끝나서 7시 30분에야 집에 돌아왔다. 벳시는 부엌에 앉아 울고 있었다. "왜 그래, 여보?" 그가 물었다. 아니, 묻지 않았다.

"내가 마시려고 맛있는 차를 한 잔 만들었어." 벳시가 흐느끼며 말했다. "뜨거운 페이스트리도 굽고. 그러고는 혼자 즐거운 시간을 보내려고 막 앉았는데 전화벨이 울리더니 잡지 구독을 권하는 여자가 뭐라고 막 얘기를 하는 거야. 그 여자 얘기가 끝났을 때에는 내 차와 페이스트리가 전부 차갑게 식어 있었어."

"괜찮아, 여보. 다시 데우면 되잖아."

"안 괜찮아. 절대 안 괜찮아. 아무것도 안 괜찮아. 난 탤리퍼가 싫어. 여기가 싫어. 당신도 싫어. 변기가 축축한 것도 싫어. 내가 여기서 사는 건 순전히 달리 갈 데가 없기 때문이야. 난 너무 게을러서 어디 취직도 못 하고, 너무 평범하게 생겨서 다른 남자를 만나지도 못해."

"여행이라도 할까, 여보? 주변을 좀 바꿔 보고 싶어?"

"난 이 나라에 안 가 본 데가 없어. 어디나 똑같아."

"이러지 마, 여보. 이러지 마." 그가 커다란 애정과 피로를 느끼며 말했다. "내가 당신 이름을 부르면서 당신한테 제발 다시 돌아오라고 하는데도 당신은 전혀 고개를 돌리지 않는 것 같아. 당신이 걷고 있는 그 거리가 어떻게 생겼는지 나도 알아. 자주 본 거리니까. 밤인데, 거리 모퉁이에 담배랑 신문을 파는 가게가 있어. 문구점이야. 당신이 그 거리를 걸어가는 게 보여. 난 당신 뒤에서 따라 걸으면서 당신한테 제발 다시 돌아오라고, 돌아오라고 소리를 지르는데 당신은 한 번도 뒤돌아보지 않아." 벳시는 계속 흐느꼈다. 코벌리는 자신의 말이 그녀의 마음을 움직인 것 같아서 그녀의 어깨를 끌어안았지만, 그녀는 발작처럼 몸을 비틀어 빠져나가면서 악을 써 댔다. "날 좀 내버려 둬." 급하게 브레이크를 밟을 때 나는 소리처럼 끔찍하게 찢어지는 그 목소리는 합리적인 세상과 동떨어져 있는 것 같았다.

"하지만, 여보."

"당신이 날 때렸어." 그녀가 악을 썼다. "허리띠를 풀어서 날 때렸어, 날 때렸어, 날 때렸어."

"난 절대 당신을 때리지 않아, 여보. 난 머피 씨가 우리 쓰레기통을 훔쳐 갔을 때를 빼고는 아무도 때린 적이 없어."

"당신이 날 때렸어, 때렸어, 때렸어." 그녀가 악을 썼다.

"그게 언제야, 여보? 내가 언제 그랬어?"

"화요일, 수요일, 목요일, 금요일. 그걸 어떻게 전부 다 기억해?" 그녀는 자기 방으로 도망쳐서 문을 닫았다. 그는 망연자실했다.(아니, 이런 일이 정말로 일어났다면 망연자실했을 것이다.) 그는 1, 2분쯤 지난 뒤에야 빈시가 놀라서 울고 있다는 것을 깨달았다.(아니, 깨달았을 것이다.) 그는 아이가 이성과 사랑과 동물적인 따스함 그 자체이기라도 한 것처럼 아이를 부서져라 끌어안고 부엌으로 들어갔다. 지금은 곰곰이 생각을 해 보거나 뭔가 결정을 내릴 때가 아닌 것 같았다. 그는 햄버거를 몇 개 만들어 먹고 나서 아이에게 다른 날과 마찬가지로 말도 안 되는 우주여행 이야기를 해 주었다. 그가 어렸을 때 들은 말하는 토끼 이야기보다 더 형편없는 이야기는 아니었지만, 말하는 토끼는 그래도 순수한 매력을 지니고 있었다. 그는 불을 끄고 아이에게 입을 맞추며 잘 자라고 인사한 다음 침실 문간에 서서 벳시에게 식사를 하겠느냐고 물었다. "날 내버려 둬." 그녀가 말했다. 그는 맥주를 한 병 마시고, 철 지난 《라이프》를 읽고, 창가로 가서 가로등 불빛을 바라보았다.

고독했고, 전례가 없는 딜레마가 고통스러웠다.(그가 사실을 인정했다면 그랬을 것이다.) 도둑과 살인범에게도 의리가 있고 예언자가 있는데 그에게는 아무것도 없었다. 정신과, 정신과. 우리가 두 발을 차례로 내디딜 때처럼 이 단어가 그의 머릿속에 떠올랐지만, 만약 그가 의사를 찾아간다면 기밀 취급 허가증과 일자리를 빼앗길 터였다. 탤리퍼에서는 정신적으로 불안한 기색이 조금만 있어도 일자리를 유지할 수 없었다. 인생을 황폐하게 만드는 타격들이 그래도 어떻게든 쓸 만한 순서로 가해졌다는 그의 믿음을 유지하는 유일한 방법은 이번 타격이 가해지지 않았다고 주장하는 것뿐이었다. 그래서 그는 소파에 잠자리를 펴고 잠이 들었다.

있었던 일을 없었던 일로 치고, 지금 일어나고 있는 일이 일어나고 있지 않다고 주장하는 이 기묘한 일이 아침에도 계속되었다. 코벌리가 셔츠를 가지러 침실로 들어가 보니 벳시가 그의 셔츠에 달린 단추를 모조리 잘라 버린 뒤였다. 이건 참을 수 없었다. 그는 타이로 셔츠를 고정하고, 끝자락을 바지 속에 넣은 차림으로 출근했지만, 오전이 절반쯤 지났을 때 화장실에 가서 벳시에게 보낼 편지를 썼다.

"사랑하는 벳시, 난 떠나. 난 지금 절망적이지만 자포자기할 생각은 없어. 특히 조용히 자포자기할 생각은 더욱더. 난 지금 당신에게 알려 줄 주소가 없지만 그래도 크게 달라지는 건 없겠지. 우리가 함께 산 지난 세월 동안 당신은 나한테 엽서 한 장 보낸 적이 없으니까 이제 와서 갑자기 나한테 편지를 줄줄이 써 보내지는 않을 거야. 빈시를 데려갈까 생각해 보았지만, 그건 물론 법에 어긋나는 짓이지. 나는 지금까지 내가 사랑했던 누구보다 그애를 사랑해. 그러니까 제발 아이한테 잘해 줘. 내가 왜 떠나는지, 내가 왜 절망적인지 당신이 혹시 알고 싶어 할까? 왠지 내가 왜 사라졌는지 당신이 혼자서 자문하는 모습이 상상이 안 되네. 난 캐롤라인을 빼고는 당신 가족을 전혀 몰라. 그래서 가끔은 당신 식구들에 대해 아는 게 더 많았으면 좋겠다는 생각이 들어. 가끔 당신이 나를 오래전에 당신을 괴롭힌 다른 사람으로 착각하는 것 같아서 말이야. 내 성격이 나쁘다는 건 나도 알아. 우리 식구들도 항상 코벌리는 정말 이상한 애라고 말했거든. 아마 내가 생각하는 것보다 훨씬 더

내 탓이 클 거야. 나는 오랫동안 감정을 품는 것도 싫고, 앙심을 품거나 화를 내는 것도 싫지만 자주 그렇게 돼. 우리가 함께 사는 동안 아침마다 자명종 소리에 깨어나서 내가 제일 먼저 하고 싶은 일은 당신을 품에 안는 거였지만, 내가 그렇게 하면 당신은 냅다 내 품에서 빠져나가지. 그래서 우리의 하루는 그렇게 시작되고, 대개는 그렇게 끝나. 다른 말은 하지 않을게. 처음에 말했던 것처럼 나는 자포자기할 생각은 없어. 특히 조용히 자포자기할 생각은 더욱더. 그래서 떠날 거야."

코벌리는 편지를 부치고, 셔츠를 몇 장 사고, 휴가를 얻어서 그날 밤 덴버로 떠나 4급 호텔에 방을 잡았다. 욕실 바닥에는 담배꽁초가 떨어져 있고, 침대 발치에는 수상쩍게도 커다란 거울이 놓여 있었다. 그는 술을 조금 마시고 영화를 보러 갔다. 그가 자정쯤에 호텔로 돌아왔더니 엘리베이터맨이 그에게 여자나, 남자나, 야한 사진이나, 추잡한 만화를 원하느냐고 물었다. 그는 괜찮다고 말하고 방으로 가서 잠자리에 들었다. 아침에 그는 박물관을 구경하고 나와서 영화를 한 편 더 보고, 해 질 녘에 바에서 술을 마시다가, 벳시가 집 안에서 신고 돌아다니던, 구슬이 장식된 낡은 인디언 모카신처럼 보이는 것 앞에서 자신의 영혼이 비굴하게 무릎을 꿇고 있는 것 같다는 생각을 했다. 그는 술을 한 잔 더 마시고 영화를 또 보러 갔다. 그가 호텔로 돌아오니 엘리베이터맨이 또 그에게 여자나, 남자나, 야한 마사지나, 야한 사진이나, 외설적인 만화를 원하느냐고 물었다. 그는 벳시를 원했다.

사람들은 결혼 생활의 비밀을 무엇보다도 빈틈없이 감춘다. 코벌리도 바람을 피운 이야기라면 거리낌 없이 할지도 모른다.

그가 감추고 싶은 것은 정절에 대한 자신의 열정이었다. 그녀가 말도 안 되는 일로 그를 비난한 것이나 그의 셔츠에서 단추를 잘라 버린 일은 중요하지 않았다. 그녀가 그의 팬티를 태워 구멍을 내고, 그에게 납을 먹였어도 문제가 되지 않았을 것이다. 만약 그녀가 현관문을 잠가 버리면, 그는 창문으로 기어 들어갈 것이다. 만약 그녀가 침실 문을 잠가 버리면, 그는 자물쇠를 부술 것이다. 만약 그녀가 그에게 독설을 퍼붓고, 그를 비난하며 눈물을 줄줄 흘리고, 도끼나 고기 자르는 칼을 휘두른다 해도 문제가 되지 않았다. 그녀는 그의 맷돌, 그의 족쇄, 그의 천사, 그의 운명이었고, 그가 품은 가장 화려한 꿈의 원료를 손에 쥐고 있었다. 그는 그녀에게 전화를 걸어 집으로 돌아가겠다고 말했다. "괜찮아." 벳시가 말했다. "괜찮아."

그는 집으로 돌아가는 길에 갈아 타는 차편을 구하는 데 애를 먹었기 때문에 다음 날 밤 10시에야 비로소 집에 도착했다. 벳시는 침대에 앉아 손톱을 다듬고 있었다. "안녕, 여보." 그는 이렇게 말하고 신음 소리를 내며 침대에 앉았다. "응, 잘 있었어." 벳시는 이렇게 말하고 나서 손톱을 갈던 줄을 탁자 위에 던져 버렸다. 자신의 독립성을 그렇게나마 지킨 것이다. 그녀는 욕실로 들어가 문을 닫았다. 수돗물 흐르는 소리가 다양하게 들려왔다. 티볼리의 분수들처럼 유쾌하고 다양한 소리였다. 하지만 그녀는 방으로 돌아오지 않았다. 어떻게 된 거지? 어디 다쳤나? 창문으로 기어 나갔나? 그가 욕실 문을 벌컥 열어 보니 그녀는 알몸으로 욕조 턱에 앉아서 날짜가 지난 《뉴스위크》를 읽고 있었다. "무슨 일이야, 여보?"

"아무 일도 없어. 그냥 이걸 읽고 있었어."

"그건 날짜가 지난 거잖아. 거의 1년 전 거야."

"뭐, 그래도 아주 재미있어. 아주 재미있다고."

"당신은 시사 문제에 관심이 없잖아. 부통령 이름도 모르면서. 안 그래?"

"그건 당신이 상관할 일이 아니야."

"부통령 이름을 알아?"

"당신이 상관할 일이 아니라니까."

"아, 여보." 코벌리가 신음하듯 말했다. 그의 감정이 사랑으로 가득 차 있었기 때문에 그는 그녀를 안아 올렸다. 잠자리의 푸르름, 무엇보다도 무성한 그 이파리들이 방을 가득 채웠다. 수돗물 흐르는 소리. 야생 카나리아가 날아가는 소리. 가볍게, 가볍게, 모퉁이마다 서로를 도우면서 그들은 힘들이지 않고 절벽, 굴뚝, 홈통, 긴 가로대를 오르기 시작했다. 오르고 또 올라서 마지막 능선에 올라 넓은 세상이 한눈에 들어올 때까지. 코벌리는 그 세상에서 가장 행복한 남자였다. 하지만 그의 버릇에 따르면 이런 일은 전혀 일어나지 않았다. 어떻게 일어날 수 있겠는가?

8

비즐리 판사의 집무실은 타운브리지 건물의 2층에 있었다. 메이블의 여동생인 이니드 풀턴이 오노라를 안쪽 방으로 들여보내 주었다. 비즐리 판사가 그 방에 앉아 서류를 살펴보고, 아니, 살펴보는 척하고 있었다. 오노라는 아무래도 그가 자고 있었던 것 같다는 생각이 들어서 암담한 표정으로 그를 바라보았다. 지금까지 그녀가 경험했듯이, 수많은 사람과 물건 들을 완전히 반대의 모습으로 바꿔 놓는 세월이 그를 매처럼 바꿔 놓았다. 그가 육식동물처럼 보인다는 뜻은 아니었다. 얼굴이 홀쭉해져서 예전에는 날카롭게 보이던 코가 새의 부리처럼 휘고, 가느다란 흰머리가 털갈이를 하느라 빠진 깃털처럼 머리 위에 얹혀 있다는 뜻일 뿐이었다. 그는 횃대에 앉은 새처럼 어깨를 구부렸다. 목소리도 갈라져 있었지만, 생각해 보니 그건 옛날부터 그랬다. 그의 코는 여기저기 살갗이 벗겨져서 보라색 속살이 드러나 있었다. 그녀가 기억하기로 그는 여자들의 마음을 빼앗는 멋진 남자였다. 여든 살이 된 지금도 그는 자신의 매력에 자부심을 갖고 있었다. 그의 책상 위쪽에는 뿔 달린 사슴을 그린 커다란 그림이 있었다. 유약을 칠한 그 그림 속에서 사슴은 물을 마시러 연못으로 가려고 어두운 숲을 떠나고 있었다. 그림이 들어 있는 액자는 크리스마스 때 쓰는 반짝이로 화려하게 장식되어 있었다. 오노라는 이 액자를 흘깃 바라보았다. "크리스마스 준비를 아주 단단히 하셨네요." 그녀가 심술궂게 말했다.

"으흠." 그는 무슨 소리인지 알아듣지 못한 모양이었다.

오노라는 그에게 문제를 털어놓으며 그의 홀쭉한 얼굴에 나타나는 놀란 표정을 통해 자신의 문제가 얼마나 심각한 것인지 추정해 보았다. 그의 기억력, 그의 합리적인 판단 능력은 손상된 것이 아니라 퇴행한 것 같았다. 그녀의 이야기가 끝나자 그는 두 손을 뾰족하게 모았다. "카운티 법정은 앞으로 5주가 지난 뒤에야 개정할 거요. 그러니까 그때까지는 당신을 기소할 수 없어요. 당국이 당신 계좌에 유치권을 설정했소?"

"그렇지는 않을걸요."

"그럼 말이오, 오노라, 곧장 은행으로 가서 상당액을 인출해 이 나라를 뜨시오. 범죄인 인도 절차가 복잡하고 시간도 오래 걸리는 데다가, 세무 당국도 그렇게 몰인정하지는 않소. 물론 당신더러 돌아오라고 하겠지. 하지만 당신처럼 훌륭한 숙녀에게 불쾌한 짓을 하지는 않을 거요."

"여행을 하기에는 내 나이가 너무 많아요."

"빈민 구호 농장으로 가기에도 나이가 너무 많지." 그가 말했다. 그의 눈빛을 보니 새처럼 머리가 나빠진 것 같았고, 수오리처럼 고개를 좌우로 흔들어야만 그녀의 모습을 시야에 담을 수 있는 것 같았다. 그녀는 더 이상 아무 말도 하지 않았다. 고맙다는 말도, 작별 인사도 없이 그냥 사무실을 나섰다. 그녀는 철물점에 들러 빨랫줄을 샀다. 그러고는 집으로 돌아와 곧장 다락으로 올라갔다.

오노라는 무엇이든 신선한 것에 감탄했다. 빗줄기와 아침의 차가운 햇빛, 모든 종류의 바람, 존재의 사슬이 움직이는 소리가 들리는 것 같은 모든 종류의 흐르는 물소리, 높은 파도. 하지만 특히 비를 좋아했다. 이 모든 것을 좋아하는데도 목을 맬 생각으로 빨랫줄을 들고 공기가 통하지 않는 다락에 발을 들여놓으면서 그녀는 이방인이 된 것 같았다. 공기가 너무 탁해서 머리가 빙빙 돌 지경이었다. 오븐처럼 싸한 느낌이 났다. 단 하나뿐인 창가에서 파리와 말벌들이 유일한 생명의 소리를 만들어 냈다. 캘커타 여행 가방, 모자 상자, 진주알이 박힌 키(그녀의 것), 찢어진 돛, 노 한 쌍이 창가에 있었다. 그녀는 빨랫줄을 서까래에 걸었다. 서까래에는 "퍼레즈 왑샷의 훌륭한 동물원과 동물 서커스"라는 말이 찍혀 있었다. 서까래에 매달려 있는 빨간 커튼은 비 오는 날 공연을 하던 무대에서 쓰던 것이었다. 빗줄기가 그 작고 작은 세계를 어루만질 때. 로드니 타운센드가 잠자는 숲 속의 미녀를 깨우듯이 키스로 그녀를 깨웠었다. 그녀가 제일 좋아하는 부분이 바로 그거였다. 그녀는 창가로 가서 황혼을 바라보며 하루의 마지막 빛이 자신에게 직유와 결단을 요구하는 이유가 무엇일까 생각해 보았다. 그녀는 왜 평생 동안 황혼의 색을 사과 색에, 오래된 책의 말라 빠진 책장에, 불 켜진 천막에, 사파이어와 재에 비유했던 걸까? 그녀는 왜 저녁 빛이 품위와 용기를 가르쳐 주기라도 하는 것처럼 항상 그 빛과 맞섰던 걸까?

하늘은 잿빛이었다. 아침부터 그랬다. 바다도 잿빛, 사람들이 잔뜩 모여 기다리는 나루터도 잿빛, 시내도 잿빛, 지협도 잿빛, 감옥과 빈민 구호 농장도 잿빛일 터였다. 사납고 추한 햇빛이 세월이라는 화려한 천 밑에서 거미줄을 뒤집어쓴 커튼이나 융단처럼 쭉 뻗어 있었다. 모든 빛에 반응하는 어둠 때문에 그녀는 멍하고 슬퍼졌다. 미덕의 보상은 유치하고, 아무런 냄새도 없고, 비열하다는 것을 그녀는 알고 있었다. 그래도 보상은 보상이었다. 하지만 자신의 행동 속에 곰곰이 생각해볼 만한 미덕이 별로 없는 것 같았다. 포터 부인이 위독할 때, 그녀는 포터 부인에게 닭고기 수프를 가져다주려고 했다. 포터 부인이 죽었을 때에는 장례식에 참석하려고도 했다. 잔디밭에 벽난로의 재를 뿌려야겠다는 생각도 했다. 브리테인 부인에게서 빌려 온 『옌 장군의 씁쓸한 차』를 돌려줘야겠다는 생각도 했었다. 그녀는 애플게이트 목사가 매년 하느님의 말씀을 전하는 동안 그리스도 교회 안의 장식용 징, 못, 신도들이 앉는 의자, 전등, 오르간 파이프를 하나도 남김 없이 세었다. 수호 성녀, 은인, 동정녀, 성자시여!

그녀는 자신의 발목이 자랑스러웠고, 머리카락이 자랑스러웠고, 손이 자랑스러웠고, 남녀를 막론하고 사람들에게 영향을 미치는 자신의 매력이 자랑스러웠다. 충동적인 감정이 오래가지 않는다는 것을 알 만큼 사랑에 대해 알고 있었는데도. 거만한 태도로 그녀는 크리스마스에 가난한 사람들에게 장난감을 주었다. 거만한 태도로 그녀는 이처럼 인심 좋은 자신을 향해 미소를 지었다. 거만한 태도로 그녀는 사람들이 한결같이 자신에게 감탄해서 찬사를 속삭이고 있을 거라고 상상했다. 찬란한 오노라, 인심 좋은 오노라, 어느 누구와도 견줄 수 없는 오노라 왑샷. 이것이 삶에 에너지를 주었다. 그것의 속도, 그것의 통찰력을 따를 수 있는 것은 하나도 없었다. 하지만 늙은 여자의 영혼이 비바람을 타고 날아갈 수 있을까? 이제 그녀에게는 생기가 전혀 없었다. 그녀가 쓸모 있던 시절은 끝났다. 그녀는 빨랫줄로 올가미를 만들고, 서까래 밑으로 트렁크 하나를 끌고 왔다. 이것이 그녀의 교수대에서 밑으로 푹 꺼지는 발판 역할을 할 것이다. 트렁크 문이 살짝 열린 틈으로 누군가가 그 안의 서류를 샅샅이 뒤진 흔적이 보였다. 그것은 가문의 서류, 즉 개인적인 물건이었다. 누가 이런 짓을 했을까? 매기였다. 매기는 손을 뻗치지 않는 곳이 없었다. 오노라의 책상, 오노라의 주머니까지. 그녀는 벽난로 속에 찢어져 있는 편지 조각들을 맞춰 보았다. 왜? 이건 빈 집이 아이에게 부리는 마법과 같은 건가? 왕과 여왕은 죽었다. 아이는 징이 박힌 아빠의 상자를 뒤지고, 엄마의 목걸이를 걸고, 모든 서랍의 보잘것없는 내용물을 뒤집어 놓는다. 오노라는 안경을 쓰고 엉망이 된 서류들을 살펴보았다. "시각 장애인을 위한 허친스 연구소 소장과 이사회는……." 이 서류 밑에는 세월 때문에 잉크의 색이 바래버린 편지가 있었다. "오노라 누님에게, 나는 여르못과 가으롯을 사러 보스턴에 갔다가 모교일에 돌아올 거예요. 로렌조 삼촌이 거기 이쓸 때 내 땅을 사고 시퍼했다는 게 이제는 학실해졌겠죠. 나는 땅을 빨리 팔고 시퍼요. 거기서는 로렌조 삼촌이 조은 갑쓸 바들 수 업다는 걸 알아요. 옛날 이를 생가캐 보면 말이에요. 로렌조 삼촌은 거지슬 원치그로 사른 사람이지만, 누님이 말을 한다면 조금 달라질지도⋯⋯." 이 밑에는 다음과 같은 말이 적혀 있었다. "내가 주검이 되었을 때 내 뜻을 읽는 사람이 내 소망 속의 아들이다."

그것은 리앤더의 필적이었다. 일기인지 자서전인지 하여튼 그가 죽기 전 몇 달 동안 몰두했던 그 지긋지긋한 글의 일부였다.

사촌누이 오노라 왑샷은 구두쇠다.(그가 이렇게 썼다.) 이 동네 모든 자선 단체의 돼지머리. 가난한 사람들에게 비쩍 마른 닭과 어린 암탉이 낳은 달걀을 나눠 주는 사람. 수고하고 무거운 짐을 진 자들을 위해 교회에서 큰 소리로 기도하지만, 유일한 사촌이 수력을 이용하는 이 동네 못 공장에 투자하면 안전하게 소득을 보장받을 수 있다는데도 100달러를 꿔 주지 않는 사람이다. 세인트보톨프스에는 일자리가 없다. 돈도 없다. 마을은 죽어가고 있거나 이미 죽었다. 필자는 열아홉 살 때 오노라의 인색함 때문에 강 하류 쪽으로 15킬로미터나 떨어진 트래버틴 맨션 하우스에서 야간 근무를 해야 했다.

트래버틴 맨션 하우스는 역사적인 불가사의들과 어깨를 나란히 했다. 자유로운 글에서 카르낙 신전, 그리스의 아크로폴리스, 로마의 판테온과 비교되었다. 크고, 앙상하고, 소금물에 흠뻑 젖었으며, 불이 나면 빠져나가기 어려운 건물. 2층 높이의 회랑, 궁전처럼 호화로운 휴게실, 침실 여든 개, 목욕탕 여덟 개가 있었다. 세면대와 요강이 여전히 널리 사용되었다. 그래서 복도에서 코를 찌르는 냄새가 난다. 휴게실과 몇몇 스위

트룸에는 가스등이 있지만, 여전히 등유 램프에 조명을 의지하는 방이 많았다. 로비에는 야자수. 식사 때마다 음악이 연주되었다. 아침 식사 때만 빼고. 미국식. 하루에 12달러 이상. 필자는 P. M. 6시부터 프런트에서 일했다. 마지막 총성이 울릴 때까지. 대개 자정 즈음. 봉급은 식비를 포함해서 17달러였다. 연미복을 입고 단춧구멍에는 꽃을 꽂았다. 말하는 관은 있었지만 전화는 없었다. 건전지에 연결된 제한적인 벨 시스템. 회랑에서 바라보는 바닷가 풍경이 멋졌다. 호텔 측면에는 테니스장과 크로케 용 잔디밭. 승마용 말 몇 마리를 말 대여소에서 가져왔다. 배도 탈 수 있었다. 원칙적으로 저녁의 오락은 강연을 듣는 것이었다. 로마의 영광. 베네치아의 영광. 아테네의 영광. 철학적 주제와 종교적 주제도 있었다.

손님들 중에 셰익스피어 연극을 하는 여배우가 있었다. 로티 보샹. 확실한 비첨. 파쿼슨 그랜트 스트랫퍼드 앤드 에이번 셰익스피어 극단에서 조역을 연기했다. 여행할 때 자기 침대보, 은 식기, 잼, 젤리를 가지고 다녔다. 필자가 마드무아젤 보샹이라고 부르던 그녀가 저녁 늦게 프런트에 나타나 슬픈 이야기를 해 주었다. 바닷가에서 진주 목걸이를 잃어버렸다고 했다. 그걸 어디에 뒀는지 기억하지만 어두운 해변으로 혼자 나가기가 내키지 않는다고 했다. 필자가 유명 인사인 손님과 함께 수색에 나섰다. 온화한 밤. 달, 별 등등. 부드러운 파도. 으슥한 만(灣)의 바위에서 목걸이를 찾았다. 풍경, 따스한 밤공기, 서쪽으로 떠가는 달에 감탄했다. 마드무아젤 보샹의 숨소리가 거칠었다. 즐거운 시간이 이어졌다. 필자는 깜박 졸았다. 깨어 보니 유명한 배우가 달빛 속에서 펄쩍펄쩍 뛰고 있었다. 가슴이 흔들리지 않게 손으로 붙들고. 달의 광기? 뭐 하세요? 아, 내가 아이를 갖는 게 싫지? 그녀가 말한다. 펄쩍펄쩍 뛰었다. 그 전에도 그 뒤로도 그런 행동은 본 적이 없다. 효과가 있는 것 같았다.

로티 보샹은 168센티미터, 53킬로그램이었다. 나이는 모른다. 페인의 셀러리 화합물 같은 안색. 밝은 갈색 머리. 요즘 같으면 금발이라고 할 것이다. 끝내주는 몸매였지만, 현대적인 기준으로는 상층부 구조가 과하다. 황금 같은 목소리. 사람을 화나게 할 수도 있고, 눈물을 흘리게 할 수도 있었다. 확연히 눈에 띄는 영국식 발음. 하지만 외국인처럼 들리지도 않았고, 전혀 불쾌하지도 않았다. 까다로운 성격. 앞에서 말했듯이 여행할 때 자기 침대보를 가지고 다녔다. 침실에는 온실에서 키운 꽃. 하지만 시작은 초라했다고 말했다. 리즈의 공장 노동자 딸. 어머니는 주정뱅이였다. 어렸을 때 추위, 굶주림, 가난, 궁핍 등과 친숙했다. 똥 더미에서 핀 장미. 예술적인 기질이 풍부했다. 심한 변덕. 온수가 부족하고 침대가 울퉁불퉁하다고 관리인에게 실컷 불평했지만, 하인들에게는 항상 친절했다. 가끔은 여배우로 살게 된 것을 후회했다. 겉치레와 속임수뿐이라면서. 애정이 필요했다. 필자는 기꺼이 그 뜻에 따랐다. 잘못을 저지른다는 생각은 없었다. 아니, 그런 것 같았다.

9월 말의 맨션 하우스는 차가운 당밀처럼 한산했다. 약간의 북풍. 날씨도 좋았다. 밝은 햇빛. 따뜻한 공기. 산들바람이 돛대를 오르락내리락했다. 돛에 앉은 잠자리도 날려 버릴 수 없는 바람. 근무를 시작하기 전에 배우와 바닷가를 자주 걸었다. 같이 있으면 기뻤다. 여기저기 후미진 구석에서 꾸물거렸다. 작은 돛배도 탔다. 호텔 소유. 제비갈매기호. 4미터 50센티미터.

마르코니 삭구. 허리가 널찍했다. 버터 통처럼 항해했다. 아무 설비도 없는 작은 선실. 그렇게 하루하루가 흘러갔다.

계절이 끝날 무렵, 손님들 중 대다수가 아가씨들이었다. 상냥한 노부인 몇 명, 피부색이 밝고 매력적인 흑인 여자 몇 명. 현관 베란다 모임을 주도하는 사람은 헬렌 아치볼드 박사였다. 유명한 영양학자. 위생학자이기도 했다. 음악 살롱에서 여성들만을 위한 체조 강습을 매일 이끌었다. 그 수업을 구경하는 특권은 한 번도 누리지 못했지만, 낡은 음악상자의 음악에 맞춰 무릎을 구부리는 동작으로 구성되었을 것이다. 커다란 음악상자. 레지나라고 불렸다. 평평한 금속 원반에서 음악이 흘러나왔다. 지름 60센티미터. 선곡 범위가 넓었다. 오페라. 행진곡. 사랑 노래.

현관 베란다 모임은 흰 파도를 세는 데 싫증을 냈다. 로맨스의 바람이 들었다. 유명한 영양학자는 갑자기 바닷조개에 관심을 드러냈다. 트래버틴 바닷가에서는 특별히 관심을 끌지 못하는 조개. 성게. 불가사리. 추운 북쪽 바닷물에서 흔히 나는 것들. 젖으면 보석처럼 반짝이는 색색의 돌멩이 몇 개. 마르면 색이 없어졌다. 유명한 영양학자의 바닷가 소풍 목적은 염탐이었다. 도덕적인 탐정처럼 로티와 나를 미행했다. 조개를 찾는 척하면서. 자아의 비상. 몇 시간 동안이나 바닷가를 쿵쿵 돌아다녔다. 신발 속에 모래가 들어갔다. 옷을 여러 벌 버렸다. 부지런히 감시한 보람이 있었다. 움푹한 만에 누워 있다가 일어나던 필자가 치명적인 사실들을 확실히 파악하고 맨션 하우스로 서둘러 돌아가는 유명한 영양학자를 보았다. 바닷조개에 대한 관심은 온데간데없었다. 태어날 때의 몸 그대로였으므로 뒤를 쫓을 수 없었다. 로티는 아주 차분했다. 계획을 짰다. 그녀가 맨션 하우스로 혼자 돌아간다. 용감하게. 현관 베란다 위원회와 맞서는 것을 두려워하지 않고. 필자는 황무지를 가로질러 반대 방향에서 호텔에 접근한다. 그렇게 했다. 잡목이 자라는 소나무 숲을 통과해서 트래버틴 마을로 간 다음, 흙길을 걸어 이른바 대(大)서부를 통과해서 해안으로 갔다. 옷을 갈아입고 단춧구멍에 새로 꽃을 꽂은 다음 P. M. 6시에 프런트 데스크에 앉았다. 현악 3중주단이 대연회장에서 악기를 조율하고 있었다. 인부가 가스 샹들리에를 켜고 있었다.(일광 절약 시간은 없었다. 9월에는 황혼이 빨리 내렸다.) ㅎ-----ㄹ 전체가 소란스러워졌다.

대보안관 겸 수석 잡부를 자임한 헬렌 아치볼드 박사가 이끄는 현관 베란다 위원회가 호텔 지배인에게 다가가 최후통첩을 했다. 프런트에서는 그들의 조건을 들을 수 없었지만, 로티에 관한 것이라고 짐작했다. 그러고 나서 위원회는 완벽한 진용으로 연회장에 들어와 자리에 앉아서 코안경을 비롯한 여러 가지 덧창을 쓰고 메뉴판을 들여다보는 척했다.(끼니때마다 메뉴판을 인쇄했다.) 다른 손님들이 들어와 앉았다. 현악 3중주단의 음악은 전혀 긴장을 늦춰 주지 못했다. 수프가 나올 때 로티가 연어 색깔 혹은 산호 색깔 드레스를 입고 1층으로 내려온다. 아름답다! 호텔 주인이 그녀를 불러 세워 낮은 목소리로 호텔 측이 식비를 부담할 테니 방에서 식사하라고 권한다. 실패. 로티가 단번에 사자 굴로 들어온다. 수프 숟가락을 내려놓는 소리가 상당히 크다. 덧창 내려놓는 소리도. 그러고는 침묵. 상대편의 대보안관이 최초이자 유일한 공격을 날린다. "난

저 창녀랑 같은 자리에서 식사를 할 수 없어." 그러자 연미복을 입은 프런트 직원이 나섰다. "미스 보샹에게 사과하세요, 아치볼드 박사님." "넌 해고야." 지배인이 말한다. "언제부터요?" 내가 말한다. "그저께." 그가 말한다. 비너스 군단이 혼란 속에서 물러났다. 로티는 트래버틴으로 가서 크랜베리를 실은 화물 열차를 타고 보스턴으로 갔다. 나는 밀짚 가방을 들고 세인트 보톨프스로 걸어가 사촌 오노라의 집이 어두운 것을 보고 구름다리 호텔에서 밤을 보냈다. 유일한 문제는 해고당했다는 분노였다. 사회생활을 한 55년 동안, 그 전에도 그 후로도 해고당한 적이 한 번도 없었다.

정오 차를 타고 보스턴으로 갔다. 계획대로 브라운스 호텔에서 로티와 합류했다. 아주 힘든 만남. 로티는 파쿼슨 앤드 프리덤 극단에서 이 주일간 공연을 올릴 준비를 하고 있었다. 필자더러 극단에서 단역 배우, 통행인 역할, 호객꾼, 경비원으로 일하라고 했다. 극단은 요즘보다 더 자유롭고 편했다. 당시에 사람들의 관심을 끈 것은 조하네스 백작이었다. 청중은 너무 많이 익은 농산물로 무장하고 왔다. 1막이 끝나기 전에 미사일들이 날아다니기 시작했다. 배우들은 공연이 끝날 때까지 움직이는 과녁 역할을 했다. 가끔은 채소를 잡으려고 양동이와 그물을 꺼내기도 했다. 훌륭한 배우들을 되돌아볼 생각은 없었다. 잉고마에서 파시니아 역을 한 줄리아 말로. 찬란했다! 로미오와 줄리엣의 E. H. 소던. 배섯 다시의 리어 왕. 그때 하워드 도서관이 문을 열었다. 보스턴 박물관도, 올드 보스턴 극장도, 홀리스 스트리트 극장도.

파쿼슨 앤드 프리덤 극단에서 일하기로 했다. 파쿼슨이 햄릿 역을 맡고 로티가 오필리아 역을 맡은 「햄릿」의 개막 공연에서 마셀러스 역할을 했다. 2주간의 공연에서 수많은 병사, 선원, 신사, 경비병, 잡다한 야경꾼 역할을 했다. 로드아일랜드 프로비던스의 콩그레스 오페라하우스에서 전국 투어를 시작했다.

투어에는 워세스터, 스프링필드, 올버니, 로체스터, 버팔로, 시라큐스, 제임스타운, 애슈터뷸라, 클리블랜드, 콜럼버스, 제인즈빌이 포함되었다. 제임스타운에서 로티의 색욕을 의심했다. 애슈터뷸라에서는 옷을 넣어 두는 벽장에서 벌거벗은 낯선 사람을 발견했다. 클리블랜드에서 현장을 잡았다. 황금 커프스단추를 팔아 3월 18일에 증기 기관차를 타고 보스턴으로 돌아왔다. 나쁜 감정은 없었다. 웃으면 세상도 함께 웃는다. 울 때는 혼자다.

9

모지스는 오노라의 편지를 받고 동생보다 훨씬 더 놀랐다. 그는 오노라의 나이를 믿고 자신의 신탁 계좌로 담보 대출을 받았으므로, 곧장 보스턴으로 편지를 썼다. 애플턴 신탁 은행에서는 답장이 없었다. 그가 보스턴으로 전화를 하자, 그들은 신탁 담당 직원이 페루에서 스키를 타고 있다고 말해 주었다. 일요일 밤에 모지스는 비행기를 타고 디트로이트로 가서 주로 자신의 매력을 이용해 5만 달러를 마련할 수 있는지 알아보려고 무작정 전국을 횡단하기 시작했다. 5만 달러는 간신히 빚을 갚을 수 있는 금액이었다.

월요일 밤, 요리사와 아들과 함께 집에 남아 있던 멜리사는 감상적인 꿈을 꾸었다. 풍경은 낭만적이었다. 저녁이었는데, 기계의 흔적(자동차 바퀴 자국과 비행기 소리)이 전혀 없었으므로 다른 세기의 저녁 시간 같았다. 해는 이미 졌지만 반짝이는 잔광이 하늘을 밝히고 있었다. 굽이굽이 흐르는 개울가에는 오리나무가 자라고 있었고, 개울 건너편에는 폐허가 된 성(城)이 있었다. 그녀는 풀밭에 하얀 천을 깔고 그 위에 목이 긴 포도주 병 몇 개와 갓 구운 빵 한 조각을 놓았다. 꿈속에서도 향긋한 빵 냄새와 따스한 온기가 느껴졌다. 개울 상류 쪽의 웅덩이에서 어떤 남자가 알몸으로 수영을 하고 있었다. 그가 그녀에게 프랑스 어로 말을 걸었다. 꿈의 배경이 다른 나라, 다른 시대라는 점이 꿈을 경쾌하게 만들어 주었다. 그녀가 저녁 식사를 위해 천 위에 이것저것을 늘어놓는 동안 그 남자가 둑으로 올라와 천으로 몸의 물기를 닦는 것이 보였다.

그녀는 개 짖는 소리 때문에 꿈에서 깨었다. 새벽 3시였다. 바람 소리가 들렸다. 바람의 방향이 바뀌면서 북서쪽에서 불어오기 시작했다. 그녀가 막 다시 잠이 들려고 했을 때 현관문 열리는 소리가 들렸다. 겨드랑이에 땀이 나기 시작하고, 그녀의 젊은 심장 근육이 무리하기 시작했다. 바람에 문이 열렸을 뿐이라는 것을 알고 있었는데도. 얼마 전에 이웃집에 도둑이 든 적이 있었다. 그 집 정원의 라일락 나무 뒤에서 담배꽁초 더미가 발견되었다. 도둑이 그 자리에서 집 안의 불이 꺼질 때까지 몇 시간 동안이나 기다린 모양이었다. 도둑은 유리칼로 창문을 자르고, 벽의 금고에서 현찰과 보석을 훔쳐 현관문으로 나갔다. 경찰은 이 도난 사건 보고서에서 범인의 행동을 자세히 묘사했다. 범인이 정원에서 기다렸다. 범인이 뒤 창문으로 들어왔다. 범인이 부엌과 식료품실을 지나 식당으로 들어왔다. 하지만 과연 범인이 누구인가? 키가 큰 사람인가 작은 사람인가? 뚱뚱한 편인가 마른 편인가? 어두운 방에서 그의 심장이 두려움 때문에 쿵쾅거렸는가, 아니면 허세를 부리면서도 잘 속아 넘어가는 사람들에게 도둑이 느낄 수 있는 최고의 승리감을 느꼈는가? 범인은 흔적을 남겨 놓았다. 담배꽁초, 발자국, 깨진 유리, 도둑맞은 금고. 하지만 정체가 밝혀지지 않았으므로 그는 여전히 실체도 없고 얼굴도 없었다.

바람 때문이야. 그녀는 속으로 혼잣말을 했다. 도둑이라면 문을 열어 둘 리가 없어. 이제 찬바람이 집 안 구석구석으로 퍼져 나가며 계단을 올라와 홀의 커튼을 움직이는 것이 느껴졌다. 그녀는 침대에서 빠져나와 실내복을 입었다. 그러고는 홀의 불을 켜고 아래층으로 내려가기 시작했다. 저 아래의 어둠 속에서 자신이 두려워하는 것이 무엇인지 속으로 자문하면서. 그녀는 어둠이 무서웠다. 원시인이나 아이처럼. 도대체 왜? 어둠의 무엇이 그녀를 위협하는 걸까? 그녀는 미지의 것을 두려워하듯 어둠을 두려워했다. 악마의 힘을 제외하면 미지의 것이란 과연 무엇이며, 그녀는 왜 그것을 두려워하는 걸까? 그녀는 차례로 하나씩 불을 켰다. 방들은 모두 텅 비어 있었고, 바람이 넓은 집 안에서 마음대로 까불며 탁자 위의 우편물을 흩어 놓고, 융단 가장자리 밑을 들여다보았다. 바람은 차가웠다. 그녀는 몸을 부르르 떨며 현관문을 닫고 자물쇠를 잠갔다. 이제 두려움은 사라지고 그녀는 다시 본래의 모습으로 돌아와 있었다. 아침에 그녀는 감기에 걸렸다.

그 주에 의사가 여러 번 왕진을 왔다. 그녀의 몸이 전혀 나아지지 않자 의사는 그녀에게 병원에 가 보라고 지시했다. 오전 중반에 그녀는 2층으로 가서 짐을 쌌다. 최근 몇 년 동안 그녀가 병원에 간 적은 딱 한 번뿐이었다. 아들을 낳으러 갔을 때. 그때는 임신이 불러일으키는 충동 때문에 아무 생각 없이 병원에 갈 준비를 했다. 이번에는 그녀의 몸속에 생명을 품고 있지 않았다. 대신 세균을 품고 있을 뿐이었다. 침실에서 혼자 잠옷과 머리빗을 고르며 그녀는 마치 모종의 신비로운 여행을 할 사람으로 혼자 선택된 것 같은 기분이었다. 그녀는 감상적인 여자가 아니었다. 남편과 함께 쓰는 쾌적한 방과 이별하는 것이 슬프지도 않았다. 피곤했지만 자신이 병자라는 생각은 들지 않았다. 가슴이 베이는 듯이 아팠는데도. 그녀를 모르는 사람이 그녀의 모습을 지켜보았다면 그녀가 미쳤다고 생각했을 것이다. 왜 꽃병에 있던 카네이션을 쓰레기통에 버리고 꽃병을 씻는 걸까? 왜 스타킹의 숫자를 세고, 보석 상자를 잠근 다음 열쇠를 숨기고, 통장을 잠깐 살펴보고, 벽난로의 먼지를 턴 뒤 방 한가운데에 서서 마치 멀리서 아련하게 들려오는 음악 소리에 귀를 기울이는 것 같은 표정을 짓는 걸까? 벽난로의 먼지를 털어야겠다는 충동은 터무니없는 것이었지만 도무지 저항할 수가 없었다. 자기가 왜 그런 짓을 했는지 그녀도 전혀 알지 못했다. 어쨌든 이제 떠날 시간이었다.

병원은 신축 건물이었다. 병원을 쾌적한 곳으로 만들려고 누군가가 공을 들인 흔적도 있었다. 하지만 도저히 감출 수 없는 단체 생활의 분위기 때문에 그녀의 사랑스러움(우아함이라고 해도 될 것이다.)이 곤경에 처했다. 그녀는 이곳과 완전히 동떨어진 사람처럼 보였다. 누군가가 그녀를 위해 휠체어를 가져왔지만, 그녀는 타지 않겠다고 했다. 허리께에 외투 자락을 모아 쥐고 무릎에 가방을 놓은 모습으로 휠체어를 탄다면 아주 기운 없고 우스꽝스러운 몰골이 될 것임을 그녀는 알고 있었다. 간호사가 그녀를 2층으로 안내하여 쾌적한 방으로 데려가더니 옷을 벗고 침대에 누우라고 했다. 그녀가 옷을 벗는 동안 누군가가 쟁반에 담긴 점심 식사를 가져왔다. 그건 사소한 일이었지만, 자기가 반쯤 벌거벗고 있을 때, 게다가 시계가 정오를 치기도 전에 고기와 과일 통조림이 날라져 왔다는 사실이 당혹스러웠다. 그녀는 의무적으로 점심을 먹었고, 2시에 의사가 와서 열흘이나 2주 동안 입원할 생각을 하라고 말했다. 의사가 모지스에게 연락하겠다고 했다. 그녀는 잠이 들었다가 5시에 깼다. 몸에서 열이 나고 있었다.

열의 이미지가 사랑의 이미지와 비슷했다. 그녀의 상념은 광범위했다. 그녀는 미궁 같고 궁궐 같은 곳을 헤매고 있었는데, 그곳 한복판에 있는 모종의 진실을 알게 될 거라는 약속을 받은 것 같았다. 열이 점점 높아지면서 가슴의 통증이 줄어들었고, 심장이 심하게 두근거리는 것에도 무심해졌다. 가슴속에서 벌어지고 있는 몸부림에 그녀가 신경 쓰지 못하게 하려고 상상력이 건전하게 움직이면서 열에 들뜬 꿈을 만들어 내는 것 같았다. 그녀는 빨간 벽이 있는 널찍한 계단 머리 부분에 서 있었다. 많은 사람들이 계단을 올라오고 있었다. 순례자 같은 태도였다. 계단은 길고 오르기가 힘들었다. 그녀가 정상에 도달해 보니 레몬 숲 속이었다. 그녀는 쉬려고 잔디 위에 드러누웠다. 그녀가 이 꿈에서 깨어나 보니 잠옷과 침대보가 땀으로 흠뻑 젖어 있었다. 그녀가 벨을 울려 간호사를 부르자, 간호사가 와서 잠옷과 침대보를 갈아 주었다.

옷을 갈아입은 후 그녀는 기분이 훨씬 좋아졌다. 열이 난 것이 모종의 위기였고, 이제 그 위기를 무사히 넘겼으니 자신이 병에 승리를 거둔 것 같았다. 9시에 간호사가 그녀에게 약을 주고 잘 자라는 인사를 했다. 얼마 뒤 다시 열이 나면서 몸이 나른해졌다. 그녀는 벨을 울렸지만 아무도 오지 않았다. 열이 점점 오르면서 정신이 혼미해지는 것을 막을 수 없었다. 힘겹게 뛰고 있는 심장 박동 소리가 마치 북소리 같았다. 그녀는 그것을 북소리로 착각했다. 원을 그리며 춤을 추는 야만인들이 보였다. 춤은 길었다. 춤이 정점을 향해 치닫다가 마침내 정점에 도달했을 때에는 그녀의 심장이 터질 것 같았다. 그 순간 그녀는 온몸이 땀으로 젖은 채 오한을 느끼며 잠에서 깼다. 마침내 간호사가 와서 다시 옷과 침대보를 갈아 주었다. 다시 마른 옷을 입고 몸이 따뜻해지니 마음이 놓였다. 두 번의 고열로 기운이 빠졌지만, 아이 같은 만족감이 느껴졌다. 잠이 올 것 같지 않아서 그녀는 침대를 빠져나와 가구에 몸을 의지하며 창가로 가서 밤 풍경을 바라보았다.

그녀의 눈앞에서 구름이 달을 덮었다. 대부분의 창문에 불이 꺼져 있는 것을 보니 늦은 시간인 모양이었다. 그때 그녀의 왼쪽에 있는 창문에 불이 켜졌다. 간호사가 어떤 젊은 여자와 그녀의 남편을 이 방과 똑같은 방으로 데리고 들어오는 것이 보였다. 젊은 여자는 임신 중이었지만 산통을 느끼고 있지는 않았다. 그녀는 욕실에서 옷을 벗고 나와 침대에 들었고, 그동안 남편은 짐을 풀었다. 그 창문에도 다른 창문들과 마찬가지로 블라인드가 걸려 있었지만, 아무도 굳이 그걸 닫으려고 하지 않았다. 남편은 짐을 다 풀고 나서 여자의 잠옷 앞섶을 열고 침대 옆에 무릎을 꿇고 앉아 그녀의 가슴에 머리를 얹었다. 그는 몇 분 동안 그 자세로 꼼짝도 하지 않았다. 그러더니 일어나서(간호사가 다가오는 소리를 들은 모양이었다.) 아내의 옷을 덮어 주었다. 간호사가 들어와 블라인드를 닫아 버렸다.

멜리사는 밤새의 울음소리를 듣고 어떤 새인지, 어떻게 생겼는지, 무엇을 하려는 건지, 무엇을 먹고 사는지 궁금해졌다. 묵직한 천둥 같은 소리였다. 장엄하고 꾸밈없는 소리. 마치 천국의 누군가가 서랍장을 옮길 때 나는 소리처럼. 이윽고 멀리서 퇴색한 것 같은 번개가 치더니 곧 빗줄기가 땅을 장식했다. 가슴을 베는 듯한 통증에 시달리는 멜리사에게는 빗줄기가 연인의 거듭되는 손길 같았다. 병원의 납작한 지붕에, 잔디밭에, 숲 속의 나뭇잎에 빗줄기가 떨어졌다. 가슴의 통증이 밤을 고집스럽게 사랑하는 그녀의 마음과 더불어 점점 번져 나가면서 날카로워지는 것 같았다. 생전 처음으로 이 모든 것을 두고 떠나기 싫다는 생각이 들었다. 그녀가 문을 닫으러 아래층으로 내려갈 때 어둠을 무서워했던 것처럼 어리석으면서도 강렬한 두려움이었다. 죽음에 대한 공포는.

10

　그해에는 다람쥐들이 워낙 극성을 부렸고, 사람들은 모두 암과 동성애를 걱정했다. 다람쥐들은 쓰레기통을 뒤지고, 배달부를 물고, 집 안으로 침입했다. 암은 흔했고, 사람들은 암 환자들에게 통증이 사소한 합병증에 불과하다고 말했다. 그러면서도 환자의 형제자매, 남편과 아내들은 환자의 등 뒤에서 이렇게 수군거리곤 했다. "저 사람이 빨리 가기를 바랄 수밖에." 이렇게 잔인하고 절대적인 위선은 반드시 부메랑이 되어 돌아오게 마련이었으므로, 나중에는 복통이 죽음의 노크인지 아니면 그냥 배에 들어찬 가스 때문인지 아무도 섣불리 말할 수 없게 되었고 누가 말을 해 줘도 믿지 못했다. 대부분의 질병에는 그 나름의 신화, 거주민, 풍경, 우울한 농담이 있다. 흑사병에는 가면극, 거리의 노래, 춤이 있었다. 결핵이 한창 위세를 떨치던 시절에는 결핵 자체가 하나의 문명 같았고, 그 속에서 아름답고 눈부시지만 파멸의 운명을 짊어진 남자와 여자들이 서로 사랑에 빠져 왈츠도 추고 자신들의 병을 위한 특권도 만들어 내는 듯했다. 하지만 암은 현실이라는 사회적 음모로 소독된 죽음의 손이 우리를 부여잡는 것 같았다. "걱정 마세요. 금방 툭툭 털고 일어나실 거예요." 간호사들은 죽어 가는 사람에게 이렇게 말한다. "따님 결혼식 때 춤추고 싶으시죠? 따님이 결혼하는 걸 보고 싶지 않으세요? 밝은 생각을 하지 않으면 병이 어떻게 낫겠어요, 안 그래요?" 간호사는 알코올로 환자의 팔을 닦고 주사를 놓을 준비를 한다. "부인께 들었는데, 산을 아주 잘 타신다면서요? 얼른 몸이 나아서 다시 산을 타고 싶으시면 밝은 생각을 하셔야 돼요. 다시 산을 타고 싶으시죠?" 주사기 안의 내용물이 그의 혈관 속으로 흘러 들어간다. "전 산을 타 본 적이 한 번도 없어요." 간호사가 말한다. "하지만 정상에 오르면 정말 신날 것 같아요. 산을 오르는 과정은 별로 마음에 들지 않지만, 정상에서 바라보는 풍경은 정말 멋질 거예요. 사람들한테 들었는데, 알프스에서는 눈 더미 속에서 장미가 자란대요. 그런 것들을 전부 다시 보고 싶다면 자꾸 밝은 생각을 하셔야 돼요." 이제 환자가 꾸벅꾸벅 줄기 시작했으므로 간호사는 목소리를 높인다. "금방 툭툭 털고 일어나실 거예요." 그녀는 이렇게 외치고 나서 부드럽게, 부드럽게 병실 문을 닫고는 복도에 모여 있는 가족들에게 말한다. "환자분께 수면제를 놓아 드렸어요. 이제 저희가 할 수 있는 거라고는 환자분이 다시 깨어나지 않기를 기도하는 것밖에 없어요." 멜리사도 이런 태도 때문에 고통받게 될 불행한 사람들 중 한 명이었다.

모지스는 멜리사가 아프다는 소식을 듣자마자 돈을 구하

려고 무작정 떠났던 여행에서 돌아왔다. 적어도 채무를 해결할 능력이 있는 것처럼 보일 만큼 돈을 꾸는 데 성공한 덕분이었다. 그가 돌아왔을 때 멜리사는 아직 병에서 회복 중이었기 때문에, 그가 그녀에게 자신이 경제적으로 곤란에 처했다는 이야기를 하지 않았을 거라고 생각할 수도 있겠지만, 사실은 그런 것이 아니었다. 어떤 상황에서든 그는 그녀에게 그런 이야기를 할 수 있는 사람이 아니었다. 코벌리가 아버지의 유령을 봤다는 이야기를 하지 못하는 것과 마찬가지였다. 만약 모지스가 파시니아에 살고 있었다면, 전혀 거리낌 없이 거실 창문과 자동차 창문에 "집 팝니다."라고 써 붙일 수 있었을 것이다. 하지만 프록스마이어 장원에서 그런 짓을 하는 것은 위험했다. 그는 걱정 때문에 짜증을 낸 것이 아니라, 아주 마음이 넓은 사람처럼 농담하듯 자신의 걱정을 표현했다. 그래서 멜리사는 억지로 쾌활한 척하는 모지스를 상대해야 했을 뿐만 아니라, 자신이 암에 걸렸다는 터무니없는 확신 때문에도 괴로워하고 있었다. 그녀는 자신의 병이 나았다고 확신할 수 없었으며, 의사의 말을 믿을 수도 없었다. 그녀는 병원에 전화를 걸어 자신을 담당했던 간호사를 바꿔 달라고 했다. 간호사가 전화를 받자 그녀는 만나서 술이나 한잔하자고 했다. "안 될 것 없죠." 간호사가 말했다. "그럼요, 안 될 것 없죠." 그녀가 4시에 근무가 끝난다고 대답하자, 멜리사는 4시 15분에 병원 옆의 신호등에서 만나자고 했다.

두 사람은 병원 근처의 도로에 면한 술집으로 갔다. 간호사는 더블 마티니를 주문했다. "피곤해요." 그녀가 말했다. "완전히 지쳤어요. 결혼한 언니가 어젯밤에 전화를 해서 형부랑 같이 칵테일파티에 가야 하니까 나더러 아이를 좀 봐 달라는 거예요. 나는 한두 시간 정도 칵테일파티에 갔다 오는 거라면 당연히 봐 주겠다고 했죠. 그래서 6시에 언니네 집으로 갔는데, 언니랑 형부가 몇 시에 온 줄 아세요? 한밤중에요! 그때까지 아이는 단 한시도 눈을 붙이지 않았어요. 계속 나한테 고함만 질러 댔죠. 이 세상에 착한 동생이 있다면 그건 바로 나예요."

"내 엑스레이 검사 결과에 대해 물어보고 싶어요." 멜리사가 말했다. "내 엑스레이 사진 봤죠?"

"뭘 걱정하는 거예요? 암?"

"예."

"요즘은 사람들이 모두 암을 무서워하죠."

"난 암이 아니에요?"

"내가 아는 한은 아니에요." 그녀는 얼굴을 들어 창문 앞에서 바람이 낙엽 몇 개를 쓸어 가는 모습을 지켜보았다. "낙엽." 그녀가 말했다. "낙엽, 낙엽, 저걸 좀 보세요. 제가 사는 아파트에 뒤뜰이 있는데, 거기서 낙엽을 긁는 사람이 바로 나예요. 일이 없는 시간에는 내내 낙엽을 긁는다고요. 한쪽을 치우고 나면 저쪽에서 또 낙엽이 떨어지고, 낙엽을 다 치우고 나면 눈이 오기 시작하죠."

"술 한 잔 더 할래요?" 멜리사가 물었다.

"아뇨, 괜찮아요. 있죠, 왜 날 만나자고 할까 궁금했지만 설마 암 때문일 줄은 몰랐어요. 부인이 날 만나자고 한 이유로 내가 뭘 생각했는지 아세요?"

"뭔데요?"

"헤로인이요."

"그게 무슨 말이에요?"

"나더러 헤로인을 몰래 빼 달라고 하는 게 아닐까 했어요. 나더러 약을 빼 달라고 하는 사람이 얼마나 많은지 알면 놀라실 거예요. 최고 상류층 사람들도 있어요, 개중에는. 이름을 대라면 댈 수도 있죠. 이제 그만 갈까요?"

어느 날 늦은 오후에 그녀는 창가에 서서 그 계절, 그 시간에 동쪽 야산들 위에 왕관처럼 동그랗게 내려앉은 황금색 햇빛을 지켜보았다. 햇빛은 뱁콕 씨네 잔디밭, 필모어 씨네 농장, 교회의 돌벽, 톰슨 씨네 굴뚝에 머물렀다. 가볍게 흔들리면서. 인공 꿀처럼, 반지처럼 선명한 노란색으로. 야산 기슭에서 노란 햇빛과 점점 몸을 일으키는 어둠 사이에 선명한 경계선이 보였다. 그녀는 빛의 띠가 뱁콕 씨네 잔디밭, 필모어 씨네 농장, 교회의 돌벽, 톰슨 씨네 굴뚝을 지나 허공으로 올라가는 것을 지켜보았다. 거리는 텅 비어 있었다. 아니 거의 텅 비어 있었다. 프록스마이어 장원의 주민들은 모두 자동차를 두 대씩 갖고 있었으므로, 코스덴 영감을 빼고는 걸어 다니는 사람이 없었다. 코스덴 영감은 보건 운동 삼아 산책을 하는 세대에 속했다. 그가 거리를 올라왔다. 그의 파란 눈이 마지막으로 남아 교회의 뾰족탑을 건드리고 있는 노란 햇빛 조각에 고정되었다. 마치 "훌륭해, 정말 훌륭해!" 하고 속으로 외치는 것 같은 표정이었다. 그가 지나간 뒤, 그보다 훨씬 더 이상하게 생긴 사람이 그녀의 시선을 끌었다. 팔이 유난히 긴 키 큰 남자였다. 그녀는 그가 길을 잃은 모양이라고 생각했다. 틀림없이 파시니아의 빈민가에서 사는 사람 같았다. 그는 오른손에 우산과 고무 덧신 한 켤레를 들고 있었다. 등이 심하게 굽어 있었기 때문에 앞을 보려면 살무사처럼 목을 앞으로 쭉 빼서 위로 쳐들어야 했다. 숫돌을 쓰는 일을 하거나, 작업대에 오래 허리를 구부리고 있거나, 벽돌을 져서 나르는 것 같은 정직한 일을 하느라 허리가 굽은 것 같지는 않았다. 그의 허리가 굽은 것은 약한 마음, 자포자기, 당혹감 때문이었다. 그는 자부심을 느끼며 허리를 똑바로 편 적이 한 번도 없었다. 어렸을 때는 수줍어서 허리가 굽었고, 청년 시절에는 고독해서 허리가 굽었고, 지금은 사회적 무시라는 눈에 보이지 않는 압박 때문에 허리가 굽은 그는 긴 팔을 거의 무릎에 닿을 정도로 늘어뜨린 채 걷고 있었다. 폭이 넓고 얇은 입술은 멍청하게 반쯤 히죽 웃는 듯한 표정으로 굳어져 있었다. 아무 의미도 없고 슬픈 표정이었지만, 그것은 그가 지을 수 있는 최고의 표정이었다. 그가 가까이 다가오자 그녀의 심장이 그의 발자국 소리에 맞춰 뛰는 것 같았다. 가슴을 칼로 베는 듯한 통증이 다시 시작되었고, 어둠과 악마와 죽음에 대한 공포가 되살아나는 것이 느껴졌다. 하늘에는 구름 한 점 없는데도 그는 우산과 고무 덧신을 든 채 오리걸음으로 그녀의 시야를 벗어났다.

　며칠 뒤 밤에 멜리사는 파시니아 마을에 갔다가 차를 몰고 돌아오고 있었다. 도시 변두리에 몇 개 남지 않은 잡화점의 불빛이 거리를 불규칙하게 비춰 주었다. 오래된 빵과 쓴 오렌지 냄새를 풍기는 이 잡화점들은 너무 게으르거나, 너무 피곤하거나, 너무 몸이 약해서 궁전 같은 쇼핑센터까지 갈 수 없는 동네 사람들이 와서 커피 케이크, 맥주, 햄버거를 사는 곳이었다. 불규칙하게 듬성듬성 늘어선 가게의 불빛들이 어두운 거리에 바둑판 같은 무늬를 그렸다. 그때, 그 키 큰 남자가 자기 앞의 아스팔트에 길고 굽은 그림자를 던지며 바둑판 무늬 중 한 곳의 사각형을 가로지르는 것이 보였다. 그는 양팔에 식료품이 든 무거운 쇼핑 봉지를 각각 하나씩 들고 있었다. 그의 허리가 굽은 각도는 전과 마찬가지였지만(척추가 그 각도로 굳어 버린 모양이었다.) 아무래도 봉지가 무거운 것 같아서 그녀는 그가 안 됐다는 생각이 들었다. 그녀는 그냥 차를 몰고 지나가면서 그 남자의 세계와 자신의 세계가 너무나 다르기 때문에 만약 그에게 집까지 태워 주겠다고 제의하면 그가 오해할지도 모른다고 혼자 속으로 변명을 했다. 하지만 변명을 다 늘어놓고 나니 너무 천박하고, 게으르고, 이기적인 소리로 여겨졌기 때문에 자기 집 진입로에서 차를 돌려 다시 파시니아로 갔다. 그녀는 그를 돕는 것이 좋은 일임을 본능적으로 알고 있었다. 죽음에 대한 자신의 비이성적인 두려움과 그의 모습 사이에서 마음의 평화를 찾는 것. 이것을 굳이 마다할 이유가 없지 않은가. 지금쯤이면 그가 불 켜진 가게도 없는 곳을 걷고 있을 것 같았다. 그녀는 어두운 거리에서 천천히 차를 몰며 등이 굽은 그의 모습을 찾았다. 마침내 그가 눈에 띄자 그녀는 차를 돌려 그의 앞에 섰다. "도와 드릴까요?" 그녀가 말했다. "태워다 드릴게요. 짐이 무거운 것 같은데." 그는 고개를 돌려 이 낯선 미인을 바라보았다. 반쯤 웃다 만 것 같은 그 표정을 풀지 않은 채. 그녀는 그가 정신적으로 약할 뿐만 아니라 귀머거리에 벙어리인지도 모르겠다는 생각이 들었다. 그때 반쯤 웃다 만 표정에 불신감이 스쳤다. 그가 무슨 생각을 하고 있는지는 의문의 여지가 없었다. 그녀는 그를 속이고, 그에게 눈덩이를 던지고, 그의 점심 도시락을 강탈해 간 세상에 속한 사람이었다. 옛날에 어머니가 낯선 사람들을 조심하라고 하셨는데, 여기 이 낯선 미인이 어쩌면 세상에서 제일 위험한 사람인지도 몰랐다. "안 돼!" 그가 말했다. "안 돼, 안 돼!" 그녀는 차를 몰고 그 자리를 떠났다. 자신이 그런 충동을 느낀 진짜 이유가 무엇인지 궁금해 하면서. 그리고 궁극적으로는 자신이 단순히 친절을 베풀려고 했던 것뿐인데 왜 그런 행동을 이렇게 면밀히 분석해야 하는지 모르겠다는 생각을 하면서.

목요일은 하녀가 쉬는 날이었으므로 멜리사가 아기를 보았다. 아기는 점심을 먹고 나서 잠이 들었고, 그녀는 4시에 아기를 깨워 요람에서 안아 올렸다. 담요가 아래로 떨어졌다. 집 안에는 그녀와 아기 둘뿐이었다. 집 안이 조용했다. 그녀는 아기를 안고 부엌으로 가서 아기용 의자에 앉히고 무화과 통조림을 땄다. 아직 잠이 덜 깨서 얌전하고 안색이 창백한 아기는 눈으로 그녀의 움직임을 쫓으며 그녀와 눈이 마주칠 때마다 예쁜 미소를 지었다. 아기의 셔츠에는 얼룩과 물기가 묻어 있었고, 그녀는 실내복을 입고 있었다. 그녀는 아기와 나란히 식탁에 앉았다. 아기의 얼굴과 그녀의 얼굴 사이의 거리가 10센티미터 정도밖에 되지 않았다. 두 사람은 숟가락으로 깡통에서 무화과를 떠먹었다. 아기가 너무 기쁘다는 듯 가끔 몸을 부르르 떨었다. 조용한 집 안, 정적에 휩싸인 부엌, 창백한 안색에 얼룩진 셔츠를 입은 얌전한 아이, 식탁 위에 놓인 그녀의 둥글고 하얀 팔, 통조림을 따서 깡통째 퍼먹는 단정치 못한 행위의 편안함이 모두 모여 무척이나 강렬하면서도 고요한 친밀감을 만들어 냈기 때문에 마치 그녀와 아기가 같은 심장을 공유한 한 몸 같았다. 자신과 아기의 살과 피가 편안하게 뒤섞여

있는 것 같은 느낌. 피붙이라는 게 얼마나 편안한지……. 그녀
는 속으로 생각했다. 하지만 이제 아기의 옷을 갈아입히고, 자
신도 옷을 차려입고, 삶의 또 다른 측면을 즐겁게 받아들일
때가 되었다. 아기를 안고 거실을 지나다가 그녀는 허리가 구
부정한 남자가 고무 덧신과 우산을 들고 창밖에 서 있는 것을
보았다.

바람이 불고 있었지만, 그는 전혀 개의치 않고 사선으로 떨
어지는 노란 낙엽들 속을 걷고 있었다. 살무사처럼 목을 쭉 빼
고 도저히 감당할 수 없는 짐의 무게 때문에 허리가 구부정한
채로. 그녀는 아기의 머리를 자신의 가슴으로 바짝 끌어당겼
다. 바보같이, 본능적으로. 마치 사악함이 옮을까 봐 아기의 눈
을 보호하려는 듯이. 그녀는 창에서 시선을 돌렸다. 그런데 그
직후에 누군가가 뒷문을 쿵쾅쿵쾅 두드리는 소리가 났다. 저
남자가 그녀의 집을 어떻게 알아냈을까? 원하는 게 뭐지? 어쩌
면 진입로에 세워져 있는 그녀의 차를 알아본 것인지도 몰랐
다. 그래서 사람들에게 그녀에 대해 물어보았을 것이다. 마을
이 그 정도로 작았다. 그는 자신에게 친절을 베풀려고 했던 그
녀에게 감사 인사를 하러 온 것이 아니었다. 그녀는 확신하고
있었다. 그는 어리석은 사람이라서 모종의 이유로 그녀를 비난
하러 왔을 것이다. 그가 위험한 사람일까? 프록스마이어 장원
에 아직도 위험한 것이 남아 있나? 그녀는 아기를 내려놓고 마
음을 다잡으며 뒷문으로 향했다. 문을 열자 나로비 식품점의
잘생긴 점원이 서 있었다. 그를 보니 모든 것이 우스워졌다. 반
짝반짝 빛이 나는 그의 모습을 보니 연달아 이어지던 어리석
은 불안으로부터 해방되는 것 같았다.

"새로 왔어요?"

"예."

"이름을 모르는데."

"에밀이에요. 웃기는 이름이죠. 아버지가 프랑스 인이셨거든요."

"아버지가 프랑스에서 오셨어요?"

"아뇨, 퀘벡이요. 프랑스 계 캐나다 인이에요."

"무슨 일을 하세요?"

"옛날에 사람들이 그런 걸 물어보면 저는 아버지가 하프를 연주하신다고 대답했어요. 하지만 돌아가셨어요. 제가 어렸을 때. 어머니는 그런 거리에 있는 꽃 가게, 바넘 씨 가게에서 일하세요. 혹시 우리 어머니를 아세요?"

"모르겠는데요. 맥주 한잔할래요?"

"좋죠. 이제 더 이상 배달할 집도 없는데요."

그녀는 음식을 좀 먹겠느냐고 묻고는 과자와 치즈를 내놓았다. "전 항상 배가 고파요."

그녀가 아기를 부엌으로 데려왔고, 그가 음식을 먹고 술을 마시는 동안 세 사람 모두 식탁에 앉아 있었다. 치즈를 입 안으로 잔뜩 밀어 넣는 그의 모습이 아이 같았다. 그의 시선은 깨끗했고, 상대의 경계심을 풀어 버리는 힘이 있었다. 그와 눈이 마주칠 때마다 그녀의 피가 동요했다. 내가 헤프게 구는 걸까? 내가 록하트 부인보다 더 한심한 걸까? 나도 옛날 식으로 말하자면 수레에 매달려 프록스마이어 장원에서 질질 끌려 나가는 신세가 될까? 그까짓 것 아무려면 어떠랴 싶었다.

"맥주를 얻어먹은 건 처음이에요." 그가 말했다. "가끔 콜라를 주시는 분들은 있어요. 아마 제가 아직 어리다고 생각하시는 모양이에요. 하지만 저도 술을 마셔요. 마티니, 위스키, 뭐든지."

"몇 살이에요?"

"열아홉이요. 이제 가 봐야겠어요."

"가지 마요."

그는 식탁 앞에 서서 눈을 휘둥그렇게 뜨고 그녀를 바라보았다. 만약 그녀가 지금 그에게 손을 뻗는다면 어떻게 될까? 그가 부엌에서 뛰쳐나갈까? 그가 "손 치워요!" 하고 소리를 지를까? 그는 다 익은 과일 같았다. 이제 따도 될 만큼. 하지만 그의 눈가에는 뭔가 다른 것이 있었다. 자제심과 경계심. 어쩌면 그는 더 나은 것을 꿈꾸는지도 모른다. 만약 그렇다면, 그녀는 진심으로 그를 격려할 것이다. 가서 옆집의 그 밴드 아가씨를 사랑해.

"아, 저도 더 있고 싶어요." 그가 말했다. "저한테 잘해 주시니까요. 하지만 오늘이 목요일이라서 어머니랑 같이 장을 보러 가야 돼요. 정말 감사했습니다."

그는 일주일에 서너 번 이 집에 들렀다. 멜리사는 대개 늦은 오후에 혼자 있었으므로 그는 그때를 맞춰 찾아왔다. 때로는 그녀가 그를 기다리는 것처럼 보이기도 했다. 지금까지 그에게 그토록 마음을 써 준 사람은 없었다. 그녀는 그의 모든 것에 관심이 있는 것 같았다. 그의 아버지가 측량사였다는 것, 그가 중고 뷰익을 몬다는 것, 학교에 다닐 때 공부를 잘했다는 것. 그녀는 대개 그에게 맥주를 한 잔 주고 부엌에 그와 함께 앉아 있었다. 그녀가 옆에 있다는 사실이 그를 흥분시켰다. 자기가 아주 잘될 것 같은 느낌이 들었다. 그녀의 세속적인 면, 교묘함이 조금씩 그에게 전염되어 식품점 점원으로 일하는 처지에서 벗어날 수 있을 것 같았다. 어느 날 오후, 그녀가 아주 수줍은 표정으로 느닷없는 말을 했다. "있잖아, 넌 성스러워."

그는 그녀가 돌아 버린 건지도 모르겠다고 생각했다. 여자들이 가끔 그런다는 이야기를 들은 적이 있었다. 그가 그동안 시간을 낭비한 걸까? 그는 제정신이 아닌 여자 옆에서 빈둥거리고 싶지 않았다. 그는 자신이 성스럽지 않다는 것을 알고 있었다. 만약 그가 성스러웠다면 벌써 예전에 그런 말을 들었을 것이다. 만약 그가 성스럽고 스스로도 그 사실을 알고 있다면 성스러움이 드러나지 않게 숨겼을 것이다. 겸손해서가 아니라, 자기 보호 본능 때문에. "가끔 내가 잘생겼다는 생각은 해요." 그는 그녀의 찬사를 조금 다른 말로 바꾸려고 열심히 애썼다. 그가 맥주잔을 비웠다. "이제 가게로 돌아가 봐야 돼요."

11

멜리사는 며칠 뒤 뉴욕으로 쇼핑을 갔다. 그녀는 이웃에 사는 거트루드 벤더와 함께 플랫폼에 서서 오전 기차를 기다리고 있었다. 기차가 모퉁이를 돌아 모습을 드러내자, 역무원이 관을 옮길 때 쓰는 노란 나무 상자 하나를 수레에 싣고 나타났다. 이 단순한 인생의 일면이 한껏 들떠 있던 멜리사를 한 방 먹였다. "틀림없이 거트루드 록하트일 거야." 친구가 속삭였다. "그 여자를 인디애나로 돌려보낸다고 하더라고."

"그 여자가 죽은 줄 몰랐어." 멜리사가 말했다.

"차고에서 목을 맸어." 친구가 말했다. 여전히 속삭이는 목소리로. 두 사람은 기차에 올랐다.

프록스마이어 장원에서 아무 일도 일어나지 않는다는 말은 이제 사실이 아니었다. 이 마을의 사건들이 워낙 괴상하게 꼬이기 때문에 이해하기가 어렵다는 것이 현실이었다. 멜리사가 거트루드 록하트의 이야기를 알지 못한 것은 마을 사람들의 신중함 때문이 아니었다. 사람들이 그 이야기를 이해하기보다 잊어버리는 편이 더 쉬웠기 때문에 그리 됐을 뿐이었다. 방탕하다는 소문이 널리 퍼져 있었다는 점을 감안하면, 거트루드 록하트는 유난히 사람의 눈길을 끄는 여자였다. 뼈대가 작고, 몸이 날래고, 약간 불안해 보이는 모습. 그녀의 피부는 유난히 희었다. 아름다운 하얀색이 아니라, 보는 사람을 불안하게 만들 만큼 창백한 색. 그녀의 피부가 하얀 것은 우연일 뿐이었다. 머리카락은 잿빛을 띤 금발이었지만 윤기가 없었다. 눈은 밝고 작고 어두웠으며, 가운데에 가까이 몰려 있었다. 귀는 너무 커서 기본적으로 진지하지 못한 사람처럼 보였다. 그녀가 다니던, 4급이나 5급쯤 되는 기숙 학교에서 그녀는 '추잡한 거티'로 통했다. 그녀는 피트 록하트와 그럭저럭 행복한 결혼 생활을 하면서 세 아이를 낳았다. 그녀의 몰락이 시작된 것은 사라질 줄 모르는 갈망 때문이 아니라 유난히 추운 겨울 날씨 때문이었다. 집에서 정화조로 이어진 파이프가 얼어붙었던 겨울. 변기 안의 오물이 역류해서 욕조와 싱크대로 올라왔다. 집 안의 모든 하수구가 작동하지 않았다. 남편은 출근했고 아이들도 스쿨버스를 탔다. 8시 30분에 그녀는 어떤 의미에서 모든 기능이 정지되어 버린 집 안에 혼자 있었다. 호화로운 집은 아니었지만, 깔끔해 보이는 집이었다. 양동이에 볼일을 보는 것보다는 높은 수준의 삶을 약속해 주는 집. 9시에 그녀는 위스키를 한 잔 마시고 파시니아의 배관공들에게 전화를 걸기 시작했다. 배관공은 모두 일곱 명이었는데 하나같이 바빴다. 그녀는 사정이 다급하다는 말을 계속 되풀이했다. 한 곳에서 그녀의 사정을 봐주는 셈 치고 이미 은퇴한 배관공에게 연락을 해 보겠다고 했다. 잠시 후, 낡은 차를 탄 노인이 그녀의 집으로 왔다. 그는 엉망이 된 욕조와 싱크대를 슬픈 표정으로 살펴보더니 자기는 배관공이지 도랑 파는 인부가 아니라면서, 다른 사람을 불러다가 도랑을 먼저 파야 자기가 하수구를 고칠 수 있다고 말했다. 그녀는 술을 한 잔 더 마시고 립스틱을 바른 다음 차를 몰고 파시니아로 갔다.

그녀는 먼저 주립 고용 안내소로 갔다. 열여덟 명에서 스무 명쯤 되는 남자들이 둘러앉아서 일자리를 찾고 있었지만, 도랑 파는 일을 하겠다고 흔쾌히 나서는 사람이 없었다. 그녀는 사람들의 자존심이 높아져서 도랑 파는 일을 할 수 없게 된 현실을 받아들였다. 그녀는 주류 상점으로 가서 위스키를 조금 사고 점원에게 사정을 털어놓았다. 점원은 도와줄 사람을 구할 수 있을 것 같다면서 어딘가에 전화를 걸었다. "사람을 구했어요." 그가 말했다. "말하는 것만큼 형편없는 친구는 아니에요. 시간당 2달러를 주고, 위스키도 달라는 대로 주세요. 2, 3주 전에 장인한테 쫓겨나서 떠돌아다니고 있지만 좋은 녀석이에요." 그녀는 집으로 가서 술을 한 잔 더 마셨다. 얼마 뒤에 초인종이 울렸다. 그녀는 몸을 덜덜 떠는 노인을 예상하고 있었지만, 그녀의 눈앞에 서 있는 사람은 30대 남자였다. 그는 몸에 꼭 붙는 청바지에 짙은 색 스웨터를 입고 뒷주머니에 손을 찌른 채 그녀의 집 앞 계단에 서 있었다. 그가 가슴을 묘하게 내밀고 있는 것이 자부심의 표현 같기도 하고, 우정의 표시 같기도 하고, 추파를 던지는 것 같기도 했다. 그의 피부는 가무잡잡했고, 입 주위에는 부츠의 봉합선처럼 깊은 주름이 나 있었으며, 눈은 갈색이었다. 그의 미소는 추파 그 자체였다. 그는 그런 미소밖에 지을 줄 몰랐지만 그녀는 그것을 몰랐다. 그는 삽을 향해서도 그렇게 요염한 미소를 지었고, 위스키 잔에도 요염한 미소를 지었고, 자기가 파 놓은 구덩이를 향해서도 요염한 미소를 지었다. 일을 마치고 돌아갈 때가 되면 자기 차의 시동 장치를 향해서도 요염한 미소를 짓곤 했다. 그녀는 그에게 위스키를 권했지만 그는 나중에 마시겠다고 말했다. 그녀가 그에게 연장이 있는 곳을 가르쳐 주자 그는 땅을 파기 시작했다.

그는 두 시간 동안 땅을 판 끝에 얼어붙은 하수도를 찾아내 깨끗이 치웠다. 덕분에 그녀는 욕조와 싱크대를 말끔히 청소할 수 있었다. 그가 연장을 돌려주자 그녀는 그에게 들어와서 위스키를 마시고 가라고 권했다. 그때쯤에는 그녀 자신이 이미 상당히 취해 있었다. 그는 물컵에 위스키를 따라서 입에 털어 넣었다. "제가 정말로 원하는 건," 그가 말했다. "샤워예요. 지금 가구가 딸린 방을 얻어서 살고 있거든요. 다른 사람들이랑 돌아가며 욕조를 써야 돼요." 그녀는 샤워를 해도 좋다고 말했다. 어떤 일이 벌어질지 뻔히 알면서. 그는 위스키를 한 잔 더 마셨고, 그녀는 그를 2층으로 데려가 욕실 문을 열었다. "그냥 이것만 벗을게요." 그는 스웨터를 머리 위로 벗고 바지를 아래로 떨어뜨리면서 말했다.

아이들이 집에 돌아왔을 때 두 사람은 아직 침대에 있었다. 그녀는 문을 열고 아래층을 향해 다정하게 소리쳤다. "엄마가 좀 쉬고 있어. 아이스박스 위에 과자가 있으니까 먹어. 나가 놀기 전에 잊지 말고 비타민제를 먹어야 돼." 아이들이 나가자 그녀는 그에게 10달러를 주고 작별 인사로 입을 맞추고는 뒷문으로 몰래 내보냈다. 그것이 그와의 마지막 만남이었다.

늙은 배관공이 하수구를 고쳐 주었고, 주말에는 피트가 도랑을 메웠다. 날씨는 여전히 매서웠다. 어느 날 아침, 그러니까 일주일이나 열흘쯤 뒤에 그녀는 남편이 헉헉거리는 소리에 잠을 깼다. "지금은 그럴 때가 아니야, 여보." 그녀는 이렇게 말하고 나서 실내복을 입고 아래층으로 내려가 베이컨 포장지를 열려고 했다. 베이컨의 향기를 보존해 준다는 포장지였는데 도무지 그 포장지를 열 수가 없었다. 결국 그녀의 손톱 하나가 부러졌다. 베이컨을 가두고 있는 투명한 포장지가 그녀의 삶에서 결코 바뀌지 않는 투명함처럼 보였다. 그녀 자신과 그녀가 마땅히 누려야 하는 것들 사이를 가로막고 있는, 눈에 보이지 않는 좌절감의 장벽 같은 것. 그녀가 베이컨을 들고 씨름하는 동안 피트가 내려와서 공격을 계속했다. 그가 거의 성공 직전에 이르렀을 때(그가 가스레인지에 그녀를 밀어붙였다.) 홀에서 아이들의 발소리가 천둥처럼 들려왔다. 피트는 혼란스러운 기분으로 통근 열차를 타러 갔다. 그녀는 아이들에게 아침 식사를 차려 주고, 아이들이 어두운 겨울 아침 식탁에 모여 앉은 가족들답게 지나치게 다닥다닥 붙어 앉아 식사하는 모습을 지켜보았다. 아이들이 스쿨버스를 타려고 나간 뒤 그녀는 난방 온도를 높였다. 보일러실에서 폭발음이 둔탁하게 들렸다. 고약한 냄새가 나는 연기구름이 지하실 문에서 새어 나왔다. 그녀는 마음을 가라앉히려고 위스키 한 잔을 따라 마시고는 문을 열었다. 지하실에는 연기가 가득 차 있었지만 불이 붙은 곳은 없었다. 그녀는 보일러 수리공에게 전화를 걸었다. "아, 찰리는 지금 여기 없어요." 그의 아내가 밝은 목소리로 말했다. "볼

링 경기를 하러 유티카에 갔어요. 준결승까지 진출했대요. 열흘 후에나 돌아올 거예요." 그녀는 전화번호부에 있는 보일러 수리점에 모두 전화를 걸어 보았지만, 다들 시간이 없다고 했다. "그래도 누가 와서 어떻게든 손을 좀 봐 주셔야죠." 그녀는 전화를 받은 여자한테 소리쳤다. "바깥 기온이 영하인데 난방이 전혀 되지 않아요. 전부 얼어붙을 거예요." "죄송하지만 목요일까지 예약이 다 차 있어요." 낯선 여자가 말했다. "그냥 전기 히터를 하나 사시지 그래요? 그게 있으면 따뜻하게 지낼 수 있을 거예요." 그녀는 위스키를 조금 더 마시고, 립스틱을 바르고, 파시니아의 철물점으로 차를 몰고 가서 커다란 전기 히터를 샀다. 그러고는 부엌의 콘센트에 플러그를 끼우고 스위치를 잡아당겼다. 집 안의 모든 전등에 불이 나갔다. 그녀는 위스키를 조금 더 따라 마시고 울기 시작했다.

그녀는 괴로운 현실 때문에 울었지만, 그 괴로움이 덧없다는 점 때문에 더 서럽게 울었다. 투명한 베이컨 포장지와 석유 보일러가 그녀의 영혼 중에서도 가장 섬세한 부분에 정체를 알 수 없는 피해를 입힐 수 있다는 점 때문에. 그녀는 법도 예언자도 없는 것 같은 세상 때문에 울었다. 그녀는 계속 울면서 술을 마셨다. 결국 수리공들이 와서 손봐 주었지만, 아이들이 학교에서 돌아왔을 때 그녀는 정신을 잃고 소파에 뻗어 있었다. 아이들은 비타민제를 먹고 놀러 나갔다. 그 다음 주에 세탁기가 망가져서 부엌에 홍수가 났다. 그녀가 첫 번째로 전화한 수리공은 마이애미로 휴가를 갔다고 했다. 두 번째 수리공은 일주일 뒤에나 올 수 있다고 했다. 세 번째 수리공은 장례식에 참석 중이라고 했다. 그녀는 부엌 바닥을 걸레로 닦았다.

수리공이 온 것은 이 주일 뒤였다. 그동안 가스레인지가 망가져서 그녀는 전기 플레이트로 모든 요리를 해야 했다. 그녀는 집에서 쓰는 기계들을 보수하고 수리하는 법을 독학으로 깨우칠 수 없었으므로, 일자리와 돈이 필요하면서도 구덩이를 팔 줄 모르는 파시니아의 실업자들처럼 자기도 뒤처진 존재가 되어 버렸다는 비극적인 느낌이 들었다. 그녀를 술과 난잡한 생활 속으로 몰아넣은 것은 바로 자신이 뒤처진 존재가 되었다는 그 느낌이었다. 그녀는 두 가지에 모두 탐닉했다.

어느 날 오후 그녀는 몹시 취해서 우유 배달부를 끌어안았다. 그는 그녀를 거칠게 밀어냈다. "세상에, 아주머니." 그가 말했다. "날 뭘로 보고 이래요?" 그는 협박이라도 하는 것처럼 아이스박스에 달걀, 우유, 오렌지 주스, 코티지 치즈, 채소 샐러드, 에그노그*를 채워 넣었다. 그녀는 위스키 병을 들고 침실로 올라갔다. 4시에 석유 보일러가 고장 났다. 그녀는 다시 전화기에 매달렸다. 모두들 사나흘이나 지나야 올 수 있다고 했다. 밖은 몹시 추웠고, 그녀는 원시인처럼 공포에 사로잡혀 겨울밤이 집을 향해 다가오는 것을 지켜보았다. 추위가 방들을 장악하는 것이 느껴졌다. 날이 어두워지자 그녀는 차고로 가서 목숨을 끊었다.

사람들은 파시니아의 장례식장에서 그녀를 위해 조촐한 장례식을 치렀다. 그녀의 거대한 관이 놓인 방의 조명은 부드러웠으며, 실내는 칵테일 라운지처럼 꾸며져 있었다. 전자 오르간으로 연주하는 음악은 클리블랜드 같은 곳의 호텔 바에서

---

* 우유, 달걀에 브랜디나 럼주를 섞은 칵테일.

들을 수 있는 음악과 거의 비슷했다. 알고 보니 프록스마이어 장원에는 그녀의 친구가 한 명도 없었다. 그녀의 남편이 겨우 끌어 모은 사람들도 여러 차례의 크루즈 여행에서 만난, 거의 낯모르는 사람들이었다. 그나마 몇 명 되지도 않았다. 그녀와 남편은 겨울마다 2주짜리 카리브 해 크루즈 여행을 했었다. 장례식에는 S. S. 호메릭 호에서 만난 로빈슨 씨 부부, S. S. 유나이티드 스테이츠 호에서 만난 하워드 씨 부부, 그립숌 호에서 만난 그레이블리 씨 부부, 버겐스피오르드 호에서 만난 레너드 씨 부부가 참석했다. 어떤 목사가 신랄하게 몇 마디 설교를 했다.(그녀의 죽음에 책임이 있는 보일러 수리공, 전기 기술자, 기계공, 배관공들은 참석하지 않았다.) 목사가 설교를 하는 동안 로빈슨 부인(S. S. 호메릭 호)이 지금 이곳에서 벌어지는 일과는 아무 상관이 없는 고민 때문에 격렬하게 울기 시작했다. 그녀는 크게 신음 소리를 내고, 의자에 앉은 채 몸을 앞뒤로 흔들고, 발작하듯 흐느꼈다. 하워드 부인과 레너드 부인이 흐느끼면서 통곡하기 시작하더니 남자들도 그 뒤를 따랐다. 그 사람들이 운 것은 그녀를 잃은 상실감 때문이 아니었다. 그들은 그녀를 거의 알지도 못했다. 그들은 그녀의 삶이 얼마나 쓰라리고 실망스러운 것이었는지를 깨닫고 울었다. 멜리사는 록하트 부인의 유해가 인디애나로 돌아가기 위한 첫 번째 여정으로 올라탄 기차를 함께 타고 있던 그날 아침 당연히 이런 사실들을 전혀 몰랐다.

멜리사와 함께 앉은 거트루드 벤더는 은빛이 도는 머리칼을 뒤로 빗어 넘겨 단단하게 쪽을 지고 있었다. 그 솜씨가 워낙 정확하고 뛰어나서 멜리사는 어떻게 저런 일이 가능한지 놀라울 뿐이었다. 그녀는 머리카락 색과 똑같은 은빛이 도는 모피를 둘렀고, 팔에는 금팔찌 여섯 개가 찰랑거렸다. 그녀는 예쁘고 천박한 여자였으며, 엄청난 재산이라는 논쟁의 여지가 없는 힘을 휘두르고 있었다. 그녀의 목소리는 날카로웠다. 그녀는 자기 딸 베티에 관한 이야기를 했다. "그애는 성적을 걱정하고 있지만 나는 이렇게 말해. '베티, 성적은 걱정 마라. 내가 학교에서 배운 걸 가지고 지금 이 자리까지 온 것 같니? 외모를 가꾸고, 갈림길에서 선택하는 법을 배워. 중요한 건 그것뿐이다.'"

멜리사의 앞 좌석에는 노부인이 앉아 있었는데, 천으로 만든 장미가 잔뜩 달린 모자의 무게 때문에 고개를 수그리고 있었다. 통로를 사이에 두고 노부인과 마주 보는 자리에는 일가족이 앉아 있었다. 어머니와 세 아이. 그들은 가난했다. 그들의 옷은 싸구려인 데다가 여기저기가 해져 있었으며, 여자의 얼굴은 초췌했다. 아이들 중 한 명은 병이 들어서 어머니의 무릎에 누워 엄지손가락을 빨고 있었다. 아이는 두세 살쯤 된 것 같았지만 나이를 정확히 짐작하기 어려웠다. 그 정도로 창백하고 여위어 있었다. 아이의 이마에도 종기가 나 있고, 가느다란 다리에도 종기가 있었다. 아이의 입가에 난 주름은 성인 남자의 주름만큼이나 깊었다. 아이는 병이 들어 비참하게 살고 있는 것 같았지만, 그와 동시에 고집스러운 구석도 있는 것 같았다. 마치 아이가 놀라움과 즐거움을 가져다줄 무엇인가를 주먹에 꽉 쥐고서 몸이 아무리 아프고 기차 안이 아무리 낯설어도 절대 주먹을 펼 생각이 없는 것 같았다. 아이는 시끄러운 소리를 내며 엄지손가락을 빨았다. 삶의 한가운데에서 지금의 자리를 벗어날 생각이 없는 것 같았다. 어머니가 아이를 향해 몸을 수그렸다. 젖을 먹일 때 꼭 저랬겠구나 싶은 자세였다. 기차가 파시니아, 게이츠브리지, 턱슨 계곡, 토킨스빌을 지나는 동안 어머니는 아이에게 자장가를 불러 주었다.

거트루드가 말했다. "반드시 그럴 상황이 아닌데도 미모를 잃어버리는 사람들을 나는 이해를 못 하겠어. 낡은 빨래 자루 같은 몰골로 삶을 사는 게 무슨 의미가 있어? 몰리 싱글턴을 한번 봐요. 몰리는 토요일 밤마다 그 두꺼운 안경을 쓰고, 볼품없는 원피스 차림으로 클럽에 가서는 왜 자기한테는 즐거운 일이 생기지 않는 거냐고 투덜거려. 다른 사람들까지 우울하게 만들 거라면 파티에 가는 의미가 없지. 난 이제 아가씨가 아니지만, 내가 원하는 사람들을 모두 내 파트너로 만들 수 있고 남자들한테 짜릿함을 안겨 주는 게 좋아. 남자들이 멋지게 차려입은 모습도 좋아하고. 사람의 능력이라는 건 정말 놀라워. 세상에, 식품점 청년 하나가 나한테 연애편지를 다 썼다니까. 찰리한테는 이런 얘기를 안 하지. 아무한테도 안 해. 그랬다가는 그 가엾은 젊은이가 일자리를 잃을지도 모르니까. 하지만 가끔 그렇게 작지만 신나는 일을 만들지 않는다면 사는 게 무슨 의미가 있겠어?"

멜리사는 질투가 났다. 자신에게 밀려드는 감정이 우스꽝스럽기 짝이 없다는 사실도 그 감정의 힘을 줄이지 못했다. 그녀는 자기도 모르는 사이에 에밀이 자기를 마음에 두고 있다고 확신한 모양이었다. 그가 모든 여자들을 다 마음에 두었을지도 모른다는 점, 어쩌면 그가 마음에 둔 여자들 중에서 그녀가 꼴찌일지도 모른다는 점이 충격적이었다. 모든 것이 터무니없고, 모든 것이 진실이었다. 그녀가 그의 인상을 중심으로 자신의 가치관을 모조리 재배열한 것 같았다. 그래서 자기도 모르게 그의 애정과 찬탄에 의존하게 된 것 같았다. 그의 바람둥이 행각에 자신이 신경을 쓴다는 사실 자체가 고통스러울 정도로 굴욕적이었지만, 그래도 고통은 사라지지 않았다.

그녀는 오후 중반에 뉴욕을 떠나 집에 돌아와서 나로비 식품점에 전화를 걸어 빵 한 덩이, 마늘이 들어간 소금, 꽃상추를 주문했다. 전혀 필요하지 않은 물건들이었다. 15분인가 20분 뒤 그가 나타났다.

"에밀?"

"예."

"혹시 벤더 부인한테 편지 쓴 적 있어?"

"무슨 부인이요?"

"벤더 부인."

"지난 크리스마스 이후로 편지라고는 한 통도 안 썼어요. 삼촌이 저한테 10달러를 보내 주셔서 감사 편지를 썼죠."

"에밀, 벤더 부인이 누군지 알지?"

"아뇨, 몰라요. 아마 다른 집에서 식료품을 사는 분인가 봐요."

"거짓말 아니지, 에밀?"

"그럼요."

"아, 이게 무슨 바보 같은 짓이람." 그녀는 이렇게 말하고서 울기 시작했다.

"슬퍼하지 마세요. 제발요! 저는 아주머니를 많이 좋아해요. 정말 매혹적인 분이라고 생각해요. 저 때문에 아주머니가 슬퍼하는 건 싫어요."

"에밀, 난 토요일에 낸터킷에 갈 거야. 거기 있는 집을 처리하려고. 나랑 같이 갈래?"

"아, 이런, 왑샷 부인. 그럴 수는 없어요. 그러니까, 잘 모르겠어요." 그는 나가는 길에 의자를 하나 넘어뜨렸다.

멜리사는 크랜머 부인을 만난 적이 없었다. 그 여자가 어떻게 생겼는지 상상할 수도 없었다. 그녀는 차를 몰고 그린 거리의 꽃 가게로 갔다. 문에 종이 하나 달려 있었고, 가게 안에서는 꽃향기가 났다. 크랜머 부인이 가게 뒤쪽에서 나와 염색한 머리에 꽂았던 연필을 빼내며 아이 같은 미소를 지었다.

과부들 중에는 언제라도 전화가 걸려 오거나, 초대를 받거나, 모임이 열리면 즉시 나갈 수 있게 준비를 갖추고 사는 사람들이 있는데, 에밀의 어머니도 그런 사람이었다. 하지만 그런 연락이 오는 일은 결코 없을 것이다. 연인이 죽어 버렸으니까. 작은 도시의 후미진 거리 택시 승차장에 가면 그런 사람들이 전화 받는 소리를 들을 수 있다. 그들은 머리를 염색했고, 손톱에는 매니큐어를 칠했고, 신발은 높다란 아치를 그리고 있다. 올 수 없는 누군가와 춤을 출 준비를 마친 차림새. 그들은 잠옷, 꽃, 문구, 사탕 같은 것을 판다. 그들 중에서도 가장 바닥에 있는 것은 영화 표를 파는 사람들이다. 그들은 항상 준비를 갖춘 상태이고, 모두 좋은 남자의 사랑을 받아 본 적이 있다. 그 남자의 기억 속에서 그녀들은 하이힐을 신고 눈이나 진흙 속을 힘겹게 걷는 모습이다. 크랜머 부인은 얼굴에 밝은 화장을 했으며, 원피스는 비단이었고, 하이힐에는 리본이 달려 있었다. 그녀는 몸집이 작고 통통한 편이었는데, 허리띠를 단단히 매고 있어서 마치 올가미로 묶은 쿠션 같았다. 그녀는 우스운 만화책에서 튀어나온 사람 같았다. 그녀의 모습에 우스운 구석은 전혀 없었는데도.

멜리사가 장미 몇 송이를 달라고 하자 크랜머 부인은 가게 뒤쪽에 있는 누군가에게 그 말을 전하고는 멜리사에게 이렇게 말했다. "금방 준비해 드릴게요." 문에 달린 종이 울리면서 다른 손님이 들어왔다. 얼굴이 통통한 남자였는데, 오른쪽 귀에 꽂은 하얀색 플라스틱 단추 같은 물건이 전선을 통해 조끼와 연결되어 있었다. 그가 무거운 목소리로 말했다. "돌아가신 분을 위한 꽃이 필요합니다." 크랜머 부인은 외교적으로 섬세하게 간접적인 질문들을 연달아 던지며 죽은 사람과 그의 관계를 알아내려 했다. 꽃 담요를 만들어 드릴까요? 값은 40달러쯤? 아니면 그보다 비용이 덜 드는 걸로 해 드릴까요? 그는 필요한 정보를 주저 없이 말해 주었지만, 그녀가 직접적인 질문을 던졌을 때에만 그랬다. 죽은 사람은 그의 누이였다. 누이의 자식들은 여기저기 흩어져 있었다. "남아 있는 사람들 중에서 제가 가장 가까운 사이인 것 같아요." 그가 혼란스러운 표정으로 말했다. 장미를 기다리던 멜리사는 죽음의 전조를 느꼈다. 그녀는 틀림없이 죽을 것이다. 어떤 꽃 가게에서 사람들이 그녀를 놓고 이런 대화를 나눌 것이다. 그녀는 너무 아름다워서 정신을 산란하게 만드는 이 세상을 향해 영원히 눈을 감을 것이다. 진부하고 매서운 장면이 그녀의 머릿속에 떠올랐다. 삶은 일종의 기분 전환거리이고, 사멸이라는 비밀경찰이 이 축제에서 그녀를 소환하는 모습. 춤과 음악이 절정에 이르렀는데. 난 떠나고 싶지 않아. 그녀는 속으로 생각했다. 난 절대 떠나고 싶지 않아. 크랜머 부인이 그녀에게 장미를 가져다주었고, 그녀는 집으로 갔다.

12

문라이트 자동차 극장은 저마다 당당함을 뽐내는 세 부분으로 나뉘어 있었다. 골프장, 롤러스케이트장, 그리고 엄청나게 넓은 관람석. 거기에 안이 어둡게 보이는 자동차 수천 대가 고대의 투기장을 연상시키는 모습으로 밤의 나무 밑에 부채처럼 죽 늘어서 있었다. 롤러스케이트장에서 나는 묵직한 천둥 같은 소리와 화면에서 나는 소음 속에서 북부 고속도로를 달리는 자동차들의 소음이 들려왔다.(소리가 공중에 높이 떠서 파도 소리와 아주 흡사했기 때문에 눈먼 사람이라면 깜박 속아 넘어갔을 것이다.) 몬트리올에서 셰넌도어까지 남쪽으로 이어진 북부 고속도로는 훌륭한 솜씨로 색조가 조절된 과거 황금시대의 초록색 운동장, 장미 정원, 헛간, 농장, 초원, 송어 개울, 숲, 농가, 교회, 클로버 이파리를 게걸스레 집어삼켰다. 이 고속도로를 지나는 사람들은 줄줄이 늘어선 똑같은 모양의 식당에 식사를 하려고 모여들었다. 그 식당들 안의 벽화, 소변기, 메뉴판,

신성한 메달을 파는 자동판매기도 모두 똑같았다. 수많은 여행자들이 상냥한 성 크리스토퍼의 특별한 가호와 성모의 축복을 간절히 원하는 것이야말로 길 위의 위험과 가을밤의 정취 중에서도 다소 감동적인 부분이었다.

도로 출구(307번 출구)가 북부 고속도로에서 둥글게 휘어 나와 문라이트 자동차 극장을 향해 내려왔다. 여기에는 사람에게 필요할 법한 물건이 모두 갖춰져 있었다. 빨리 여행할 수 있는 수단, 음식, 운동, 솜씨(골프장), 그리고 관람석의 어두운 자동차들 안에는 봄의 의식을 수행할 장소까지. 아니, 지금은 가을의 의식이라고 해야겠다. 때는 가을밤이었고, 공기 중에는 꽃가루와 부패의 기운이 가득 차 있었다. 에밀은 루이즈 메커와 함께 뒷좌석에 앉아 있었다. 그의 가장 친한 친구인 찰리 퍼트니는 도리스 피어스와 함께 앞 좌석에 있었다. 그들은 모두 종이컵으로 위스키를 마시고 있었으며, 한결같이 옷을 벗는 중이었다. 화면에서 어떤 여자가 소리쳤다. "난 밝은 색의 새 옷처럼 순수함을 입고 싶어요. 다시 깨끗해지고 싶어요!" 그러고 나서 그녀는 문을 쾅 닫았다.

에밀은 피부에 자신이 있었지만, 여배우의 입에서 깨끗함이라는 말을 듣고 나니 불안해졌다. 그는 얼굴을 붉혔다. 이런 파티는 그의 세대에게 흔한 일이었다. 만약 그가 이런 파티에 참여하지 않았다면, 새침데기나 변태 취급을 받았을 것이다. 그가 고등학교에 다닐 때 같은 반 남학생 네 명이 포르노와 헤로인을 판매한 혐의로 체포된 적이 있었다. 그들이 그에게도 접근했지만, 마약과 외설적인 그림을 이용하는 생각만 해도 구역질이 났다. 그가 자동차 뒷좌석에 옷을 벗은 모습으로 앉아 있는 것은 춤출 때 나오는 음악과 영화 들이 사람의 마음보다는 노골적이고 야한 것들을 점점 더 많이 다루고 있기 때문이라고 할 수 있을 것이다. 마치 고속도로 밑에 묻혀 버린 장미 정원과 운동장들이 복수를 즐기고 있는 것 같았다. 가을 햇빛 속에 서 있는 건널목지기는 무슨 생각을 하고 있을까? 우체국장은 왜 저렇게 꿈꾸는 표정을 하고 있을까? 재판을 주재하는 저 판사는 왜 저렇게 불안해 보일까? 저 택시 운전사는 왜 인상을 찌푸리며 한숨을 쉬는 걸까? 저 구두닦이 소년은 빗줄기를 뚫어지게 바라보며 무슨 생각을 하는 걸까? 고속도로를 달리는 트럭 운전사의 마음을 어둡게 하고 몸을 괴롭히는 것은 무엇일까? 장미의 먼지를 닦는 늙은 정원사, 시보레 자동차 밑에 들어가 있는 자동차 정비공, 빈둥거리는 변호사, 안개가 걷히기를 기다리는 선원, 주정뱅이, 병사는 무슨 생각을 하고 있을까? 지금은 쾌락의 시대였고, 에밀은 이 시대의 아이였다.

루이즈 메커는 헤픈 여자였지만, 그녀가 헤프다는 사실은 명랑한 성격의 일면에 불과한 것 같았다. 그녀는 사람들과 잘 지내기 위해 남들이 기대하는 대로 행동했으며, 헤픈 것도 그런 행동의 일환이었다. 하지만 그렇게 언제든 요구에 응하는 바람에 가끔은 그녀가 욕망의 대상인 자신의 몸을 폄하하고 조롱하는 것처럼 보였다. 그는 그 몸에 대해 여전히 어렴풋한 애정을 느끼고 있는데 말이다. 그의 침실 창문 밑에서 라일락이 봄을 맞아 꽃을 피워 침대에 누운 그가 그 향기를 맡을 수 있게 되었을 때 모종의 감정, 야망처럼 강렬하지만 뭐라고 이름 붙일 수 없는 감정이 그를 움직였다. 아, 나는…… 나는 정말로 잘하고 싶어. 그는 문라이트 자동차 극장에 알몸으로 앉아 이런 생각을 했다. 하지만 그는 뭘 하고 싶은 걸까? 제트기 조종사가 되는 것? 아프리카에서 폭포를 발견하는 것? 슈퍼마켓을 관리하는 것? 그것이 무엇이든 그는 삶이 당당한 것이라는 자신의 느낌에 상응하는 일을 하고 싶었다. 나로비 식품점 창가에 서서 인도를 걷는 사람들과 하늘을 흘러가는 구름을 지켜볼 때면 자신이 보고 있는 그 행렬이 장엄하다는 느낌이 들었다. 그는 바로 그 느낌을 확인해줄 만한 일을 하고 싶었다.

그는 멜리사를 생각했다. 그녀는 그에게 맥주를 줌으로써 그의 생각 속으로 뚫고 들어왔다. 지난 6개월인가 8개월 동안 그는 남자와 여자 들이 갑자기 자기와 함께 있고 싶어 하는 것을 보며 당혹감을 느꼈다. 그들은 그에게서 뭔가를 원하는 것 같았다. 그것도 아주 열렬히 원하는 듯했다. 그는 순수한 사람도 아니고 바보도 아니었지만, 그들이 원하는 것이 무엇인지 도무지 알 수 없었다. 그 자신의 욕망은 격렬했다. 아침에 면도를 할 때, 성적인 욕구가 발작처럼 그를 사로잡는 바람에 그는 고통스러워서 몸을 웅크리며 신음 소리를 냈다. "면도칼에 베였니?" 어머니가 물었다. 이제 그는 멜리사를 생각하고 있었다. 이상하게도 그녀가 비극적인 인물 같았다. 연약하고, 고독하고, 이해받지 못하는 사람. 누군지는 모르지만 그녀의 남편은 둔하고, 멍청하고, 서투를 것이다. 그 나이의 남자들은 다 그렇지 않은가? 그녀는 탑에 갇힌 아름다운 포로였다.

영화가 중간쯤에 이르렀을 때 그들은 옷을 입었다. 그러고는 배기 장치를 열고 「진정해, 그리지」라는 음악이 나오는 라디오 방송을 크게 틀고는 요란한 소리를 내며 문라이트 자동차 극장을 빠져나와 고속도로로 들어섰다. 그들 자신의 목숨과 그들이 지나치는 모든 자동차 안의 목숨들(남자, 여자, 품 안의 아이들)이 위험할 지경이었지만, 상냥한 성 크리스토퍼 아니면 성모께서 그들을 보호해 준 덕분에 그들은 에밀을 안전하게 집까지 데려다 주었다. 그는 계단을 올라가 어머니에게 입을 맞추며 안녕히 주무시라고 인사하고는(어머니는 《리더스 다이제스트》에서 췌장에 관한 기사를 열심히 들여다보고 있었다.) 잠자리에 들었다. 침대에 누워서 그는 아주 순수한 마음으로 토마토, 영화, 종이컵에 이제 싫증이 났으며, 낸터킷에 가야겠다는 결정을 내렸다.

13

멜리사가 비행기 표를 사고, 필요한 준비를 모두 맡았다. 그
녀는 에밀에게 비행기 안에서 자신에게 말을 걸지 말라고 부
탁했다. 그는 새로 산 신발을 신고 새로 산 바지를 입었으며,
통통 튀듯이 걸었다. 새 신발의 두툼한 밑창을 느끼고, 다리에
서부터 등을 거쳐 어깨에 이르기까지 근육이 멋지게 움직이는
것을 느끼기 위해서였다. 그는 비행기를 타 본 적이 없었다. 그
래서 비행기 동체에 움푹 팬 곳과 연기 때문에 검게 얼룩이 묻
은 곳이 있어서 비행기가 잡지 광고에서 본 것처럼 미끈하지
않은 것을 보고 실망했다. 그는 창가 좌석을 차지하고 앉아 활
주로의 움직임을 지켜보았다. 비행기가 이륙하자마자 활기, 편
안함, 자유로 이루어진 새로운 삶이 시작될 것 같았다. 그는 언
제나 이곳저곳을 돌아다니며 친구를 사귀고, 미래도 운명도
없는 식품점 점원이 아니라 강하고 똑똑한 사람으로 어디서나
금방 받아들여지는 꿈을 꾸지 않았던가? 그 꿈이 이루어지지

않을 거라고 생각한 적이 있었던가? 멜리사는 마지막으로 비행기에 올랐다. 그녀는 모피 코트를 입고 있었는데, 거무스름한 피부 때문에 그의 눈에는 그녀가 모든 것이 아름답고 질서 정연하고 호화로운 다른 대륙에서 온 방문객처럼 보였다. 그녀는 그가 있는 쪽을 바라보지 않았다. 술 취한 선원이 에밀의 옆자리에 앉더니 잠이 들었다. 에밀은 실망했다. 파시니아와 프록스마이어 장원 상공을 지나는 비행기들을 바라보면서 그는 비행기를 타고 여행하는 사람들이 상류층일 거라고 생각했었다. 얼마 뒤 비행기가 이륙했다.

매혹적이었다. 수백 미터 상공에서 보니 인간이 만들어 놓은 혼란과 실수들이 모두 질서 정연하게 보였다. 그는 땅과 거기서 사는 사람들을 향해 활짝 미소를 지었다. 그가 고대했던 느낌, 공중에 떠 있는 느낌은 기대와 달랐다. 그가 보기에는 비행기 엔진이 중력에 맞서서 얇은 구름 속의 자리를 지키려고 몸부림치는 것 같았다. 그들이 가로지르고 있는 바다는 어둡고 아무 색이 없었으며, 땅이 시야에서 사라지자 그는 당연히 상실감을 느꼈다. 마치 그 순간 파릇파릇한 과거와 그를 이어 주던 유대감이 끊어진 것 같았다. 바다 위에서 그가 발견한 섬의 북동쪽 가장자리에는 소맷부리처럼 거품이 매달려 있었는데, 섬이 워낙 작고 납작하게 보여서 도대체 누가 저런 곳에 가고 싶어 할까 하는 생각이 들었다. 그가 비행기에서 내리니 그녀가 트랩 옆에서 그를 기다리고 있었다. 두 사람은 함께 공항에서 걸어 나와 택시를 탔다. 그녀가 운전사에게 말했다. "먼저 저 마을로 가서 식료품을 좀 산 다음에 마담퀴드로 가 주세요."

"마담퀴드에는 무슨 일로 가시게요?" 운전사가 물었다. "지금은 거기에 아무도 없어요."

"거기에 제 별장이 있어요." 그녀가 말했다.

그들은 황량한 풍경을 가로질렀다. 아무리 황량해도 그곳은 그녀의 젊은 시절, 그녀의 행복과 아주 밀접하게 얽혀 있었기 때문에 그녀는 황량함을 느끼지 못했다. 마을에서 두 사람은 그녀가 항상 거래하던 식품점 앞에 멈춰 섰다. 그녀는 에밀에게 밖에서 기다리라고 했다. 그녀가 물건을 다 고르자 하얀 앞치마를 입은 청년이 그녀를 처음 만났을 때의 에밀과 똑같이 열성적인 표정으로 물건을 택시까지 날라다 주었다. 그녀는 그 청년에게 팁을 준 뒤 에밀을 찾으려고 거리를 두리번거렸다. 그는 자기 또래의 젊은 청년 몇 명과 함께 잡화점 앞에 서 있었다.

그 순간 그녀는 용기를 잃었다. 권태와 실망감에 젖은 사람들의 사회, 그녀가 탈출하고 싶어 했던 그 사회가 튼튼하고, 무자비하고, 근사하게 보였다. 콘서트홀, 병원, 다리, 법원들에게 유용한 사회. 그녀가 끼어들 수 없는 사회. 그녀는 여행의 신선함을 자신의 삶 속으로 끌어들이고 싶었지만, 도덕적인 초라함이라는 괴로운 감정 외에는 아무것도 얻지 못했다. "제가 가서 부인의 남자 친구를 데려올까요?" 택시 운전사가 물었다.

"저 사람은 제 남자 친구가 아니에요." 멜리사가 말했다. "그냥 물건 옮기는 걸 도와주러 온 사람일 뿐이에요."

그때 에밀이 그녀를 발견하고 길을 건너왔다. 그들은 마담퀴드를 향해 출발했다. 그녀는 너무 절박한 기분이 들어서 그의 손을 잡았다. 그가 자신을 보듬어 줄 거라는 기대는 하지 않았다. 하지만 그가 놀랍게도 너무나 관대한 표정으로 그녀를 바라보았다. 그 미소가 너무나 강렬하고 다정해서 그녀는 피가 다시 심장으로 쏟아져 들어오는 것 같았다. 그들은 칼날 같은 풀들이 듬성듬성 자라는 크림색 모래 언덕과 어두운 가을 바다 외에는 볼 것이 하나도 없는 지점을 향해 가고 있었다. 에밀은 당혹스러웠다. 그가 바라보는 세상에 존재하는 여러 집단 중 하나는 여름을 즐기려고 휴가를 떠나는 사람들이었다. 6월에 집을 잠그고 9월까지 식품점에 나타나지 않는 사람들. 그는 그렇게 계절을 따라 이동하는 특권을 누린 적이 한 번도 없었으므로, 그들이 가는 곳에는 황금색 모래가 깔리고, 자주색 바다가 있고, 벽이 분홍색인 집은 영화에서 본 것처럼 안뜰과 수영장이 있는 대궐 같은 곳일 거라고 상상했다. 그런데 여기에는 그런 것이 하나도 없었다. 길고 뜨거운 여름날에도 이곳은 황무지처럼 보일 것 같았다. 돛단배, 접의자, 파라솔이 있을까? 지금은 여름에 쓰는 그런 물건들의 흔적이 전혀 없었다. 그녀가 어떤 집을 가리켰다. 널로 지붕을 인, 절벽 위의 큰 집이었다. 그 집이 크다는 것은 그도 알 수 있었지만(정말로 컸다.) 애당초 여름 별장을 지을 생각이었다면 좀 더 깔끔하고 아담한 집을 짓는 편이 낫지 않았을까? 보기에 근사한 집 말이다. 하지만 어쩌면 그의 생각이 틀린 것일 수도 있었다. 어쩌면 여기에 뭔가 배울 것이 있는지도 몰랐다. 그녀가 그 낡은 집을 보고 몹시 기뻐하는 것 같았기 때문에 그는 기꺼이 판단을 유보했다. 그녀는 택시 운전사에게 돈을 지불하고는 차에서 내려 현관문을 열려고 했다. 하지만 바닷바람 때문에 자물쇠에 녹이 슬어서 그가 그녀를 도와줘야 했다. 그가 마침내 문을 열자 그녀가 안으로 들어갔고, 그는 가방들을 들여놓은 다음 당연히 식료품 봉투도 안으로 들여놓았다.

그녀는 이 집이 수수하다는 것을 잘 알고 있었다. 원래 그렇게 지어진 집이니까. 하지만 은촉물림 판자로 된 벽에서 나는 레몬 냄새가 그녀에게는 햇빛 밝은 계절을 이곳에서 보낸 사람들의 삶이 풍기는 향기 같았다. 여동생이 옛날에 바이올린으로 연주하던 음악, 남동생의 독일어 교과서, 고모가 그린 엉겅퀴 수채화가 그들이 산 삶의 정수 같았다. 그녀와 동생들은 싸움을 벌인 뒤 이제는 서로 말도 하지 않는 사이가 되었지만, 과거의 기억들은 다정했다. "여기서는 항상 행복했어." 그녀가 말했다. "여기서는 항상 무지 행복했어. 그래서 여기 다시 와 보고 싶었어. 물론 지금은 날이 춥지만, 불을 좀 피우면 돼." 그때 그녀의 왼쪽에 있는 벽에 난 연필 자국이 눈에 띄었다. 매년 7월 4일에 삼촌이 그녀와 동생들을 은촉물림 판자 벽에 세워 놓고 키가 얼마나 자랐는지 표시해 둔 흔적이었다. 자신의 나이를 알려 주는 이 연필 자국을 혹시 그가 볼까 봐 그녀는 이렇게 말했다. "장 봐 온 걸 아이스박스에 넣자."

"재미있는 말이네요, 아이스박스라니." 그가 말했다. "그런 말은 처음 들어 봐요. 냉장고를 그렇게 부르니까 우스워요. 하지만 아주머니가 쓰는 말이 원래 좀 다르니까. 아주머니 같은 사람들은 그래요. 우리와는 다른 말을 많이 쓰죠. 성스럽다는 말도 그래요. 온갖 것들을 보고 성스럽다고 하죠. 그런데요, 우리 어머니는 그런 말을 전혀 안 쓰세요. 하느님 얘기를 할 때만 빼고."

벽에 난 연필 자국 때문에 기겁한 그녀는 집 안에 혹시 다른 흔적들이 있는지 생각해 보았다. 2층 거실에 가족들의 사진이 걸려 있는 것이 기억났다. 그녀가 교복을 입고 찍은 사진, 작은 돛단배에서 찍은 사진, 아들과 함께 바닷가에서 노는 모습을 담은 여러 장의 사진이 거기에 있었다. 그가 장 봐 온 것을 정리하는 동안 그녀는 2층으로 올라가 그 사진들을 벽장에 숨겼다. 그러고는 그와 함께 절벽을 내려가 바닷가로 향했다.

계절을 감안하면 놀라울 정도로 따뜻한 날씨였다. 바람은 남쪽에서 불어오고 있었다. 밤이 되면 아마 남서풍으로 바뀌면서 비를 몰고 올 것이다. 포르투갈에서부터 온 파도가 해변으로 밀려들어 왔다. 폭탄이 터지는 것 같은 소리, 파도가 우르릉거리며 굴러 오는 소리가 나더니 모래가 물에 젖어 반짝였다. 하지만 물기는 금방 희미해지며 밑으로 가라앉아 버렸다. 만조 때 물이 차오르는 곳에 편지가 들어 있는 병 하나가 눈에 띄었다. 그녀는 그리로 달려가서 병을 집어 들었다. 뭘 기대했던 걸까? 스파다의 보물에 대한 비밀 정보? 아니면 프랑스 선원의 청혼 편지? 그녀가 에밀에게 병을 건네주자 그가 병을 돌에 내리쳐서 깼다. 편지는 연필로 쓴 것이었다. "이 드넓은 세상에서 이 편지를 어느 분이 읽게 될지 모르지만, 저는 열여덟 살의 남자 대학생이고, 9월 8일에 마담퀴드의 해변가에 앉아서……." 이 남학생이 자신의 이름과 주소를 파도에 실어 보낼 생각을 했다는 것이 신파적이었지만, 이 병은 틀림없이 남학생이 이곳을 떠난 지 얼마 되지 않아 이곳으로 되돌아왔을 것이다. 에밀은 수영을 해도 되느냐고 묻더니 새 신발의 끈을 풀려고 허리를 숙였다. 한쪽 신발 끈이 엉켜 있어서 그의 얼굴이 붉게 변했다. 그녀는 무릎을 꿇고 앉아 그 끈을 직접 풀어 주었다. 그는 자신의 젊음과 근육을 과시하려고 서둘러 옷을 벗더니 팬티까지 벗어도 괜찮겠느냐고 그녀에게 진지하게 물어보았다. 그는 그녀에게 등을 돌리고 서서 팬티를 벗고는 걸어서 바닷물 속으로 들어갔다. 생각보다 물이 차가웠다. 그의 어깨와 엉덩이가 단단하게 긴장했고, 고개가 부들부들 떨렸다. 알몸으로 벌벌 떨고 있는 그가 안쓰럽고, 허영심 강하고, 아름답게 보였다. 인생에서 약간의 즐거움과 모험을 맛보려고 애쓰는 평범한 젊은이였다. 그는 파도 속으로 몸을 던졌다가 그녀가 서 있는 곳에 갑자기 불쑥 나타났다. 따닥따닥 소리가 날 정도로 이를 떨고 있었다. 그녀는 그에게 자신의 외투를 덮어 주었고, 두 사람은 다시 집으로 돌아갔다.

바람의 방향이 바뀔 거라는 그녀의 생각이 맞았다. 자정쯤인지 그보다 뒤인지 하여튼 바람이 남서풍으로 바뀌면서 비를 몰고 왔다. 그녀는 어렸을 때부터 항상 그랬듯이 침대에서 나와 방을 가로질러 가서 창문을 닫았다. 그는 잠에서 깨어 나무 바닥에 그녀의 맨발이 부딪히는 소리를 들었다. 어두워서 그녀의 모습이 보이지는 않았지만, 침대로 돌아오는 그녀의 발소리가 나이 많은 사람처럼 무겁게 들렸다.

아침에도 비가 내렸다. 멜리사는 그와 함께 바닷가를 산책한 뒤 닭 요리를 만들었다. 그녀는 포도주를 찾다가 목이 긴 초록색 모젤 포도주 병을 발견했다. 소풍과 폐허가 된 성이 등장했던 꿈속에서 그녀가 차려 놓은 포도주 병과 똑같았다. 에밀이 닭 요리를 대부분 먹어 치웠다. 4시에 두 사람은 택시를 타고 공항으로 가서 비행기로 뉴욕까지 날아갔다. 프록스마이어 장원으로 향하는 기차에서 그는 그녀보다 여러 줄 앞의 좌석에 앉아 신문을 읽었다.

역으로 마중을 나온 모지스가 그녀를 보고 기쁜 표정을 지었다. 아이는 깨어 있었다. 멜리사는 침실 의자에 앉아 노래를 불렀다. "잘 자라, 내 귀여운 아기, 잘 자라. 아버지는 양 떼를 지키신단다……." 그녀는 아기와 모지스가 모두 잠들 때까지 노래를 불렀다.

14

한편 텔리퍼에 있는 왑샷 부부의 상황은 매우 우울했다. 보스턴에서 수표가 전혀 오지 않았고, 설명도 없었다. 벳시는 불평을 늘어놓았다. 어느 일요일 오후 코벌리가 점심을 준비하고 설거지까지 한 뒤 벳시는 다시 텔레비전을 보기 시작했다. 두 사람의 어린 아들은 점심시간 전부터 울어대고 있었다. 코벌리는 아이에게 왜 우느냐고 물어보았지만, 아이는 그냥 울기만 했다. 밖에 나가서 산책을 할까? 막대 사탕 먹을래? 블록으로 집을 지어 줄까? "아유, 그냥 내버려 둬." 벳시는 이렇게 말하고 나서 텔레비전의 소리를 키웠다. "내가 애를 데리고 텔레비전을 같이 보면 돼." 아이는 여전히 흐느끼면서 제 엄마한테 갔고, 코벌리는 재킷을 걸치고 밖으로 나갔다. 그는 컴퓨터 센터까지 버스를 타고 가서 들판을 가로질러 밭으로 걸어갔다. 계절이 저물어 갈 무렵이라 자주색 애스터가 길가에서 꽃을 피웠고, 공중에 꽃가루가 워낙 많이 날아다녀서 콧구멍이 근질거렸지만 기분이 나쁘지는 않았다. 온 세상이 낡았지만 눈부시게 화려한 양탄자 같은 냄새를 풍겼다. 단풍나무와 너도밤나무에는 이미 단풍이 들었고, 나무들 사이로 움직이는 오후의 햇빛 때문에 그의 앞에 펼쳐진 오솔길이 연달아 이어진 복도와 방들처럼 보였다. 노란색과 황금색의 추기경 회의실과 바티칸 궁전처럼. 하지만 햇빛이 이런 쇼를 펼치고 있는데도 여전히 텔레비전에서 흘러나오던 음악 소리가 귓가에 들리는 것 같았다. 벳시의 입가에 난 주름도, 어린 아들의 울음소리도 뇌리를 떠나지 않았다. 그는 실패자였다. 모든 면에서. 가엾은 코벌리는 결코 아무것도 이루지 못할 거야. 그는 거실 문 뒤에서 이모들이 이런 말을 하는 것을 자주 들었다. 저애는 뼈만 앙상한 여자랑 결혼해서 시름시름 앓는 아이를 낳을 거야. 저애는 무슨 일을 하든 절대 성공하지 못할 거야. 저애는 절대 빚을 갚지 못할 거야. 그는 신발 끈을 단단히 매려고 몸을 구부정하게 숙였다. 그런데 바로 그 순간 사냥용 화살이 그의 머리 위를 휙 지나가 오른쪽의 나무줄기에 박혔다.

"이봐요." 코벌리가 소리쳤다. "하마터면 내가 죽을 뻔했잖아요." 아무 대답이 없었다. 노란색 나뭇잎들의 막이 활을 쏜 사람을 가려주고 있는데, 그 사람이 왜 앞으로 나서서 실수로 하마터면 사람을 죽일 뻔했다고 고백하겠는가? "어디 있어요?" 코벌리가 소리쳤다. "도대체 어디 있는 거야?" 그는 길가의 덤불 속으로 뛰어 들어갔다. 저 멀리서 활을 쏜 사람이 온통 빨간 옷차림으로 돌담을 기어오르는 것이 보였다. 악마와 똑같은 모습이었다. "이봐, 이봐." 코벌리는 그를 향해 소리를 질렀지만, 거리가 너무 멀어서 그 못된 놈을 잡을 수 없었다.

대답도, 메아리도 없었다. 그의 고함 소리 때문에 깜짝 놀란 까마귀 두 마리가 날아올라 정비탑 쪽으로 가 버렸다. 만약 그가 신발 끈을 고쳐 매려고 걸음을 멈추지 않았다면 화살에 맞아 죽었을 거라는 사실이 그의 의식 속에서 폭발하면서 그의 심장 박동이 빨라지고 혀가 부어올랐다. 하지만 그는 살아 있었다. 예전에도 수천 번이나 그랬듯이 이번에도 우연히 죽음을 피했다. 갑자기 오늘의 색깔, 향내, 모양이 스스로 요동치면서 엄청난 힘으로 선명하게 그를 둘러싸는 것 같았다.

초자연적인 존재가 보인 것도, 정체를 알 수 없는 목소리가 들린 것도 아니었다. 그의 주위가 이렇게 변한 것은 순전히 단 하나의 사실, 즉 치명적인 화살 한 발 때문이었다. 그런데도 그 화살이 무엇보다 격렬한 것, 그의 삶에서 일종의 전환점에 가장 가까운 것처럼 보였다. 그는 자아를 느꼈다. 자신이 유일무이한 존재라는 것. 이런 황홀경을 느낀 것은 이번이 처음이었다. 그의 이름을 구성하는 음절들, 머리카락과 눈의 색깔, 허벅지의 힘이 더 강해져서 황홀한 환희와 비슷한 것으로 변한 것 같았다. 거실 문 뒤에서 그를 비난하던 목소리들(그는 평생 동안 그 목소리에 진지하게 귀를 기울였다.)이 탐욕스럽고 해롭다는 사실이 이제는 뻔히 보이는 것 같았다. 사랑할 수 있는 능력은 충분하지만, 그가 스스로 아무것도 알아내지 못해야 행복해질 수 있는 사람들의 목소리. 그 가을날 오후, 세상에서 그의 위치가 어디인지는 너무나 분명한 것 같았다. 기분이 이렇게 경쾌한데 과연 무엇이 그에게 해를 입힐 수 있을까? 그는 자신이 범접할 수 없는 사람이라기보다는 아주 고집 센 사람이 된 것 같은 기분이었다. 만약 그 화살에 맞았다면, 그날의 눈부심을 눈에 담고 쓰러졌을 것 같았다. 그는 감정적이고 유전적인 비극의 희생자가 아니었다. 그는 요정이 예쁜 아이 대신 두고 간 못난 아이로서 최고의 특권을 지니고 있었으며, 자신의 삶을 뭔가 화려한 것으로 만들 터였다. 그는 화살을 자세히 살펴보고는 나무에서 빼내려고 했지만 부러져 버렸다. 화살에 달린 깃털은 진홍색이었다. 이 부러진 화살을 아이에게 주면 아이가 울음을 그칠지도 모른다는 생각이 들었다. 아이는 진홍색 깃털을 보고 정말로 울음을 그쳤다.

뭔가 화려한 일을 하겠다는 코벌리의 결심은 존 키츠의 표현을 분석하겠다는 계획으로 이어졌다. 그리고 이 계획을 위해 그는 그리자라는 친구에게 도움을 청했다. 대부분의 직원들은 지하 카페테리아에서 점심을 먹었지만, 코벌리는 대개 엘리베이터를 타고 지상으로 올라와 햇빛 속에서 샌드위치를 먹었다. 이 이상한 습관이 우정의 기반이 되었다. 전산실의 기술자 한 명도 햇빛 속에서 샌드위치를 먹었는데, 이런 공통점과 고향이 매사추세츠로 같다는 사실 덕분에 두 사람은 급속히 친해졌다. 봄이면 두 사람은 야구공을 던지며 놀았고, 가을에는 럭비공을 주고받으며 놀았다. 지평선에 늘어선 정비탑보다 더 단순한 것들을 생각하면서. 그리자는 폴란드 이민자의 아들이었지만 로웰에서 어린 시절을 보냈고, 그의 아내는 양키 농부의 손녀였다. 그는 대형 컴퓨터를 담당한 기술자 중 한 명이었으며, 누가 봐도 그렇게 보일 것 같은 모습이었다. 전산 센터에는 복장 규정이 없었고 위계질서가 확립되어 있지도 않았지만, 몇 달이 흐르는 동안 대략적인 분위기와 사치를 금하는 법칙들이 모습을 드러내기 시작하면서 마치 계급 제도를 사랑하는 사람들의 속내가 함께 드러나는 것 같았다. 물리학자들은 캐시미어 스웨터를 입었다. 선임 프로그래머들은 트위드로 만든 옷과 색깔 있는 셔츠를 입었다. 코벌리와 같은 계층의 사람들은 양복을 입었고, 기술자들은 하얀 셔츠에 짙은 색 타이를 매고 그 위에 유니폼을 입기로 한 것 같았다. 그들은 컴퓨터 콘솔을 조작한다는 특권, 기술적 지식이 있지만 책임은 그리 크지 않다는 더 커다란 특권이 있다는 점에서 센터의 다른 사람들과 달랐다. 만약 어떤 프로그램이 반복적으로 오류를 일으켜도, 그들이 책임감을 느낄 필요는 없었다. 그래서 그들은 연락선 선원들에게서 간혹 볼 수 있는 활기와 경박함을 모두 갖고 있었다. 그리자는 바다에 나가 본 적이 한 번도 없었지만 마치 흔들리는 갑판 위를 걷는 것처럼 걸어 다녔으며, 왠지 침상에서 잠을 자고, 교대로 파수를 보고, 자기 빨래를 직접 하는 사람처럼 보였다. 그는 배가 홀쭉하고 몸이 가냘픈 남자였다. 그의 배 전체가 말랑말랑하고 푹 꺼진 것처럼 보였다. 그는 머리에 젤을 바르고, 목덜미에서 머리카락이 그물눈 모양이 되도록 조심스레 빗어 넘겼다. 10년 전 거리의 소년들 사이에서 인기를 끌던 머리 모양이었다. 따라서 그는 바로 얼마 전의 과거에 한 발을 딛고 있는 사람처럼 보였다. 코벌리는 그가 조만간 괴상한 야심을 털어놓을 거라고 기대했다. 미시시피 강을 여행하려고 자기 집 지하실에서 뗏목을 만들고 있을까? 빈 맥주 깡통을 압축하는 기계를 완벽하게 다듬고 있을까? 간편한 피임 방법을 고안하고 있을까? 낙엽을 처리해 주는 화학 용제를 만들고 있을까? 그의 성격을 보면 반드시 그런 연구 과제가 있을 것 같다. 하지만 그것은 틀린 생각이었다. 그리자는 정년퇴직 때까지 발사대에서 일하다가 퇴직 후에는 플로리다나 캘리포니아의 주차장에 저축한 돈을 투자할 계획을 세우고 있었다.

그리자는 컴퓨터를 다루는 직책 덕분에 발사대 내부의 정치적 역학 관계에 대해 많은 것을 알고 있는 것 같았다. 그는 수다스러운 성격이 아닌 듯했지만, 코벌리는 매일 점심을 먹으면서 그에게서 많은 정보를 들었다. 보안 센터의 접수원은 임신했다. 발사대 대장인 캐머런은 앞으로 6주도 못 갈 것이다. 최고위층의 의견차가 심각하다. 그들은 타우세티와 엡실론에리다니에서 의미 있는 전파 신호가 날아왔는지 여부를 놓고 다투고, 태양계 내에 다른 문명이 존재하는지 여부를 놓고 논쟁을 벌이고, 돌고래에게 지능이 있다는 주장에 도전장을 던졌다. 그리자는 이런 소식들을 무심하게 전해 주었으며, 항상 많은 소식을 알고 있었다. 코벌리는 그리자가 자신을 도와줄지도 모른다는 생각에서 관계를 더욱 돈독히 다졌다. 그는 그리자가 키츠의 시구들을 컴퓨터에 넣고 돌려 주기를 바랐다. 그리자는 마음을 정하지 못한 것 같았지만, 어느 날 저녁을 함께 먹자며 코벌리를 집으로 초대하기는 했다.

근무를 마친 뒤 두 사람은 버스를 타고 종점에 내려서 걷기 시작했다. 발사대에서도 이 지역은 코벌리가 한 번도 와 보지 않은 곳이었다. "여긴 응급 주택 구역이야." 그리자가 설명해 주었다. 그곳은 트레일러 야영장이었다. 비록 대부분의 트레일러가 시멘트 블록으로 만든 기초 위에 서 있었지만. 개중에는 크기가 아주 크고 층도 두 개나 되는 트레일러도 있었다. 가로등, 꽃밭, 말뚝 울타리도 있었고, 색을 칠한 수레바퀴 한 쌍도 당연히 있었다. 그것은 농경을 주로 하던 신화적인 과거의 부적이었다. 코벌리는 혹시 전산 센터 근처의 농가에서 저 바퀴들을 가져온 것인지도 모른다는 생각이 들었다. 그리자가 비교적 소박한 트레일러의 문 앞에서 걸음을 멈추더니 문을 열고 코벌리를 안으로 초대했다.

트레일러 안은 길고 쾌적했는데, 그리자의 가족들은 이 방을 여러 가지 목적으로 쓰고 있는 것 같았다. 그리자의 어머니가 화덕 앞에 서 있었다. 그의 아내는 딸의 기저귀를 갈아 주고 있었다. 그리자 노부인은 머리가 희끗희끗한 뚱뚱한 여자였으며, 옷에 크리스마스트리 장식을 걸치고 있었다. 크리스마스가 되려면 아직 멀었기 때문에 그 장식은 길가의 농가들처럼 별로 매력적이지 않았다. 공현 축일*이 한참 지난 뒤에도 색색의 크리스마스 전구들이 여전히 반짝이는 북쪽의 스키장에서 오는 길에 볼 수 있는 농가들 말이다. 북쪽 사람들은 때로 눈이 녹은 뒤에야 비로소 크리스마스 장식을 치우기도 한다. 마치 크리스마스가 자기도 모르게 품을 넓혀 겨울을 모조리 끌어안기라도 한 것처럼. 노부인의 얼굴은 넓적하고 상냥했다. 젊은 그리자 부인은 찢어진 남자 셔츠에 격자무늬 바지를 입었는데, 바지에 비해 몸이 너무 자라 버린 것 같았다. 그녀는 얼굴이 컸고, 긴 머리는 예쁘지만 헝클어져 있었다. 눈을 크게 뜨면 아름다웠지만, 그날 밤 그녀는 거의 눈을 크게 뜨지 않았다. 그녀의 눈과 입이 모두 아래로 처져 있는 것으로 보아 샐쭉하니 삐친 것 같았다. 밝고 권위적인 미소와 너무나 어울

---

* 1월 6일. 동방 박사 세 사람이 예물을 갖고 아기 예수를 참배하러 왔던 일을 기념하는 날.

리지 않는 이 샐쭉한 표정 때문에 그녀의 얼굴이 거역할 수 없을 만큼 매력적으로 보였다. 아이를 부드럽게 어르며 옷을 입히는 그녀의 모습이 거의 오만하게 보일 지경이었다. 그리자는 맥주 깡통 두 개를 따고는 코벌리와 함께 방 안에서도 화덕에서 가장 멀리 떨어진 끝 부분에 앉았다.

"여기가 우리 식구한테 조금 좁은 편이에요." 노부인이 말했다. 로웰에서 우리가 살던 집을 댁도 보았으면 좋을 텐데! 방이 열두 개나 됐어요. 얼마나 예쁜 집이었는지. 하지만 쥐도 있었죠. 아유, 그놈의 쥐새끼들. 한번은 내가 화덕에 넣을 땔감을 가지러 지하실로 내려갔는데 이렇게 커다란 수컷 쥐가 나한테 달려드는 거예요. 곧장 나한테 달려들었다니까요! 어쨌든 그놈이 나를 제대로 맞히지 못하고 내 어깨 너머로 떨어져 버렸으니 천만다행이지만, 그 뒤로 나는 쥐가 무서워졌어요. 쥐들이 얼마나 겁이 없는지 그때 알았으니까. 그때 우리 식탁 중앙에는 멋진 장식이 있었어요. 과일이나 밀랍으로 만든 꽃 같은 것. 그런데 어느 날 아침 내가 식당으로 내려갔더니 쥐들이 그 멋진 장식을 모조리 씹어 놓은 거예요. 어찌나 가슴이 아프던지. 이젠 어떤 것도 내 것이라고 안심할 수 없겠구나 하는 기분이 들더라고요. 생쥐도 마찬가지예요. 집에 생쥐들도 있었거든요. 그놈들은 식료품실로 들어오곤 했어요. 어느 해에는 내가 젤리를 잔뜩 만들었는데, 생쥐들이 밀랍 뚜껑을 갉아서 구멍을 내 버리는 바람에 젤리가 아주 못쓰게 돼 버렸어요. 그래도 생쥐는 흰개미에 비하면 아무것도 아니에요. 항상 거실 바닥이 조금 물렁물렁한 것 같다는 생각을 하고 있었는데, 어느 날 아침에 내가 진공청소기를 돌릴 때 바닥 한쪽이 지하실로 뚝 떨어져 버렸어요. 흰개미 짓이었죠. 흰개미랑 왕개미, 둘의 합작품이었어요. 흰개미는 집의 토대를 먹고, 왕개미는 현관 베란다를 먹었어요. 그래도 제일 끔찍한 건 빈대예요. 우리 사촌 해리가 죽으면서 나한테 큰 침대를 물려줬어요. 난 처음에 아무 생각이 없었는데, 밤이 되면 기분이 이상해지는 거예요. 하지만 평생 빈대를 한 번도 못 봤기 때문에 상상도 못 했어요. 그런데 어느 날 밤 내가 재빨리 불을 켰더니 놈들이 있더라고요. 거기에 있었어요! 이미 집 안 전체에 빈대가 퍼져 있었죠. 사방이 빈대 천지였어요. 그래서 모든 물건에 살충제를 뿌렸는데, 세상에 그 냄새가 얼마나 끔찍하던지. 벼룩도 있었어요. 스파티라는 늙은 개를 키웠거든요. 그 녀석 몸에 있던 벼룩이 융단으로 뛰어내렸고, 집 안에 습기가 많았기 때문에 벼룩들이 거기에 알을 깐 거예요. 특히 융단 하나는 사람이 발로 디디면 벼룩들이 구름처럼 일어났어요. 연기처럼 자욱하게. 그래서 온몸에 벼룩이 달라붙었죠. 이제 와서 식사해요."

그들은 냉동 고기, 냉동 감자튀김, 냉동 완두콩을 먹었다. 눈을 가리고 완두콩을 먹었다면, 그것이 완두콩인지 알 수 없을 것 같았고, 감자에서 나는 냄새라고는 비누 냄새뿐이었다. 그것은 포위당한 사람들이 먹는 단조로운 식사였으며, 그날 밤 발사대 안의 모든 곳에서 식탁에 오른 음식이었다. 하지만 이렇게 맛없는 수프를 먹을 수밖에 없게 만든 성벽이며 공성 망치며 적들은 다 어디 있단 말인가? 코벌리는 행복한 기분이었고, 그들은 식사를 하며 뉴잉글랜드에 관한 이야기를 나눴다. 두 여자가 설거지를 하는 동안 코벌리와 그리자는 키츠의 시구들을 컴퓨터로 돌리는 문제를 이야기했다. 저녁 초대가 신뢰

또는 승낙의 표시였는지, 그리자는 코벌리가 미리 준비를 해 주면 자신이 시구들을 컴퓨터로 돌려 보겠다고 했다. 코벌리는 그와 함께 위스키 한 잔과 맥주를 마신 뒤 집으로 갔다.

다음 날 밤 코벌리는 새로운 시간표를 짰다. 그는 5시에 전산 센터에서 나와 저녁 식사를 준비하고 아들을 목욕시켜 재웠다. 그러고는 부드러운 가죽 장정의 키츠 시집을 들고 전산 센터로 다시 가서 전기 타자기로 시구들을 이진법 숫자로 번역하기 시작했다. "나는 작은 언덕에 까치발로 서 있었다." 그는 이 구절부터 시작했다. "공기가 선선했고, 깊은 적막이……." 「스티븐 왕」을 포함해서 모든 작품을 번역하는 데 3주가 걸렸다. 어느 날 밤 11시 30분에 그는 다음의 구절을 타자기로 입력했다. "그 부드러운 추락과 팽창을 영원히 느끼려고 / 달콤한 불안 속에서 영원히 깨어 있으려고 / 그녀의 부드러운 숨소리를 들으려고 조용히, 조용히 / 그래서 영원히 살려고, 아니면 황홀하게 죽으려고."

15

    그리자는 모든 일이 예정대로 진행된다면 토요일 오후 늦게 키츠의 시를 컴퓨터로 돌려 보겠다고 말했다. 그는 금요일 밤에 코벌리에게 전화를 걸어 내일 4시에 오라고 했다. 키츠의 시를 이진법 숫자로 입력해 놓은 테이프가 코벌리의 사무실에 있었다. 코벌리는 4시에 그 테이프를 컴퓨터 콘솔이 있는 방으로 가져갔다. 설렘 때문에 가슴이 마구 뛰었다. 센터 안에는 그와 그리자 단 둘뿐인 것 같았다. 어디선가 전화벨이 울렸지만 전화를 받는 사람이 없었다. 그는 컴퓨터에게 내리고 싶은 명령을 이진법 숫자로 전환했다. 시 속의 단어 총수와 단어의 개수를 센 다음 가장 자주 사용된 단어순으로 목록을 작성하라는 내용이었다. 그리자가 이 명령과 테이프를 탑처럼 서 있는 두 대의 컴퓨터에 넣고 콘솔의 스위치 몇 개를 당겼다. 이 방이 그에게는 가장 편안한 곳이었으므로 그는 갑판 선원처럼 우쭐거렸다. 코벌리는 기대에 차서 잔뜩 긴장하고 있었다. 뭔가 대화를 하기 위해서 그는 그리자에게 어머니와 아내의 안부를 물었지만, 컴퓨터 콘솔의 존재 덕분에 귀족처럼 고상해진 그리자는 대답하지 않았다. 타자기가 시끄럽게 덜걱거리기 시작하자 코벌리는 그쪽을 돌아보았다. 기계가 멈추자 그리자는 종이를 빼내서 코벌리에게 주었다. 키츠의 시에 사용된 단어의 총수는 1만 5357개였다. 단어의 개수는 8503개였으며, 빈도순으로 단어를 나열하면 다음과 같았다. "침묵이 슬픔의 각성한 추락과 섞였다 / 죽음의 황금 왕국이 모든 것을 가져간다 / 사랑의 아픔은 사랑의 은총보다 크다 / 그 천사 같은 얼굴의 짐승 같은 흉터 / 쓰디쓴 천국의 표식."

"세상에." 코벌리가 말했다. "운이 맞잖아. 그냥 한 편의 시야."

그리자는 방 안을 돌아다니며 불을 끄고 있었다. 아무 대답도 없이.

"이건 그냥 한 편의 시야, 그리자." 코벌리가 말했다. "굉장하지 않아? 시 안에 시가 또 있는 거야."

그리자는 여전히 관심을 보이지 않았다. "여, 여." 그가 말했다. "이제 그만 여기서 나가야겠어. 이러다 들키면 안 되잖아."

"그것보다 말이야, 자네도 알겠지?" 코벌리가 말했다. "키츠의 시 안에 시가 또 있다는 걸." 모종의 수적 조화가 우주의 바탕에 깔려 있다고 상상하는 것은 가능한 일이었지만, 이런 조화가 시에도 적용된다고 생각하는 것은 참으로 당혹스러웠다. 그 순간 코벌리는 자신이 새로 떠오르고 있는 세계의 시민이라는 생각이 들었다. 그 세계의 일부라는 생각. 삶은 새로운 것으로 가득 차 있었고, 어딜 보아도 새로운 것들이 눈에 들어왔다! "이걸 다른 사람한테 말해 봐야겠어." 코벌리가 말했다. "이건 새로운 발견이야."

"흥분하지 마." 그리자가 말했다. "자네가 다른 사람한테 말하면, 내가 일과 후에 컴퓨터 콘솔을 사용했다는 사실이 들통날 거고, 그러면 내가 아주 곤란해질 거야." 방 안의 불은 이미 모두 꺼져 있었고, 두 사람은 복도로 나왔다. 그런데 복도 끝에 있는 방의 문이 열리더니 발사대장인 르뮤얼 캐머런 박사가 두 사람을 향해 다가왔다.

캐머런은 키가 작았으며, 구부정한 자세로 걸었다. 그의 무자비한 성격과 뛰어난 머리는 전설적이었으므로 그리자와 코벌리는 겁에 질렸다. 캐머런의 머리카락은 광채가 전혀 없는 검은색이었으며, 길이가 길어서 이마 위에 구불구불 늘어져 있었다. 그의 피부는 칙칙하고 누르스름했으며, 뺨이 살짝 불그스름했다. 눈은 슬픔에 차 있었지만, 그 위에 차양처럼 드리워진 눈썹, 그 텁수룩한 눈썹 때문에 그의 얼굴에서는 남달리 만만찮은 사람 같은 분위기가 풍겼다. 그의 눈썹은 너비가 2센티미터나 되었고 희끗희끗했으며 짐승의 털처럼 텁수룩했다. 눈썹이 아니라, 그의 지식과 권위의 무게를 감당하라고 그 자리에 올려놓은 들보 같았다. 눈썹이 짙다고 해서 무슨 무게를 지탱하지는 않는다는 걸 우리는 알고 있다. 눈썹은 하다못해 공기의 무게도 지탱하지 않을 뿐만 아니라, 지성이나 심장 속에 뿌리를 두고 있는 것도 아니다. 하지만 코벌리와 그리자를 위협한 것은 바로 캐머런의 눈썹이었다.

"이름이 뭔가?" 그가 물었다. 코벌리를 겨냥한 질문이었다.

"왑샷입니다."

캐머런이 로렌조에게서 지원금을 받았는지는 몰라도, 그의 행동에서는 그런 기색이 전혀 드러나지 않았다.

"여기서 뭘 하는 건가?"

"존 키츠의 시에 나오는 단어의 숫자를 셌습니다." 코벌리가 지극히 열성적인 태도로 말했다.

"아, 그렇군. 나도 시에 관심이 있네. 사람들은 그 사실을 잘 모르지만." 이 말을 하고 나서 그는 얼굴을 들어 허풍을 떠는 것 같기도 하고 성의가 없는 것 같기도 한 미소를 지으며 미리 연습한 것 같은 표정으로 시를 암송했다.

> 태양들 주위의 얼마나 많은 행성들이
> 밤과 낮을 엮어 냈을까.
> 지금은 돌이나 진흙 속에 깊이 갇힌,
> 인간처럼 생각할 줄 아는 수많은 존재들을 위해!
> 빛 속에 붙들린 그들의 이야기가 이제 오고 있다
> 우리에게, 경험이 없어서
> 저 멀리서 오래전에 날아온
> 그 희미하고 신비로운 메시지 속의
> 희극, 비극, 친구나 적의 번득임을 알지 못하는데.

코벌리는 아무 말도 하지 않았고, 캐머런은 그를 뚫어져라 바라보았다.

"전에 날 만난 적이 있나?"

"예."

"어디서?"

"산에서요."

"월요일에 내 사무실로 오게. 지금 몇 시지?"

"7시 15분 전입니다."

"내가 저녁을 먹었나?"

"모르겠습니다."

"궁금하군." 그가 말했다. "궁금해." 그는 혼자 엘리베이터에
탔다.

16

코벌리는 월요일 아침에 캐머런의 사무실로 갔다. 그는 이 천재 노인과의 첫 만남을 생생히 기억하고 있었다. 그를 처음 만난 곳은 탤리퍼 북쪽으로 480킬로미터 떨어진 산악 지대였다. 그때 코벌리는 사무실 동료들과 함께 주말을 맞아 스키를 타러 간 길이었다. 코벌리 일행은 오후 늦게 목적지에 도착했기 때문에 날이 어두워질 때까지 시간이 그리 많지 않아서 스키를 딱 한 번밖에 탈 수 없을 것 같았다. 그런데 리프트를 기다리던 일행에게 누군가가 자리를 비켜 달라고 했다. 캐머런이었다.

그는 장군 두 명, 대령 한 명과 함께였다. 세 사람 모두 캐머런보다 몸집이 훨씬 크고 나이도 젊었다. 캐머런이 도착했을 때 주위에서 눈에 띄게 동요가 일었다. 사실 그의 스키 솜씨는 전설적이었다. 그가 열 이론 연구에서 성과를 거둔 것은 자기 스키의 바닥에서 벌어지는 분자 활동을 관찰한 덕분이었다. 그는 고급 스키복을 입고, 그 유명한 눈썹 위에 진홍색 머리띠를 하고 있었다. 그날 오후, 그는 번쩍번쩍 빛나는 눈으로 리프트를 향해 다가왔다. 아무도 감히 자신의 권위에 도전하지 않을 것임을 알고 있는 사람답게 정확하고 우아한 동작이었다.(코벌리가 보기에는 그랬다.) 캐머런이 먼저 리프트를 타고 산으로 올라갔고, 그의 일행과 코벌리 일행이 차례로 그 뒤를 따랐다. 산 정상에는 산장 아니면 대피소로 쓰이는 건물이 있었는데, 그들은 거기서 담배를 피웠다. 대피소에는 불이 전혀 없었다. 날이 몹시 추웠다. 코벌리가 스키의 끈을 다시 묶고 나서 보니 자신과 캐머런만 남아 있었다. 다른 사람들은 이미 아래로 내려간 다음이었다. 코벌리는 캐머런과 함께 있다는 사실 때문에 불편해졌다. 말도 한마디 없고 아무 소리도 내지 않는데도 그는 전자기장처럼 생생하게 느껴지는 뭔가를 주위에 펼쳐놓고 있는 것 같았다. 늦은 시간이었으므로 곧 어두워질 테지만, 눈에 푹 파묻힌 모든 산봉우리들은 여전히 비스듬한 햇빛 속에 우뚝 서 있었다. 아주 오랜 옛날부터 존재하던 해저의 깊은 구멍과 해구(海溝) 들 같았다. 그 풍경 속에서 코벌리의 마음을 움직인 것은 바로 활기였다. 헤아릴 수 없을 만큼 막대한 이 행성의 에너지가 여기서 모습을 드러내고 있었다. 저물어 가는 햇빛 속에서 이 행성의 광대한 역사가 느껴졌다. 코벌리도 눈치가 없는 사람은 아니었으므로 이런 생각을 캐머런 박사에게 말해서는 안 된다는 것을 알고 있었다. 입을 연 사람은 캐머런이었다. 그의 목소리는 거칠고 젊었다. "정말 굉장하지 않은가. 2년 전만 해도 대기의 비균질권이 두 구역으로 나뉘어 있다는 것이 일반적인 생각이었는데 말이야."

"그렇죠." 코벌리가 말했다.

"물론 그 전에 균질권이 있지." 박사가 설명했다. 몇몇 교수들처럼 억지로 예의를 지키려고 애쓰는 것 같은 말투였다. "균질권 안에서 공기의 주요 구성 요소들은 표준 비율로 균일하게 섞여 있지. 무게 기준으로 질소 76퍼센트, 산소 23퍼센트, 아르곤 1퍼센트. 수증기를 제외한다면 말일세." 코벌리는 시선을 돌려 그를 바라보았다. 날씨가 너무 추워서 그의 얼굴이 일그러져 있었다. 숨을 쉴 때면 입에서 김이 나왔다. 이렇게 장엄한 풍경 속에서도 무엇이든 설명하려 드는 그의 습관은 변함이 없었다. 코벌리는 석양빛과 산들이 거의 눈에 들어오지 않는 것 같은 기분이었다. "우린 균질권 안에 있어." 그가 말을 계속했다. "대류권, 성층권, 중간권, 중간권 경계면 너머에는 라이만베타 성분들에 의해 이온화된 산소와 질산, 그리고 그 위에는 단파장 자외선에 의해 이온화된 산소와 약간의 일산화질소. 중간권 경계면 위의 전자 밀도는 세제곱센티미터당 10만. 그 위로 올라가면 밀도가 20만으로 늘었다가 다시 100만까지 치솟지. 그 다음에는 원자들의 총밀도가 워낙 낮아져서 전자밀도도 감소하고……."

"이제 내려가 봐야 할 것 같습니다." 코벌리가 말했다. "날이 어두워지고 있습니다. 먼저 내려가시겠습니까?"

캐머런은 싫다고 했다. 그러고는 아래로 내려가는 코벌리에게 큰 소리로 행운을 빌어 주었다. 코벌리는 첫째 굽이, 둘째 굽이를 돌았다. 하지만 셋째 굽이를 돌 무렵에는 이미 날이 어두워져서 미끄러져 넘어지고 말았다. 다치지는 않았지만, 일어서다가 우연히 머리 위를 바라보니 캐머런 박사가 리프트를 타고 조용히 내려오고 있었다.

코벌리는 리프트 정거장에서 일행을 만나 숙소로 가서 술집에서 술을 한잔했다. 캐머런 일행이 몇 분 뒤에 들어와 구석자리에 앉았다. 캐머런의 말을 듣기는 전혀 어렵지 않았다. 사방으로 꿰뚫고 들어가는 목소리의 힘을 그 자신도 통제할 수 없는 것 같았다. 그는 산길에서 스키를 타는 것에 대해 자세히 이야기하고 있었다. U자형의 급커브, 길게 이어지는 울퉁불퉁한 길, 얼어붙을 것 같은 추위 속에서 전속력으로 직활강하기, 바람에 실려 날아온 눈. 그는 어떤 의미에서 이 나라의 안보를 책임진 사람이었다. 그러니 자신의 스키 솜씨에 대해 반드시 진실을 말하고 있다고 믿을 수는 없었다. 그는 증명할 수 있는 진실만을 고집하는 것으로 악명이 높았는데도, 이 경우에는 숙련된 거짓말쟁이였다. 코벌리는 넋을 잃었다. 그가 산의 표면에 더 섬세한 진실의 감각을 덧붙인 걸까? 리프트를 타고 가면서 스키 코스가 너무 가파르고 빨라서 자기 힘으로는 감당할 수 없다는 판단을 내렸던 걸까? 만약 자신이 현명하게 이것저것 고려해 본 결과 소심하게 행동하게 되었음을 인정한다면 자기 팀이 예전만큼 예의 바르게 행동하지 않을 것 같다고 짐작한 걸까? 그가 평범한 진실을 무시하는 것은 더 넓은 의미의 진실 때문인가? 코벌리는 캐머런이 리프트에서 자신을 보았는지 어쨌는지 알 수 없었다.

그날 아침 비서가 코벌리를 캐머런의 사무실로 안내했다. "자네가 시에 관심을 갖고 있다는 것이," 캐머런은 다짜고짜 본론을 꺼냈다. "내가 자네를 이리로 부른 가장 큰 이유일세. 반짝이는 보석 같은 우리 은하계를 구성하고 있는 수천억 개의 항성보다 더 시적인 것이 어디 있겠나? 그 광대한 힘은 우리가 이해할 수 있는 범위를 완전히 벗어나 있지. 우리는 틀림없이 1000억에 10억을 곱한 것보다 더 많은 항성들로부터 빛을 받고 있는 것 같네. 아주 신중하게 추정한다 해도, 생명이 살기에 적합한 행성을 거느린 항성이 1000개 중 한 개꼴은 될 거야. 이 추정치가 실제보다 100만 배나 큰 것이라 해도, 우리가 알고 있는 우주에는 생명이 살 수 있는 행성이 1000억 개나 되는 셈일세. 내 밑에서 일해 보겠나?"

"뭔가 오해를 하신 것 같습니다, 캐머런 박사님." 코벌리가 말했다. "제가 배운 것이라고는 테이프 작성법과 프리프로그래밍뿐입니다. 렘젠에서 이리로 전근 발령을 받았을 때 컴퓨터가 실수를 해서 저를 홍보부에 배치한 겁니다. 아무래도 박사님이 잘 모르시는 것 같아서……."

"나한테 아느니 모르느니 하는 말은 하지 마." 캐머런이 고함을 질렀다. "자네의 무지가 명약관화하고 심연처럼 끝이 없다는 말을 하려는 거라면, 그건 나도 이미 아는 사실이야. 자네는 얼간이야. 나도 알아. 그래서 자네를 원하는 거야. 요즘은 얼간이를 찾아내기가 어렵거든. 나가는 길에 놀랜드 양한테 자네를 내 밑으로 전근시키라고 말하게. 내가 방금 한 말을 중심으로 20분짜리 취임 연설문을 작성하고, 다음 주에 나와 같이 애틀랜틱시티로 갈 계획을 짜. 지금 몇 시인가?"

"10시 15분 전입니다."

"저 새 소리 들리나?"

"예."

"새가 뭐라고 하는 건가?"

"잘 모르겠습니다."

"내 이름을 부르고 있잖아." 캐머런이 약간 화난 목소리로
말했다.

"저게 안 들린단 말인가? 내 이름을 부르고 있잖아. 캐머런,
캐머런, 캐머런."

"정말로 그렇게 들리는 것 같습니다."

"자네 퍼네시아 별자리를 아나?"

"예."

"거기에 내 이니셜이 들어 있다는 걸 혹시 눈치 챘나?"

"한 번도 생각해 보지 않았지만," 코벌리가 말했다. "이제는
보입니다. 이제는 보입니다."

"숨을 얼마나 오랫동안 참을 수 있나?"

"모르겠습니다."

"그럼 한번 해 봐." 코벌리는 깊이 숨을 들이쉬었고, 캐머런
은 손목시계를 들여다보았다. 그는 1분 8초 동안 숨을 참았다.
"나쁘지 않군." 캐머런이 말했다. "이제 꺼져."

17

우리는 두 가지 의식 상태 사이에서 태어나 어둠과 빛 사이에서 살아간다. 다른 나라의 산을 오르거나, 다른 나라 말로 자신의 생각을 표현하거나, 다른 나라의 하늘 색깔에 감탄하다 보면 우리는 인생이라는 수수께끼 속으로 더욱 깊숙이 끌려 들어간다. 여행은 특권과 유행이라는 특성을 잃어버렸다. 이제 우리는 3층짜리 여객선을 타고 한밤중에 항해를 하지도 않고, 열이틀 동안 바다를 가로지르지도 않는다. 루이 뷔통 트렁크도, 그랜드 호텔의 반짝거리는 로비도 없다. 오를리 공항에서 제트기에 오르는 여행자들은 종이봉투를 들고 잠든 아이를 안은 모습이다. 개중에는 공장에서 힘든 하루 일을 마치고 집으로 돌아가는 사람도 있을 것이다. 우리는 파리에서 저녁을 먹고, 아침 식사는 집에 돌아와서 할 수도 있다. 사정이 허락한다면. 따라서 완전히 새로운 자기 인식, 사랑과 죽음과 인생의 덧없음과 중요성에 관한 완전히 새로운 이미지가 생겨난다. 대부분의 사람들은 자신에 관한 지식을 더 훌륭하게 다듬으려고 여행을 하지만, 오노라의 경우는 전혀 달랐다. 그녀가 유럽으로 간 것은 도망치기 위해서였다.

세월이 흐르는 동안 그녀는 세인트보톨프스가 지상에서 가장 아름다운 창조물이라는 확신을 갖게 되었다. 물론 세인트보톨프스가 멋지고 근사하지 않다는 것은 그녀도 잘 알고 있었다. 그녀가 어렸을 때 로렌조 삼촌에게서 받은 우편엽서 속의 카르낙 신전이나 아테네와는 비슷하지도 않았다. 하지만 그녀는 멋지고 근사한 것에는 전혀 관심이 없었다. 이런 라일락 판매대, 이렇게 부드러운 바람과 눈부신 하늘, 이렇게 신선한 생선을 여기 말고 어디서 볼 수 있겠는가? 그녀는 평생을 이곳에서 살았다. 그녀의 행동은 모두 예전에 했던 다른 행동의 변형이었고, 그녀가 느낀 감정도 과거의 비슷한 감정과 연결되어 그녀의 긴 인생을 거슬러 올라가 그녀가 예쁘고 고집 센 아이였던 시절까지 이어져 있었다. 어렸을 때의 어느 날, 그녀는 파슨스 연못가에서 스케이트의 끈을 풀고 있었다. 해가 진 지 한참 되었으므로 함께 스케이트를 타던 다른 사람들은 모두 집으로 돌아갔고, 피터 하울랜드의 콜리 종 개들이 짖는 소리가 위협적이고 선명하게 들렸다. 지독한 추위로 인해 어두운 하늘이 조개껍질 같은 음향 효과를 내게 된 덕분이었다. 그녀가 피운 모닥불의 향기로운 연기가 그녀가 평생 동안 피운 모든 불의 연기와 뒤섞였다. 그녀가 가지치기를 해 준 장미 나무 중 일부는 그녀가 태어나기도 전에 심어진 것이었다. 다정한 삼촌은 그녀의 세계와 르네상스 시대의 유럽을 묶어 주는 유대 관계에 대해 일장 연설을 했지만, 그녀는 늘 그의 말을 믿지 않앉다. 뉴햄프셔의 산속에서 커다란 폭포를 본 사람이라면 과거의 왕들이 만들어 놓은 상수도 시설이 눈에 들어오기나 하겠는가? 북대서양의 풍요로운 향기를 맡은 사람이라면 더러운 나폴리 만에 신경을 쓸 리가 없지 않은가? 그녀는 집을 떠나 자신의 감정이 뿌리를 찾을 수 없는 곳으로 가고 싶지 않았다. 그런 곳에서는 장미를 보거나 연기 냄새를 맡아도 자신의 정원이 끔찍할 만큼 멀리 있다는 생각밖에 들지 않을 것이다.

그녀는 기차를 타고 혼자 뉴욕으로 가서 호텔에 들어가 며칠 동안 잠을 설치다가 어느 날 아침 유럽 행 배에 올랐다. 선실에 들어가 보니 고향의 그 늙은 판사가 보낸 난초가 놓여 있었다. 그녀는 난초를 몹시 싫어했다. 상대를 배려할 줄 모르는 선물도 몹시 싫어했다. 그런데 그 번지르르한 꽃은 이 두 가지 요건을 다 갖고 있었다. 그녀는 꽃을 보자마자 선실 창문 밖으로 냅다 던져 버리고 싶었지만, 창문이 열리지 않았다. 그래서 다시 생각해 보니 꽃이 여행자에게는 반드시 필요한 물건인 것 같다는 생각이 들었다. 이별의 상징, 친구들을 남겨 두고 떠난다는 증거로서. 커다란 웃음소리, 이야기 소리, 시끄럽게 술을 마시는 소리가 들렸다. 오로지 그녀만 혼자인 것 같았다.

세상의 눈에서 벗어난 그녀는 조금 바보스럽게 보이기도 했다. 그녀는 현금과 서류를 넣어 둔 캔버스 전대를 숨길 곳을 한동안 찾아 헤맸다. 소파 밑에 숨길까? 액자 뒤에? 빈 꽃병이나 약장 속에? 양탄자 한쪽 귀퉁이가 바닥에서 떨어져 있어서 그녀는 전대를 그 밑에 숨겼다. 그러고는 복도로 나왔다. 검은 옷에 삼각모를 쓰고 있었기 때문에, 아주 나이를 많이 먹은 조지 워싱턴 같은 느낌이 살짝 났다.

사람들로 북적이던 선실의 축제 분위기가 복도로 옮겨 가 있었다. 남자와 여자들이 복도에 서서 술을 마시며 이야기를 나눴다. 친구들이 몇 명쯤 배웅을 나와 줬다면 좋았을 거라는 사실을 그녀는 부정할 수 없었다. 그녀가 어깨에 난초를 매달고 나온 것도 아니니, 그녀가 고향에서는 모르는 사람이 없는 저명인사이며, 자선을 많이 하기로 유명하다는 사실을 이 이방인들이 어찌 짐작이라도 하겠는가? 혹시 지나가는 그녀를 흘깃 보고는, 고집스럽고 이기적인 성격 탓에 혹독한 외로움에 시달리면서도 외로움을 숨기거나 달래려고 애쓰며 지상을 방황하는 빙퉁그러진 노파로 착각하지는 않을까? 그녀는 완전히 무장 해제를 당한 것 같아서 고통스러웠다. 자신을 증명할 수 있는 물건이 너무 없는 것 같았다. 그 순간 그녀가 원한 것은 자리에 앉아서 주위의 일들을 지켜볼 수 있는 휴게실 같은 곳이었다.

그녀는 휴게실을 찾아냈지만, 사람이 많아서 앉을 자리가 없었다. 술을 마시는 사람도 있고, 이야기를 하는 사람도 있고, 우는 사람도 있었다. 한쪽 구석에서는 다 자란 남자가 어린 소녀에게 작별 인사를 하고 있었다. 그의 얼굴은 눈물로 젖어 있었다. 오노라는 이렇게나 혼란스러운 모습을 본 적도 없고 상상한 적도 없었다. 배가 출발한다는 신호가 울렸다. 가볍고 명랑하게 작별 인사를 하는 사람들이 많았지만, 그렇지 않은 사람도 많았다. 어떤 남자가 어린 딸과 헤어지는 광경(그는 악마의 장난으로 인해 어쩔 수 없이 어린 딸과 헤어지게 됐음이 분명했다.)을 보고 오노라는 마음이 너무 짠했다. 남자가 갑자기 무릎을 꿇더니 아이를 끌어안았다. 그는 아이의 가녀린 어깨에 얼굴을 묻어 감췄지만, 흐느낌 때문에 등이 떨리는 것이 보였다. 안내 방송에서는 헤어질 순간이 왔다는 말을 계속 되풀이하고 있었다. 그녀의 눈에도 눈물이 고였다. 아이를 달래기 위해 그녀가 생각해 낸 방법은 아이에게 난초를 주는 것뿐이었다. 하지만 복도에 사람이 너무 많아서 오노라는 자기 선실로 돌아갈 수 없었다. 그녀는 높다란 황동 문턱을 넘어 갑판으로 올라갔다.

배다리는 배로 사람을 만나러 왔다가 돌아가는 사람들로 북적였다. 혼잡하기 그지없었다. 발 아래로 항구의 더러운 물이 보였고, 머리 위에는 갈매기들이 있었다. 사람들은 가까운 거리에 있지만 혼잡 때문에 닿을 수 없는 일행을 불러 댔다. 이제 배다리는 하나만 빼고 모두 올라갔고, 악단이 연주를 시작했다. 그녀가 듣기에는 무슨 서커스 음악 같았다. 삼으로 만든 거대한 밧줄이 풀어지더니 경적 소리가 천둥처럼 울렸다. 그 소리가 하도 커서 천국의 천사들이 틀림없이 화를 낼 것 같았다. 다들 뭐라고 외치며 손을 흔들고 있었다. 그녀만 빼고. 갑판에 서 있는 사람들 중에서 그녀만 작별 인사를 할 상대가 없었다. 외롭고 무의미한 여행을 하는 사람은 그녀뿐이었다. 순전히 자존심 때문에 그녀는 핸드백에서 손수건을 꺼내 사람들의 얼굴을 향해 흔들기 시작했다. 배가 움직이면서 사람들의 얼굴 윤곽이 순식간에 흐려지고 매력도 사라졌다. "안녕, 안녕, 사랑하는 친구." 그녀는 허공을 향해 소리쳤다. "고마워…… 전부 다…… 안녕. 고마워…… 고마워. 안녕."

7시에 그녀는 가장 좋은 옷을 차려입고 저녁 식사를 하러 올라갔다. 로체스터에서 온 셰필드 부부와 같은 식탁에 앉게 되었는데, 셰필드 부부는 이번이 두 번째 해외여행이라고 했다. 두 사람이 입은 옷은 올론*이었다. 저녁 식사를 하면서 두 사람은 오노라에게 지난번 유럽에 갔을 때의 일들을 이야기해 주었다. 그들은 가장 먼저 파리에 들렀는데, 날씨가 아주 좋았다. 그러니까 맑고 건조한 날씨였다. 매일 밤 두 사람은 욕조에서 번갈아 가며 옷을 빨아 밖에 널었다. 루아르로 내려가는 길에는 비를 만났기 때문에 거의 일주일 동안 빨래를 전혀 할 수 없었지만, 일단 바다에 닿은 뒤에는 날씨가 다시 화창하고 건조해졌다. 두 사람은 옷을 전부 빨았다. 그러고는 어느 화창한 날에 비행기를 타고 뮌헨으로 가서 레지나 팔라스트 호텔에서 빨래를 했다. 하지만 한밤중에 천둥이 치며 폭우가 쏟아지는 바람에 발코니에 널어 둔 옷이 몽땅 젖어 버렸다. 그래서 두 사람은 젖은 옷을 그대로 가방에 넣고 인스부르크로 갈 수밖에 없었다. 별빛이 총총하고 맑은 밤에 인스부르크에 도착한 두 사람은 옷을 모조리 다시 널었다. 그런데 인스부르크에서도 천둥을 동반한 폭우가 내렸기 때문에 두 사람은 하루 종일 호텔 방에서 옷이 마르기만 기다리는 수밖에 없었다. 베네치아는 빨래를 하기에 정말로 근사한 곳이었다. 이탈리아에서 두 사람은 거의 어려움을 겪지 않았다. 교황을 알현하러 갔을 때, 셰필드 부인은 교황의 예복이 올론으로 만들어졌다고 확신하게 되었다. 두 사람의 기억 속에서 제네바는 비가 내리는 곳이었고, 런던은 몹시 실망스러웠다. 두 사람에게는 연극 표가 있었지만, 옷가지가 도무지 마를 생각을 하지 않아서 이틀 동안

---

* 나일론과 비슷한 합성 섬유.

방에만 있어야 했다. 에든버러는 그보다 더했다. 하지만 스카이에서는 구름이 걷히고 햇빛이 났다. 두 사람은 깨끗하게 빨아서 말린 옷을 가지고 프레스트윅에서 집으로 돌아오는 비행기를 탔다. 두 사람이 이런 경험담을 들려준 것은 오노라에게 바바리아, 오스트리아, 스위스, 영국 제도에서는 빨래를 많이 하지 말라고 미리 알려 주기 위해서였다.

두 사람의 이야기가 거의 끝나 갈 무렵, 오노라는 얼굴이 시뻘겋게 달아올라서 갑자기 식탁 위로 몸을 기울이며 말했다. "그냥 어디 가지 말고 집에서 빨래나 하지 그래요? 전 세계의 절반을 돌면서 오스트리아와 프랑스의 호텔 직원들 앞에서 스스로를 구경거리로 만드는 이유가 뭐예요? 난 올론인지 뭔지 하는 건 손톱만큼도 사 본 적이 없지만, 고향에 있을 때처럼 유럽에서도 세탁소를 쉽게 찾을 수 있을 거라고 생각해요. 내가 빨랫줄을 내거는 재미로 여행하는 일은 절대 없을 거예요."

셰필드 부부는 당황해서 어쩔 줄을 몰랐다. 오노라의 목소리가 멀리까지 잘 들렸기 때문에 근처 식탁에 앉아 있던 승객들이 고개를 돌려 그녀를 빤히 바라보았다. 그녀는 그 자리를 빠져나가려고 웨이터를 불렀다. "계산서를 줘요." 그녀가 소리쳤다. "계산서, 계산서 좀 갖다 달라니까."

"계산서는 없습니다, 부인." 웨이터가 말했다.

"아, 그렇지. 깜빡했네." 그러고는 힘없이 밖으로 나갔다.

그녀는 셰필드 부부에게 너무 화가 나서 미안하다는 생각도 들지 않았지만, 발끈하는 성질이 자신의 가장 못된 점 중 하나라는 사실과 다시 마주하게 되었다. 그녀는 화를 가라앉히려고 갑판을 어슬렁거리면서 돛대를 밝혀 주는 노르스름한 불빛에 감탄했다. 그 불빛들이 별빛처럼 보인다는 생각이 들었다. 그녀가 선미 쪽 갑판에 서서 배의 꽁무니에 매달린 물거품을 바라보고 있는데, 가는 줄무늬 정장을 입은 젊은이가 나타나 역시 물을 바라보기 시작했다. 두 사람은 별들에 관해 유쾌한 대화를 나눴고, 그녀는 자기 선실로 가서 깊은 잠에 빠졌다.

아침에 푸짐한 식사를 하고 나서 오노라는 바람이 불어 가는 쪽에 갑판 의자를 놓고 앉아 소설(『미들마치』)을 읽으며 건강에 좋은 바닷바람을 느긋하게 즐길 준비를 했다. 아흐레 동안 이렇게 조용히 지낸다면 힘을 절약할 수 있을 터였다. 어쩌면 수명이 늘어날지도 몰랐다. 그녀가 쉴 계획을 짠 것은 이번이 처음이었다. 아주 더운 날 점심을 먹은 뒤에 5분 동안 눈을 감고 있었던 적은 몇 번 있지만, 그 이상 휴식을 취한 적은 한 번도 없었다. 바람을 쐬려고 찾아간 산속의 호텔에서도 그녀는 항상 아침 일찍 일어나 흔들의자에 앉아 쉴 새 없이 의자를 흔들어 댔으며 지치지도 않고 브리지 게임을 하곤 했다. 지금까지는 항상 할 일이 있었다. 그녀가 시간을 쏟아야 하는 일이 항상 있었던 것이다. 하지만 이제는 그녀의 늙은 심장이 지쳐 있었기 때문에 반드시 쉬어야 했다. 그녀는 의자 쿠션에 머리를 기대고 다리 위로 담요를 끌어올렸다. 자기 또래의 사람들이 갑판 의자에 몸을 쭉 펴고 누워서 바다를 바라보는 모습이 담긴 여행사 광고라면 지금까지 수천 번이나 보았다. 그런 광고를 볼 때마다 그 사람들이 과연 무슨 유쾌한 상념에 빠져 있는지 항상 궁금했었다. 이제는 그녀 자신이 그 부럽기 그지 없는 고요함이 밀려오기를 기다리고 있었다. 그녀는 눈을 감았지만, 눈에 힘이 너무 들어갔다. 그녀의 손가락은 나무로 된 의자 팔걸이를 드럼처럼 두드렸고, 발은 계속 꼬무락거렸다. 그녀는 마음이 완전히 편안해질 때까지 기다리고, 기다리고, 또 기다려야 한다고 자신을 타일렀다. 그렇게 한 10분쯤이나 기다렸을까. 그녀는 결국 참지 못하고 화를 내며 일어나 앉았다. 그녀는 가만히 앉아 있는 법을 배운 적이 없었다. 게다가 살아가면서 접하는 많은 것들이 그렇듯이 이제 와서 그걸 배우기에는 너무 늦은 것 같았다.

그녀가 생각하는 삶이란 정신없이 움직이는 것이었다. 몸을 움직이면 심장이 찌르듯 아파 온다 해도, 움직이는 것 외에는 달리 방법이 없었다. 이렇게 이른 시간에 갑판 의자에 누워 있으려니 자신이 게으르고, 부도덕하고, 아무짝에도 쓸모없는 사람이 된 것 같았다. 하지만 무엇보다도 고통스러운 것은 산 것도 아니고 죽은 것도 아닌 유령이 된 것 같은 기분이 들었다는 점이다. 끼어들고 싶어서 몸이 근질거리는데도 어쩔 수 없이 방관자가 된 것 같은 기분. 쿵쿵거리며 갑판을 돌아다니면 몸이 지치겠지만, 담요를 덮고 시체처럼 누워 있는 것이 그보다 백 배는 더 견디기 힘들었다. 삶은 눈부신 물그림자의 연속 같았다. 수면의 움직임과는 아무런 상관이 없을지 몰라도, 물의 색깔과 빛을 완전히 받아들이는 그림자. 세상을 사랑하는 마음 때문에 그녀가 스스로를 죽음으로 몰아넣게 될까? 생명의 힘과 죽음의 힘이 같은 것일까? 화창한 날 잠에서 깰 때의 짜릿한 기분이 심장의 혈관을 난폭하게 찢어 버릴까? 몸을 움직이고, 이야기를 나누고, 친구를 사귀거나 적을 만들고, 세상 일에 끼어들고 싶다는 욕구에 저항할 수가 없었다. 그녀는 의자에서 일어서려고 안간힘을 썼지만, 불편한 다리, 뚱뚱한 몸, 나이, 갑판 의자의 생김새 때문에 도무지 일어설 수가 없었다. 이러지도 저러지도 못하는 처지가 된 것이다. 그녀는 팔걸이를 움켜쥐고 몸을 일으키려고 안간힘을 썼지만 힘없이 뒤로 쓰러지고 말았다. 그래도 그녀는 다시 일어나려고 했다. 그리고 다시 뒤로 쓰러졌다. 심장에서 갑자기 날카로운 통증이 느껴지고 얼굴이 붉게 달아올랐다. 조금 있으면 죽을 것 같다는 생각이 들었다. 바다에 나온 첫날 죽어서 미국 국기에 싸여 수장될 것이다. 영혼은 지옥으로 떨어질 것이고.

그녀가 지옥으로 가는 이유가 뭘까? 그녀 자신은 이미 잘 알고 있었다. 그녀가 평생 동안 음식 도둑이었다는 것이 그 이유였다. 어렸을 때 그녀는 부엌이 빌 때까지 틈을 노리며 기다리다가 커다란 아이스박스를 열고 드럼 스틱처럼 생긴 차가운 닭다리를 움켜쥐고 딱딱한 소스에 손가락을 담갔다. 집에 혼자 있을 때에는 의자를 쌓고 그 위에 올라가 찬장 맨 위 선반에 있던 은그릇 속의 각설탕을 모조리 먹어 치웠다. 일요일에 먹으려고 옷장에 보관해 둔 사탕을 훔친 적도 있었다. 추수 감사절에는 감사 기도를 드리기도 전에 요리사의 눈을 피해 칠면조의 껍질을 조금 뜯어내기도 했다. 그녀는 차갑게 식은 구운 감자, 식히려고 내놓은 도넛, 소뼈, 가재 발톱, 파이 등을 훔쳤다. 나이가 들어도 이런 버릇은 고쳐지지 않았다. 젊었을 때 예배 위원들에게 차를 대접하려고 초대해 놓고는 손님들이 도착하기도 전에 샌드위치를 절반이나 먹어 치웠을 정도였다. 지팡이를 짚고 다니는 할머니가 된 뒤에도 그녀는 한밤중에 식료품실로 내려가 배가 터지도록 치즈와 사과를 먹어 댔다. 그런데 이제 그런 식탐의 대가를 치를 때가 된 것이다. 그녀는 절박한 심정으로 왼쪽 갑판 의자에 누워 있는 남자에게 필사적으로 고개를 돌렸다. "죄송하지만 혹시⋯⋯." 그는 자고 있는 것 같았다. 오른쪽 갑판 의자는 비어 있었다. 그녀는 눈을 감고 천사들에게 도움을 청했다. 1초 뒤, 그러니까 그녀의 기도가 하늘로 올라간 직후, 젊은 선원이 그녀 앞에서 걸음을 멈췄다. 아침 인사를 하고, 선장이 그녀를 선교로 초대했다는 말을 전하기 위해서였다. 그가 그녀를 일으켜세워 주었다.

선교에서 그녀는 수동식 육분의로 태양을 겨냥하며 추억을 회상했다. "내가 아홉 살 때 로렌조 삼촌이 3.5미터짜리 범선을 줬어요." 그녀가 말했다. "그 뒤로 3년 동안 트래버틴에는 배를 타고 나를 이길 수 있는 어부가 한 명도 없었죠." 선장은 칵테일파티에 그녀를 초대했다. 점심때 사무장은 영어를 한마디도 못 하는 열두 살짜리 이탈리아 인 남자아이와 그녀를 같은 식탁에 앉혔다. 두 사람은 미소 띤 얼굴로 손짓 발짓을 해 가며 사이좋게 식사를 했다. 오후에 그녀는 카드놀이를 하다가 칵테일파티 시간이 다가오자 자신이 묵고 있는 특등실로 내려가 파티에 참석할 준비를 했다. 그녀는 여행 가방에서 녹슨 고데기를 꺼냈다. 35년이 넘도록 충실히 임무를 수행한 물건이었다. 그녀가 욕실의 콘센트에 플러그를 꽂자 객실의 불이 전부 나가 버렸다. 그녀는 플러그를 홱 잡아 뺐다.

잠시 후 사람들이 복도를 달려가는 소리가 들리더니 이탈리아 어와 영어로 외쳐 대는 소리가 혼란스럽게 들려왔다. 그녀는 가방 맨 밑에 고데기를 감추고 포트와인 한 잔을 마셨다. 그녀는 정직한 사람이었지만 지금은 너무 놀라서 자기 때문에 퓨즈가 끊어졌다고 선장에게 고백할 수 없었다.

그런데 그녀가 그보다 더 심각한 짓을 저지른 것 같았다. 문을 열어 보니 복도가 깜깜했다. 선원 한 명이 램프를 들고 달려갔다. 그녀는 다시 문을 닫고 창밖을 내다보았다. 천천히, 천천히, 배의 속도가 느려지고 있었다. 뱃머리에 높이 솟아 있던 하얀 물마루가 힘없이 늘어졌다.

복도와 갑판에서 고함 소리와 급한 발자국 소리가 또 들려왔다. 오노라는 비참한 기분으로 침대 가장자리에 앉았다. 자기가 서투르고 멍청해서 바다를 건너던 이 커다란 배가 멈춰 서게 되다니. 이제 어떻게 해야 할까? 구명보트를 타고 비스킷과 물을 조금씩 나눠 먹으며 무인도까지 노를 저어 가야 하나? 모든 것이 그녀의 잘못이었다. 그녀 때문에 아이들이 고생할 것이다. 그녀는 자기 몫의 물과 비스킷을 아이들에게 줄 생각이었다. 하지만 죄를 자백할 용기가 날 것 같지는 않았다. 죄를 자백하면 사람들이 그녀를 감옥에 처넣거나 물에 빠뜨려 버릴지도 몰랐다.

바다는 잠잠했다. 배는 커다란 파도를 따라 표류하다가 조금씩 흔들리기 시작했다. 남자, 여자, 아이 들의 목소리가 복도와 물 위에 메아리쳤다. "발전기예요." 누군가가 이렇게 말하는 소리가 들렸다. "발전기 두 대가 전부 나갔어요." 그녀는 울기 시작했다.

그녀는 눈물을 닦고 창가에 서서 석양을 지켜보았다. 무도장에서 관혁악단의 연주 소리가 들려왔다. 사람들이 어둠 속에서 춤을 추고 있는 건가 싶었다. 저 아래쪽의 선원 숙소에는 누군가가 낚싯줄을 드리우고 있었다. 대구를 낚으려는 모양이었다. 그녀도 낚시를 하고 싶었지만 감히 다른 사람한테 낚 싯줄을 빌려 달라고 말할 엄두가 나지 않았다. 그랬다가는 배를 멈춰 세운 장본인이 그녀라는 사실이 들통 날까 봐.

날이 어두워지기 몇 분 전에 모든 전등에 불이 들어오고, 갑판에서 환호가 일었다. 배는 다시 항로를 잡았다. 오노라는 배가 다시 유럽을 향해 방향을 잡자 뱃머리에 하얀 물마루가 일어나는 것을 지켜보았다. 감히 식당으로 갈 용기가 나지 않아서 그녀는 짭짤한 크래커와 포트와인으로 저녁 식사를 대신했다. 나중에 그녀가 갑판을 돌아다니고 있을 때, 가는 줄무늬 정장을 입은 그 젊은이가 나타나서 함께 산책을 해도 되겠느냐고 물었다. 그가 옆에 있어 주는 것도, 그의 팔짱을 끼고 걸을 수 있게 된 것도 그녀에게는 반가운 일이었다. 그는 자신이 지금 세상일에서 도망치는 중이라고 말했다. 그녀는 그가 성공을 거둔 젊은 사업가인데, 결혼을 해서 자식을 낳고 가정을 꾸리기 전에 당연히 세상 구경을 하고 싶어서 여행에 나선 모양이라고 짐작했다. 순간적으로 이 젊은이와 결혼시킬 딸이 있으면 좋겠다는 생각이 들었다. 그러면 그녀가 세인트보톨프스에서 그를 위해 좋은 자리를 찾아 줄 것이고, 이 젊은이와 딸은 마을 동쪽 끝에 새로 생긴 주택가에 살면서 일요일마다 아이들을 데리고 그녀를 만나러 올 텐데. 그녀는 피곤해져서 꽤 심하게 다리를 절룩거렸다. 그가 선실까지 그녀를 부축해 주고는 안녕히 주무시라고 인사를 했다. 아주 예의 바른 젊은이였다.

다음 날 그녀는 식당에서 그의 모습을 찾아보았다. 그는 특등실이 아닌 다른 선실을 쓰고 있거나, 아니면 식당으로 내려오지 않고 주점에서 샌드위치로 점심을 때우는 간편족인 모양이었다. 그날 밤 어스름 녘에 그가 다시 그녀 옆에 나타났다. 그녀는 저녁 식사 시간을 알리는 종소리를 기다리던 참이었다.

"아까 식당에 안 보이던데." 그녀가 말했다.

"전 주로 선실에 있어요." 그가 말했다.

"그렇게 혼자만 있으면 안 돼. 친구를 사귀어야지. 이렇게 매력적인 젊은이가 그러면 쓰나."

"저에 관한 진실을 알면 생각이 변하실 거예요."

"그건 또 무슨 소리야? 자네가 노동 계층이나 뭐 그런 거라해도 난 전혀 상관없어. 작년 여름에 좀 쉬려고 재프리에 갔었네. 거기서 아주 훌륭한 아가씨를 만나서 친구가 됐는데, 그아가씨도 똑같은 말을 하더군. '제가 어떤 사람인지 아시면 생각이 변하실 거예요.' 그래서 도대체 어떤 사람이기에 그런 말을 하느냐고 물었더니, 자기는 요리사라는 거야. 하지만 정말훌륭한 아가씨였기 때문에 나는 그 아가씨랑 계속 카드놀이를했어. 그 아가씨가 요리사라도 난 아무 상관이 없었거든. 난거만한 사람이 아닐세. 쓰레기 청소부인 하워스 씨하고도 친한걸. 하워스 씨는 자주 우리 집에 들어와서 차를 마시곤 해."

"전 밀항자예요." 젊은이가 말했다.

그녀는 바다 공기를 깊이 들이마셨다. 이 말은 타격이 컸다. 삶은 왜 이렇게 미스터리로 점철되어 있는 걸까? 이 젊은이가 성공한 사업가일 거라고 상상했는데, 알고 보니 법을 어긴 부랑자에 불과하다니. "잠은 어디서 자나?" 그녀가 물었다. "식사는 어디서 하고?"

"잠은 주로 돛 위에서 자요. 밥은 이틀 동안 못 먹었고요."

"아무리 힘들어도 밥은 챙겨 먹어야지."

"그건 저도 알아요." 그가 그럴 수만 있으면 오죽이나 좋겠느냐는 표정으로 말했다. "안 그래도 누군가한테, 그러니까 승객들 중 한 명한테 제 사정을 털어놓을까 했어요. 다행히 그쪽이 좋은 사람이라면 자기 방으로 식사를 주문해서 저한테 나눠 줄지도 모르니까요."

이 청년을 조심해야겠다는 생각이 순간적으로 들었다. 젊은이는 아주 절박한 모양이었다. 이렇게 빨리 사정을 털어놓은 걸 보면. 그때 그의 배에서 꼬르륵 소리가 크게 울려 퍼졌다. 이 청년이 지금 굶주림 때문에 정말 힘들겠다는 생각을 하자 조심해야 한다는 생각이 사라져 버렸다. "이름이 뭔가?" 그녀가 물었다.

"거스예요."

"난 B갑판의 12호 선실에 묵고 있네. 조금 있다가 그리로 와. 내가 저녁 식사를 주문해 줄 테니."

선실로 돌아온 그녀는 종을 울려 웨이터를 불러서 여섯 가지 음식으로 구성된 코스 요리를 주문했다. 잠시 후 젊은이가 와서 욕실에 숨었다. 뚜껑이 덮인 요리들이 식탁에 차려진 뒤 그가 숨어 있던 곳에서 나왔다. 그가 식사하는 모습을 보니 마음이 편안해졌다.

식사를 끝낸 뒤 그는 담뱃갑을 꺼내 그녀에게 담배를 권했다. 마치 그녀가 노부인이 아니라 친한 친구나 말벗쯤 되는 것처럼. 바닷바람 덕분에 자신의 얼굴이 더 젊어진 건가 하는 생각이 들었다. 그녀는 담배를 받아 들고 성냥을 네 개나 쓴 끝에 불을 붙이는 데 성공했다. 담배 연기가 녹슨 면도칼처럼 그녀의 목구멍을 찔러 댔다. 걷잡을 수 없이 기침이 터져 나오면서 그녀의 드레스 앞섶에 불똥이 튀었다. 그는 그녀가 이처럼 품위를 잃어버린 것을 눈치 채지 못하는 것 같았다. 그는 자신이 살아온 이야기를 했다. 그녀는 담배를 손가락 사이에 끼우고 불이 꺼질 때까지 우아하게 들고 있었다. 담배를 피우니 정말로 젊어진 것 같은 기분이 들었다. 그는 자신이 이미 결혼했다고 말했다. 아직 어린 아이가 둘(하이디와 피터) 있는데, 아내가 어떤 선원과 눈이 맞아 캐나다로 도망치면서 아이들도 데려가 버렸다. 지금은 아내와 아이들이 어디 있는지 알지 못했다. 그는 보험 회사에서 문서를 정리하는 일을 했다. 삶이 너무 외롭고 공허해서 어느 날 점심시간에 이 배에 올라탔다. 더 이상 잃을 것도 없지 않은가? 적어도 세상 구경은 조금 할 수 있겠지. 나중에 들켜서 강제로 송환된다 해도. "아이들이 보고 싶어요." 그가 말했다. "그 생각이 제일 큽니다. 지난 크리스마스에 제가 뭘 했는지 아세요? 싸구려 잡화점에서 파는 소형 트리를 사서 제 방에 놓고 장식을 달았어요. 아이들한테 줄 선물도 샀고요. 그러고는 크리스마스 날 아이들이 저를 만나러 온 척했죠. 물론 전부 거짓이었지만, 저는 선물 상자를 열었어요. 아이들과 함께 있을 때처럼."

식사를 마친 뒤 오노라는 그에게 백개먼*을 가르쳐 주었다. 그는 게임을 아주 빨리 배웠다. 머리가 뛰어난 청년 같았다. 그가 고독과 슬픔과 권태 속에서 젊음과 지성을 허비하고 있다는 사실이 너무나 안타까웠다. 그는 미남은 아니었다. 표정의

---

* 열다섯 개의 말을 주사위로 진행시켜 말을 모두 자기 쪽 진지에 모으면 이기는 놀이.

변덕이 너무 심했고, 웃는 표정은 조금 멍청해 보였다. 아직 젊어서 그래. 그녀는 속으로 생각했다. 경험이 쌓이고 친절한 사람들을 많이 만나면 얼굴이 달라질 거야. 두 사람은 11시까지 백개먼을 했다. 솔직히 말해서 이번 여행을 시작한 뒤 처음으로 기분이 괜찮아졌다. 그동안 그녀는 하다못해 편안한 기분도 느끼지 못했다. 젊은이는 안녕히 주무시라는 인사를 한 뒤 문 앞에서 머뭇거렸다. 내성적이고 멍청해 보이는(혹시 교활한 걸까?) 미소를 보아하니, 선실의 남는 침대에서 자신을 재워 줬으면 하는 눈치였다. 하지만 무엇이든 한계가 있는 법이므로 그녀는 그의 면전에서 문을 닫아 버렸다.

다음 날 그는 나타나지 않았다. 그가 굶주림과 고독에 시달리며 이 커다란 배의 어디에 숨어 있는지 궁금했다. 산책용 갑판에서 사람들이 나눠주는 맑은 수프와 샌드위치를 보니 삶이 잔인할 정도로 불평등하다는 생각이 새삼 들었고, 점심을 먹을 때도 기분이 별로 좋지 않았다. 그녀는 오후 대부분을 선실에서 보냈다. 혹시 그가 나타나 도움을 청할지 몰라서. 저녁 식사 종소리가 울리기 직전에 문에 부드러운 노크 소리가 나더니 그가 안으로 들어왔다. 식사를 마친 뒤 그녀는 백개먼 판을 꺼냈다. 그가 왠지 안절부절못하는 기색이어서 게임을 할 때마다 그녀가 이겼다. 그녀는 그에게 머리를 좀 잘라야겠다고 말했다. 그가 돈이 한 푼도 없다고 하자 그녀는 그에게 5달러를 주었다. 그는 10시에 방을 나갔고, 그녀는 내일 저녁에 또 식사를 하러 오라고 초대했다.

그는 오지 않았다. 7시에 저녁 식사 종이 울리자 그녀는 웨이터를 불러 식사를 주문했다. 그가 오자마자 식사를 할 수 있게. 하지만 그는 오지 않았다. 아무래도 사람들에게 들켜서 감옥에 갇힌 모양이었다. 그녀는 선장을 찾아가 그 젊은이의 고독과 공허감을 설명하며 그를 변호해 줄까 생각해 보았다. 하지만 아침까지 가만히 두고 보기로 하고 잠자리에 들었다. 아침에 그녀가 바다를 보며 감탄하고 있는데, 중앙 갑판에서 그의 모습이 눈에 띄었다. 그는 셰필드 부인과 이야기를 나누며 웃고 있었다.

그녀는 분노했다. 질투가 났다. 비록 자신이 이런 감정을 느끼는 것은 만약 그가 셰필드 부인에게 사정을 털어놓는다면 셰필드 부인이 그를 배신할 거라는 이성적인 걱정 때문이라고 합리화하려고 애썼지만. 그가 오노라를 보았다. 분명히. 그녀에게 손을 흔들기까지 했으니까. 그러고는 계속 셰필드 부인과 즐겁게 이야기를 나눴다. 오노라는 화가 났다. 심지어 어디가 아픈 사람처럼 보일 정도였다. 선실에서 백개먼을 하면서 느꼈던 편안함을 빼앗기고, 그를 도울 수 있는 사람은 오로지 자기밖에 없다는 자부심을 빼앗겼기 때문에. 그녀는 뱃머리를 빙 돌아 바람이 불어 가는 쪽으로 가서 파도를 보며 감탄했다. 감정이 아직 정리되지 않은 탓에, 하얀색 줄무늬가 있는 마노 빛깔의 거대한 물결이 더 무섭게 보이는 것 같았다. 갑판을 걸어오는 발소리가 들리자 혹시 그 청년인가 하는 생각이 들었다. 셰필드 부인과 이야기를 나눠서 미안하다고 사과하고, 자신에게 호의를 베풀어 주셔서 고맙다는 인사를 하려고 마침내 그가 온 것인가? 한 가지는 확실했다. 셰필드 부인은 밀항자를 자기 선실로 데려가 저녁을 먹여 줄 사람이 아니라는 것. 발소리는 그냥 지나가 버렸고, 그 뒤로도 여러 사람의 발소리가 그냥 지나갔다. 하지만 그녀의 기대감은 전혀 수그러들지 않았다. 정말로 안 올 작정인가? 그때 누군가가 그녀의 등 뒤에 멈춰 서서 "안녕하세요, 귀여운 부인." 하고 말했다.

"귀엽다고 하지 마." 그녀가 뒤로 돌아서면서 말했다.

"하지만 제가 보기에는 귀여우신걸요."

"머리를 안 잘랐잖아."

"부인이 주신 돈을 경마에서 잃었어요."

"어젯밤엔 어디 있었지?"

"바에서 어떤 착한 신사분이 샌드위치와 술을 사 주셨어요."

"셰필드 부인하고는 무슨 얘길 한 거야?"

"아무 얘기도 안 했어요. 셰필드 부인이 올론 옷에 대해서 이야기하시더라고요. 점심 전에 자기들이랑 같이 한잔하자는 얘기도 하셨고요."

"잘됐군. 거기서 점심을 얻어먹을 수 있을 테니."

"그분들은 제가 밀항자라는 걸 몰라요, 귀여운 분. 그걸 아는 분은 부인뿐이에요. 다른 사람들은 믿을 수가 없어요."

"뭐, 점심을 먹고 싶으면 내 선실에 와 봐. 정오에 내가 거기 있을지도 모르니까."

"1시 30분이나 2시로 하면 안 될까요? 셰필드 부부한테서 언제 빠져나올 수 있을지 잘 몰라서요."

그는 이렇게 말하고서 자리를 떴다.

12시 30분에 그녀는 자기 선실로 내려가 그를 기다렸다. 노인들이 흔히 그렇듯이, 그녀도 여행할 때 시계를 15분이나 20분쯤 빠르게 맞춰 놓기 때문에 언제나 약속 시간보다 30분 먼저 약속 장소에 가서 대기실이나 로비나 복도에 빈손으로 앉아 있곤 했다. 그럴 때면 자신에게 남은 시간이 이제 얼마 없다는 생각이 아주 강해졌다. 그는 2시가 조금 지나서 숨을 몰아쉬며 들어오더니 처음에는 욕실에 숨지 않겠다고 했다. "내가 선장한테 가서 이 배에 밀항자가 있다는 말을 못 할 사람 같아?" 그녀가 말했다. "마음만 먹으면 할 수 있어. 자네가 여기 있는 걸 웨이터가 보면 주방에서부터 소문이 퍼질 테고 선장의 귀에도 들어갈 거야." 결국 그는 욕실에 숨었고, 그녀는 점심 식사를 주문했다. 점심을 먹은 뒤 그는 소파에 편안히 누워 잠이 들었다. 그녀는 의자에 앉아 그를 지켜보며 발로 양탄자를 두드리고 손톱으로 의자 팔걸이를 톡톡 두드렸다. 그가 코를 골았다. 잠꼬대를 했다.

그 순간 그녀는 그가 젊지 않다는 사실을 깨달았다. 그의 얼굴에는 주름이 있었고 혈색도 나빴다. 머리에도 흰머리가 섞여 있었다. 그녀는 그가 젊은이 행세를 한 것이 계략이었음을, 처음부터 자기 같은 늙은 바보의 마음을 사려고 꾸며 낸 계산적인 사기극이었음을 깨달았다. 그런 사기극에 속아 넘어간 바보가 그녀 말고도 틀림없이 더 있을 터였다. 잠든 그의 얼굴은 나이 많고 죄 많고 교활하게 보였다. 아이가 둘이고 크리스마스를 외롭게 보냈다는 이야기가 거짓말이었을 거라는 생각이 들었다. 그는 외로운 사람들을 등쳐 먹으려고 일부러 순진한 표정을 지을 때를 빼면 순수한 구석이 전혀 없었다. 그는 사기꾼, 비열한 사기꾼 같았다. 그런데도 그녀는 그를 고발할 수 없었다. 심지어 차마 그를 깨울 수도 없었다. 그는 4시까지 자고 일어나서 그 어느 때보다 젊고 매력적인 미소 한 방으로 그녀의 의심을 모두 뚫어 버리고는 늦었다며 밖으로 나갔다. 그 다음번에 그녀가 그를 본 것은 새벽 3시였는데, 그는 선실 양탄자 밑에서 그녀의 전대를 꺼내고 있었다.

그녀가 잠에서 깬 것은 그가 무엇에 부딪히며 소리를 낸 탓이었다. 그녀는 겁에 질렸다. 그 때문이 아니라 살아가면서 겪을 수 있는 온갖 나쁜 일들이 머리에 떠올랐기 때문에. 자신의 현실 감각, 자신의 정신도 이 방의 문과 창문처럼 침입자에게 쉽게 뚫릴 수 있다는 두려움 때문에. 그녀는 너무 화가 나서 그가 무섭다는 생각도 들지 않았다.

그녀는 침대에서 가장 가까운 전등 스위치를 켰다. 천장에 달린 단 하나의 전구에 불이 들어왔다. 이 희미하고 빈약한 빛 때문에, 어둠이 가장 짙은 시간에 광대한 바다 위에서 벌어진 배신과 도둑질이 메스꺼운 환상처럼 보였다. 그는 교활하기 짝이 없는 미소를 지으며 그녀를 바라보았다. 이미 오래전에 잃어버린, 사랑받는 아들 같은 표정. "잠을 깨워서 죄송해요, 귀여운 부인." 그가 말했다.

"돈 다시 돌려놔."

"이런, 이런, 귀여운 부인."

"그 돈 당장 다시 돌려놔."

"이런, 이런, 귀여운 부인, 흥분하지 마세요."

"그건 내 돈이야. 그러니까 원래 있던 자리에 돌려놔." 그녀는 실내복을 어깨에 걸치고 바닥에 발을 내려놓았다.

"이런, 귀여운 부인. 거기서 꼼짝 마요. 당신을 해치고 싶지 않아요."

"아, 그래?" 그녀는 이렇게 말하고는 놋쇠 램프를 들어 그의 두개골을 정면으로 후려쳤다.

그의 눈동자가 위로 말려 올라가고 미소가 사라졌다. 그는 좌우로 휘청거리다가 털썩 쓰러지며 의자 팔걸이에 머리를 부딪혔다. 그녀는 먼저 전대부터 움켜쥐고 나서 그에게 말을 걸었다. 그의 어깨도 흔들어 보고 맥박도 짚어 보았다. 맥박이 뛰지 않는 것 같았다. "죽었어." 그녀는 혼잣말을 했다. 그녀는 그의 성(姓)을 몰랐다. 지금까지 그가 한 말을 믿을 수도 없었으므로, 그녀는 방금 자신이 죽인 남자에 대해 아무것도 모르는 셈이었다. 그의 이름이 승객 명부에 있을 리도 없었다. 그가 정당하게 이 배에 탄 것이 아니니까. 심지어 그녀 앞에서 보여 준 그의 말과 행동도 연기였다. 지금 그의 시체를 창문 밖으로 밀어 바다에 떨어뜨린들 누가 알겠는가? 하지만 그건 옳은 일이 아니었다. 의사를 불러와야 했다. 그 때문에 무슨 일이 생긴다 해도. 그녀는 욕실로 들어가 서둘러 옷을 입었다. 그러고는 인적 없는 복도로 나왔다. 사무장과 의사의 사무실은 캄캄했고 문도 잠겨 있었다. 그녀는 계단을 통해 중앙 갑판으로 올라갔지만 무도장과 술집과 휴게실이 모두 텅 비어 있었다. 잠옷 차림의 노인이 어둠 속에서 나타나 그녀에게 다가왔다. "나도 잠이 잘 안 와서 말이오." 그가 말했다. "진을 마시면 온갖 걱정거리가 다 떠오르거든. 내가 몇 살인지 아시오? 난 허버트 후버보다 이레 아래고, 윈스턴 처칠보다 백닷새 위라오. 난 젊은 사람들이 싫어. 너무 시끄럽거든. 손주가 셋인데, 그애들과 같이 있으면 10분도 참을 수가 없어요. 1초도 더 참을 수가 없어. 내 딸은 왕자와 결혼했소. 작년에 내가 딸 부부한테 1만 5000을 줬지. 올해는 2만 5000이 꼭 필요하다고 합디다. 사위 녀석이 나한테 돈을 달라고 할 때 보면 속에서 열불이 나. '아버님께 2만 5000을 달라고 말하기가 정말 힘듭니다. 정말 힘들고 창피해요.' 이러거든. 내 손주들은 영어를 못 해요. 나를 논노라고 불러…… 좀 편히 앉아요. 앉아서 나랑 이야기나 좀 하며 시간을 때웁시다."

"난 의사를 찾고 있어요." 오노라가 말했다.

"불행히도 나는 셰익스피어의 말을 인용하는 버릇이 있다오." 노인이 말했다. "하지만 당신한테는 그러지 않겠소. 난 밀턴의 글도 많이 알아요. 그레이의 '만가'와 아놀드의 '박식한 집시'도. 그 개울과 초원 들이 얼마나 멀어 보이는지! 난 양심에 거리낌이 없소. 사람을 한 명 죽였는데도."

"그래요?" 오노라가 물었다.

"그래요. 난 올버니에서 중유 사업을 했소. 거기가 내 고향이야. 난 사업으로 1년에 200만 달러 이상을 벌어들였어요. 연료와 석유를 팔고 정비도 해 주는 사업이었지. 어느 날 밤에 어떤 남자한테서 전화가 왔는데, 자기 집 버너에서 이상한 소리가 난다고 하기에 나는 아침까지는 어쩔 수 없다고 말했소. 아침에 내가 수리공을 보내든지 아니면 직접 가든지 하겠다고. 지금은 친구들과 술을 마시고 있으니 굳이 이 추운 밤에 내가 거기까지 나갈 이유가 없지 않느냐고. 반 시간 뒤에 그 집에 불이 나서 다 타 버렸소. 원인은 밝혀지지 않았고…… 남편과 아내, 어린 자식 세 명, 관이 전부 합해서 다섯 개였소. 난 그 사람들 생각을 자주 해요."

오노라는 자신이 선실 문을 열어 두고 나왔음을 깨달았다. 누구든 선실 앞을 지나다가 시체를 볼 수 있다는 얘기였다. "앉아요, 앉아." 노인이 말했지만 그녀는 손짓으로 그를 물리치고는 절룩거리며 계단을 다시 내려왔다. 그녀의 선실 문은 여전히 열린 채였지만, 시체는 보이지 않았다. 어떻게 된 거지? 누가 와서 시체를 처리한 건가? 그럼 지금 사람들이 그녀를 찾으려고 배를 수색 중인 걸까? 그녀는 가만히 귀를 기울였지만 발소리는 전혀 들리지 않았다. 바다가 거인처럼 숨을 내쉬고 들이쉬는 소리, 배가 조금 기울어지면서 어딘가의 문이 쾅당 부딪히는 소리뿐이었다. 그녀는 문을 닫고 자물쇠를 잠근 다음 포트와인을 조금 따랐다. 사람들이 잡으러 올지도 모르니 잠옷으로 갈아입을 생각은 없었다. 어차피 잠도 오지 않았다.

그녀는 정오까지 계속 선실에 있었다. 정오에 전화벨이 울려서 받아 보니, 사무장이 그녀더러 자기 사무실로 좀 와 달라고 했다. 사무장은 그녀의 짐 가방들을 나폴리에서 로마로 부쳐 주는 편이 좋은지 물어보았다. 그녀는 완전히 다른 질문을 예상하고 있었기 때문에 아주 명해 보였다. 도대체 어떻게 된 일일까? 이 배 안에 그녀의 공범이 있어서 그 밀항자의 시체를 창문 밖으로 밀어 버린 걸까? 거의 모든 사람이 그녀에게 미소를 지으며 인사했다. 저 사람들은 사실을 얼마나 알고 있을까? 그녀의 선실 바닥에 쓰러져 있던 그가 몸을 일으켜 도망쳐서 어딘가에서 상처를 돌보고 있는 걸까? 배가 워낙 크고 문이 수천 개나 되기 때문에 그녀는 그를 찾아볼 엄두를 낼 수 없었다. 그녀는 술집과 무도장에서 그를 찾아보고, 자기 선실이 있는 복도 끝의 청소 도구함을 살펴보았다. 문이 열린 선실 앞을 지날 때 그의 웃음소리가 들린 것 같았지만, 그녀가 걸음을 멈추자 웃음소리도 멈췄고 누군가가 문을 닫아 버렸다. 그녀는 구명보트를 조사해 보았다. 구명보트가 전통적으로 밀항자들에게 피난처 구실을 한다는 것을 알고 있었으니까. 하지만 구명보트는 모두 덮개가 단단히 씌워져 있었다. 늘 하던 일, 그러니까 낙엽을 긁어서 불태우는 일 같은 것을 할 수 있었다면 기분이 덜 비참했을 것이다. 그녀는 심지어 여승무원에게 자기가 복도 청소를 하면 안 되겠느냐고 물어볼 생각까지 했지만, 꼴사나운 짓 같아서 그만두었다.

그녀는 배가 나폴리에 닻을 내리던 날에야 비로소 그 밀항자를 다시 보았다. 하늘과 바다가 모두 잿빛이었다. 공기가 어찌나 습한지 몸에서 기운이 쭉 빠질 정도였다. 도무지 시간과 계절을 짐작할 수 없는 날이었다. 봄과 가을의 눈부시게 화창한 날씨와는 완전히 달랐다. 사실 1년 중 대부분은 날씨가 이렇게 우울하다. 밀항자는 어떤 여자와 팔짱을 낀 모습으로 오후 늦게 갑판으로 내려왔다. 여자는 젊지 않았고 안색도 나빴지만, 두 사람은 연인들처럼 서로의 눈을 바라보며 웃고 있었다. 그는 오노라의 옆을 지나가면서 "실례합니다." 하고 말했다.

그의 이 천박한 행동이 그녀의 분노에 결정적으로 불을 붙였다. 그녀는 선실로 내려갔다. 이미 짐을 다 꾸려 두었기 때문에(책과 수선할 옷까지도 전부) 달리 정신을 쏟을 일이 없었다. 그때 그녀가 한 행동은 어떤 말로도 설명하기 힘들다. 그녀는 멍한 사람도, 경솔한 사람도 아니다. 하지만 그녀가 어렸을 때에는 가스등과 양초밖에 없었기 때문에 그녀는 전기용품이나 기타 가정용 기계들에 전혀 적응하지 못했다. 그런 물건들은 그녀에게 미지의 존재였으며, 때로는 변덕스러워 보이기도 했다. 게다가 그녀가 아무것도 모르면서 괜히 마음만 급해서 그런 물건들에 무조건 달려들었기 때문에 그런 물건들이 고장나

거나, 역효과를 내거나, 그녀의 면전에서 폭발하는 경우가 많았다. 그녀는 그게 자기 잘못 때문이라고는 꿈에도 상상하지 못했다. 기계들의 세상과 자신 사이에 희미한 베일 같은 것이 드리워져 있다고 생각할 뿐이었다. 기계에 대한 이런 무심함에 그녀의 충동적인 성격과 밀항자에 대한 분노가 덧붙여져서 그녀가 그런 행동을 하게 된 것인지도 모른다. 그녀는 거울 속에 비친 자신의 모습을 바라보다가 뭔가 부족하다는 생각이 들어서 여행 가방 맨 밑에서 낡은 고데기를 꺼내 다시 플러그를 꽂았다.

배는 불빛 하나 없이 표류하듯 나폴리 만으로 들어왔다. 동력도 없고 키도 없이 썰물에 실려 선미부터 만으로 들어왔다. 예인선 두 척이 항구에서 출발했고, 부두에 있던 휴대용 발전기가 배에 연결되어 손님들이 간신히 배에서 내릴 수 있을 만큼 불이 들어왔다. 오노라는 가장 먼저 배에서 내린 사람들 속에 끼어 있었다. 나폴리 사람들의 목소리가 그녀에게는 황무지의 소리 같았다. 구세계에 발을 내딛는 순간, 그녀는 선조들이 수백 년 전에 했던 여행, 다른 대륙으로 가서 결국 새 나라를 세운 그 여행의 짜릿함을 뼛속 깊이 느꼈다.

2부

18

핵 혁명의 주요 인물들이 워낙 빨리 바뀌었기 때문에, 캐머런 박사는 이미 오래전에 잊힌 사람이었다. 그가 일으킨 몇 가지 문제만이 사람들의 기억 속에 남아 있을 뿐이었다. 그의 책상 뒤 벽에는 십자가가 걸려 있고, 거기에 매달린 그리스도는 은 아니면 납으로 만들어진 것 같았다. 그 십자가는 여행자들이 로마의 뒷골목에서 사서 교황의 축복을 받으려고 바티칸으로 갈 때 가져가는 그런 물건이었다. 아무런 가치도 아름다움도 없으며, 박사가 기독교로 개종했음을 분명히 드러내는 것만 유일한 목적인 물건. 박사는 억지로 개종한 죄인이었다. 그는 신도 자연의 과학적 생태계도 믿지 않는다고 알려져 있었으니까. 하지만 그를 가르친 신부는 우리 주님의 자비를 강조했고, 박사는 사물의 본질 속에 모종의 은총이 있다고 열렬히 믿었다. 비록 그 자신은 자꾸만 반복해서, 그것도 아주 화려하게 죄를 저지르곤 했지만 말이다. 그는 결혼이 유전자 선택을 위한 적절한 수단이 아니라고 믿었으며, 이런 생각을 공공연히 밝혔다. 그는 공군에서 용기를 만들어 내기 위해 염색체 구조를 조작하는 실험을 한 적이 있었다. 그는 정자은행의 효용을 신봉했으며, 가까운 미래에 개인의 성격을 결정하는 화학적 구조가 명확히 밝혀질 거라고 믿었다. 그는 자신이 시대에 뒤떨어진 존재가 될 미래를 향해 다가가는 개척자라는 생각을 바탕으로 은총과 과학과 자신의 침착하지 못한 성격에 관한 믿음을 그럭저럭 받아들였다. 그는 미식가였지만 달팽이, 저민 쇠고기, 소스, 와인을 뱃속에 쑤셔 넣는 것이 바보짓임을 알고 있었다. 그는 음식에 관심을 보이는 것이야말로 자신이 시대에 뒤떨어진 존재라는 표식이라고 생각했다. 그는 자신의 성적 충동, 즉 그의 허리께를 괴롭히는 불안감 또한 시대에 뒤떨어진 것으로 분류해 버렸다. 20년 전에 아내가 세상을 떠난 뒤 그는 여러 명의 애인을 만나고 가정부들과도 관계를 맺었지만 나이가 들고 권력이 커질수록 더욱 조심해야 했기 때문에 미국에서는 어느 누구와도 안전하게 즐길 수 없었다.

세상에는 호색이야말로 생기를 유지하는 최고의 방법이라고 생각하기 때문에 색을 밝히는 것이 죄가 아니라고 보는 노인들이 있는데, 그도 그런 사람이었다. 사랑의 행위를 할 때면 그의 심장은 교수대의 북소리처럼 쿵쾅거렸지만, 음탕한 행동은 복잡한 일들을 잊어버리고 불행한 현실에 맞서는 최고의 방법이었다. 나이를 먹을수록 욕망에 저항하기가 더 힘들어졌다. 죽음과 노화에 대한 공포가 점점 더 커졌기 때문에. 한 번은 그가 애인 루치아나와 함께 침대에 누워 있는데 파리 한 마리가 창문으로 들어와 그녀의 하얀 어깨 주위에서 붕붕거렸다. 늙은 그의 눈에는 그 파리가 자신이 점점 늙어서 썩어가고 있음을 일깨워 주는 것처럼 보였으므로, 그는 얼간이처럼 벌거벗은 몸으로 침대에서 일어나 《라 코리에레 델라 세라》를 둘둘 말아 쥐고는 파리를 잡으려고 온 방 안을 뛰어다녔지만 성공하지 못했다. 그가 침대로 돌아왔을 때, 파리는 여전히 그녀의 가슴 언저리에서 붕붕거리고 있었다.

애인의 품에 안겨 있을 때에는 차가운 죽음의 기운이 뼈에서 사라졌다. 애인의 품에 안겨 있을 때에는 자신이 천하무적인 것 같았다. 그녀는 로마에 살고 있었고, 그는 대략 한 달에 한 번씩 그곳으로 가서 그녀를 만났다. 그의 로마 여행에는 합당한 핑계가 있었다. 바티칸이 미사일을 갖고 싶어 한다는 것. 그의 여행에는 또한 에로틱한 활동보다 더 은밀한 목적도 있었다. 그가 로켓을 갖고 싶어 하는 아랍의 족장과 인도의 왕 들을 만나는 곳이 바로 로마였다. 그의 몸의 일부가 다른 일부에게 명령을 보내면 먼저 근질근질한 느낌이 일다가, 그가 스스로를 얼마나 강하게 밀어붙이느냐에 따라 하루나 이틀 뒤에는 충동이 도저히 저항할 수 없을 만큼 강해졌다. 그러면 그는 비행기를 타고 이탈리아로 갔다가 며칠 뒤에 그 어느 때보다 느긋하고 너그러운 사람이 되어서 돌아왔다. 어느 날 오후에 그는 탤리퍼에서 뉴욕으로 날아가 플라자 호텔에서 밤을 보냈다. 루치아나에 대한 갈망이 단순한 굶주림의 충동처럼 시간이 흐를수록 점점 강해졌다. 호텔 침대에 누워서 그는 머릿속으로 그녀의 모습을 하나씩 그려 보는 특권을 자신에게 허락했다. 그녀의 입술, 가슴, 팔, 다리. 아, 바람과 비, 그리고 기꺼이 자신을 사랑해 주는 사람을 품에 안는 기분이라니! 만약 누가 그에게 지금 상태가 어떠냐고 물었다면, 그는 자신이 흔한 염증 때문에 고생하고 있다고 말했을 것이다.

아침에는 안개가 끼었다. 호텔을 나서면서 그는 혹시 공항이 폐쇄되었나 싶어서 비행기 소리에 귀를 기울였지만, 자동차의 소음 때문에 뭔가 소리를 듣는다는 것이 불가능했다. 그는 택시를 타고 아이들와일드로 가서 비행기 표를 받으려고 줄을 섰다. 뭔가 실수가 있었는지 그의 좌석이 가장 싼 투어리스트 클래스에 예약되어 있었다. "이걸 1등석으로 바꿔주시오." 그가 말했다.

"죄송합니다만," 창구의 아가씨가 말했다. "1등석에 빈자리가 없습니다." 그녀는 그를 바라보지도 않고 서류 작업만 계속했다.

"난 작년에 이 노선을 서른세 번이나 탔소." 박사가 말했다. "그러니 어느 정도는 우대를 받을 자격이 있을 것 같은데."

"저희는 우대 제도가 없습니다. 법에 어긋나거든요." 그녀는 텔레비전에서 그를 본 적이 한 번도 없는 모양이었다. 텁수룩한 그의 눈썹도 그녀에게는 별로 소용이 없는 것 같았다.

"이봐, 아가씨……." 그의 목소리가 톱처럼 한껏 치솟아 오르면서 그 목소리가 닿는 범위 안의 모든 사람을 그의 적으로 만들었다. "난 르뮤얼 캐머런 박사야. 지금 정부의 일로 출장을 가는 중이라고. 내가 아가씨 태도를 상관들에게 알리면……."

"정말 죄송합니다만 손님, 안개 때문에 일이 지연되고 있습니다. 현재 1등석이 비어 있는 곳은 돌아오는 목요일 저녁에 떠나는 비행기뿐입니다. 그때까지 기다리시겠습니까?"

그가 중요한 사람이라는데도 꿈쩍도 하지 않는 그녀의 태도, 무심함인지 노골적인 혐오인지 알 수 없는 그녀의 태도에 캐머런은 당황했다. 그의 화려한 이력이 허황된 망상에 불과하다고 생각하는 것처럼 회의적인 시선으로, 아니, 심지어 적의까지 담긴 시선으로 그를 바라보던 사람들의 모습이 모두 머릿속에 떠올랐다. 특히 이 여자와 같은 종류의 사람들, 제복에 챙 없는 모자를 쓰고, 머리를 염색하고, 몸에 꼭 끼는 스커트를 입은 여자들이 많았다. 그에게 그들은 새로운 계절만큼이나 멀게 보였다. 비행이 끝나고 사무실의 문이 닫히면 그들은 어디로 갈까? 그들이 그의 면전에서 쾅하고 셔터를 내리는 것 같았다. 그의 세대와는 다른 재료로 만들어진 사람들 같았다. 지혜와 권위가 드러나는 그의 겉모습에 완전히 무심한 것 같았다.

"아무래도 내가 설명을 해야겠군." 그가 부드럽게 말했다. "나는 최우선권을 갖고 있으니 필요하면 좌석을 요구할 수 있소."

"손님이 타실 비행기는 8번 게이트에서 탑승 중입니다." 아가씨가 말했다. "목요일 저녁까지 기다리시겠다면 1등석으로 바꿔 드릴 수 있습니다."

그는 긴 통로를 걸어서 추레한 사람들이 옹기종기 모여 비행기 탑승을 기다리고 있는 곳으로 갔다. 그들은 대부분 이탈리아 인이었고, 대부분 노동 계급이었다. 고향에서 한 달 동안 휴가를 보내며 엄마를 만나고 기성복을 자랑하려고 가는 웨이터와 하녀 들. 그는 비행기가 로마를 향해 빠르게 날아가는 동안 1등석에 다리를 쭉 뻗고 앉아 1등석에만 나오는 포도주를 마시며 1등석 창문으로 보이는 하늘의 동굴들에 감탄하고 싶었다. 하지만 투어리스트 클래스는 그에게 익숙한 1등석과 아주 많이 달랐으므로, 비행기가 처음 등장했던 시대로 돌아간 것 같은 기분이었다. 자신의 좌석을 찾아낸 그는 여승무원을 손짓으로 불렀다. 그녀 역시 머리를 은색과 금색으로 물들이고, 몸에 꼭 끼는 스커트를 입고, 눈부신 미소를 짓고 있는 무심한 아가씨였다. "예약을 취소하는 손님이 있으면 날 1등석으로 옮겨 주겠다는 약속을 받았소." 그가 말했다. 그녀에게 그 사실을 알리기 위해서이기도 했고, 주위의 잡다한 사람들에게 자신은 격이 다른 사람이라는 사실을 분명히 하기 위해서이기도 했다. "죄송합니다만, 손님." 승무원이 너무 가식적이어서 오히려 눈이 부신 미소를 지으며 말했다. "이 비행기에는 1등석이 없습니다." 그러고 나서 그녀는 몸이 아파 보이는 이탈리아 인 소년과 그 어머니를 그의 옆자리로 친절하게 안내했다. 소년의 어머니는 아기를 품에 안고 있었다. 그는 그들에게 스치듯 금방 사라져 버리는 미소를 지어 보이고는 로마로 가는 길이냐고 물었다. "Sí.*" 여자는 지친 모습이었다. "Ma non speaka the English.**" 아들과 함께 자리에 앉자마자 그녀는 갈색 종이봉투에서 약병을 꺼내 아들에게 내밀었다. 소년은 약을 먹기 싫은지 손으로 입을 막고 캐머런 쪽으로 돌아앉았다. "Si deve, si deve.***" 어머니가 말했다. "No, mamma, no, mamma.****"

---

* 예.
** 나는 영어를 못 해요.
*** 먹어야 해, 먹어야 해.
**** 싫어요, 엄마. 싫어요, 엄마.

소년이 간청했지만 어머니는 아들에게 억지로 약을 먹였다. 약 몇 방울이 소년의 옷에 떨어졌는데, 지독한 유황 냄새가 났다. 여승무원이 비행기의 문을 닫자 기장이 시계(視界)가 0이며, 아직 관제탑에서 이륙 허가를 받지 못했지만, 네비아(nebbia), 즉 안개가 곧 걷힐 것 같다고 이탈리아 어와 영어로 차례로 말했다.

캐머런은 다리를 제대로 펼 수 없었다. 그는 이 불편한 상황을 잊기 위해 루치아나를 생각했다. 그녀의 특징들, 이목구비를 하나하나 차례로 생각해 보았다. 마치 지인에게 그녀의 모습을 설명하기라도 하는 것처럼. 그는 토스카나에 살 때는 그녀가 뚱뚱하지 않았으며, 심지어 엉덩이에도 살이 찌지 않았다고 설명했다. 그녀의 걸음걸이, 로마 사람 특유의 그 놀라운 걸음걸이만 아니라면 그녀가 파리 여자 행세를 해도 될 것이라는 말도 했다. 그는 상상 속의 지인에게 그녀가 섬세한 여자라고 말했다. 그녀에게는 이탈리아 미녀들에게서는 좀처럼 찾아보기 힘든 섬세함이 있었다. 섬세한 손목, 섬세한 손, 가늘고 둥근 팔. 아, 바람과 비, 그리고 기꺼이 자신을 사랑해 주는 사람을 품에 안는 기분이라니! 사타구니에서 뇌로 피가 뛰어올랐고, 그는 다시 고통스러운 염증에 시달렸다. 그는 지난번에 그녀를 만나러 갔을 때 자신이 보여 주었던 에로틱하고 익살스러운 행동을 자세히 떠올렸다. 염증이 점점 심해졌고, 자기혐오라는 재갈도 함께 강해졌다. 도무지 말을 듣지 않는 육체와 나란히 공존하는, 품위를 지키려는 고집. 그는 자신의 육체가 바보라는 사실을 잘 알고 있었다. 가장 가까이에 있는 사람이라고 해 봐야 아픈 소년과 그 어머니밖에 없는 비행기 안에서 즉각적인 욕구 해소를 원한다는 사실이야말로 육체가 바보라는 증거였다. 하지만 품위에 매달리고 있는 그의 양심은 그보다 훨씬 더 멍청한 것 같았다. 그때 그의 왼편에 앉은 소년이 고개를 돌려 어머니가 억지로 먹인 약을 토했다. 토사물에서 쓴 냄새가 났다. 꽃물처럼 쓴 냄새.

캐머런은 이 추악한 현실에 너무 놀라서 사랑의 몽상에서 깨어났다. 아이의 병이 그의 음탕한 머리를 즉시 차갑게 식혀 주었다. 그는 종이 수건으로 토사물을 치우는 여승무원을 도와주고, 아이 어머니의 사과를 정중하게 받아들였다. 그는 다시 본연의 모습으로 돌아와 있었다. 분별 있고, 당당하고, 교양 있는 모습. 그때 기장이 비행기를 격납고로 몰고 가서 이륙 허가를 기다리겠다고 이탈리아 어와 영어로 말했다. 시계는 여전히 0이었지만, 한 시간 안에 바람의 방향이 바뀌어 이륙 허가를 얻을 수 있을 것 같다고 했다.

비행기가 격납고 안으로 들어갔다. 구경할 만한 것이 하나도 없었다. 몇몇 승객들은 통로에서 다리운동을 했다. 아무도 불평하지 않았다. 웃으면서 농담처럼 불평하는 사람들을 빼면. 승객들은 대부분 이탈리아 어를 썼다. 캐머런은 눈을 감고 휴식을 취하려고 했지만, 루치아나가 가벼운 발걸음으로 그의 상념 속으로 들어왔다. 그는 그녀에게 가 버리라고, 좀 쉬고 싶다고 말했지만 그녀는 웃기만 하면서 옷을 벗었다. 그는 세상을 바라보며 머리를 맑게 하려고 눈을 떴다. 아기가 울고 있었다. 여승무원이 아기에게 어떤 병을 가져다주었고, 기장은 안개 지역이 아주 넓다고 방송했다. 몇 분 있으면 버스가 와서 승객들을 뉴욕의 호텔로 데려다 줄 테니 거기서 이륙 허가를 기다리라는 말도 했다. 항공사가 승객들에게 식사를 제공할 것이며, 비행기 출발 시각은 오후 4시로 늦춰졌다고 했다.

박사는 신음했다. 왜 승객들을 인터내셔널 호텔로 데려다 줄 수 없다는 건가? 그는 여승무원에게 물었다. 그녀는 모든 비행기가 발이 묶였으므로 공항 호텔들에 손님이 꽉 찼다고 말했다. 버스 한 대가 격납고로 들어왔고, 승객들은 지극히 수동적인 태도로 버스에 올라 시내로 돌아갔다. 버스는 아무리 봐도 3류 호텔이 분명한 곳으로 들어갔다. 정오가 거의 다 된 시간이었다. 캐머런은 호텔 바로 가서 음료수와 점심을 주문했다. "7번 비행기 승객이세요?" 웨이트리스가 물었다. 그는 그렇다고 말했다. "저, 죄송하지만," 그녀가 말했다. "7번 비행기 승객들은 식당에서 식사하셔야 해요. 거기서 오늘의 메뉴를 드실 수 있습니다."

"난 여기서 내 돈을 내고 점심을 먹겠소. 그러니 마실 것이나 갖다줘요."

"투어리스트 클래스의 승객들은 항공사에서 제공하는 칵테일을 드실 수 없어요." 웨이트리스가 말했다.

"칵테일 값도 내가 내고, 점심 값도 내가 내겠소."

"그러실 필요 없어요. 그냥 저쪽 식당으로 가시면 돼요."

"내가 점심 값도 못 낼 사람인 줄 아시오?"

"그게 아니라, 그냥 설명을 드리는 거예요. 항공사가 승객 여러분의 식사를 책임지기로 했으니까요."

"무슨 말인지 알았으니까, 그냥 내가 주문한 거나 가져와요."

점심을 먹은 뒤 그는 호텔 방에서 텔레비전 드라마를 보다가 4시에 종을 울려 위스키 한 병을 주문했다. 6시에 항공사 측에서 비행기 출발 시각이 자정으로 잡혔으니 8시에 호텔 앞에서 버스에 탑승해 달라는 연락이 왔다. 그는 호텔 근처의 식당에서 가볍게 저녁을 먹고 다른 승객들과 합류했다. 이미 그는 그들을 혐오하고 있었다. 승객들은 11시 30분에 비행기에 올라 예정대로 이륙했지만, 비행기는 낡고 소음이 심했으며 고도가 어찌나 낮았는지 낸터킷 섬을 지나갈 때 불빛들이 선명히 보일 정도였다. 그는 호텔에서 주문한 위스키를 비행기에서 홀짝거리다가 잠이 들어 루치아나가 등장하는 괴로운 꿈에 시달렸다. 잠에서 깨어 보니 동틀 무렵이었고, 비행기는 착륙 준비를 하고 있었지만, 그곳은 로마가 아니라 섀넌이었다. 엔진 수리를 위해 예정에 없던 이곳에 들른 것이다. 그는 섀넌에서 루치아나에게 전보를 쳐서 자신이 간다고 알렸지만, 비행기는 5시가 지난 뒤에야 다시 이륙했으므로 그들은 다음 날 동틀 무렵이 조금 지난 뒤에야 비로소 로마에 도착했다.

공항의 술집과 식당은 닫혀 있었다. 그는 루치아나에게 전화를 걸었다. 당연히 자고 있던 그녀는 잠을 깨웠다며 그에게 짜증을 냈다. 그녀는 전보를 받지 못했다고 했다. 저녁때나 되어야 그를 만날 수 있다는 말도 했다. 그녀는 8시에 퀸테렐라에서 만나자고 했다. 그는 약속 시간을 조금 앞당겨 달라고, 자기가 그녀의 집으로 가겠다고 간청했다. "부탁이야, 루치아나, 부탁이야." 그가 신음하듯이 말했다. 그녀는 전화를 끊었다. 그는 택시를 타고 로마 시내로 들어가 에덴 호텔에 방을 잡았다. 아직 이른 아침이라 거리에서는 출근을 위해 옷을 차려입은 사람들이 서두르고 있었다. 더운 아침에 사람들이 서둘러 출근하는, 세상 어디서나 볼 수 있는 똑같은 모습. 그는 샤워를 하고 나서 쉬려고 침대에 누웠다. 그녀에 대한 갈망과 저주를 동시에 느끼면서. 하지만 그의 분노는 욕구를 조금도 누그러뜨리지 못했고, 그의 유치한 정신 상태는 지옥의 실상을 그대로 보여 주는 것 같았다. 아, 바람과 비, 그리고 기꺼이 자신을 사랑해 주는 사람을 품에 안는 기분이라니!

하루를 혼자서 보내야 했다. 그는 시스티나 성당 같은 이 도시의 관광 명소들을 한 번도 본 적이 없었으므로, 그런 것들을 구경하면 되겠다는 생각이 들었다. 그러면 머리가 맑아질지도 모른다. 그는 옷을 입고 거리로 나가 그토록 수많은 사람들이 떠들어 대는 유명한 박물관이나 교회들을 찾아보았다. 이윽고 어떤 광장이 하나 나왔는데, 거기에 오래된 것처럼 보이는 교회 세 개가 있었다. 첫 번째와 두 번째 교회의 문은 잠겨 있었지만 세 번째 교회는 열려 있었기 때문에 그는 향신료 냄새가 심하게 풍기는 어두운 교회 안으로 들어갔다. 신도석 앞줄에 여자 네 명이 있고, 더러운 레이스 옷을 입은 신부가 미사를 주재하고 있었다. 그는 뛰어난 예술 작품들을 빨리 감상하고 싶어서 주위를 둘러보았지만, 그의 오른쪽에 있는 부속 예배당 위 천장에 비가 샌 것 같은 흔적이 있을 뿐이었다. 그는 그곳에 그려진 그림이 틀림없이 가치가 높고 아름다운 작품일 거라고 생각했지만, 그 그림은 습기 때문에 갈라지고 얼룩덜룩하게 변해 있었다. 가구가 있는 방의 벽들은 원래 항상 그런 법이다. 그 다음 예배당에는 알몸으로 나팔을 불고 있는 남자의 모습이 그려져 있었고, 그 다음 예배당은 너무 어두워서 아무것도 보이지 않았다. 영어로 된 표지판에 구멍에 10리라를 넣으면 불이 켜질 거라는 말이 적혀 있었기 때문에 그는 시키는 대로 했다. 그러자 십자가에 거꾸로 매달려 단말마의 고통에 시달리는 피투성이 남자의 모습을 그린 커다란 그림이 나타났다. 그는 자신의 육체가 고통에 약하다는 사실을 생각하지 않으려고 애쓰는 사람이었으므로 재빨리 교회를 떠나 광장의 강렬한 빛과 더위 속으로 나왔다. 차양이 달린 카페가 하나 보여서 그는 그곳에 앉아 캄파리*를 마셨다. 루치아나와 많이 닮은 젊은 여자가 길을 건너고 있었다. 하지만 그 젊은 여자가 매춘부라 해도 그가 원하는 것은 그녀가 아니라 루치아나였다. 루치아나는 매춘부였지만 그의 매춘부였고, 그의 유치한 충동 속 어딘가에는 분명히 감동적인 로맨스의 흔적이 자리잡고 있었다. 루치아나는 구두에 발을 집어넣는 단순한 행동만으로도 마치 시간을 향해 문을 쾅 닫아 버리는 것 같은 분위기를 낼 수 있는 여자라는 생각이 들었다.

아, 바람과 비, 그리고 기꺼이 자신을 사랑해 주는 사람을 품에 안는 기분이라니! 왜 삶은 이토록 무자비하게 그를 괴롭히는 걸까? 왜 유일한 현실이 추잡하게 보이는 걸까? 그는 양자 이론, 미틀도프의 상수, 테트라스피어에서 헬륨이 발견된 것 등을 생각했다. 하지만 그런 것들은 그의 슬픔과 아무런 관계가 없었다. 우리 모두 시간 속에 무자비하게 끼여 있는 건가? 아무런 감각도 느끼지 못하고, 눈도 침침하고, 허영심에 들떠서 사랑과 이성의 호소에 냉담해진 채, 그리고 심사숙고와 자기 평가의 재능을 빼앗긴 채? 이제 그에게도 때가 온 건가?

---

* 이탈리아의 가스파레 캄파리가 만든 리큐어(혼성주).

그래서 그에게 남은 이성의 흔적, 다부진 면모의 흔적이라고는 토사물의 냄새밖에 없는 건가? 그는 뛰어난 동료들이 아무것도 뚫고 들어갈 수 없는 어리석음과 허영의 궤도로 떨어져 나가는 것을 보았다. 그들은 발견하지도 않은 것을 발견했다고 주장하고, 유능한 사람들 대신 아첨꾼을 옆에 두었으며, 의원 선거에 출마하고, 탄원서를 돌리고, 실제로는 존재하지도 않는 적들의 국제적인 네트워크를 찾아냈다고 주장했다. 그는 예나 지금이나 청결과 품위에 관심이 있었지만, 지금은 이런 관심사를 실천에 옮길 장비가 부족한 것 같았다. 그의 머릿속에 떠오르는 생각들은 포르노처럼 역겹고 유치했다. 영화 속 인물처럼 실제의 자신과는 동떨어진 자신의 영상이 보이는 듯했다. 고독하고, 무슨 수를 써도 구제할 수 없는 모습의 자신이 낯선 도시의 비 내리는 뒷골목에서 자기파괴적인 일들을 하고 있었다. 그의 선함, 뛰어난 능력, 상식은 다 어디로 갔을까? 나는 좋은 사람이었어. 그는 비참한 기분이었다. 그는 고통스러워서 눈을 감았다. 그의 섬세한 눈꺼풀 피부 위에서 한없이 상영되는 그 영화 속에서 자신이 구식 가로등 밑의 비에 젖은 포석 위에서 휘청거리다가 쓰러지는 것이 보였다. 유능한 사람들의 세상에서 바보들의 세상으로, 고상한 세상에서 유치한 세상으로 한없이, 한없이 추락하고 있었다. 머리 또는 정신 속의 그 성능 나쁘고 더러운 원통이 그를 괴롭혔다. 그 원통에는 옛날 찬송가와 춤곡이 새겨져 있다. 음악의 고물 야적장. 모닥불 가에 둘러앉아 부르는 노래, 광고 노래, 행진곡, 폭스트롯이 한데 모여 자꾸만 되풀이되는 멍청한 멜로디 속에서 썩어 가다가 아무 때나 마음 내킬 때 모습을 드러내는 곳. 그 철없는 가사와 저속한 멜로디가 완벽하게 보존되어 있는 곳. "경마장 블루스." 그의 마음속에 있는 이 야적장이 노래했다. 그것은 그가 40년 전에 손잡이를 돌리게 되어 있는 전축으로 들은 노래였는데도, 그 노래를 머릿속에서 멈출 수가 없었다.

경마장 블루스,
항상 우울해.
경마장 블루스,
내 돈이 전부 걸려 있어.

그는 카페를 나와 다시 에덴 호텔로 향했지만, 그의 머릿속에서는 계속 노래가 울려 퍼졌다.

하지만 경마장은 진흙탕이야. 어쩌면 그럴지도 모른다는 뜻이 아니야.
난 아기 신발을 살 돈을 절대 구하지 못할 거야.

그는 시스티나 거리를 올라갔다. 노래는 여전히 계속되었다.

경마장 블루스,
항상 우울해……

어떤 젊은이가 로비에서 그를 기다리고 있었다. 핀치오 언덕 주위에서 얼쩡거리는, 우아하게 머리를 다듬은 청년들 같은 젊은이. 그는 자신이 루치아나의 동생이라면서 그녀가 그날 저녁에 입을 드레스 값을 지불해야 한다고 말했다. 그는 주머니에서 봉투를 하나 꺼내 캐머런에게 내밀었다. 거기에는 루치아나의 필체로 된 쪽지와 10만 리라짜리 청구서가 있었다. 캐머런은 낯선 젊은이에게 봉투를 돌려주고는 그날 저녁에 그 돈을 지불하겠다고 말했다. "박사님, 돈 안 내면 누나 안 와요." 젊은이가 말했다. "누나더러 나한테 전화하라고 해." 캐머런이 말했다. 그는 엘리베이터를 타고 방으로 올라갔다. 그가 방에 들어서니 전화벨이 울렸다. 그녀는 다시 평소 때의 모습으로 돌아와 있었다. 그녀가 손가락으로 전화선을 배배 꼬고 있을 것 같았다. "당신이 그 돈을 내 줘요. 안 그러면 당신 안 만나. 동생한테 돈을 줘요." 순간적으로 그는 전화를 끊어 버릴까, 이 관계를 끊어 버릴까 생각했지만, 로마 거리를 달리는 로마 자동차들의 소음 때문에 자신이 집에서 아주 멀리 떨어진 곳에 와 있음을, 사실 자신에게는 집도 친구도 없음을, 자신과 자신의 능력 사이에 바다처럼 넓은 틈이 있음을 기억해 냈다. 이미 너무 멀리 와 버렸다. 너무 멀리 와 버렸다. 행동과 시간은 일직선으로 이어졌다. 무릎을 꿇고 있는, 후회라는 이름의 암캐와 함께 삶 속으로 내동댕이쳐졌다. 그 어떤 이성의 힘도, 정의도, 미덕도 그에게 분별력을 돌려줄 수 없었다.

문을 가볍게 두드리는 소리가 나더니 눈빛이 부드러운 그녀의 대리인이 방으로 들어왔다. 캐머런은 그에게 알은 척을 하지 않았지만, 창밖의 소음이 그의 파멸을 부르는 주문이었다. 그녀와 함께 한 시간만 보내면 그는 다시 고결하고 너그러운 모습을 되찾겠지만, 그렇게 되기 위해서는 속임수와 사기와 모욕을 당해야 했다. 그녀가 그를 옴짝달싹할 수 없는 처지로 몰아닌은 것이다. "어쩔 수 없군." 그가 말했다. 두 사람은 더위 속에서 산토스피리토 은행으로 걸어갔다. 거기서 그는 30만 리라짜리 수표를 현금으로 바꿔 청년에게 돈을 주었다. 그러고는, 그가 할 수 있는 자기표현이나 경멸의 표현이 그것밖에 없었기 때문에, 청년의 앞을 지나쳐 은행 밖으로 나왔다.

하루가 비참하게 흘러갔다. 그는 7시에 샤워를 하고 캄파리를 마시러 베네토 거리로 나갔다. 그녀는 항상 약속에 늦었다. 그는 그렇지 않은 여자를 만난 적이 없었다. 그녀는 십중팔구 9시가 지나서야 퀸테렐라에 나타날 것이다. 이번만은 그녀가 신중을 기할지도 모른다. 그의 인내심이 무한한 것도 아니고, 그에게도 나름대로 생각이 있을 거라고 그녀가 짐작할지도 모른다. 하지만 그가 정말로 자기만의 생각을 갖고 있나? 만약 그녀가 그에게 무릎을 꿇고 개처럼 짖으라고 한다면 그가 감히 거부할 수 있을까? 그는 8시까지 카페에 있다가 나와서 내리막길을 걷기 시작했다. 가슴이 무거웠다. 욕망과 우울함 때문에. 루치아나를 생각하면 머릿속에 더럽기 짝이 없는 모습들이 나타난다는 사실이 당혹스러웠다. 그는 포폴로 광장을 가로지르기 시작했다. 어디선가 교회 종이 울렸다. 로마의 종들이 내는 불협화음을 들으면 항상 놀라웠다. 종들은 동시대에 만들어진 분수들과 함께 자동차 소음에 맞서 싸우고 있었지만, 그것은 지는 싸움이었다. 언덕들 위에서 천둥이 울렸다. 그가 젊은 시절에 느꼈던 흥분으로부터 폭발음이 울려 나오는 것 같았다. 옛날에 그가 얼마나 강하고 훌륭한 젊은이였는지. 1초 뒤에 회색 빗줄기가 로마의 대기를 자욱하게 가득 채웠다. 비가 사악한 마음을 품고 맹렬하게 내리는 것 같았다.

그는 광장 한가운데의 분수 옆에서 발이 묶였다. 도로를 달리던 차들이 멈춰 섰을 때, 그는 이미 분수에 뛰어들었다 나온 사람처럼 흠뻑 젖어 있었다. 그래도 그는 뛰어서 광장을 건너 교회 현관에서 비를 피했다. 교회 현관에는 로마 인들이 북적거렸으므로, 그는 그들 사이에 자리를 잡기 위해 사람들을 밀쳐야 했다. 서로를 밀쳐 대는 사람들의 모습 속에 섬세함이나 수줍음은 전혀 없었지만, 그는 가능한 한 성실한 모습을 지키려고 애썼다. 갑자기 내리기 시작한 비는 그칠 때도 갑자기 그쳤다. 그는 다시 광장으로 나가 자신의 옷을 내려다보았다. 셔츠는 피부에 착 달라붙었고, 넥타이는 모양이 흐트러졌으며, 바지 주름은 사라져 버렸다. 양복 저고리 자락을 벌렸더니 주머니에 소매치기를 당한 흔적이 있었다.

이것은 커다란 타격이었다. 그는 멈칫했다. 너무 격렬해서 차마 분노라고 할 수도 없는 감정이 몰려왔다. 빛이나 생명에 꼭 필요한 물건(내장 15센티미터, 쓸개, 어금니 몇 개 같은 것)을 잃었을 때의 엄청난 슬픔, 기운을 잃고 우울해지게 만드는 수술의 충격과도 같았다. 지갑은 다시 살 수 있었다. 그에게는 아직 돈이 많았다. 하지만 잃어버린 지갑을 무엇으로도 대신할 수 없을 것 같다는 생각이 순간적으로 머리를 스치면서 상실감이 가슴을 찔렀고 죄책감이 들었다. 그가 멍하니 정신을 놓고 있거나, 술에 취하거나, 하여튼 뭔가 실수를 저질렀기 때문에 도둑이 지갑을 훔쳐 간 것이 아닌데도 그는 속임수에 넘어간 바보가 된 것 같았다. 이제 자기 물건을 엉뚱한 곳에 놓고 티켓과 돈을 잃어버리는 늙은 바보가 되어 세상 사람들에게 짐이 된 것 같았다. 어딘가에서 종소리가 30분을 알렸다. 그 조잡한 쉿소리 때문에 루치아나가 생각났다. 서로를 구속하는 사랑이라는 행위의 유치함과 타당성도. 그녀를 생각하니 상실감이 사라졌다. 그는 옷이 젖었는데도 허리를 곧게 폈다. 아, 바람과 비, 그리고 기꺼이 자신을 사랑해 주는 사람을 품에 안는 기분이라니! 그는 커다란 개똥 더미를 밟았다.

그것을 구두에서 긁어내는 데는 거의 5분이 걸렸다. 비행기에서 병든 소년이 토했을 때처럼 그는 몸이 굳어지고, 순간적으로 불안한 기분이 들었다. 어쩌면 그 모든 장애의 총합, 즉 비행기 지연, 아픈 아이, 뇌우가 한데 합쳐져서 궁극적으로 그의 열정을 치유해 줄지도 몰랐다. 하지만 그녀와 약속한 식당은 겨우 한 발짝만 가면 되었고, 몇 분만 있으면 그는 자신의 백조와 함께 있게 될 것이다. 온통 초록색과 황금색으로 장식된 낙원으로 그를 데려갈 백조. 그는 식당 문으로 힘차게 다가갔지만, 문은 잠겨 있었다. 왜 창문이 캄캄한 거지? 왜 여기가 폐업한 집처럼 보이는 거야? 그때 엔리코 퀸테렐라의 사진이 문에 걸려 있는 것이 눈에 들어왔다. 회양목 화환을 쓰고 활을 든 모습이었다. 바로 그날 오후에 로마 시내 어디선가 그는 아내와 자식들에게 둘러싸여 병자성사를 받고 삶을 하직했다.

죽음이 이 집의 문을 닫아 버리고 불을 꺼 버린 것이다. 퀸테렐라 씨는 죽었다. 그 순간 해방감이 갑자기 밀려오며 그의 마음이 들떴다. 이제 본연의 모습으로 돌아온 것이다. 그의 머릿속에는 온통 품위 있는 것들만 가득한 것 같았다. 루치아나는 화냥년이고, 그녀의 침대는 나락이었다. 이제 그는 자유로이 현명한 삶을 살고, 옳은 것과 그른 것을 자유로이 판단할 수 있었다. 이것은 억압의 흔적이 없는 순수함이었다. 그는 자신을 해방시킨 우연한 사건들에 경건한 감사를 느꼈다. 그는 새로운 사람이 되어 에덴으로 걸어 돌아와 깊은 잠에 빠졌다. 그리고 그 깊은 잠 속에서 자신이 모종의 보상을 받았다는 느낌이 들었다. 그는 아침에 뉴욕 행 비행기에 올라 그날 오후에 탤리퍼에 도착했다. 사물의 본질 속에 뭔가 은총이 있을 거라는 확신을 안고서.

19

코벌리는 자신이 무슨 일에 쓸모가 있는지 알아낼 수 있는 단서를 전혀 얻지 못한 채 어느 날 저녁에 짐을 싸서 캐머런이 이끄는 팀과 함께 애틀랜틱시티로 떠났다. 자신의 모호한 위치가 당혹스러웠다. 팀원 한 명이 코벌리에게 캐머런이 과학자들의 회의에서 지상의 번개보다 100만 배나 위력이 강하며 생산 비용도 비싸지 않은 폭발력에 관해 발표할 예정이라고 알려 주었다. 그의 이야기 중에서 코벌리가 이해할 수 있는 내용은 이것이 전부였다. 캐머런은 다른 사람들과 떨어져 앉아서 페이퍼백을 읽고 있었다. 코벌리가 목을 쭉 빼고 살펴보니 『시마론: 남서쪽의 장미』라는 책이었다. 코벌리가 이 분야의 사람들과 어울린 것은 이번이 처음이었으므로 당연히 호기심이 일었지만, 그들의 생각을 이해할 수 없었다. 사실 그는 그들이 쓰는 언어도 이해할 수 없었다. 그들은 서멀 루니언, 톨롭터, 스트래보미터, 트렌치언, 포듈 등에 관한 이야기를 했다. 그건 완전히 다른 나라 말이었다. 그가 보기에는 그 언어의 뿌리도 황량하기 그지없는 것 같았다. 이 언어에서는 산맥, 넓은 강, 인접한 바다 등 지리적 요인으로 인해 생겨난 음절 탈락 같은 변화의 흔적을 찾아낼 수 없었다. 코벌리가 보기에는 아무리 힘없는 과학자라도 산을 공격할 수는 있지만, 자신들이 세상의 종말을 불러올 수 있는 힘으로 무장했다는 생각을 떠올리지는 못할 것 같았다. 그들은 자기들이 합성해 낸 언어로 번개를 이야기했지만, 그 목소리는 인간의 것이었다. 가끔 불안감 때문에 팽팽하게 긴장하기도 하고, 기침과 웃음 때문에 간간이 끊어지기도 하고, 지역적인 차이가 조금씩 드러나기도 하는 목소리. 그 중 한 명은 공격적인 남색꾼이었는데, 코벌리는 그의 성적 냉소주의가 과학자로서의 태도에 조금이라도 영향을 미치고 있는지 궁금했다. 또 다른 과학자 한 명은 어깨 주위에 주름이 잡힌 정장 외투를 입었고, 또 다른 과학자(브러너)는 말굽이 그려진 넥타이를 매고 있었다. 또 다른 과학자는 신경질적으로 자기 눈썹을 잡아 뽑는 습관이 있었다. 과학자들은 모두 줄담배를 피워 댔다. 그들도 여자의 몸에서 태어나 육체의 광포한 변덕에 시달리는 사람들이었다. 그들은 돈을 얼마 들이지 않고도 커다란 도시 하나를 파괴해 버릴 수 있었다. 하지만 밤과 낮, 머리와 사타구니 사이의 갈등을 조금이라도 해결했을까? 욕정, 분노, 고통이 그들에게는 조금이라도 덜 영향을 미칠까? 그들은 치통, 때와 장소를 가리지 않는 발기, 피로에 시달리지 않을까?

그들은 해든 홀에 여장을 풀었다. 코벌리도 방을 하나 배정받았다. 성격이 상냥한 브러너가 코벌리에게 공개 강연을 몇 개 들어 보면 어떻겠느냐고 해서 코벌리는 그렇게 했다. 첫 번째 강연에서는 중국인 강사가 항성들 사이의 법적 문제에 관해 이야기했다. 그 중국인이 프랑스 어로 이야기하면 트랜지스터라디오를 통해 동시 통역사가 통역을 해 주었다. 법률 용어는 친숙했지만, 코벌리는 그것이 우주에 어떻게 적용된다는 건지 이해할 수 없었다. 국가주권 같은 용어를 달에다 적용하기란 쉽지 않았다. 그 다음 강연은 액체를 가득 채운 자루에 사람을 넣어 우주로 보내는 실험에 관한 것이었다. 이 실험에서 어려운 점은 액체 속에 푹 잠긴 사람이 심각한 기억상실에 시달리는데, 간혹 기억이 영영 돌아오지 않을 수도 있다는 점이었다. 코벌리는 그 어느 때보다 진지한 태도로(유머라고는 조금도 없이) 그 장면을 생각해 보고 싶었다. 하지만 자신이 나고 자랐으며 자신의 성격이 형성된 장소인 뉴잉글랜드의 그 작은 마을과 자루 속에 든 남자의 모습을 어떻게 조화할 수 있을까? 한창 진행 중인 핵 혁명 때문에 주위의 세상이 불가해한 속도로 변화하고 있는 것 같았다. 하지만 만약 이 변화들이 진정으로 불가해하다면 그가 어떤 태도를 취할 수 있으며 아들에게 어떤 조언을 해 줄 수 있을까? 참과 거짓을 판단하는 그의 기본적인 능력이 시대에 뒤떨어져 버린 건가? 강연장을 나서다가 브러너와 우연히 마주친 그는 점심을 함께 먹자고 말했다. 호기심 때문이었다. 브러너의 고결한 과학적 정직성에 비하면, 자신의 본성은 변덕스럽고 감상적인 리듬으로 움직이는 것 같았다. 브러너의 차분한 모습을 보니 자신이 과연 절도 있고 쓸모 있는 사람인지 자신할 수 없었다. 애틀랜틱시티 산책로의 비과학적인 풍경에서 기쁨을 느끼는 자신의 태도가 시대에 뒤떨어진 것인지 궁금했다. 그의 오른쪽에서는 파도가 노래를 불렀고, 왼쪽에서는 바다 가장자리에서 생겨나는 그 신비로운 문화가 풍성하게 드러나 있었다. 신비에 관한 노골적인 관심(예언자, 손금쟁이, 점쟁이, 도박성 게임, 찻잎 예언자) 때문에 그 문화는 바다와 대륙이 천둥 같은 대화를 나눈 끝에 나온 결과물처럼 보인다. 예언자들은 소금기가 밴 공기 속에서 번창하고 있는 것 같았다. 브러너가 이런 모습을 어떻게 생각할지 궁금했다. 튀긴 돼지고기 냄새를 맡고 과거의 기억을 떠올릴까? 아니, 그의 표현대로라면 기억이 '재생'될까? 파도의 한숨 소리를 듣고 그도 낭만적인 모험을 꿈꿀까? 코벌리는 브러너를 바라보았지만, 그가 너무나 무심하게 풍경을 바라보고 있었기 때문에 묻고 싶은 것을 묻지 못했다. 브러너는 그냥 있는 그대로의 모습, 즉 소금물, 산책로, 가게들을 보는 것 같았다. 만약 그가 지금 이 순간 너머를 바라본다면, 비록 불가능한 일인 것 같기는 해도, 어쨌든 가게들이 헐리고 그 자리에 공공 운동장, 야구장, 소풍을 즐길 수 있는 작은 숲 등이 들어서는 것을 보게 될 것이다. 그럼 누구의 생각이 틀린 건가? 코벌리는 자신이 틀렸을 수도 있다는 생각 때문에 몹시 불편해졌다. 브러너가 가재를 먹어 본 적이 없다고 해서 두 사람은 산책로가 꺾이는 지점에 있는, 은촉물림 판자로 지은 오래된 고급 가재 식당으로 들어갔다.

코벌리는 버번을 주문했다. 브러너는 맥주를 마시며 가격표를 보고 큰 소리로 휘파람을 불었다. 그는 머리가 아주 컸으며, 색은 진하지 않지만 묵직하게 보이는 턱수염을 기르고 있었다. 아침에 수염을 다듬은 모양이었다. 그것도 아무렇게나. 하지만 정오가 된 지금은 갈색 턱수염의 윤곽선이 선명해져 있었다. 그의 안색은 창백했으며, 크고 빨간 귀가 창백한 안색을 한층 더 강조해 주었다. 빨간색은 귀와 머리가 만나는 지점에서 갑작스레 끊어졌다. 그 부분만 제외하면 그의 안색은 온통 창백했다. 병색이 완연하거나 방탕해서 창백한 얼굴은 아니었다. 레반트나 지중해 사람들 같은 창백함도 아니었다. 아무래도 유전적 특징이나 형편없는 식사 때문에 얼굴이 창백해진 것 같았다. 어쨌든 피부가 튼튼하고 귀가 타는 듯 빨개서, 안색이 창백한데도 사내답게 보이는 것은 사실이었다. 그에게는 나름대로 매력이 있었다. 과학자들이 모두 그랬다. 코벌리가 보기에는 그들이 어떤 장벽을 극복할 수 있다는 생각, 미래에 대한 감각, 진보와 변화에 대한 선천적 열정을 표현하는 수단을 갖고 있기 때문에 그런 매력이 생기는 것 같았다. 코벌리는 마치 맥주를 마시면 자신이 무능해질 거라고 생각하는 것처럼 맥주를 마셨는데, 이것도 그들과 그의 다른 점이었다. 딱 한 명만 빼고 그들은 모두 술을 마시지 않았다. 코벌리는 술을 금하지 않았다. 술이야말로 그가 삶의 풍요로움을 느끼는 최고의 수단이었다.

"탤리퍼에서 사세요?" 코벌리가 물었다. 그는 브러너가 그곳에 산다는 것을 알고 있었다.

"그래요. 그 마을 서쪽에 작은 집이 있어요. 혼자 살죠. 결혼한 적이 있지만 잘되지 않았어요."

"유감이네요."

"유감이긴요. 결혼 생활이 잘되지 않은 건데요. 우리가 최적화를 할 수 없었거든요." 그는 샐러드를 공략했다.

"혼자 사신다고요?" 코벌리가 물었다.

"예." 그가 입 안 가득 음식을 넣은 채 말했다.

"저녁 시간은 어떻게 보내세요? 영화관 같은 데에 가시나요?"

브러너가 상냥하게 웃었다. "아뇨, 난 영화관에 안 가요. 우리 팀원들 중에는 일 말고 다른 취미가 있는 사람도 있지만, 난 그렇지 않은 편이에요."

"별다른 취미가 없다면 저녁에는 뭘 하세요?"

"공부도 하고, 잠도 자고 그러죠. 가끔 27번 도로에 있는 식당에도 가요. 거기서는 2달러 50센트로 닭고기를 실컷 먹을 수 있으니까. 내가 닭고기를 엄청 좋아하거든요. 한번 식욕이 동하면 임금을 아주 만족스럽게 쓰곤 해요."

"친구분들하고 같이 가세요?"

"아뇨." 그가 위엄 있게 말했다. "혼자 가요."

"자녀는 없으세요?" 코벌리가 물었다.

"없어요. 아내와 내가 결혼 생활을 완성할 수 없었던 이유 중에 그것도 있어요. 아내는 아이를 원했는데 난 싫다고 했거든요. 내가 어렸을 때 불행했기 때문에 다른 사람도 그런 고통을 겪게 만들고 싶지 않았어요."

"무슨 말씀이세요?"

"음, 내가 두 살 때 어머니가 돌아가셔서 아버지와 할머니가 나를 키우셨어요. 아버지는 프리랜서 기술자였는데 한 직장에 오래 다니질 못했죠. 알코올 중독이 심했어요. 그래서 말이죠, 나는 거기서 도망쳐야겠다는 생각이 누구보다, 대부분의 사람들보다 강했어요. 날 이해해 주는 사람이 하나도 없었어요.

무슨 말이냐면, 내 성은 단지 늙은 주정뱅이와 같은 성일 뿐 다른 의미가 없었다는 얘기예요. 내가 내 이름에 뭔가 의미를 만들어 넣어야 하는 처지였어요. 그래서 이 번개 연구가 등장 했을 때 난 기분이 좋아졌어요. 기분이 좋아지기 시작했어요. 이제 내 이름은 나름대로 의미를 갖고 있어요. 적어도 몇몇 사람한테는."

그 다음에는 번개 이야기가 나왔다. 순수한 에너지의 집합체. 구름 속에서 번개가 칠 때 보면, 세상의 모든 물건(이파리나 파도)과 마찬가지로 번개도 여러 줄기로 갈라져 있었다. 그는 외로운 사람이었다. 물집과 소화불량에 익숙하고, 아역 여배우나 괴팍한 발명가나 소도시 정치가처럼 하찮은 동기에서 이 세상을 파괴해 버릴 수도 있는 폭발력을 발명하려는 사람. "난 그저 내 이름에 뭔가 의미를 만들어 주고 싶었을 뿐이에요." 지구를 태워서 화장해 버리는 것을 죽음의 신비 속에 포함시켜야 한다는 생각이 대부분의 사람들보다 강했던 모양이다. 천둥소리에 놀라 깨어났을 때 그는 혹시 이것이 세상의 종말인지도 모른다는 생각에 대부분의 사람들보다 더 놀라서 의미 있는 이름을 갖고 싶다는 소망을 생각하며 자신을 더욱 재촉했을 것이다.

그때 웨이트리스가 가재 요리를 가져왔고, 코벌리는 질문을 그만두었다.

코벌리가 호텔로 돌아와 보니 캐머런이 자필로 쓴 메모가 있었다. 5시에 3층 회의실 앞에서 자신을 만나 공항까지 차로 데려다 달라는 내용이었다. 이 쪽지를 읽고 그는 자신이 캐머런의 팀에서 운전사 역할을 맡게 된 모양이라고 추측했다. 그는 호텔 수영장에서 오후를 보낸 뒤 5시에 3층으로 올라갔다. 회의실 문은 잠겨 있었을 뿐만 아니라, 줄로 봉해져 있기까지 했다. 사복을 입은 비밀 요원 두 명이 복도에서 기다리고 있었다. 회의가 끝나자 그 소식이 전화로 비밀 요원들에게 알려졌고, 그들은 문을 봉했던 줄을 푼 뒤 자물쇠를 열었다. 회의실 안의 풍경은 무질서하고 기이했다. 문과 창문은 보안을 위해 담요로 가려져 있었는데, 물리학자와 다른 과학자들이 의자와 탁자 위에 올라가 이 담요를 떼어 내는 중이었다. 허공에는 담배 연기가 가득했다. 코벌리는 말을 하는 사람이 한 명도 없다는 사실을 금방 깨달았다. 마치 무시무시하기 짝이 없는 장례식을 마치는 사람들 같았다. 코벌리는 브러너에게 인사를 건넸지만, 점심을 함께 먹었던 브러너는 아무런 대꾸를 하지 않았다. 그의 얼굴은 퍼렇게 질려 있었고, 입은 씁쓸함과 혐오감이 뒤섞인 표정을 짓고 있었다. 캐머런이 회의에서 이야기한 비극과 공포 때문에 이들이 이렇게 입을 닫아 버린 걸까? 이 사람들이 방금 미래를 좌우할 진실을 들었기 때문에 이런 표정이 된 걸까? 혹시 이 지구가 사람이 살 수 없는 곳이 되어 버렸다는 이야기를 들은 걸까? 만약 그렇다면, 길고 긴 주말을 이용해 바닷바람을 쐬려고 온 노부부와 신혼여행을 온 신혼부부들, 그리고 콜걸들의 추억이 있는 이 호텔 복도의 모습을 기억 속에 담을 필요도 없는 것인가? 혼란에 빠진 코벌리는 공포에 질린 것이 분명한 그 창백한 얼굴들에서 시선을 돌려 양탄자 위에서 꽃을 피운 짙은 색 장미를 바라보았다. 캐머런도 다른 사람들과 마찬가지로 말 한마디 없이 코벌리 앞을 지나갔고, 코벌리는 얌전히 그의 뒤를 따라 차가 있는 곳으로 나갔다. 공

항으로 가는 길에 캐머런은 한마디도 하지 않았다. 작별 인사
도 없었다. 그는 자그마한 비치크라프트*에 올랐다.(그는 워싱턴
으로 가는 길이었다.) 비행기가 이륙한 뒤, 코벌리는 그가 서류
가방을 두고 갔음을 깨달았다.

이 단순한 물건은 사실 오싹할 정도로 엄청난 의미를 지닌
물건이었다. 그 안에는 틀림없이 그가 그날 오후에 회의에서
말한 내용의 요약본이 들어 있을 터였다. 회의 참석자들의 표
정을 떠올리며 코벌리는 캐머런이 세상의 종말과 관련된 이야
기를 한 모양이라고 짐작했다. 그는 당장 호텔로 돌아가 팀원
에게 서류 가방을 넘겨주어야겠다는 결론을 내렸다. 그는 서
류 가방을 무릎에 얹은 채 차를 몰고 시내로 돌아갔다. 프런트
에서 브러너를 불러 달라고 했더니, 그가 이미 체크아웃을 했
다는 대답이 돌아왔다. 다른 과학자들도 모두 마찬가지였다.
그는 호텔 로비를 돌아다니는 수상쩍은 사람들, 아니, 적어도
이질적임은 틀림없는 사람들의 얼굴을 둘러보며 혹시 저 중에
외국의 첩보원이 끼어 있는지도 모른다는 생각을 했다. 남의
눈에 띄지 않게 행동하는 것이 최선의 방법인 것 같았다. 그는
식당으로 가서 저녁을 가볍게 먹었다. 서류 가방은 계속 무릎
위에 올려놓았다. 식사가 끝날 무렵, 호텔 밖에서 북소리 같은
폭발음이 연달아 들려왔다. 그가 세상의 종말이 왔나 보다 하
고 있는데 웨이트리스가 와서 선물 가게 연합의 회의를 위해
모인 선물 가게 주인들을 대접하려고 불꽃을 터뜨렸다고 설명
해 주었다.

---

* 비치 항공기 회사가 제작한 경비행기.

그는 서류 가방을 겨드랑이에 단단히 끼고 불꽃놀이를 보려고 호텔 밖으로 나갔다. 폭발력을 다룬 회의가 이처럼 돈이 많이 들고, 매력적이고, 어느 누구에게도 해를 끼치지 않는 쇼로 끝나는 것이 정말 잘 어울리는 일 같았다. 구경꾼들을 위해 산책로에 접의자가 놓여 있었다. 불꽃은 해변에서 발사되었다. 그는 발사체가 탄피 속으로 떨어지는 소리를 듣고, 불꽃이 남긴 빛의 흔적을 따라 그 궤적을 추적했다. 불꽃이 저녁 별보다 더 높이 솟아올랐다. 하얀 빛이 폭발했다.(폭발음이 사람들의 귀에 닿는 데는 조금 더 시간이 걸렸다.) 그러고는 황금색 빛줄기가 꽃자루처럼 원호를 그리며 어지럽게 흩어지다가 색색의 불꽃의 공이 되어 조용히 사라졌다. 이 모든 광경이 호텔 유리창에 반사되었다. 하늘을 향해 고개를 쳐들고 이 천진난만한 쇼에 감탄하는 선물 가게 주인들의 얼굴은 아주 훌륭하고 소박하게 보였다. 산발적인 박수 소리가 났다. 예의와 열광을 보여주려는 감동적인 시도였다. 춤곡이 끝날 때 사람들이 치는 박수 소리 같았다. 황혼을 배경으로 검은 연기가 선명히 보였다. 연기는 자꾸만 모양을 바꾸며 바다로 흘러갔다. 코벌리가 자리에 앉아 즐거운 시간을 보내고 있는데 불꽃의 포대가 다시 커다란 소리를 냈다. 그는 불꽃의 궤적, 호를 그리며 움직이는 별들, 하늘에서 피어나는 색색의 꽃들, 수많은 사람들의 한숨 소리와 예의상 치는 박수 소리를 눈과 귀로 쫓았다. 불꽃놀이 쇼는 전쟁을 가볍게 흉내 낸 일제 사격으로 끝났다. 악마의 북소리가 울리는 가운데 수천 개나 되는 호텔 창문에 하얀 불꽃이 번쩍거렸다. 마지막 폭발이 산책로를 뒤흔들었지만, 당연히 피해는 없었다. 댄스 학교를 연상시키는 박수갈채가 쏟아졌고,

그는 호텔로 다시 돌아갔다. 자기 방에 올라가 보니 강도가 든 것 같았다. 서랍은 죄다 열려 있고, 옷가지는 의자 위에 여기 저기 흩어져 있었다. 하지만 그는 자신이 여행할 때 방을 깔끔하게 쓰는 편이 아니라는 점을 염두에 두어야 했다. 그는 서류 가방을 품에 안고 잠자리에 들었다.

아침에 코벌리는 여학생들이 책가방을 들 때처럼 서류 가방을 가슴에 끌어안은 채 애틀랜틱시티에서 비행기를 타고 국제 공항으로 가서 서부로 가는 비행기를 기다렸다. 세인트보톨프스의 기차역이 생각났다. 도착하는 사람들과 떠나는 사람들이 분주히 움직이고, 석탄가루와 바닥을 닦을 때 쓰는 기름과 화장실 냄새가 나는 곳. 어두운 대기실에서는 모종의 힘 같은 것이 기차를 기다리는 승객들의 삶을 실제보다 크게 부풀려 주는 것 같았다. 하늘로 높이 솟아 있어 궁전 같은 분위기를 풍기는 이 공항은 세인트보톨프스의 기차역과 대조적이었다. 유리 벽들은 구름 낀 하늘을 향하고 있고, 널찍한 공간과 효율적인 분위기와 인조 가죽 냄새는 승객들이 서로에 대해 갖고 있는 지식을 부풀려 주기보다는 오히려 왜소하게 축소시키는 것 같았다. 코벌리의 비행기는 2시에 출발할 예정이었지만, 승객들은 3시 15분 전에도 여전히 게이트에서 비행기를 기다리고 있었다. 승객들 몇 명이 투덜거렸고, 두세 명은 콜로라도에서 발생한 비행기 추락 사고 소식이 실린 석간신문을 들고 있었다. 그 사고로 일흔세 명이 죽었다고 했다. 그들이 지금 기다리고 있는 비행기가 바로 그 추락한 비행기일까? 침침한 햇빛 속에 서 있는 그들이 사실은 엄청난 자비를 경험한 걸까? 다행히도 목숨을 구한 걸까? 코벌리는 안내 데스크로 가서 자신이 탈 비행기에 대해 물었다. 그가 그런 질문을 던진 것은 틀림없이 정당한 일이었는데도, 직원은 뚱한 반응을 보였다. 마치 승객들이 비행기 표를 사는 순간 어둠 속에서 겸손하게 걸어 다니겠다고 약속한 거나 마찬가지라는 듯이. "비행기가 좀 지연되었습니다." 직원이 마지못해 대답했다. "엔진 문제일 수도 있고, 유럽에서 오는 연결편이 지연된 탓일 수도 있습니다. 3시 30분이 지나서야 탑승하실 수 있을 겁니다." 코벌리는 알려 줘서 고맙다고 인사한 뒤 계단을 올라 술집으로 갔다. 문 오른쪽의 금박 이젤에 이브닝드레스를 입은 예쁜 가수의 사진이 놓여 있었다. 술집과 호텔 식당의 문턱에서 환한 얼굴로 사람들을 맞이하는 수많은 사진들 중 하나였다. 사진 속 여가수는 9시가 지나야 무대에 오를 터이니 지금쯤은 잠을 자거나 빨래를 하러 빨래방으로 가고 있을 것이다.

술집 안에서는 유선 방송의 분위기 있는 음악이 흐르고, 바텐더는 군복을 입고 있었다. 코벌리는 등받이 없는 의자에 앉아 맥주를 주문했다. 옆자리의 남자는 편안한 표정으로 몸을 살살 흔들고 있었다. "어디로 가세요?" 그가 물었다.

"덴버로요."

"나도 그런데." 그 낯선 남자가 탄성을 지르며 코벌리의 등을 쳤다. "덴버에 가려고 사흘 전부터 기다리고 있어요."

"맞아요." 바텐더가 말했다. "이분은 비행기를 여덟 편이나 놓치셨어요. 여덟 편 맞죠?"

"맞아요. 내가 아내를 사랑해서 그래요. 아내가 덴버에 있거든. 나는 아내를 너무나 사랑하기 때문에 도저히 비행기에 탈 수가 없어요."

"우리 매상에는 그게 좋은 일이죠." 바텐더가 말했다.

어둑어둑한 바 끝에 머리를 노랗게 물들여서 특별히 눈에 잘 띄는 동성애자 두 명이 럼주를 마시고 있었다. 탁자에 앉은 일가족은 점심을 먹으며 광고 문구로 대화를 나눴다. 식구들끼리 자주 하는 장난인 것 같았다.

"세상에!" 어머니가 소리쳤다. "하얀 아이다호 칠면조 고기를 딱 한 입 크기로 잘라 놓은 걸 먹어 봐라. 리보플라빈이 강화돼 있어. 풍미가 한결 더할 거야."

"난 바삭바삭한 감자칩이 좋아요." 아들이 말했다. "건강에 좋은 적외선 오븐에서 황금빛이 도는 갈색이 될 때까지 구운 뒤 수입산 소금을 뿌린 거요."

"난 티끌 하나 없는 화장실이 마음에 들어요." 딸이 말했다. "전문적인 훈련을 받은 간호사가 화장실의 운영을 감독하고, 고객들의 편리와 마음의 평화를 위해 위생 검증을 받은 곳이잖아요."

"윈스턴 맛이 좋아." 높은 아기용 의자에 앉은 아기가 끼어들었다. "담배라면 당연하지. 윈스턴은 풍미가 있어."

어두운 바는 새로 창조된 세계 같았다. 하지만 그 세계는 우주의 상징체계와는 상관없이 독자적으로 발전한 것이었다. 병에 붙은 상표를 빼면, 이곳에는 친숙한 것이 하나도 없었다. 조명은 동굴 같은 분위기를 자아냈고, 벽은 어두운 거울이었다. 심지어 이파리처럼 생긴 쟁반도, 통나무 조각도 없어서 바깥세상을 떠올릴 만한 것이 없었다. 별과 조개, 바다와 구름이 모두 같은 사람의 손에서 생겨난 것처럼 보이게 만드는 동일성의 아름다움이 보이지 않았다. 음악이 잠시 끊어지더니 코벌리가 탈 비행기의 탑승이 시작되었다는 안내 방송이 나왔다. 그는 맥주 값을 치르고 서류 가방을 집어 들었다. 나가는 길에 그는 화장실에 들렀는데, 화장실 벽에 대단히 인간적인 글이 적혀 있었다. 그는 밝게 불이 들어온 숫자를 따라 게이트를 향해 복도를 한참 걸어갔다. 아직 비행기는 보이지 않았지만, 출발 시각 지연이나 비행기 추락 사고 소식 때문에 다른 비행기를 타기로 마음을 바꾼 승객은 한 명도 없었다. 그들은 게이트 앞에 얌전히 서 있었다. 마치 뚱한 항공사 직원에게서 비행기 표를 살 때 겸손함도 함께 산 것처럼. 코벌리의 외투는 이런 날씨에 입기에는 너무 더웠다. 다른 승객들도 대부분 여기보다 더 춥거나 더 따뜻한 곳에서 온 사람들이었다. 머리 바로 위의 파이프에서 부드러운 음악이 계속 승객들의 귓속으로 쏟아져 들어왔다. "괜찮을 거예요." 코벌리 옆에 있던 노부인이 자기보다 더 늙은 일행에게 작은 소리로 말했다. "위험하지 않아요. 기차나 마찬가지예요. 비행기가 실어 나르는 승객이 매년 수백만 명이에요. 그러니 괜찮을 거예요." 나무옹이처럼 군데군데 툭툭 불거진 노인의 손가락이 그 노부인의 뺨을 어루만졌다. 그녀의 눈 속에는 죽음의 공포가 있었다. 지금 이 풍경이 그녀에게는 죽음을 의미했다. 위아래가 붙은 하얀 작업복을 입고 활기차게 뛰어다니는 기술자들, 숫자가 매겨진 활주로, 공항으로 들어오는 707기의 소음. 아기 울음소리가 들렸다. 어떤 남자는 빗으로 머리를 빗었다. 코벌리 주위의 물체들과 소리가 스스로 무리를 지어 불변의 선언문으로 변한 것 같았다. 음악 소리, 낯선 노인이 견디고 있는 죽음의 공포, 평평한 활주로, 저 멀리 보이는 주택의 지붕들, 이런 것이 현실이었다.

비행기가 들어오고 승객들이 탑승했다. 여승무원은 코벌리를 위스키 냄새가 풍기는 남자와 어떤 노부인 사이에 앉혔다. 여승무원은 하이힐에 레인코트를 입고 검은 선글라스를 쓴 차림이었다. 그녀의 레인코트 밑으로 빨간 비단 원피스 자락이 보였다. 그녀는 비행기 문을 닫자마자 화장실로 가서 승무원 제복인 회색 치마와 하얀 비단 블라우스로 갈아입고 나왔다. 선글라스를 벗을 때 보니 눈에 피곤이 가득했다. 그녀가 고통스러운 표정으로 주위를 둘러보았다.

"조 버너요." 코벌리의 오른쪽에 앉은 남자가 말했다. 코벌리는 그와 악수하면서 통성명을 했다. "만나서 반갑소, 코브." 그 낯선 남자가 말했다. "변변찮지만 당신한테 선물로 주고 싶은 게 있는데……." 그는 주머니에서 자그마한 상자를 꺼냈다. 코벌리가 상자를 열어 보니 금박을 입힌 넥타이핀이 들어 있었다. "나는 여행을 많이 하는데," 낯선 남자가 설명하듯 말했다. "어딜 가든 이 넥타이핀을 선물로 줘요. 내가 프로비던스에 주문해서 만든 거요. 거긴 미국 보석 산업의 중심지죠. 내가 선물로 주는 넥타이핀만 1년에 2000~3000개는 돼요. 친구를 사귀는 데 아주 좋은 방법이죠. 누구나 넥타이핀을 쓰니까."

"정말 고마워요." 코벌리가 말했다.

"난 우주 비행사들이 신을 양말을 짜요." 코벌리의 왼쪽에 앉은 노부인이 말했다. "아, 그게 멍청한 짓이라는 건 나도 알지만 그 청년들이 좋은걸. 그 젊은이들이 발이 시릴 걸 생각하면 참을 수가 없어요. 지난 6주 동안 양말 열 켤레를 캐너버럴로 보냈어요. 그쪽에서는 나한테 고맙다는 말 한마디 없지만, 그렇다고 양말을 돌려보낸 적도 없어요. 그러니 그냥 그 사람들이 그 양말을 쓰는가 보다 해요."

"저는 며칠 휴가를 내서 암으로 죽어 가는 오랜 친구를 만나러 가는 길입니다." 조 버너가 말했다. "오늘 현재 암으로 죽어 가는 친구가 스물일곱 명이에요. 개중에는 자기가 암에 걸렸다는 걸 아는 사람도 있고 모르는 사람도 있지만, 살날이 1년 이상 남은 사람은 한 명도 없어요."

그때 귀에 들리는 소리와 들리지 않는 소리가 발작처럼 터져 나오며 그들을 덮치더니 중력의 힘이 그들을 의자 등받이로 거칠게 밀어붙였다. 비행기가 활주로를 달려가며 고도를 얻기 위해 열심히 힘을 쓰기 시작한 탓이었다. 커다란 널 하나가 천장에서 떨어져 통로에 처박혔다. 식기실에서는 잔과 병 들이 시끄럽게 덜걱거렸다. 비행기가 여기저기 흩어진 구름들 위로 올라가자 승객들은 안전띠를 풀고 평소 때의 모습으로 돌아갔다. "안녕하십니까." 스피커에서 누군가의 목소리가 흘러나왔다. "저는 맥퍼슨 기장입니다. 덴버 직항편인 저희 73편을 이용해 주셔서 감사합니다. 산악 지대에 약간의 난류가 있다는 보고를 받았습니다만, 저희 비행기가 예정대로 착륙할 때쯤이면 난류가 걷힐 것으로 예상하고 있습니다. 출발이 지연된 것에 사과 드리며, 여러분이 아무 짓도 않고 인내심을 발휘해 주신 것에 이번 기회를 들어 감사의 말씀을 드리고 싶습니다." 스피커가 딸깍 소리를 내며 꺼졌다.

코벌리가 보기에 자기 말고는 어리둥절한 사람이 없는 것 같았다. 비행기를 조종할 능력이 있다는 건 곧 영어에 대한 기초적인 지식이 있다는 뜻이라고 생각한 것이 잘못인가? 조 버너는 자기가 살아온 이야기를 코벌리에게 늘어놓고 있었다. 그의 이야기 방식은 거의 방랑 시인 같았다. 그는 먼저 자기 부모의 성격을 설명했다. 그 다음에는 자기가 태어난 곳을 묘사하고, 그 다음에는 두 형에 대해 이야기했다. 자기가 동네 야구에 취미가 있었다는 이야기, 임시직을 전전했다는 이야기, 지금까지 다닌 학교, 어머니가 만들어 주시던 맛있는 버터밀크 팬케이크, 자기가 사귀었다가 잃어버린 친구들에 관한 이야기도 했다. 그는 코벌리에게 자신의 연간 수입, 자기 사무실의 규모, 자기가 하고 있는 세 가지 사업의 성격, 훌륭한 아내, 방이 일곱 개이고 화장실이 두 개인 롱아일랜드의 집을 꾸미는 데 든 돈에 대해서도 말해 주었다. "난 아주 독특한 걸 갖고 있소." 그가 말했다. "우리 집 앞마당 잔디밭에 있는 등대. 4, 5년 전에 샌즈포인트의 큰 집이 세금 때문에 경매에 나왔는데, 내가 어머니랑 같이 가서 혹시 쓸 만한 게 있는지 살펴봤지. 그런데 등대가 있는 자그마한 호수가 있었소. 물론 등대는 순전히 장식용이었지만. 그 등대가 경매에 붙여졌을 때, 입찰하는 사람이 별로 없었소. 나는 35달러를 불렀지. 그냥 한번 해 본 거요. 그런데 어떻게 된 줄 아시오? 그 등대가 내 것이 됐소. 내 친구 중에 트럭 운송을 하는 녀석이 있는데, 그 친구가 그 집으로 가서 호수에 있던 등대를 분리했소. 그러니 항상 여러 분야의 사람을 사귀어야 하는 법이야. 그 친구가 그 일을 어떻게 해냈는지 난 지금도 몰라요. 어쨌든 전기 제품 사업을 하는 다른 친구는 그 등대에 전선을 연결해 줬소. 그렇게 해서 우리 집 앞마당 잔디밭에 그 등대가 서 있게 된 거요. 등대 덕분에 집이 얼마나 근사해 보이는지. 물론 이웃들이 불평을 하는 경우도 있지. 어딜 가든 세상에 뒤떨어진 사람들이 있게 마련이니까. 그래서 나는 등대를 매일 밤 켜지 않아요. 함께 모여서 카드놀이를 하거나 텔레비전을 볼 사람들이 있을 때에만 등대를 켜지. 얼마나 아름다운지 모른다오."

　이제는 비행기가 아주 높은 고도를 유지하고 있었기 때문에 하늘이 검푸른 색이었다. 비행기 안의 분위기는 살롱처럼 쾌적했다. 여승무원이 승객들에게 칵테일을 주느라 허리를 숙일 때마다 하얀 블라우스 자락이 치마 밖으로 삐져나왔다. 여승무원은 허리를 똑바로 펼 때마다 블라우스 자락을 쑤셔 넣었다. 의자 등받이가 구식 칸막이 좌석의 벽처럼 높아서 승객들은 제한적으로나마 사생활을 보장받았지만, 서로를 바라볼 수 있는 시야 또한 제한되었다. 그때 격벽의 문이 열리더니 기장이 통로를 걸어오는 것이 보였다. 그는 안색이 매우 나빴고, 눈도 여승무원만큼 피곤해 보였다. 어쩌면 몇 시간 전에 콜로라도에서 추락한 비행기의 기장과 승무원들이 그의 친구였는지도 모를 일이었다. 기장이든 누구든 그런 참사 앞에서 차분함을 유지할 수 있을 만큼 강한 사람이 있을까? 불에 타서 뼈만 남은 일흔세 구의 시신에 대해 그도 다른 사람들과 같은 심정이 아닐까? 그가 여승무원에게 고갯짓을 하자 여승무원이 그를 따라 비행기 뒤쪽의 식기실로 갔다. 두 사람은 한마디도 주고받지 않았지만, 여승무원은 종이컵에 얼음을 조금 넣고 그 위에 위스키를 따랐다. 그는 그것을 들고 앞으로 가서 문을 닫았다. 노부인은 꾸벅꾸벅 졸고 있었고, 자기 인생 이야기를 끝낸 조 버너는 이제 자기가 아는 우스갯소리들을 늘어놓고 있었다. 그때 비행기가 느닷없이 600미터쯤 급강하했다.

　엄청난 혼란이 벌어졌다. 대부분의 음료수가 천장까지 튀어

올랐고, 사람들은 통로로 내동댕이쳐졌으며, 아이들은 비명을 질러 댔다. "주목, 주목." 스피커에서 방송이 나왔다. "좀 들어 봐, 다들."

"어머, 어떡해." 여승무원은 이렇게 말하더니 비행기 뒤쪽으로 가서 안전띠를 맸다. "주목, 주목." 스피커에서 누군가의 목소리가 울려 퍼졌다. 코벌리는 혹시 이것이 이 세상에서 듣는 마지막 목소리인지도 모른다는 생각이 들었다. 언젠가 중요한 작전을 준비할 때 병실에서 길 건너편 아파트의 창문을 바라본 적이 있다. 그 창문 안에서는 뚱뚱한 여자가 그랜드 피아노의 먼지를 털고 있었다. 그때 그는 이미 펜토탈나트륨*이 투여되었기 때문에 의식이 빠르게 흐려지고 있었지만, 약 기운에 저항하며 자신이 사랑하는 이 세상에서 마지막으로 본 모습이 그랜드 피아노의 먼지를 터는 뚱뚱한 여자라는 사실에 분개했다.

"주목." 스피커 속의 목소리가 말했다. 비행기는 먹구름의 중심부에서 다시 수평 비행을 하고 있었다. "나는 기장이 아니다. 기장은 지금 정신이 없다. 움직이지 마. 좌석에서 움직이지 마. 움직이면 산소 공급을 끊어 버리겠다. 이 비행기는 지금 시속 800킬로미터로 움직이고 있고 고도는 1만 2600미터야. 당신들이 조금이라도 소란을 피우면 당신들만 더 위험해질 뿐이다. 나는 150만 킬로미터가 넘는 비행 경험을 갖고 있지만, 순전히 정치적 견해 때문에 조종사 자격을 잃었다. 지금 우리는 강도다. 조금 있으면 내 동료가 앞쪽 격벽에서 객실로 들어갈 것이

---

* 마취제의 일종.

다. 내 동료에게 지갑, 가방, 보석 등 귀중품을 모두 건네줘. 소란 피우지 말고. 당신들에게 희망은 없다. 다시 말한다. 희망은 없다."

"말 좀 해 봐요, 말 좀 해 봐요." 노부인이 부탁했다. "그냥 아무 말이나 해 봐요. 아무 말이나."

코벌리는 고개를 돌려 그녀에게 고개를 끄덕였지만, 두려움 때문에 혀가 부어올라서 아무 소리도 낼 수 없었다. 그는 입 안을 축이려고 필사적으로 혀를 움직였다. 다른 승객들은 꼼짝도 하지 않았고, 비행기는 어둠 속을 로켓처럼 뚫고 계속 날아갔다. 예순다섯 명에서 일흔 명쯤 되는 낯선 사람들이 죽음의 혼란 속에 코를 박고 있었다. 죽음이 어떻게 찾아올까? 화재로? 그들도 순교자처럼 고통을 짧게 끝내기 위해 불꽃을 들이마셔야 할까? 5킬로미터나 되는 농경지 위에 조각난 그들의 몸이 흩어지게 될까? 비행기에서 어둠 속으로 내동댕이쳐져 땅으로 추락하는 그 무서운 순간에도 의식이 고스란히 남아 있을까? 물에 빠져 죽게 될까? 그리고 그 과정에서 물이 들어오는 격벽 위에서 서로를 짓밟으며 마지막 순간에 비인간적인 면모를 드러내게 될까? 그를 가장 괴롭힌 것은 어둠이었다. 다리나 건물의 그림자가 나쁜 소식처럼 무겁게 우리 영혼을 덮어 버릴 수 있다. 어둠이 그의 영혼에 상처를 내고 있는 것 같았다. 그때 그는 오로지 빛을 조금 보고 싶다는, 파란 하늘을 조금이라도 보고 싶다는 생각뿐이었다. 앞쪽에 앉아 있던 어떤 여자가 「내 주를 가까이 하게 함은」을 부르기 시작했다. 교회에서 흔히 들을 수 있는 소프라노 목소리였다. 여성적이고, 품위 있고, 일주일에 한 번씩 이웃들 앞에서 드높이는 목소리.

"내 주를 가까이 하게 함은 십자가 짐 같은 고생이나 내 일생 소원은 늘 찬송하면서 주께 더 나가기 원합니다……."

통로 건너편에서 어떤 남자가 여기에 목소리를 보냈고, 곧이어 여러 사람이 그 뒤를 따랐다. 코빌리도 가사가 생각나자 함께 노래를 부르기 시작했다.

> 내 고생하는 것
> 옛 야곱이
> 돌베개 베고 잠 같습니다……

조 버너와 노부인도 노래를 부르고 있었고, 가사를 모르는 사람들은 후렴구에서 힘차게 목소리를 높였다. 격벽의 문이 열리더니 도둑이 모습을 드러냈다. 그는 펠트 모자를 쓰고 얼굴에는 눈이 있는 곳을 둥글게 잘라 구멍을 낸 검은 천을 두르고 있었다. 펠트 모자를 빼면, 그것은 옛날부터 사형 집행인들이 쓰던 마스크였다. 그는 검은색 고무장갑을 끼고 귀중품을 담을 플라스틱 쓰레기통을 들고 있었다. 코빌리는 고함을 지르듯이 노래를 불렀다.

> 천성에 가는 길 험하여도
> 생명 길 되나니
> 은혜로다……

그들은 신앙심보다는 반항심을 담아 노래를 불렀다. 뭔가 할 일이 필요했기 때문에 노래를 불렀다. 그렇게 할 일을 찾아

넘으로써 그들은 희망이 없다는 범인의 말을 반박했다. 그들은 자신을 되찾았다. 그래서 그들의 커다란 목소리에는 엄청난 힘이 배어 있었다. 코벌리는 손목시계를 벗어 지갑과 함께 범인의 쓰레기통에 떨어뜨렸다. 그때 범인이 검은 장갑을 낀 손으로 코벌리의 무릎에 놓인 서류 가방을 집어 들었다. 코벌리는 당황해서 앓는 소리를 냈다. 버너와 노부인이 잔뜩 일그러진 얼굴로 그를 바라보지 않았더라면 서류 가방을 움켜쥐었을지도 모른다. 그는 그냥 자기 좌석에 털썩 주저앉았다. 범인은 모든 승객들의 물건으로 빼앗은 뒤 다시 격벽을 향해 움직였다. 비행기의 요동 때문에 그가 약간 휘청거리고 있어서 왠지 친숙하고 무해한 사람처럼 보였다. 승객들은 노래를 불렀다.

야곱이 잠 깨어 일어난 후
돌단을 쌓은 것
본받아서……

"협조해 줘서 고맙군." 스피커에서 이런 말이 흘러나왔다. "약 11분 후에 웨스트프랭클린에 예정에 없던 착륙을 할 것이다. 안전띠를 매고 금연 표시등의 지시를 따르도록."

창밖의 구름이 점점 밝아지면서 회색에서 흰색으로 바뀌었다. 이윽고 비행기는 늦은 오후의 푸른 하늘을 향해 자유로이 날아 들어갔다. 노부인은 눈물을 닦고 미소를 지었다. 고통과 혼란을 줄이기 위해 코벌리는 그 서류 가방에 전동 칫솔과 비단 잠옷이 들어 있었을 것이라고 느닷없는 결론을 내려 버렸다. 조 버너가 성호를 그었다. 비행기는 빠르게 하강하고 있었다. 저 아래쪽에 도시의 지붕들이 보였는데, 선하고 자비로운 마음으로 쓸모 있는 일을 하고 아이들을 기르며 살아가는, 놀라울 정도로 겸손한 사람들의 수공예품 같았다. 비행기가 착륙하는 순간, 쿵 하는 느낌과 함께 굉음이 났다. 엔진의 추진력을 역전시키는 소리였다. 창밖에는 세계 어디서나 활주로를 둘러싸고 있는 황야가 보였다. 식물들의 빈민가 같은 이곳에서 덤불과 잡초가 어떻게든 살아 보려고 몸부림쳤다. 이곳의 모래 땅은 기름이 둥둥 뜬 개울의 둑 역할도 하고 있었다. 누군가가 소리쳤다. "놈들이 간다!" 승객 두 명이 격벽을 열었다. 사람들의 목소리가 혼란스럽게 들려오더니 누군가가 정보를 요구하자 복잡한 인간관계가 순식간에 자리를 잡아서 지금 상황을 잘 아는 사람들은 거만한 표정을 지으며 상황을 모르는 사람들과는 이야기를 나누려 하지 않았다. 앞쪽 객실로 가장 먼저 들어온 남자가 승객들에게 잔뜩 생색을 내며 말했다. "잠시만 진정해 주세요. 그러면 저희가 알고 있는 사실을 말씀 드리겠습니다. 저희가 승무원들을 구출했고, 기장이 경찰에 무전을 쳤습니다. 범인들은 도망쳤고요. 지금 말씀 드릴 수 있는 것은 이게 전부입니다."

그때 어렴풋이, 어렴풋이, 점점 가까워지는 사이렌 소리가 들렸다. 가장 먼저 도착한 소방관들이 문에 사다리를 대고 올라와 문을 열었다. 그 다음으로 도착한 경찰은 승객들을 모두 체포하겠다고 말했다. "열 명씩 무리를 지어 이 비행기에서 내리게 될 겁니다." 한 경찰관이 말했다. "여러분 모두 저희의 조사를 받아야 합니다." 그는 퉁명스러웠지만 승객들은 너그러웠다. 목숨을 잃지 않았으니까. 누가 아무리 무례한 행동을 해도 그들은 개의치 않았다. 경찰이 승객들을 열 명씩 나누기 시작했다. 소방차의 사다리가 비행기에서 내려가는 유일한 통로였다. 나이 많은 승객들은 투덜거리면서 사다리에 발을 내디뎠다. 그들의 얼굴이 고통스럽게 실룩거렸다. 뒤에서 기다리는 사람들은 군사적인 일에 휘말렸을 때처럼 수동적인 태도에 푹 빠져 있는 것 같았다. 모든 군인들이 그렇듯이, 판단력과 책임감을 잠시 정지시킨 것 같았다. 코벌리는 마지막 열 명 중 7번이었다. 먼지가 섞인 바람이 옷자락을 날리는 가운데 그는 사다리를 내려갔다. 경찰관이 그의 팔을 잡는 바람에 그는 순간적으로 몹시 화가 났지만, 팔을 흔들어 경찰관의 손을 뿌리치는 것이 고작이었다. 그는 같은 무리의 사람들과 함께 창살이 달린 경찰 승합차에 태워졌다.

그가 승합차에서 내릴 때 경찰관이 또다시 팔을 잡자 그는 또 애써 분노를 억제해야 했다. 신체적인 접촉이 왜 이렇게 거슬리는 걸까? 그는 속으로 생각했다. 이 낯선 사람의 손길이 왜 이렇게 싫은 걸까? 그의 앞에 중앙 경찰청 건물이 우뚝 서 있었다. 대충 아무렇게나 만들어 붙인 장식물 몇 개와 순수한 사랑을 선언하는 문구 몇 개가 벽에 분필로 쓰여 있는 노란색 벽돌 건물. 먼지와 종잇조각들이 바람에 날려 그의 발 주위를 맴돌았다. 안으로 들어가니 음산하고 불안한 범죄의 분위기가 그를 에워쌌다. 그곳은 그에게 곁눈질만 간신히 허락된 세계, 그가 칸막이에 그림을 그리려고 현관 베란다 바닥에 신문을 펼치면서 얼핏 보았던 폭력의 세계로 통하는 통로였다. 로슬린에서 어떤 남자가 아내와 아이 다섯 명을 총으로 쏘았다……. 살해당한 아이의 시신이 화덕에서 발견되었다……. 그런 사건들이 모두 이곳을 거쳐 가면서 당황스러움과 당혹감의 생생한 냄새를 공기 중에 남겨 놓았다. 자신은 죄가 없다면서 당혹스러운 표정을 짓던 범인들의 냄새. 그는 경찰관에게 이끌려 엘리베이터로 여섯 층을 올라갔다. 경찰관은 아무 말도 하지 않았다. 그는 가쁘게 숨을 몰아쉬고 있었다. 천식인가? 흥분 때문인가? 아니면 너무 서둘러서?

"천식이 있어요?" 코벌리가 물었다.

"질문은 내가 해요." 경찰관이 말했다.

그는 코벌리를 데리고 숨 막히는 학교의 복도 같은 곳을 걸어가 고작해야 벽장만 한 크기의 방에 집어넣었다. 방 안에는 나무 탁자 하나, 의자 하나, 물 한 잔, 질문지가 있었다. 경찰관이 문을 닫았고, 코벌리는 의자에 앉아 질문지를 바라보았다.

집안의 가장입니까? 질문지에는 이런 질문이 쓰여 있었다. 이혼했습니까? 사별? 별거? 텔레비전이 몇 대입니까? 자동차가 몇 대입니까? 여권이 있습니까? 목욕을 얼마나 자주 하십니까? 대학을 졸업했습니까? 고졸? 초등학교졸? '유대류' '선동적이다' '심원하다' '변증법적 물질주의'의 뜻을 아십니까? 집에서 난방에 석유를 사용합니까? 가스? 석탄? 방은 몇 개입니까? 미국 국기나 성경을 어쩔 수 없이 모독해야 하는 상황에 처한다면 어떻게 하시겠습니까? 연방 소득세에 찬성하십니까? 국제적인 공산주의 음모론을 믿습니까? 어머니를 사랑하십니까? 번개를 무서워하십니까? 대기 실험을 지속하는 데 찬성하십니까? 저축 예금을 갖고 있습니까? 가계 수표 계좌가 있습니까? 채무 총액이 얼마입니까? 담보 대출을 받았습니까? 남성이라면, 성기의 크기가 1, 2, 3, 4 중 어디에 속한다고 생각하십니까? 종교가 무엇입니까? 존 포스터 덜레스*가 천국에 있다고 믿습니까? 지옥? 림보? 남들을 자주 접대합니까? 자주 접대를 받는 편입니까? 자신이 남들에게 호감을 주는 편이라고 생각합니까? 호감을 크게 주는 편입니까? 인기가 좋은 편입니까? 다음의 사람들은 살아 있습니까, 죽었습니까? 존 메이너드 케인스. 노먼 빈센트 필. 카를 마르크스. 오스카 와일드. 잭 뎀시. 매일 밤 기도를 드립니까?

코벌리는 죄책감에 시달리는 죄인처럼 열심히 이 질문들을 공략했다.(질문이 수천 개는 되는 것 같았다.) 강도에게 시계를 주어 버렸으므로 질문지를 모두 작성하는 데 시간이 얼마나 걸렸는지 짐작도 할 수 없었다. 작성이 끝나자 그는 이렇게 소리쳤다. "이봐요, 다 끝났어요. 이제 여기서 내보내 줘요." 그가 시험 삼아 문을 열어 보았더니 문이 열렸다. 복도는 텅 비어 있었다. 밤이었다. 복도 끝의 창문을 통해 어두운 하늘이 보였다. 그는 질문지를 들고 엘리베이터로 가서 벨을 울렸다. 엘리베이터를 타고 1층으로 내려가니 경찰관 한 명이 책상 앞에 앉아 있었다. "아주 귀한 걸 잃어버렸어요. 아주 중요한 거예요." 코벌리가 말했다.

"그건 다들 하는 소리예요."

경찰관이 말했다.

"이제 뭘 하죠? 질문지를 다 작성했어요. 이제 뭘 하죠?"

"집으로 가세요. 돈이 좀 필요하죠?"

"맞아요."

---

* 1953년에 미국 국무 장관이 되어 반공 정책을 편 인물.

"보험 회사에서 여러분에게 각각 100달러씩 드리고 있어요. 잃어버린 액수가 그보다 크면 나중에 보험 회사에 청구하면 돼요." 경찰관은 10달러 지폐 열 장을 세고는 손목시계를 보았다. "시카고 행 기차가 20분쯤 뒤에 들어올 거예요. 저기 모퉁이에 가면 택시가 있으니까 그걸 타요. 아마 한동안은 비행기를 타고 싶은 생각이 안 들 것 같으니까. 다른 사람들도 다 그랬어요."

"다들 질문지 작성을 끝냈어요?" 코벌리가 물었다.

"아직 몇 명이 남아 있어요." 경찰관이 말했다.

"아, 고마워요." 코벌리는 이렇게 말하고 나서 웨스트프랭클린의 어두운 거리로 나갔다. 먼지, 더위, 아련하게 들려오는 소음, 색색의 불빛의 익명성 속에 자신이 느끼는 고독의 정수가 있는 것 같았다. 길모퉁이에 신문 판매대가 있고, 택시 한 대가 서 있었다. 그는 신문을 한 장 샀다. "자격을 박탈당한 조종사가 공중에서 강도 행각." 신문에는 이렇게 쓰여 있었다. "오늘 오후 4시 16분에 로키 산맥 상공에서 대(大)비행기 강도 사건이 발생했다……." 그는 택시에 올라 운전사에게 말했다. "있죠, 내가 오늘 오후에 이 비행기 강도 사건을 직접 겪었어요."

"손님한테서 그런 말을 듣는 게 여섯 번째입니다." 운전사가 말했다. "어디로 모실까요?"

"역으로 가 주세요."

20

코벌리가 시카고를 거쳐 마침내 탤리퍼에 도착한 것은 다음 날 오후 늦은 시간이었다. 그는 곧장 캐머런의 사무실로 갔지만, 거의 한 시간 동안이나 기다려야 했다. 닫힌 문 뒤에서 캐머런이 화를 내며 목소리를 높이는 것이 간간이 들렸다. "그 빌어먹을 달에 사람을 보내는 건 절대로 불가능해." 그가 고함을 질렀다. 코벌리가 마침내 들어가도 좋다는 말을 듣고 사무실로 들어가 보니 캐머런은 혼자였다. "소장님의 서류 가방을 잃어버렸어요." 코벌리가 말했다.

"아, 그렇군." 박사가 특유의 유감스러운 미소를 지었다. 그럼 그 안에는 그냥 칫솔과 잠옷만 들어 있었나 보군. 코벌리는 속으로 생각했다. 전혀 중요한 게 아니었어!

"서쪽으로 오는 비행기에서 강도 사건이 있었어요." 코벌리가 말했다.

"무슨 말인지 모르겠는걸." 캐머런이 말했다. 미소 띤 표정을 조금도 바꾸지 않은 채.

"여기 신문이 있어요." 코벌리는 웨스트프랭클린에서 가져온 신문을 캐머런에게 보여 주었다. "범인들이 모든 걸 가져갔어요. 손목시계, 지갑, 소장님의 서류 가방까지."

"누가 가져갔다고?" 캐머런이 물었다. 그의 미소가 더 밝아지는 것 같았다.

"도둑놈, 강도들이요. 아마 해적이라고 불러도 될 것 같아요."

"놈들이 그걸 어디로 가져갔지?"

"저도 몰라요."

캐머런은 책상에서 일어나 창가로 갔다. 코벌리에게 등을 돌린 자세였다. 지금 웃고 있는 건가? 코벌리가 보기에는 그런 것 같았다. 그가 적들을 속여 넘긴 것이다. 서류 가방에는 아무 것도 없었다! 그 순간 코벌리는 그가 전혀 웃고 있지 않다는 것을 깨달았다. 그는 당혹감과 비참함 때문에 고통스럽게 얼굴을 실룩거리고 있었다. 하지만 저 사람이 무엇 때문에 우는 거지? 자기 명성, 멍한 정신 상태, 지위, 창밖에 보이는 이 세상 자체, 폐허가 된 농장과 정비탑 때문에? 코벌리는 그를 위로할 방법이 없었으므로, 그를 지켜보며 자기 나름의 날카로운 고통을 느끼고 있었다. 통제할 수 없는 근육 경련에 시달리고 있는 캐머런은 자그맣고 늙어 보였다. "죄송합니다." 코벌리가 말했다. "당장 나가." 캐머런이 이렇게 중얼거리는 말을 듣고 코벌리는 방에서 나왔다.

퇴근 시간이라서 집으로 가는 버스가 만원이었다. 그는 전통적인 기준으로 자신을 판단하려 했다. 만약 그가 서류 가방을 내놓지 않으려 했다면 범인이 비행기를 파괴하고 승객들을 모두 죽였을지도 모른다. 하지만 혹시 그 편이 더 낫지 않았을까? 지금 그가 기대할 수 있는 것, 아니, 차분하게 되돌아볼 수 있는 것이 있는가? 아침에 출근하면 어떤 사무실로 가야 할까? 캐머런은 애당초 그에게 무엇을 원했던 걸까? 창가에서 울고 있는 그 노인을 어떻게 이해해야 하나? 벳시는 집에서 텔레비전을 보고 있을까? 아들 녀석은 울고 있을까? 저녁 식사가 준비되어 있을까? 어느 여름밤 세인트보톨프스의 모습이 그의 눈앞에 나타났다. 주부들이 하인들을 식탁으로 부를 때 쓰던 자그마한 종을 울리며 저녁을 먹으러 오라고 아이들을 불러들이는 시간이었다. 실제로 은으로 만든 것이든 아니든, 종들은 모두 은방울 같은 소리를 냈다. 강둑에 나가 놀던 아이들을 불러들이려고 보트 거리와 리버 거리의 주택들 뒤 계단에서 울려 퍼지던 그 은방울 같은 종소리가 기억났다.

그의 집에는 환하게 불이 켜져 있었다. 그가 집으로 들어가자 벳시가 달려와 그의 품에 안겼다. "당신이 저녁을 먹으러 집에 오기를 바라면서 기도를 드리고 있었어." 그녀가 말했다. "기도한 보람이 있네, 기도한 보람이 있어. 우리가 저녁 초대를 받았다!" 코벌리는 지난 24시간 동안 일어난 일들과 이 말을 조화시킬 수 없었기 때문에 감정적이고 지적인 임기응변으로 대처하기로 했다. 그는 피곤했지만, 벳시가 처음으로 받은 저녁 초대를 거절하는 것은 잔인한 일일 것 같았다. 그는 아들에게 입을 맞추고 허공으로 몇 번 던졌다 받으며 놀아 준 다음, 독한 술을 한 잔 만들었다. "정말 친절한 여자야." 벳시가 말했다. "이름은 위니프레드 브링클리인데, 심장 재단을 위한 모금을 하려고 우리 집에 왔더라고. 그래서 내가 말했어. 이 세상에서 여기만큼 외로운 곳은 없는 것 같다고. 내 생각이 그렇다는 걸 누가 알게 되더라도 상관없다고. 그랬더니 그 여자가 자기 생각에도 여기가 외로운 곳이라면서 오늘 밤에 자기 집에서 조촐하게 저녁 식사나 하자는 거야. 그래서 당신이 애틀랜틱시티에 가 있다고 말했어. 당신이 언제 돌아올지는 몰랐지만, 늦지 않게 돌아오게 해 달라고 빌고 또 빌었더니 당신이 이렇게 온 거야!"

코벌리가 목욕을 하고 옷을 갈아입는 동안 벳시는 집에서 빈시를 봐 줄 남자 고등학생을 데려왔다. 브링클리 일가의 집이 가까웠으므로, 두 사람은 팔짱을 끼고 그 집까지 걸어갔다. 코벌리는 간간이 긴 목을 구부려 벳시에게 입을 맞췄다. 브링클리 부인은 여윈 요정 같은 여자였는데, 눈부시게 화장을 하고 구슬 목걸이를 주렁주렁 걸고 있었다. 그녀는 "헛소리"라는 말을 연발했다. 브링클리 씨는 이마가 유난히 벗어져 있으며, 회색 곱슬머리를 어떤 집 응접실의 발처럼 고리 모양으로 구불구불하게 빗어 놓아서 결점, 즉 벗어진 머리가 한층 더 도드라져 보였다. 황금색 칼라핀, 황금색 넥타이핀, 커다란 혈석 반지, 셰리를 따를 때 신호기처럼 언뜻언뜻 보이는 파란 에나멜 커프스단추를 이용해서 이 자리에 어울리지 않는 피곤한 기색을 물리치려고 애쓰는 모습이 남자다워 보였다. 그들은 셰리를 물처럼 마셔 댔다. 다른 손님이 두 명 더 있었는데, 이웃 도시인 워터포드에서 온 크랜스턴 부부였다. "다른 도시에 사시는 분을 꼭 초대하고 싶었어요." 브링클리 부인이 말했다. "그래야 탤리퍼에 대한 헛소리 말고 다른 얘기도 하게 될 테니까요."

"내가 아는 것 한 가지, 내가 그동안 배운 것 한 가지는," 크랜스턴 씨가 말했다. "사람이 배짱이 있어야 된다는 거예요. 결국엔 중요한 게 그거예요. 배짱."

그는 진홍색 셔츠 차림이었고, 머리카락은 노란색 곱슬머리였으며, 얼굴은 천사 같으면서도 동시에 위협적이었다. 그의 아내는 머리가 희끗희끗해서 그보다 훨씬 더 나이 많고 더 똑똑해 보였다. 또한 그가 말은 그렇게 해도, 늠름하고 당당하게 사랑의 행위를 하는 모습보다는 당혹감과 절망에 빠져 있는 모습을 상상하기가 훨씬 더 쉬웠다. 그런 그의 옆에서 아내는 남편의 곱슬머리를 어루만지며 이렇게 말할 것이다. "다른 직장을 찾을 수 있을 거야, 여보. 걱정 마. 반드시 더 좋은 일자리가 나타날 거야." 브링클리 부인의 막내아이는 바로 얼마 전에 국립 병원에서 편도선염 수술을 받았다. 그래서 사람들은 셰리를 마시면서 모두 편도선에 대해 이야기했다. 벳시는 정말이지 반짝반짝 빛나고 있었다. 코벌리는 편도선 제거 수술을 받은 적이 없기 때문에 약간 소외감을 느끼다가 결국 맹장염 이야기를 꺼냈다. 사람들은 맹장염 이야기를 하면서 저녁 식탁에 앉았고, 그 다음에는 치과 이야기를 했다. 저녁 식사는 평범했으며, 입가심용 음료수로는 거품이 많은 부르고뉴 산 적포도주가 나왔다. 식사를 마친 뒤 크랜스턴 씨가 추잡한 이야기를 하나 해 주고는 가 봐야겠다고 일어섰다. "서두르고 싶지는 않지만, 집까지 한 시간 반이 걸려요. 내일 아침에 출근도 해야 하고요."

"한 시간 반이나 걸리진 않을 텐데요. 집까지 어떤 길로 가시죠?”

“스피드웨이를 타요.” 크랜스턴 씨가 말했다.

“스피드웨이를 타기 전에 탤리퍼 밖으로 나가면,” 브링클리 씨가 말했다. “15분쯤 시간을 절약할 수 있을 거예요. 어쩌면 20분을 절약할 수도 있고요. 쇼핑센터로 되돌아가서 두 번째 신호등에서 우회전하세요.”

“어머, 나라면 그 길로 안 갈 거예요.” 브링클리 부인이 말했다. “전산 센터를 지나서 곧장 가다가 제한 구역이 나오기 직전에 입체 교차로를 타는 편이 나아요.”

“그래, 당신이라면 그러겠지. 하지만 그 길로 가면 공사장 투성이야. 그냥 내 말대로 해요. 쇼핑센터로 돌아가서 두 번째 신호등에서 우회전하면 돼요.”

“쇼핑센터로 돌아가면, 페르미 로터리에서 차가 막혀서 꼼짝도 못 하게 될 거야. 전산 센터 쪽으로 가고 싶지 않다면 정비 탑 쪽으로 곧장 가다가 도로가 막힌 곳에서 우회전하면 돼.”

“세상에, 이 여자야. 그 망할 놈의 입 좀 다물 수 없어?”

“아이고, 또 저 헛소리.”

“어쨌든 고마워요.” 크랜스턴 부부가 문으로 걸어가면서 말했다. “그냥 하던 대로 스피드웨이를 타는 게 나을 것 같아요.” 두 사람은 떠났다.

“당신 때문에 괜히 저 사람들만 헷갈리게 만들었잖아.” 브링클리 씨가 말했다. “당신이 사람들한테 길을 가르쳐 주겠다고 나서다니, 도대체 무슨 생각을 한 거야? 이 동네 길도 잘 모르는 주제에.”

“만약 저 사람들이 처음에 내가 말한 길로 간다면,” 브링클리 부인이 사나운 표정으로 말했다. "아무 문제 없이 갈 수 있을 거야. 제한 구역 근처에는 공사장이 전혀 없어. 공사장 얘기는 당신이 그냥 꾸며 낸 거잖아."

"꾸며 내다니. 내가 목요일에 그쪽에 갔었어. 땅이 전부 파헤쳐져 있었어."

"목요일에 당신은 감기에 걸려서 누워 있었잖아. 내가 당신한테 계속 먹을 걸 가져다줬는데 무슨 소리야?"

"우리도 그만 가 봐야겠어요. 정말 즐거웠어요. 초대해 주셔서 고맙습니다."

"당신이 그 입만 다물면," 브링클리 씨가 아내에게 고함을 질렀다. "온 세상이 아주 고마워할 거야. 당신은 남한테 길을 가르쳐 주는 건 고사하고 아예 운전대도 잡으면 안 되는 사람이야."

"고맙습니다." 벳시가 문간에서 수줍게 말했다.

"작년에 차를 부순 게 누군데 그래?" 브링클리 부인이 악을 썼다. "차를 부순 게 누구냐고. 말해 봐."

두 사람은 집까지 걸어가며 간간이 걸음을 멈추고 입을 맞췄다. 이 짤막한 여행의 끝도 다른 날의 여행들과 마찬가지였다.

21

코벌리는 캐머런을 다시는 보지 못했다. 그는 자기 책상에서 며칠 동안 시간을 죽이며 천국의 보석이 어쩌고저쩌고하는 취임 연설문을 다듬었다. 어느 날 아침, 경비부로 가라는 명령이 떨어졌다. 서류 가방을 잃어버린 책임을 물으려 하는 것 같았다. 혹시 체포되는 건 아닌가 하는 생각이 들었다. 코벌리는 불가사의할 정도로 엄청난 죄책감에 짓눌려 공연히 마음고생을 하는 편이었다. 누가 건드리지만 않는다면 커다란 멍을 감추듯이 그 죄책감을 옷 속에 감추고 아무 일 없다는 듯 돌아다닐 수 있었지만, 일단 누가 건드리기만 하면 고통 때문에 정신을 차리기가 힘들었다. 그는 시골 사람들이 미덕으로 꼽는 특징들, 즉 진실성, 정확한 시간 감각, 청결, 용기를 고스란히 지니고 있었다. 하지만 이 사회가 강력한 팔을 들어 그에게 뭔가 잘못을 저질렀다고 비난을 퍼부으면, 그의 자부심은 그냥 무너져 버렸다. 그래, 그는 죄인이었다. 대사를 잔인하게 죽인 것도, 보석을 전당 잡힌 것도, 적에게 청사진을 팔아넘긴 것도 모두 그였다. 그는 깊은 죄책감에 휩싸여 경비부 사무실로 다가갔다. 미나리아재비 같은 노란색이 칠해진 긴 복도에 여덟 명에서 열 명쯤 되는 사람들이 그보다 먼저 와 있었다. 동네 병원이나 치과의 대기실, 영사관 대기실, 법원 복도, 직업소개소 사무실 같은 분위기였다. 이렇게 사람들이 뭔가를 기다리고 있는 모습이 이 세상에서 놀라울 정도로 커다란 부분을 차지하고 있는 것 같았다. 그의 앞에 있던 사람들이 한 명씩 차례대로 호명되어 노란 복도 끝의 문 안으로 들어갔다. 그 문으로 돌아 나온 사람이 한 명도 없는 걸 보면 출구가 따로 있는 모양이었지만, 코벌리는 그들이 그렇게 사라진 것이 불길했다. 마침내 그가 호명되고, 검열관처럼 얼굴을 찌푸린 예쁜 비서가 옛날식 법정처럼 보이는 커다란 사무실로 그를 안내했다. 다른 곳보다 높이 솟은 대 뒤에 사복을 입은 남자 두 명과 대령 한 명이 앉아 있었다. 대 아래에는 기록원이 앉아 있었다. 왼쪽에는 미국 국기가 있었다. 무거운 비단에 황금색 술 장식이 달린 국기는 무슨 일이 있어도 그 자리를 떠나지 않을 터였다. 날씨 좋은 날 아무리 훌륭한 행진이 벌어진다 해도.

"코벌리 왑샷?" 대령이 물었다.

"예."

"보안 카드 좀 보여 주겠나?"

"예." 코벌리는 보안 카드를 건네주었다.

"세인트보톨프스 보그 거리의 오노라 왑샷을 아나?"

"보트 거리입니다."

"그 부인을 알아?"

"예, 아주 어릴 때부터 아는 사이였습니다. 그분은 제 친척 아주머니입니다."

"그 부인이 범죄자로 기소됐다는 사실을 왜 경비부에 알리지 않았나?"

"그분이 어떻게 됐다고요?" 오노라가 무슨 짓을 저지른 거지? 방화? 싸구려 잡화점에서 물건을 슬쩍하다 걸리기라도 한 건가? 차를 사서 사람들이 잔뜩 모여 있는 곳으로 몰고 들어간 건가? "그분이 범죄자로 기소됐다는 건 저는 전혀 모르는 일입니다." 코벌리가 말했다. "그분이 편지에서 집 뒤에 자라는 호랑가시나무 얘기를 했습니다. 그 나무가 녹병 같은 것에 걸려서 살충제를 뿌리고 싶다고요. 그분에 대해서 제가 아는 건 이게 전부입니다. 그분의 혐의가 뭔지 여쭤 봐도 되겠습니까?"

"아니. 내가 해 줄 수 있는 얘기는 자네의 기밀 취급 허가가 정지되었다는 것뿐이야."

"대령님, 저는 이해가 안 갑니다. 그분은 나이 많은 부인이시고, 그분 잘못에 대해 제가 책임을 질 이유가 없습니다. 항소 제도 같은 건 없습니까? 제가 항소할 수 있는 방법이 없습니까?"

"캐머런 소장실을 통해서 항소하면 돼."

"하지만 기밀 취급 허가증이 없으면 이 안에서 전혀 돌아다닐 수가 없습니다. 심지어 화장실에도 갈 수 없다고요."

사무원이 낚시 허가증처럼 생긴 종이에 뭐라고 적어 넣더니 코벌리에게 건네주었다. 열흘짜리 임시 기밀 취급 허가증이었다. 그는 사무원에게 고맙다고 인사하고 옆문으로 나갔다. 또 다른 용의자가 그의 뒤를 이어 안으로 들어오고 있었다.

코벌리는 즉시 캐머런의 사무실로 갔지만, 접수원은 캐머런이 여행을 갔으며 적어도 2주는 지나야 돌아올 거라고 말했다. 코벌리는 애틀랜틱시티에서 점심 식사를 함께 했던 과학자 브러너를 만나게 해 달라고 했다. 접수원은 그가 브러너의 사무실로 들어갈 수 있게 절차를 밟아 주었다. 브러너는 과학자들이 즐겨 입는 캐시미어 스웨터를 입고 색깔 있는 칠판 앞에 앉아 있었다. 칠판은 방정식으로 온통 뒤덮여 있었으며, "운동화 살 것."이라는 말도 적혀 있었다. 그의 책상 위 꽃병에는 밀랍으로 만든 장미가 한 송이 꽂혀 있었다. 코벌리는 브러너에게 사정을 말했고, 브러너는 공감하는 표정으로 귀를 기울였다. "당신, 기밀 서류는 전혀 못 보죠?" 그가 물었다. "그 노인네가 그런 일을 갖고 싸우길 좋아해요. 작년에 전산 센터의 경비원한 사람이 해고됐어요. 그 사람 어머니가 2차 세계대전 중에 잠깐 매춘부 노릇을 한 것 같다는 이유로요." 그는 잠깐 실례하겠다며 밖으로 나갔다가 자기 팀의 팀원 한 명을 데리고 돌아왔다. 캐머런은 지금 워싱턴에 있으며, 거기서 뉴델리로 갈 예정이라고 했다. 두 과학자는 코벌리에게 워싱턴으로 가서 캐머런을 만나 보라고 말했다. "그 노인네가 당신을 좋아하는 것 같아요." 브러너가 말했다. "사정을 얘기하면 그 노인네가 당신의 임시 기밀 취급 허가증 유효 기간을 최소한 자기가 돌아올 때까지는 연장해 줄지도 몰라요. 소장은 내일 오전 10시에 의회 청문회에 출석할 거예요. 763호실이에요." 브러너는 방 번호를 적어 코벌리에게 건네주었다. "일찌감치 거기 가 있으면 소장이 뉴델리로 출발하기 전에 이야기를 나눌 수 있을 거예요. 방청객이 많을 것 같지는 않아요. 올해만도 소장이 의원들 등

쌀에 녹아나는 게 벌써 열일곱 번째라서 사람들이 흥미를 많이 잃었거든요."

22

지난번에 그런 식으로 이야기를 맺은 후 캐머런이 코벌리와 다시 이야기를 하려고 들지는 상당히 의심스러웠다. 하지만 방법이 그것밖에 없는 것 같았으므로 코벌리는 일단 시도해 보기로 했다. 나이 많은 친척의 괴팍한 성격과 국가 안보를 혼동하는 경비 담당자들의 변덕에 대한 분노가 그를 움직이는 가장 커다란 힘이었다. 그는 그날 밤 워싱턴으로 날아가 아침에 763호실로 갔다. 그의 임시 기밀 취급 허가증이 여기서도 통했기 때문에 그는 아무 문제 없이 안으로 들어갈 수 있었다. 방청객은 거의 없었다. 캐머런은 10시 15분에 다른 문으로 들어와 곧장 증인석으로 갔다. 그는 바이올린 가방처럼 생긴 물건을 들고 있었다. 의장이 즉시 그를 심문하기 시작했다. 코벌리는 그의 침착한 태도와 숱이 무성한 눈썹에 감탄했다.

"캐머런 박사가 맞습니까?"

"예, 맞습니다." 이 방 안에 있는 사람들 중 그의 목소리가 가장 좋았다. 가장 위엄 있고 가장 남자다웠다.

"브래시아니라는 이름을 들어 본 적이 있습니까?"

"전에도 같은 질문을 하신 적이 있습니다. 그때 제가 한 대답이 기록에 있을 텐데요."

"예전 청문회 기록은 오늘 청문회와 아무 상관이 없습니다. 내가 예전 청문회의 기록을 요청했지만, 내 동료들은 그 기록을 보지 않겠다고 했습니다. 브래시아니라는 이름을 들어 본 적이 있습니까?"

"내가 똑같은 질문에 똑같은 대답을 하려고 몇 번씩이나 워싱턴에 와야 하는 이유를 모르겠습니다." 박사가 말했다.

"브래시아니라는 이름을 들어 본 적이 있습니까?"

"예."

"어디서 들었습니까?"

"브래시아니는 내 이름입니다. 1932년에 오하이오 주 클리블랜드의 서덜랜드 판사가 브래시아니를 캐머런으로 바꿔 주었습니다."

"브래시아니가 당신 아버지의 이름이었습니까?"

"그렇습니다."

"당신 아버지는 이민자였습니까?"

"의장님도 이미 다 아는 얘기 아닙니까."

"아까도 말씀 드렸지만, 캐머런 박사, 내 동료들은 예전 청문회의 기록을 보지 않았습니다."

"아버지는 이민자였습니다."

"당신 아버지가 과거에 한 행동 때문에 당신이 아버지의 이름을 버리게 된 겁니까?"

"아버지는 훌륭한 분이셨습니다."

"당신 아버지가 과거에 창피한 일을 하거나, 신의를 지키지 않거나, 파괴적인 행동을 한 것이 아니라면 당신은 왜 아버지의 이름을 버려야겠다고 생각한 겁니까?"

"내가 이름을 바꾼 건," 박사가 말했다. "여러 가지 이유 때문입니다. 철자도 어렵고, 발음도 어렵고, 내 이름을 효율적으로 사람들에게 알리기도 어려웠습니다. 또한 이 나라의 일부 지역과 일부 국민들이 지금도 무엇이든 외국 냄새가 나는 것은 무조건 의심부터 하는 것도 내가 이름을 바꾼 또 다른 이유입니다. 외국식 이름은 비효율적이에요. 내가 이름을 바꾼 건 다른 나라로 여행하면서 돈을 그 나라 돈으로 바꾸는 것과 마찬가지였습니다."

다른 상원 의원이 발언권을 얻었다. 의장보다는 젊은 사람이었다. "당신이 우리 태양계 너머를 탐사하려는 모든 계획에 반대하며, 당신의 의견에 반기를 든 사람에게는 돈과 협조와 기술 지원을 무조건 거부한 것이 사실입니까, 캐머런 박사?"

"난 항성간 여행에는 관심 없습니다." 박사가 조용히 말했다. "의원께서 지금 묻고자 하는 게 그거라면 말입니다. 항성간 여행을 생각하는 것 자체가 터무니없는 일입니다. 이건 시간, 가속도, 동력, 질량, 에너지 같은 근본적인 속성들을 바탕으로 한 의견입니다. 하지만 내가 우주에 지적인 문명이 오로지 우리뿐이라고 생각하지는 않는다는 점을 분명히 해 두고 싶습니다." 순간적으로 얼굴을 스치고 지나가는 예의 그 미소가 그의 얼굴에 나타났다 사라졌다. 억지로 인내심을 발휘하고 있음을 보여 주는 보석 같은 표정이었다. 그가 앞으로 약간 몸을 숙였다. "적절한 환경과 시간적 여유가 갖춰진 곳이라면 어디서든 지구와 대략 비슷한 속도로 생명과 지능이 발달했을 겁니다. 현재의 데이터, 비록 지극히 제한적이기는 하지만, 어쨌든 그 데이터를 보면 모든 별들 중 약 6%에 속한 행성들에서 생명체가 생겨났을 가능성이 있습니다. 나는 화성의 어두운 지역에서 반사된 빛의 스펙트럼에 식물의 존재를 증명해 주는 특징들이 있다고 생각합니다. 아까도 말했듯이 항성간 여행이 가능할 거라고 생각하는 건 터무니없는 일이지만, 항성간 통신은 완전히 다른 이야기입니다.

우리와 통신이 가능한 문명의 수는 여섯 가지 요인에 의해 좌우됩니다. 첫째, 우리 태양과 같은 항성들이 형성되는 비율. 둘째, 그 항성들 중 행성이 있는 항성의 비율. 셋째, 그 행성들 중 생명체를 부양할 수 있는 행성의 비율. 넷째, 생명체가 살 수 있고 이미 생명체가 출현한 행성의 비율. 다섯째, 그 행성들 중 항성간 통신을 할 수 있는 기술이 개발된 행성의 비율. 여섯째, 이 첨단 기술의 수명. 어떤 항성에 문명을 지닌 행성이 있을 확률은 약 300만 분의 1입니다. 이 확률이 적은 것 같지만, 우리 은하계만 따져도 수백만 개나 되는 행성에서 문명이 발달했을 가능성이 있습니다. 그런데 여러분도 모두 아시겠지만, 은하계는 수십억 개나 됩니다." 그 위선적인 미소가 또다시 그의 얼굴을 스치고 지나갔다. 허풍인가? 코벌리는 속으로 생각했다. "내가 보기에는," 그가 다시 말을 이었다. "물로 뒤덮인 행성에서는 기술이 발달했을 것 같지 않습니다. 동료 과학자들 중에는 돌고래의 지능을 놓고 흥분하는 사람들이 있지만, 돌고래가 항성간 여행에 관심을 갖게 될 것 같지는 않습니다." 그는 방청석 여기저기서 주춤주춤 터져 나온 웃음소리가 가라앉기를 기다렸다. "우주 전역에서 수소 원자들이 충돌할 때 방출되는 21센티미터 대역, 즉 1420메가사이클*의 주파수가 흥미로운 신호를 만들어 내기는 했습니다. 특히 타우세티의 신호가 그렇습니다. 하지만 그 신호에 뭔가 의미가 있는지는 대단히 의심스럽습니다. 빛의 형태든 전파의 형태든 방사선의 단위당 또는 양자당 에너지 값이 우리에게 알려진 값에 주파수를 곱한 값과 같다는 사실을 선진 문명의 과학자라면 누구나 알고 있으리라 생각합니다. 여러분 중에는 플랑크 상수라는 말을 아는 분도 아마 계시겠죠.

"항성간 통신 수단으로서 가장 유망한 것은 광학 메이저**입니다." 이제 그는 강의 자세에 푹 빠져 있었다. 그가 이 방 안의 사람들에게 강의의 지루함, 열정, 고통을 모두 선사하는 것을 아무도 막을 수 없을 것이다. "광학 메이저는 아주 가늘고 강렬한 광선을 만들어 낼 수 있기 때문에, 지구에서 그 광선을 쏘면 그 광선이 닿은 달의 한 지역이 밝아질 정도입니다." 달콤한 미소가 또다시 그의 얼굴을 스치고 지나갔다. "대부분의 광선과 달리, 이 광선을 순수하게 만들어 목소리 전송에 이용하려면 외부 파장을 제거해야 합니다. 10광년 떨어진 항성계에서 메이저 시스템이 신호를 보내고 있다면, 현재 기술로도 그런 시스템을 감지해 낼 수 있습니다. 근처 항성들에서 방출되는 빛의 스펙트럼을 조사해서 스펙트럼의 선들이 특별히 날카롭

---

* 메가헤르츠(MHz)의 옛 명칭.
** 전자기파 증폭기.

고 강하게 나타나는 부분이 없는지 살펴봐야 합니다. 만약 그런 부분이 있다면, 그 항성의 궤도를 돌고 있는 행성에서 메이저 송신이 이루어지고 있다는 분명한 증거입니다. 그 광신호는 정교하게 암호화되어 있을 겁니다. 1000광년 떨어진 곳에서 메이저 시스템으로 질문을 하고 답변을 얻는 데는 2000년이 걸립니다. 우리보다 발달한 문명이라면 광신호에 엄청난 양의 정보를 실어 보낼 겁니다. 굶주림과 질병과 전쟁을 모두 극복할 만큼 고도로 발달한 문명이라면 당연히 다른 행성을 연구하는 데 에너지를 돌릴 겁니다. 하지만 고도로 발달한 문명이 다른 방향으로 나아갈 수도 있습니다." 이 부분에서 그의 목소리에 비판과 비난의 기색이 강하게 드러났으므로, 졸고 있던 상원 의원 두 명이 화들짝 깨어났다. "고도로 발달한 문명이 사치, 알코올 중독, 성적 방종, 게으름, 탐욕, 부패로 자멸에 이를 수도 있습니다. 제 생각에는 생물학적·정신적 퇴화가 우리 문명에 심각한 위협이 되고 있는 것 같습니다."

"하지만 여러분이 처음에 한 질문으로 돌아가서," 그는 이번에는 화제를 바꾸겠다는 뜻을 표현하기 위해 예의 그 미소를 사용했다. 이제 이야기는 완전히 다른 방향을 향하고 있었다. "지구-달 시스템은 우주 공간에서 상당한 거리까지 영향을 미칩니다. 지구의 중력, 자기장, 복사선은 눈에 띄는 영향을 미치지 못합니다. 태양 흑점 주기가 절정에 이르면 태양이 폭발하면서 가스 구름이 우주로 터져 나옵니다. 대개 하루쯤 지나면 엄청난 위력을 지닌 자기 폭풍이 지구에 도달합니다. 하지만 행성간 우주 공간의 본질에 대해서는 알려진 것이 하나도 없습니다. 우리는 태양에서 방출되는 가스 구름의 형태, 구성, 자기적 성질에 대해 아무것도 모릅니다. 심지어 그 구름들이 나선형으로 이동하는지 직선으로 이동하는지도 모릅니다. 태양계의 지도를 작성하는 것은 사실상 불가능합니다. 행성들과 태양 사이의 정확한 거리를 산출할 수 없기 때문입니다."

"캐머런 박사?" 또 다른 상원 의원이 발언권을 얻었다.

"예."

"박사의 동료 과학자들이 다스릴 수 없는 성질이라고 표현한 당신의 성격에 관해 증인들이 증언한 내용이 여기 있습니다. 퓨터스 박사는 8월 14일에 달 여행의 타당성에 관해 토론하던 도중 당신이 퓨터스 박사 연구실의 블라인드를 뜯어내 발로 짓밟았다고 증언했습니다." 캐머런은 관대한 미소를 지었다. "군 수송부 소속의 운전사인 휴 톰킨스는 자기가 박사의 사무실에 조금 늦게 도착했더니, 전혀 자기 잘못 때문에 그렇게 늦은 것이 아닌데도 박사가 여러 차례 뺨을 때리고, 제복 단추를 뜯어 버리고, 상스러운 말을 해 댔다고 주장했습니다. 팬아메리칸 항공사의 스튜어디스인 헬렌 에커트 양은 박사가 유럽에서 타고 오던 비행기가 어쩔 수 없는 사정으로 뉴욕이 아닌 시카고에 착륙하게 되었을 때 박사가 어찌나 소란을 피웠는지 비행기의 안전에 심각한 위협이 될 정도였다고 진술했습니다. 윈슬로 터너 박사는 항성간 여행에 관한 학술회의에서 박사가 무거운 유리 재떨이를 자신에게 던지는 바람에 얼굴이 심하게 찢어지는 상처를 입었다고 진술했습니다. 그 상처를 꿰맨 의사의 진술서도 여기 있습니다."

"그 모든 혐의에 대해 유죄를 인정합니다." 박사가 즐거운 표정으로 말했다.

"캐머런 박사?" 또 다른 상원 의원이 나섰다.

"예."

"박사가 텔리퍼를 이끄는 방식을 비판하는 사람들은 지금까지 정부 자금 6억 달러가 들어갔지만 아무 성과가 없어 보이는 실험들을 끝내지도, 중단하지도, 줄이지도 않았다고 말합니다. 그들의 주장에 따르면, 실패로 돌아간 미사일 연구에 4억 1700만 달러가 들어갔고, 제대로 작동하지 않는 추적 장치 실험에 5600만 달러가 들어갔습니다. 그 사람들은 박사가 이끄는 텔리퍼 발사대에 관리 부실, 낭비, 연구 중복이 만연해 있다고 주장합니다."

"아무 성과가 없다, 실패로 돌아갔다, 제대로 작동하지 않는다는 말이 무슨 뜻인지 잘 모르겠습니다, 상원 의원님." 캐머런이 말했다.

"텔리퍼는 실험 기지이므로 우리의 작업을 1차원적인 계산 결과만으로 평가할 수는 없습니다. 모든 요인을 감안해서 넓게 바라보면, 내가 내린 결정은 모두 그때그때 시기에 맞는 적절한 것이었습니다. 그리고 그 결정들에 대한 책임은 온전히 내 몫입니다."

"캐머런 박사?" 이번에 발언권을 얻은 상원 의원은 체격이 좋았으며, 정치가 치고는 묘하게 수줍음을 타는 것 같았다.

"예."

"내 질문이 지금의 주제와 별로 상관이 없을지도 모르겠습니다. 내 지역구민들, 그러니까 그분들의 복지 및 건강과 관련된 질문인데, 텔리퍼 근처에서 발생한 호흡기 질환의 원인으로 미사일 연료 속에서 자라는 미생물이 지목되었다는 것을 박사도 알고 계시겠죠?"

"죄송합니다만 상원 의원님, 호흡기 질환이 발생한 것은 불행한 일이지만 그 미생물이 그 원인이라는 주장에는 과학적 근거가 전혀 없습니다. 전혀. 연료 속에서 미생물이 자란다는 것은 저희도 알고 있습니다. 로레멘드룸 속(屬)의 균류로서 공기를 타고 퍼지는 포자와 특수한 돌연변이를 만들어 내는 녀석들입니다. 이 미생물은 중요성 면에서 휘발유, 등유, 제트기 연료 속에 살고 있는 미생물들과 똑같습니다. 그토록 많은 양의 균이 한 곳에 집중되어 있으면 금방 골치 아플 만큼 많은 양의 찌꺼기로 변할 수 있습니다."

"캐머런 박사?" 이번에는 몸이 호리호리한 노인이었다. 보기 드물게 나이가 많은 탓에 얼굴이 몹시 창백했다. 사실 그는 산 사람보다 죽은 사람에 더 가까운 모습이었다. 조금 떨어진 곳에서 보면 덜덜 떨리는 그의 손이 해골처럼 보였다. 그는 장식 테를 두른 조끼와 고급 양복을 입고 신사다운 분위기, 즉 자부심 강한 신사의 분위기를 풍기고 있었다. 거대한 코는 자주색이었으며, 콧잔등에는 긴 검은색 끈이 달린 코안경이 걸쳐져 있었다. 목소리는 약하지 않았지만, 말을 하고 있는 그의 모습은 감정 앞에서 무기력한 노인의 모습 그대로였다. 그는 가끔 널찍한 리넨 손수건으로 턱을 타고 흘러내리는 침을 닦았다.

"예." 박사가 말했다.

"난 작은 마을에서 태어났소, 캐머런 박사." 노인이 말했다. "우리가 지금 살고 있는 이 소란스러운 세상과 내가 기억하는 세상 사이에는 아주 생생한 차이가 있는 것 같소." 잠시 당황스러운 침묵이 흘렀다. 노인은 심장이 뇌로 피를 충분히 펌

프질해서 말을 계속할 수 있게 될 때까지 기다리는 것 같았다. "내 나이쯤 되면 과거를 감상적으로 돌아보는 경향이 있지만, 이런 개탄스러운 경향을 감안하더라도 과거 속에서 정말로 찬양받아 마땅한 것을 많이 찾아낼 수 있을 것 같소. 하지만……" 그는 자기가 하려던 말을 또다시 잊어버린 것 같았다. 피가 뇌로 올라가기를 다시 기다리는 것 같기도 했다. "하지만 나는 전쟁을 다섯 번이나 겪었는데, 모두 피가 낭자하고, 파괴적이고, 돈도 많이 들고, 부조리한 전쟁이었소. 내 생각엔 우리가 그 전쟁들을 피할 수 없었던 것 같기도 하오. 그런데 인류가 평화롭게 살아갈 능력이 없음을 보여 주는 이런 증거에도 불구하고, 나는 이미 수많은 결점이 분명히 드러난 이 세상이 그래도 무너지지 않을 거라는 희망을 품고 있소." 그는 손수건으로 뺨의 침을 닦았다. "당신이 유명하고, 위대하고, 어디서든 높은 평가를 받는다는 말을 들었소. 나도 당신의 명성을 확실히 존중하지만, 그와 동시에 당신의 사고방식에 조금 편협한 구석, 우리를 하나로 묶어 주고 우리와 지상의 정원을 하나로 묶어 주는 소박한 유대감을 인정하기 싫어하는 구석이 있다는 생각도 드오." 그는 다시 눈물을 닦았다. 그의 늙은 어깨가 흐느끼듯이 들썩거렸다. "우리는 프로메테우스의 능력을 갖고 있지만, 원시인들이 신성한 불을 보고 품었던 경외감과 겸손함은 부족하지 않소이까? 이제 보기 드문 경외감과 최고의 겸손함을 발휘해야 할 때가 아니오이까? 만약 내가 마지막으로 뭔가 한마디 해야 한다면, 사실 내 수명이 다해 가고 있으니 곧 그렇게 되겠지만, 그때가 되면 나는 용감한 친구들, 사랑스러운 여자들, 푸른 하늘, 생명의 양식에 고마움을 표할 것이오. 부탁이니 지구를 파괴하지 마시오, 캐머런 박사." 그가 흐느꼈다. "제발, 제발 부탁이니 지구를 파괴하지 마시오."

캐머런은 이 갑작스러운 감정의 폭발을 예의 바르게 눈감아 주었고, 심문은 계속되었다.

"캐머런 박사, 박사가 수소 전쟁이 불가피하다고 믿는다는 게 사실입니까?"

"예."

"생존자가 몇 명이나 될지 추정치를 말씀해 주시겠습니까?"

"죄송합니다만 말씀 드릴 수 없습니다. 빈약하기 짝이 없는 추측이 될 테니까요. 상당한 수의 사람들이 살아남을 거라고 생각합니다.

"만약 그렇지 않다면 캐머런 박사, 지구를 파괴하는 데 찬성하시겠습니까?"

"예, 예, 그럴 겁니다. 우리가 살아남을 수 없다면 이 행성을 파괴해도 됩니다."

"우리가 생존의 궁극적인 한계에 도달했다는 판단을 누가 내리는 겁니까?"

"저도 모릅니다."

노인은 눈물을 깨끗이 닦고 다시 일어서 있었다. "캐머런 박사, 캐머런 박사." 그가 말했다. "지상의 사람들 사이에 지금까지 제대로 평가받지 못한 따스한 유대감이 있다는 생각은 안 드시오?"

"따스한 뭐라고요?" 캐머런은 무례하지는 않았지만 인정미가 없었다.

"인간적인 따스함으로 이루어진 유대감 말이오." 노인이 말했다.

"남자든 여자든 사람은 화학적인 존재입니다. 평가하기도 쉽고, 염색체를 인위적으로 더하거나 제거하기만 하면 조작하기도 쉽습니다. 일부 식물들보다 훨씬 더 단순하고, 순응성이 훨씬 더 큽니다. 흥미를 끄는 부분도 훨씬 적고요."

"캐머런 박사, 박사가 읽는 책이 『서부 로맨스』밖에 없다는 게 사실이오?" 노인이 계속 질문을 던졌다.

"내 독서량은 나와 같은 세대에 속하는 대부분의 남자들과 같은 수준이라고 생각합니다." 박사가 대답했다. "가끔 영화도 보러 가고 텔레비전도 봅니다."

"하지만 캐머런 박사, 인문학을 배운 적이 없는 것은 사실 아니오?" 노인이 물었다.

"나는 음악가입니다." 박사가 말했다.

"방금 음악가라고 했소?"

"예, 상원 의원님. 바이올린을 연주합니다. 의원님은 내가 인문학을 잘 모르기 때문에 지구의 파괴에 대해 냉정하게 말한다고 생각하시는 것 같은데, 그렇지 않습니다. 나는 음악을 사랑합니다. 음악은 분명히 가장 고상한 예술에 속합니다."

"바이올린을 연주한다고 했소?"

"예, 상원 의원님, 바이올린을 연주합니다."

박사는 바이올린 가방을 열고 바이올린을 꺼내 송진을 바르고 조율을 한 다음 바흐의 멜로디를 연주했다. 그것은 초보자들이 연주하는 간단한 곡이었고 그의 연주 솜씨는 아이들보다 나을 것이 없었지만, 그가 연주를 끝내자 박수갈채가 일었다. 그는 바이올린을 치웠다.

"고맙소, 캐머런 박사, 고맙소." 노인은 다시 일어서 있었다. "박사의 음악이 아름다워서 내가 곧잘 빠져 드는 공상이 생각났소. 나는 다른 행성에서 온 사람이 우리 지구를 보고 자기 친구들한테 이렇게 말할 거라고 공상하곤 한다오. '가자, 지구로 빨리 가자. 지구는 달걀처럼 생겼는데, 비옥한 바다와 대륙이 지천으로 깔려 있고, 태양이 열기와 빛을 줘. 말로 표현할 수 없을 만큼 아름다운 교회들이 한 번도 모습을 드러낸 적이 없는 신들에게 바쳐져 있어. 저 멀리 보이는 도시의 지붕과 굴뚝을 보면 가슴이 두근거릴걸. 강당에서는 사람들이 진지하기 짝이 없는 음악에 귀를 기울이고, 수많은 박물관에는 생명에 찬사를 보내고 싶어 하는 인간들의 충동이 기록으로 보관되어 있어. 빨리 가서 지구를 구경하자! 지구인들은 사람의 마음을 움직여서 최고의 열망을 품게 하는 악기를 발명했어. 젊은이들의 마음을 사로잡는 게임도 발명했어. 남녀간의 사랑을 찬양하는 예식도 발명했어. 빨리 가서 지구를 구경하자!'" 노인은 자리에 앉았다.

"캐머런 박사?" 방금 방 안으로 들어온 상원 의원의 목소리였다. "아들이 있습니까?"

"예전에 있었습니다." 박사가 말했다. 그의 목소리에 번쩍번쩍 날이 서 있었다.

"아들이 죽었다는 뜻입니까?"

"내 아들은 병원에 있습니다. 불치병 환자거든요."

"무슨 병입니까?"

"분비샘 결핍증입니다."

"병원 이름이 무엇입니까?"

"기억나지 않습니다."

"펜실베이니아 주립 정신 병원 아닙니까?"

박사는 얼굴을 붉혔다. 조금 당황한 것 같았다. 그는 순간적으로 방어적인 태도를 취하다가 반격에 나섰다.

"기억나지 않습니다."

"아들의 병에 관해 이야기할 때, 박사가 아들을 대하는 태도를 화제로 삼은 적이 있습니까?"

"내 아들의 병에 관한 이야기는 모두," 박사가 힘주어 말했다. "불행히도 정신과 의사들 사이에서만 오갔습니다. 하지만 나는 그 사람들 이야기에 동의하지 않습니다. 정신 의학은 과학이 아니니까요. 내 아들은 분비샘 결핍증에 걸렸습니다. 그 아이의 과거를 아무리 뒤져 봐도 그 사실을 바꿀 수 없을 겁니다."

"아들이 네 살 때 박사가 지팡이로 아들을 때린 사건을 기억하십니까?"

"구체적인 사건은 전혀 기억나지 않습니다. 아마 아이가 뭘 잘못해서 벌을 주느라고 그랬을 겁니다."

"아들에게 벌을 준 걸 인정하는 겁니까?"

"물론입니다. 나는 아주 엄격하게 절제된 생활을 합니다. 내가 속한 조직이나 내 동료나 나 자신이 조금이라도 명령을 위반하거나 신뢰를 무너뜨리는 행동을 하는 걸 용납하지 못합니다. 만약 내가 마음을 느슨하게 먹었다면 이 행성의 안전과 관련된 나의 일과 나의 인생은 존재할 수 없었을 겁니다."

"박사가 아들을 지팡이로 무지막지하게 때린 나머지 아들이 2주 동안이나 병원에 입원했다는 게 사실입니까?"

"방금 말했듯이 나는 아주 엄격하게 절제된 생활을 합니다. 만약 내가 스스로 정한 규율을 어긴다면 당연히 벌을 받을 겁니다. 나는 내 주위 사람들에게도 똑같은 원칙을 적용합니다."

그는 위엄 있게 대답했지만 이미 엎질러진 물이었다.

"캐머런 박사." 상원 의원이 말했다.

"예, 의원님."

"밀드레드 헤닝이라는 가정부를 고용했던 것을 기억하십니까?"

"그거 어려운 질문이군요." 그가 손으로 눈을 가렸다. "어쩌면 그 여자를 고용했던 것 같기도 합니다."

"헤닝 부인, 들어오시지요."

나이 많은 백발의 여자가 상복을 입고 들어왔다. 공식적인 신분 확인 절차가 끝난 뒤 그녀가 증언을 시작했다. 그녀의 목소리는 희미하고 갈라져 있었다. "저는 캘리포니아에서 6년 동안 박사님의 집안일을 했어요." 그녀가 말했다. "나중에는 순전히 박사님의 아들인 필립을 보호하려고 계속 그 집에 머물렀죠. 박사님은 항상 아들을 못살게 굴었어요. 어떤 때는 아들을 죽이고 싶어 하는 것처럼 보일 정도였어요."

"헤닝 부인, 전에 저희한테 이야기해 주신 그 사건에 대해 설명해 주시겠습니까?"

"예, 여기 날짜를 적어 왔어요. 그때 제가 보건 담당 관리한테 전화를 했기 때문에 날짜가 남아 있거든요. 5월 19일이에요. 박사님이 책상 위에 잔돈, 그러니까 은화 몇 개를 놓아두셨는데, 아이가 25센트짜리 동전을 몰래 가져가 버렸어요. 아이한테 뭐라고 할 수는 없는 일이었죠. 그 아이는 그때까지 한 푼도 손에 쥐어 본 적이 없었으니까요. 그날 밤 박사님이 집에 돌아와서 돈을 세어 보았는데, 정말이지 꼼꼼했어요. 결국 돈이 좀 모자란다는 것을 알게 된 박사님은 아이에게 돈을 가져 갔느냐고 물어봤죠. 아이는 착하고 정직했기 때문에 그 자리에서 그냥 실토해 버렸어요. 박사님은 아이를 아이 방으로 데려 갔어요. 집 뒤쪽에 있는 아이 방에는 벽장이 있었는데, 박사님은 아이더러 그 벽장 안으로 들어가라고 했어요. 그러고는 욕실로 가서 물을 한 잔 가져다가 아이한테 주고는 벽장문을 잠가 버렸어요. 그때가 7시 15분 전쯤이었죠. 저는 아이를 돕고 싶었기 때문에 아무 말도 안 했어요. 제가 입을 열어 봤자 아이가 오히려 더 고생할 뿐이라는 걸 알고 있었거든요. 그래서 아무렇지도 않은 얼굴로 박사님한테 저녁 식사를 차려 드리고는 때를 기다렸어요. 하지만 그 가엾은 아이가 어둠 속에 갇혀 있는 벽장 근처에는 가지도 않았어요. 나중에 저는 맨발로 벽장에 다가가서 속삭이는 소리로 아이에게 말을 걸었지만, 아이가 어찌나 비참하게 울고 있는지 훌쩍거리는 소리밖에 안 나더라고요. 저는 아이한테 걱정하지 마라, 내가 날이 샐 때까지 벽장 앞에 누워서 너랑 함께 있겠다고 말했어요. 실제로도 그렇게 했고요. 저는 새벽까지 거기 누워 있다가 아이한테 작은 소리로 가 보겠다고 하고는 아래층으로 내려가서 아침 식사를 준비했어요. 박사님이 8시에 발사대로 출근하신 다음에, 저는 벽장문을 열어 보려고 했지만, 자물쇠가 워낙 튼튼한 데다가 집 안의 어떤 열쇠도 거기에 맞지 않았어요. 가엾은 아이는 여전히 말도 제대로 못할 만큼 울고 있었죠. 이미 물을 다 마셔 버려서 더 이상 먹을 것도 없었고, 아이한테 물이나 음식을 줄 방법도 없었어요. 그래서 저는 집안일을 마친 다음 의자를 가져다가 벽장 앞에 앉아서 6시 30분까지 아이와 이야기를 했어요. 그때 박사님이 오시기에 저는 이제 아이를 꺼내주시려나 보다 했는데, 집 뒤에는 갈 생각도 안 하고 아무 일도 없다는 듯이 저녁 식사를 하시더라고요. 그래서 저는 기다렸어요. 박사님이 잠자리에 들 준비를 할 때까지. 그러고는 경찰을 불렀어요. 박사님은 저더러 당장 나가라면서 저를 해고하겠다고 했어요. 경찰이 오자 박사님은 경찰관들더러 저를 쫓아내라고 했지만, 제가 경찰관을 데리고 가서 벽장문을 열게 했어요. 그 가엾은 아이는, 세상에 얼마나 지쳐 있었던지. 아이를 두고 가려니 가슴이 찢어졌지만, 저는 그 길로 그 집을 떠나는 수밖에 없었어요. 그 뒤로는 오늘까지 박사님을 본 적이 없어요."

"이 사건을 기억하십니까, 캐머런 박사?"

"나처럼 높은 자리에 있는 사람이 그런 일이나 되새길 여유가 있을 거라고 생각하십니까?"

"아이에게 벌을 준 기억이 나지 않는다는 말입니까?"

"만약 내가 벌을 주었다면, 그건 순전히 옳고 그른 걸 가르치기 위해서였을 뿐입니다." 그의 목소리는 여전히 날이 서서 날카롭게 울렸지만, 아무도 그의 말에 공감하지 않았다.

"먹을 것이나 마실 것도 없이 아들을 이틀 동안 벽장에 가둔 일이 기억나지 않는다는 겁니까?"

"난 아이한테 물을 줬습니다."

"그럼 그 일을 기억하긴 하는 거로군요?"

"나는 오로지 아이한테 옳고 그른 것을 가르치고 싶었을 뿐입니다."

"요즘 아들을 만나러 다니십니까?"

"가끔 갑니다." 뭔가가 그를 지탱해 주고 있었다. 어떤 에너지 같은 것. 그는 미소를 지었다.

"아들을 마지막으로 만나러 간 때가 기억납니까?"

"기억나지 않습니다."

"그게 10년 전인가요?"

"기억나지 않습니다."

"지금 아들을 보면 알아볼 것 같습니까?"

"물론입니다."

"아빠, 아빠."

열린 문간에서 이 말을 한 남자는 아버지보다 더 늙어 보였다. 그의 머리는 백발이었고 얼굴은 부어 있었다. 그는 눈물을 흘리며 청문회장을 가로질러 아버지 앞에 무릎을 꿇었다. 이제는 아이가 아니었기 때문에 태도가 어색해 보였다. 그가 박사의 무릎에 머리를 댔다. "아빠," 그가 울면서 말했다. "아빠, 비가 와요."

"그래, 얘야." 이 말 속에 그 무엇보다 많은 의미가 담겨 있었다. 그의 눈에는 이제 청문회장도, 자신을 심문하는 사람들도 보이지 않았다. 그는 사랑과 불안 사이의 인간적인 균형, 너무나 인간적인 균형에 푹 잠겨 있는 것 같았다. 마치 그의 감정이 폭풍이고, 그는 지금 그 폭풍의 눈 속에 있는 것 같았다. "비가 와요, 아빠." 남자가 말했다. "저랑 같이 있어 주세요. 빗속으로 나가지 마세요. 이번 딱 한 번만 저랑 같이 있어 주세요. 사람들은 아빠가 절 해쳤다지만 전 그런 말 안 믿어요. 사랑해요, 아빠. 앞으로도 영원히 사랑할 거예요, 아빠. 저는 항상 아빠한테 편지를 쓰는데 아빠는 한 번도 답장을 안 보냈어요. 왜 답장을 안 쓰는 거예요, 아빠? 왜 제 편지에 답장을 안 보내는 거예요?"

"네 편지가 부끄러워서 답장을 안 쓰는 거야." 박사가 갈라진 목소리로 말했다. 하지만 어린아이나 미친 사람을 대하는 말투가 아니라 자신과 동등한 사람, 자신의 아들을 대하는 말투였다. "난 너한테 필요한 건 뭐든지 보내 주고 있어. 좋은 필기도구도 보내 줬는데 넌 포장지에 편지를 써서 보내지. 세탁소 접수증에도 편지를 써 보내고, 심지어 화장지에 편지를 써서 보낼 때도 있어." 그가 화를 내며 점점 언성을 높였기 때문에 그의 목소리가 대리석 벽에 부딪혀 쩡쩡 울렸다. "화장지에다 편지를 써서 보내고는 나더러 답장을 쓰라는 거냐? 그런 편지를 받는 것도 부끄럽고, 그런 편지를 보는 것도 부끄러워. 그런 편지를 보면 이 세상에서 내가 싫어하는 것들이 전부 떠오른단 말이다."

"아빠, 아빠." 남자가 울면서 말했다.

"이제 그만 가요, 필립. 가야 돼요." 그를 따라온 간병인이 말했다. 간병인이 환자의 팔을 잡았다.

"싫어요, 난 아빠랑 같이 있을래요. 비가 내리니까 아빠랑 같이 있을래요."

"어서 가요, 필립."

"아빠, 아빠." 그는 문까지 가는 동안 내내 울부짖었다. 문이 닫힌 뒤에도 울부짖는 소리가 들렸다. 오래전에 헤닝 부인이 벽장 속에서 들었던 그의 목소리도 꼭 이랬을 것이다.

"우리의 권한을 벗어나지 않는 범위 내에서 캐머런 박사의 기밀 취급 허가를 정지시킬 것을 제안합니다."

노인이 말했다. 이 제안은 의원들이 권한을 행사할 수 있는 범위에 속하는 모양이었다. 이 제안이 통과된 뒤 청문회가 끝났다. 캐머런은 증인석에 계속 앉아 있었고, 코벌리는 다른 사람들과 함께 밖으로 나갔다.

23

에밀과 멜리사는 보스턴에서 만나기로 했다. 멜리사는 모지
스에게 북쪽에 사는 숙모를 만나러 가야 한다고 말했다. 그녀
의 숙모는 플로리다에 있었지만, 모지스는 의문을 제기하지 않
았다.

그녀와 에밀은 서로 다른 비행기를 탔다. 그가 그녀보다 한
시간 늦게 도착해서 그녀의 방으로 갔다. 그리고 그곳에서 오
후를 보냈다. 나중에 두 사람은 산책을 나갔다. 몹시 추운 날
씨였다. 코플리 광장의 종탑과 건물들을 보면서 그녀는 보스턴
이 한때 꽃의 골짜기라는 이름을 지닌 피렌체의 자매 도시라
는 자부심을 품었던 것을 생각했다. 바람이 그녀의 얼굴을 할
퀴었다. 그는 걸음을 멈추고 보석상의 진열창 너머에 있는 반
지를 바라보았다. 남자 반지였다. 금에 스타사파이어를 박은 반
지. 그녀는 그 반지를 봐도 별다른 느낌이 없었지만, 그는 마음
을 빼앗긴 것 같았다. 그녀는 추워서 덜덜 떨고 있는데, 그는

그 반지에 넋을 잃고 있었다. "값이 얼마나 될지 모르겠네요. 들어가서 물어봐야겠어요."

"그러지 마, 에밀." 그녀가 말했다. "추워 죽겠어. 게다가 저런 물건은 어차피 엄청 비싸잖아."

"그냥 물어보기만 할 거예요. 1분도 안 걸려요."

그녀는 문간에서 추위를 피하며 그를 기다렸다. "800달러래요!" 그가 밖으로 나오며 소리쳤다. "생각해 봐요. 800달러나 된다니."

"그러게 내가 비쌀 거라고 했잖아."

"800달러라니. 그래도 예쁘긴 해요, 그렇죠? 게다가 돈이 필요할 때 저 반지를 팔아서 돈을 마련할 수도 있잖아요. 그러니까 내 말은 저런 물건의 가격이 항상 고정되어 있을 거라는 얘기예요, 안 그래요? 일종의 투자를 하는 셈이라고요. 만약 나한테 800달러가 있다면 저런 반지를 하나 살지도 몰라요. 혹시나 그럴 수도 있다는 얘기예요. 다른 사람들이 그 반지를 보면 그게 800달러짜리라는 걸 항상 알아차릴 거예요. 이를테면 웨이터 같은 사람들 말이에요. 그래서 그런 반지를 낀 사람을 정중하게 잘 모실 거예요."

그녀가 보기에는 그가 일부러 자기들 두 사람의 관계를 깎아내리려서 그에게 반지를 사 줄 수밖에 없는 모욕적인 위치로 그녀를 억지로 끌어내리려 하는 것 같았다. 하지만 그건 틀린 생각이었다. 그는 그런 생각을 전혀 하지 않았다.

"내가 저 반지를 사 줬으면 좋겠어, 에밀?"

"아뇨, 그런 생각은 하지도 않았어요. 그냥 저 반지가 마음에 들었을 뿐이에요. 가끔 자기도 모르게 어떤 물건에 눈길이 갈 때가 있잖아요."

"내가 사 줄게."

"아니에요, 아니에요. 그러지 마요."

두 사람은 식당에서 저녁을 먹고 영화를 보러 갔다. 걸어서 호텔로 돌아가는 길에 그는 신문을 한 부 샀다. 그러고는 그녀가 옷을 갈아입고 머리를 빗는 동안 그녀의 방에 앉아 그 신문을 읽었다. "배고파요." 그가 느닷없이 말했다. 삐친 것 같은 목소리였다. "집에서는 잠자리에 들기 전에 콘플레이크나 샌드위치 같은 걸 먹는데." 그가 일어서서 양손을 배에 대고 소리쳤다. "배고파요. 여기 식당에서는 도무지 양껏 먹을 수가 없어요. 난 지금도 한창 자라는 중이라고요. 하루 세 끼를 거하게 차려 먹어야 돼요. 가끔은 간식도 먹어야 하고요!"

"그럼 아래로 내려가서 먹을 걸 좀 사 오지 그래?"

"글쎄요."

"돈이 없어서 그래?"

"뭐, 그렇죠."

"자." 그녀가 말했다. "이 돈 가져가. 아래로 내려가서 먹을 걸 좀 사 와."

그는 밖으로 나갔다. 그러고는 돌아오지 않았다. 자정이 되자 그녀는 문을 잠그고 잠자리에 들었다. 아침에 그녀는 옷을 입고 보석상으로 가서 그 반지를 샀다. "아, 부인을 기억해요." 점원이 말했다. "어젯밤에 여기 오셨죠? 아드님이 안으로 들어와서 가격을 물어볼 때 부인이 저기 문 밖에 서 계시는 걸 봤어요." 이건 엄청난 충격이었다. 그녀가 움찔한 것을 남들도 눈치 챘을 것 같았다. 겨울이라서 날이 일찍 어두워지는 데다가

가로등 불빛도 희미해서 자기가 늙어 보였는지도 모른다고 생각해 보았다. "정말 너그러운 어머님이세요." 점원은 그녀에게서 수표를 받고 반지 상자를 건네주며 말했다. 그녀는 에밀의 방으로 전화를 걸었다. 그가 내려오자 반지를 건네주었다. 그가 반지를 받고 기뻐하며 고마워하는 것은 돈만 밝히는 아둔한 천성 때문이 아니라 고대로부터 내려오는 사랑의 징표에 대한 자연스러운 반응일 뿐이라고 생각했다. 보석과 고급스러운 금이 태곳적부터 발휘해 온 힘. 오후에는 안개가 끼었기 때문에 비행기가 모두 취소되었다. 두 사람은 기차를 타고 집으로 돌아갔다. 각각 다른 객차에 앉아서.

그는 창가에 앉아서 풍경을 바라보았다. 보스턴 남쪽 어디선가 기차가 근교의 주택가를 지나갔다. 신축 주택들이었다. 집을 지은 사람들과 조경을 맡은 사람들이 여기저기에 변화를 주었지만, 전체적인 분위기는 여전히 단조로웠다. 그의 눈길을 끈 것은 주택가 한가운데에 우뚝 솟은 대리석 절벽이었다. 빵덩어리 모양으로 아무 색깔이 없는 그 절벽은 볼품없이 크기만 했다. 그 절벽을 우회해서 도로를 만드느라 돈이 많이 들었을 것 같았다. 절벽 사면은 너무 가팔라서 집을 지을 수가 없었다. 그 절벽이 아무짝에도 쓸모가 없으면서 그렇게 버티고 있는 것이 의기양양한 것 같기도 하고 고집스러운 것 같기도 하고 심술궂은 것 같기도 했다. 이 신개발지의 풍경 속에서 변화에 굴복하지 않은 것은 그 절벽뿐이었다. 그 절벽은 다이너마이트로 폭파할 수도 없었고, 채석장에서 돌을 캐내듯이 조금씩 잘라서 없애 버릴 수도 없었다. 그 절벽은 아무짝에도 쓸모가 없는데도 난공불락이었다. 그 또래의 청년들 몇 명이 그

가파른 사면을 오르고 있었다. 이 절벽이 그들에게 마지막으로 남은 피난처인 것 같았다.

시간도 늦고 날도 점점 추워지고 있었다. 그만 놀고 집으로 가서 공부할 때가 되자 계절 감각과 시간 감각이 되살아났다. 그의 집 근처에도 저 절벽과 비슷한 바위가 있었다. 옛날에 그는 겨울날 오후에 그 바위 위로 올라가 담배를 피우며 친구들과 장래에 대해 이야기를 나누곤 했다. 가파른 사면에서 손으로 잡을 만한 것을 찾아 움켜쥐던 기억이 났다. 그가 학교 갈 때 입는 제일 좋은 옷이 거친 바위에 찢어졌던 기억도 났다. 하지만 가장 선명하게 기억나는 것은 발이 땅에 닿는 순간 완전히 새로운 삶이 시작된 것 같은 느낌이 들었다는 점이었다. 잠잘 때와 깨어 있을 때가 다르듯이, 과거와는 확연히 다른 새로운 의식이 깨어난 것 같은 느낌. 그때 그 계절에 절벽 기슭에 서서 (곧 집으로 가서 공부를 할 생각이었지만 아직 발걸음을 떼지는 않은 채) 그는 놀라운 것을 새로 발견한 사람 같은 기분으로 마당과 나무와 불 켜진 집들을 바라보았다. 그 초겨울 빛 속에서 세상이 얼마나 강력하고 흥미롭게 보였던지! 모든 것이 얼마나 새롭게 보였던지! 동네의 모든 창문, 지붕, 나무, 이정표가 틀림없이 친숙한데도 마치 그것들을 생전 처음 보는 것 같은 기분이었다.

그때에 비하면 지금은 얼마나 늙어 버렸는지.

두 사람은 열흘인가 보름쯤 지난 뒤 뉴욕의 한 호텔에서 만났다. 그녀가 먼저 와서 위스키와 로스트비프 샌드위치를 주문했다. 그가 방으로 들어오자 그녀는 자기 잔에 술을 따르고 그에게도 한 잔 따라 주었다. 그는 그녀가 주문한 샌드위치 두

개를 전부 먹어 치웠다. 그녀는 은종이 달린 팔찌를 차고 있었
다. 오래전에 카사블랑카에서 산 것이었다. 돈 많고 나이 많은
친척이 크리스마스 선물로 그녀에게 지중해 크루즈 여행을 시
켜 주었는데, 그 여행 중에 그녀는 그 나이 많은 친척에게 반
드시 감사해야 한다는 숨 막히는 느낌과 진심에서 우러나오는
고마움을 도무지 떨쳐 버릴 수 없었다. 배가 리스본에 도착했
을 때 그녀는 이런 생각을 했다. 아, 마사 아주머니, 아주머니
도 리스본을 구경하러 왔더라면 얼마나 좋을까요! 로도스 섬
에서도 같은 생각이 들었다. 아, 마사 아주머니, 아주머니도 로
도스 섬을 구경하러 왔더라면 얼마나 좋을까요! 해 질 녘에
북아프리카의 유적지에 서서 그녀는 이런 생각을 했다. 아, 마
사 아주머니, 아프리카의 하늘이 얼마나 짙은 자주색인지 아
주머니도 볼 수 있다면 얼마나 좋을까요! 이런 기억을 떠올리
면서 그녀는 은종을 흔들었다.

"그 팔찌를 꼭 차야 돼요?" 그가 물었다.

"그럴 리가 있나." 그녀가 말했다.

"난 그런 고물이 싫어요." 그가 말했다. "좋은 장신구를 많
이 갖고 있잖아요. 사파이어 같은 것. 왜 그런 고물을 차시는
지 이해가 안 돼요. 그 종소리 때문에 미치겠어요. 아줌마가
움직일 때마다 종이 짤랑거리잖아요. 신경에 거슬려 죽겠어
요."

"미안해." 그녀는 팔찌를 풀었다. 그는 자신이 그렇게 심한
말을 한 것 때문에 부끄러워하는 것 같기도 했고, 혼란스러운
것 같기도 했다. 그가 그녀에게 이렇게 심하게 군 것은 이번이
처음이었다.

그가 말했다.

"가끔은 왜 이런 일이 내게 일어났는지 궁금해요. 무슨 소리냐면, 내가 지금 더 이상 바랄 것이 없는 상황이라는 건 알아요. 아줌마는 아름답고 매혹적이에요. 아줌마만큼 매혹적인 여자를 본 적이 없어요. 그런데도 가끔 왜 이런 일이 내게 일어났는지 궁금해요. 그냥 궁금해요. 그러니까, 어떤 남자들은 금방 예쁘고 젊은 아가씨를 만나잖아요. 그 아가씨는 바로 옆집에 살고, 아가씨 부모도 좋은 사람들이고, 남자와 아가씨는 같은 학교에 다니면서 같은 무도회에 간 적이 있고, 그렇게 같이 춤을 추러 다니다가 사랑에 빠져서 결혼하는 거예요. 그런데 그건 가난한 사람들한테는 통하지 않는 얘기 같아요. 우리 옆집에는 예쁜 아가씨가 없어요. 내가 사는 거리 전체를 봐도 예쁜 아가씨가 없어요. 아, 내게 이런 일이 일어난 건 기뻐요. 하지만 일이 다른 식으로 풀렸더라면 어땠을지 궁금해지는 건 나도 어쩔 수 없어요. 이를테면 그때 주말의 낸터킷 말이에요. 중요한 미식축구 경기가 열리는 주말이라 어떤 사람들은 컨버터블을 몰고 경기장으로 가는데 우리는 이 낡고 우울한 집에 틀어박혀 있구나, 그런 생각을 했어요. 그 집은 정말 우울했어요. 비까지 온 데다가 다른 것도 전부 좀 그랬어요."

"내가 엄청 늙어 보이지?"

"아, 아니에요. 그렇지 않아요. 그런 게 아니라…… 딱 한 번뿐이었어요. 그것도 낸터킷에 있을 때였는데, 비 내리는 밤이었죠. 비가 내리기 시작하니까 아줌마가 창문을 닫으려고 일어났잖아요."

"그때 내가 그렇게 늙어 보였어?"

"아주 잠깐 동안요…… 꼭 그런 건 아니에요. 하지만 아줌마는 편안한 것에 익숙해 있으니 남들과 다르잖아요. 자동차가 두 대나 되고, 옷도 많고. 난 그냥 가난한 아이일 뿐이에요."

"그게 중요해?"

"아줌마는 그게 중요하지 않다고 생각하죠? 나도 알아요. 하지만 중요해요. 아줌마는 식당에서 음식 가격을 살피는 적이 없죠. 아줌마 남편은 아줌마한테 뭐든지 사 줄 수 있고요. 아줌마가 원하는 거라면 뭐든지. 돈이 엄청 많으니까요. 그런데 나는 그냥 가난한 아이일 뿐이에요. 뭐, 고독한 늑대라고나 할까. 가난한 사람들은 대부분 그런 것 같아요. 난 평생 아줌마네 집 같은 데서는 못 살 거예요. 골프장 회원이 되지도 못할 거고, 바닷가 별장을 사지도 못할 거예요. 그리고 난 아직도 배가 고파요." 그가 텅 빈 샌드위치 접시를 바라보며 말했다. "난 아직 한창 자라는 중이라고요. 점심을 먹어야겠어요. 고마운 줄도 모르는 사람처럼 굴고 싶지는 않지만, 그래도 배가 고파요."

"그럼 식당으로 내려가서 점심을 먹어." 그녀가 말했다. "여기 5달러 가져가." 그녀는 그에게 입을 맞췄다. 그러고는 그가 방을 나가자마자 호텔을 떠났다.

24

그녀는 거리를 정처 없이 돌아다녔다. 갈 곳이 없었기 때문에. 자신을 이 지경까지 이끌고 온 여러 가지 사건 중에서 가장 처음의 것이 무엇이었는지 궁금했다. 개 짖는 소리? 성(城)에 관한 꿈? 위싱 부인의 무도회에서 그녀가 느꼈던 지루함? 그녀는 집으로 갔다. 프록스마이어 장원에서 기차에서 내리는 이 사랑스러운 여인을 보라. 그녀가 무엇을 하는지 보라. 그녀에게 무슨 일이 일어나는지 보라.

그녀는 밍크 코트를 입었으며 모자는 쓰지 않았다. 그녀의 자동차는 컨버터블이다. 그녀는 언덕 위의 집까지 차를 몰고 간다. 그 새하얀 집이 그녀의 순수함을 입증해 주는 것 같다. 이렇게 점잖은 곳에 사는 사람이 어떻게 죄를 지을 수 있을까? 헤플화이트 식 가구를 이렇게 많이 가진 사람, 이렇게 많은 헤플화이트 식 가구를 훌륭하게 간수한 사람이 어떻게 제멋대로 날뛰는 욕정에 흔들릴 수 있을까? 그녀는 눈물을 글썽

이며 외동아들을 끌어안는다. 아들에게 느끼는 사랑이 그렇지 않아도 빈자리가 없는 그녀의 영혼 속에 비집고 들어와 있는 것 같다. 침실에서 혼자 있을 때 그녀는 욕망 때문에 몸을 웅크리며 발정기의 암캐처럼 신음했었다. 그(그의 유령)가 방을 가로지르는 것 같았다. 그녀는 그가 무미건조한 사람이라는 것을 알고 있었는데도 그의 피부가 반짝반짝 빛나는 것 같았다. 황금빛 아담 같았다. 그녀는 그를 잊어버리고 싶었다. 그녀는 사면을 원했다. 그녀가 바람을 피운 것은 사실이지만, 그게 그리도 혁명적인 일인가? 그녀의 선택이 틀렸을지도 모르지만, 그건 역사 속에서 비만큼이나 흔한 일이 아닌가? 그녀는 모지스에게 사실을 털어놓을까 잠시 생각해 보았지만, 그가 얼마나 자존심이 강한 사람인지 알고 있었기 때문에 사실을 알고 나면 자신을 집에서 쫓아낼 것 같았다. 그녀는 황소의 뿔에 받힌 것 같았다. 그녀는 자연스러운 여자가 되고 싶었다. 관능적이지만 로맨틱하지는 않고, 유쾌한 기분으로 애인을 사귀다가 때가 되면 역시 유쾌한 기분으로 애인과 헤어질 수 있는 여자. 하지만 그녀는 자신의 기질 속에 숨어 있던 죄책감과 욕정이 얼마나 강한지 알게 되었을 뿐이다. 그녀는 점잖은 사회의 규칙을 어겼다. 그래서 이제는 자신이 경멸하는 예법에 묶여 꼼짝도 못 하게 된 것 같았다. 그 고통을 참을 수가 없어서 그녀는 아래층으로 내려가 술을 한 잔 따랐다. 너무 이른 시간이라 요리사한테 얼음을 달라고 하면 창피할 것 같았다. 그래서 그녀는 화장실 수돗물을 위스키에 타고는 화장실에서 술을 마셨다.

술을 마시고 나니 기분이 한결 나아졌다. 그녀는 재빨리 한 잔을 더 마셨다. 에밀의 얼굴을 마음속에서 쫓아낼 수는 없었지만, 위스키의 도움을 얻어 서서히 그의 얼굴을 다른 시각에서 바라볼 수는 있게 되었다. 그가 양팔을 쭉 펼친 채 그녀에게 다가와 그녀를 아래로 끌어당겼다. 그런데 이제는 그가 악마처럼 보였다. 그녀를 타락시키고 파멸시키려 하는 것 같았다. 그녀는 순수했다. 그가 그녀를 이렇게 만들었다! 바로 그거였다. 그를 악마로 만들어 버리고 나니 마음이 엄청나게 편안해졌다. 그가 그녀의 순수성을 빼앗아 간 것이다! 하지만 낸터킷에 갔을 때 그의 부드러운 유혹에서 커다란 힘을 얻었던 기억이 아직 생생한데, 그녀가 어떻게 자기는 순수했으며 그가 자기를 이렇게 만들었다고 주장할 수 있을까? 자신에게는 죄가 없다는 편안한 마음이 사라져 버렸기 때문에 그녀는 위스키를 더 마셨다. 모지스가 집에 돌아왔을 때 그녀는 상당히 취해 있었다.

모지스는 아무 말도 하지 않았다. 그는 그녀가 뭔가 안 좋은 소식을 들은 모양이라고 생각했다. 그녀는 졸린 표정으로 불이 붙어 있는 담배를 융단 위에 그냥 떨어뜨리고는 비틀비틀 식사를 하러 가다가 하마터면 넘어질 뻔했다. 모지스가 자동차를 차고에 넣으려고 밖으로 나갔을 때, 그녀는 바로 가서 위스키를 병째 들고 조금 마셨다. 술에 많이 취했는데도 잠이 오지 않았다. 모지스는 그녀를 건드리지 않았지만, 그녀는 그와 나란히 누워서 에밀의 배에 난 털 속의 자그마한 흉터가 모지스의 엄청난 사랑을 다 합한 것보다 더 소중하다는 생각을 했다. 모지스가 잠들자 그녀는 아래층으로 내려가서 위스키를 또 잔에 따랐다. 그녀는 새벽 3시까지 술을 마셨지만, 침대에 눕자 그녀의 황금빛 아담인 에밀의 모습이 여전히 생생히 떠올랐다. 정신을 다른 데 쏟으려고 그녀는 부엌의 실내 장식을 싹 바꿀 계획을 세웠다. 그녀는 낡은 화덕, 냉장고, 식기세척기, 싱크대를 내다 버리고, 바닥에 새로 장판을 깔고, 쓰레기통도 새로 사고, 부엌의 색깔도 바꾸고, 조명등도 바꿔 달았다. 가망 없는 사랑의 고통에 사로잡힌 그녀가 화덕과 장판을 새것으로 바꾸는 상상을 하면서 겨우 마음의 평화를 찾는 것이 멍청한 짓일까?

다음 날 오후에 그녀는 의사에게 진찰을 받으러 갔다. 그녀는 속치마 차림으로 진찰대 위에 몸을 쭉 펴고 누웠다. 진찰실은 불편할 정도로 더웠다. 의사가 의사답지 않게 부드러운 손길로 그녀의 몸을 만지는 것 같았다. 하지만 음탕한 꿈, 술기운, 간밤에 거의 한숨도 자지 못한 것 때문에 그녀의 감정이 뒤틀려서 혼란스러운 나머지 이런 생각을 하게 된 것일 수도 있었다. 의사가 그녀의 가슴을 만질 때, 그녀는 그의 얼굴에서 감출 수 없는 욕망의 슬픔을 본 것 같았다. 그녀는 고개를 돌렸지만, 호흡이 힘들어졌다. 그동안 쌓인 속상한 마음, 모지스에게 느끼는 슬픔, 에밀에게 느끼는 욕망이 그녀를 압도해 버릴 것 같았다. 어떻게 해야 하나? 날씨 얘기를 할까? 구역 설정 위원회를 비판할까? 여러 가지 상황들을 간신히 이어 주는 부정직한 연결 고리들이 파멸을 막아주고 있음을 상기시킬까? 의사가 욕정 때문에 진찰을 오래 끄는 것 같았다. 그녀는 자신이 갖고 있는 상식이라는 끈들이 하나씩 차례로 끊어져서 마침내 감정이 제멋대로 날뛰기 시작하는 것을 느꼈다. 그녀는 손을 뻗어 의사의 목덜미를 어루만졌다. 의사는 그녀를 제지하려는 행동을 전혀 하지 않았다. 그가 옷을 벗으려고 손을 더듬더듬 움직이는 소리가 들리자 그녀는 눈을 감았다. 절정은 폭발적이고 순간적이었다. 그녀는 하마터면 의식을 잃을 뻔했다. 의사가 옷을 입는 동안 전화벨이 울렸다. "예, 예." 그가 말했다. "하지만 에델, 아시다시피 그분은 아마 오늘을 못 넘기실 겁니다." 멜리사는 옷을 입고 모피 코트를 걸쳤다. "언제 다시 만날까요?" 의사가 물었다. 그녀는 대답하지 않았다. 환자 예닐곱 명이 밖에서 기다리고 있었다. 그 중에서 한 노인은 고통에 겨워 신음하고 있었다. 그녀도 너무 고통스러웠다. 자신의 고통이 더 날카로운 것 같았다. 노인의 고통은 결백한 것이었으니까. 그녀는 거리로 나섰다. 오후의 거리로. 주차 미터기가 찰칵거렸다. 저민 고기와 베이컨이 할인 가격으로 팔리고 있었다. 공원 분수대에서 물이 출렁거렸다. 그녀는 차를 타고 지나가는 친구에게 미소를 지으며 손을 흔들었다. 그녀를 점잖은 사람처럼 만들어 주는 최고의 숙련된 기술이 그녀를 짓눌러 댔다. 그녀는 가식적인 사람들을 혐오했다. 늦은 오후의 햇빛 때문에 가게 진열창들이 마치 불이라도 붙은 것 같았다. 하지만 그녀는 워낙 비참한 처지라서 그 빛이 닿지 않는 곳에 있는 것 같았다.

그녀가 정상이 아닌 걸까? 이 거리의 사람들이 그녀를 보고 이렇게 자비로운 판단을 내리리라는 것을 그녀는 알고 있었다. 하지만 그녀는 그것에 격렬한 반감을 느꼈다. 만약 그녀가 정상이 아니라면, 모지스도, 에밀도, 의사도, 인류 전체도 마찬가지일 테니까. 만약 그녀가 허조그 박사를 찾아간다면(그녀가 그를 마지막으로 보았을 때 그는 빨간 드레스를 입은 뚱뚱한 여자와 춤을 추고 있었다.) 어쨌든 1, 2년 동안 일주일에 세 번씩 그를 찾아가서 짐스러운 기억과 혼란을 그에게 내려놓는다면, 이 세상과 이 마을이 그녀의 죄를 용서해 줄 것이다. 하지만 그녀가 이렇게 곤란한 처지가 된 것은 편협성과 마취에 대한 혐오감, 정신적·성적·영적 위생에 대한 혐오감 때문이 아니던가? 그녀는 자신의 슬픔이 광기로 두루뭉술하게 치부될 수 있다는 사실을 믿을 수 없었다. 이것은 그녀의 몸, 그녀의 영혼, 그녀의 욕구와 관련된 문제였다.

그녀가 집으로 들어가자 어린 아들이 그녀를 맞이하러 나왔다. 그녀는 아이를 너무나 사랑스럽게 품에 안았다. 아이가 부엌으로 다시 돌아가자 그녀는 통증을 무디게 만들려고 화장실에서 술을 한 잔 따라 마셨다. 그러고는 당장 목사를 만나야 할 것 같아서 목사에게 전화를 걸었다. 목사의 아내인 배스컴 부인이 전화를 받더니 멜리사에게 자기 집으로 와도 좋다고 상냥하게 말했다. 배스컴 부인은 향수와 셰리 냄새를 기분 좋게 풍기면서 목사관에서 멜리사를 맞아들였다. 그녀는 브리지 게임을 하며 오후 시간을 보낼 생각이었다고 말했다. 멜리사는 자신이 지금 브리지 모임이 삶의 중심이 되는 생활을 동경하는 것은 감상에 젖어 있기 때문임을 알고 있었지만, 배스컴 부인의 소박하고 쾌활한 모습을 보니 마음속에 견딜 수 없는 동경이 생겨났다. 배스컴 부인은 햇빛을 받아 창문이 반짝이는, 잘 지어진 집 속에서 아주 안전하게 살아가고 있는 것 같았다. 멜리사 자신은 이 세상의 온갖 냉혹함에 잔인하게 노출되어 있는 기분인데 말이다. 배스컴 부인은 그녀를 응접실로 안내했다. 목사가 응접실 벽난로 앞에 무릎을 꿇고 앉아 종이와 불쏘시개에 성냥으로 불을 붙이고 있었다. "안녕하세요." 그가 말했다. "안녕하세요, 왑샷 부인." 무슨 이유인지 그는 그녀의 이름을 '왑셧'이라고 발음했다. 그는 풍채가 좋았으며, 머리카락은 겨울의 마지막 눈처럼 맥 빠진 회색 얼룩이 묻은 것 같았고, 얼굴은 강인하고 평범했다. "불을 피우면 좋을 것 같아서요." 그가 말했다. "대화의 자극제로는 불만 한 게 없죠, 그렇지 않습니까? 앉으세요, 앉으세요. 제가 고백할 것이 있습니다." 그녀는 고백이라는 말에 움찔했다. "배스컴 부인의 브리지클럽, 그러니까 아내가 운영하는 세 개의 브리지 클럽 중 하나가 오늘 오후에 모임을 열었습니다. 그래서 저는 휴식을 취하면서 오후 내내 텔레비전이나 봐야겠다 했어요. 텔레비전을 탐탁지 않게 여기는 사람이 많다는 건 저도 알지만, 오늘 오후에 저는 뭐랄까, 기분 전환을 하는 동안 아주 재미있는 촌극과 눈부시게 연기를 잘하는 배우들을 몇 명 봤습니다. 지금 텔레비전 배우들의 연기 수준이 연극배우들의 연기 수준보다 훨씬 더 높다는 말을 듣더라도 저는 전혀 놀라지 않을 겁니다. 오늘 오후에 본 촌극 중에 단조로운 중산층 생활에 싫증이 나서 가족을 버리고 사업을 시작하고 싶다는 유혹을 받은, 말은 유혹이지만 불미스러운 일은 전혀 없었습니다, 어쨌든 그런 유혹을 받은 여성에 관한 아주 재미있는 작품이 있었습니다. 그 여성은 아주 기분 나쁘게 구는 시어머니 때문에 골치를 썩였죠. 글쎄요, 딱히 기분 나쁘다고 할 정도는 아니고, 일련의 불행한 사건들 때문에 성격이 바뀐 사람이라고 하면 될 것 같습니다. 그 시어머니는 소유욕이 강한 사람이었어요. 시어머니는 여주인공이 남편을 제대로 돌보지 않는다고 생각했죠. 사실 시어머니는 돈이 많았기 때문에, 만약 시어머니가 돌아가신다면 아들 부부가 상당한 유산을 물려받을 가능성이 컸어요. 어느 날 식구들이 호숫가로 소풍을 갔습니다. 아주 즐거운 소풍이었죠. 그런데 폭풍이 불어오는 바람에 시어머니가 물에 빠져 죽었어요. 그 다음 장면에서는 변호사가 자기 사무실에서 유언장을 낭독했는데, 거기서 부부는 놀랍게도 시어머니가 자기들한테 단 한 푼도 유산을 주지 않았다는 것을 알게 되었습니다. 그런데도 여주인공은 실망하지 않고 오히려 자신의 내면에서 새로운 힘을 찾아내서 다시 가족을 헌신적으로 위하게 되었어요. 말하자면, 원래 가족에게 헌신적인 편이었는데 그 마음을 더욱 단단히 굳혔다고나 할까요. 아주 뜻 깊은 작품이라서, 만약 우리가 텔레비전을 좀 더 자주 보면서 다른 사람들이 어떤 슬픔과 문제를 겪는지 목격한다면 덜 이기적이고 덜 자기중심적인 사람이 될 것 같다는 생각이 듭니다. 우리 자신의 사소한 문제에 짓눌릴 가능성도 줄어들 것 같고요.”

멜리사는 그가 자신을 불쌍히 여겨 주기를 바라는 마음에서 이곳을 찾아왔지만, 차라리 헛간 문이나 돌멩이한테 그런 감정을 요구하는 편이 더 낫겠다는 생각이 들었다. 순간적으로 그의 어리석음, 그의 천박함을 도저히 어쩌지 못할 것 같다는 생각이 들었다. 하지만 만약 그가 그녀에게 연민의 감정을 보여 주지 않는다면, 그녀가 오히려 그에게 연민의 정을 발휘해서 그를 이해하려고 노력할 책임이 있는 게 아닐까? 어리석은 텔레비전 드라마에 갈채를 보내는 이 뚱뚱하고 단순한 남자를 적어도 참아 주기만이라도 해 보려고 애쓸 책임 말이다. 그가 벽난로를 향해 몸을 기울일 때 그녀의 마음을 건드린 것은 바로 그의 구식 신앙심이었다. 신도 대표가 경찰의 손에 순교 당했다는 소식을 들고 전령이 그의 집으로 뛰어오는 일은 없을 것이다. 또한 만약 그녀가 예수 그리스도의 이름을 교회의 전례 규정과 상관없이 사용한다면* 그가 몹시 당황할 것 같았다. 그것은 그의 잘못이 아니었다. 그가 역사적인 맥락에서 이 순간을 택한 것이 아니니까. 우리 주님의 열정을 현실 속에 옮겨 놓는 임무를 수행하다가 그 무게에 압도당한 사람은 그 말고도 많이 있었다. 그는 임무에 실패했다. 그는 그녀와 같은 실패자의 모습으로 불가에 앉아 있는 것 같았고, 다른 실패자들과 마찬가지로 동정을 받을 자격이 있는 것 같았다. 그녀는 그가 그녀의 고민 상담을 피하려고 온갖 방법을 동원할 것 같다는 생각이 들었다. 그는 교회 일, 월드 시리즈, 각자 음식을 가져오는 회식, 값비싼 스테인드글라스, 공산주의자들의 불신앙, 전기담요의 편리함 등 그녀의 고민 상담을 제외한 온갖 것을 입에 올릴 것 같았다.

"저는 죄를 지었어요." 멜리사가 말했다. "그 죄의 기억이 고통스럽고, 그 짐을 감당할 수 없어요."

"어떤 죄를 지었습니까?"

"어떤 청년과 간통을 저질렀어요. 아직 스물한 살도 안 된 아이예요."

"그런 행위를 자주 했습니까?"

"아주 많이요."

"다른 상대도 있었나요?"

---

* '예수 그리스도(Jesus Christ)'를 욕설로 사용하는 것을 뜻함.

"한 명 더 있었지만, 제 자신의 기억을 믿으면 안 될 것 같아요."

그는 손으로 눈을 가렸다. 그가 충격과 혐오를 느끼고 있음을 알 수 있었다. "이런 문제가 생길 때면," 그가 여전히 눈을 가린 채 말했다. "저는 허조그 박사와 협력합니다. 제가 전화번호를 가르쳐 드릴까요? 아니면 제가 직접 전화를 걸어서 약속을 잡아 드릴 수도 있습니다."

"저는 허조그 박사한테 안 갈 거예요." 멜리사가 울면서 말했다. "갈 수 없어요."

그녀는 목사관을 나와 집으로 와서 나로비 식품점에 전화를 걸었다. 요리사가 식료품을 이미 배달시켰지만, 그녀는 거기에 퀴닌이 든 탄산수 한 상자, 양갓냉이 한 단, 후추 열매 한 통을 추가했다. "댁의 요리사가 오늘 아침에 퀴닌 탄산수 한 상자를 주문해서 이미 갖다 드렸어요." 나로비 씨가 말했다. 그의 말투가 불친절했다. "예, 알아요." 멜리사가 말했다. "오늘 손님이 오실 거예요." 얼마 뒤 에밀이 왔다.

"뉴욕에서 널 그냥 두고 돌아와 버려서 미안해." 멜리사가 말했다.

"괜찮아요." 그가 웃었다. "난 그냥 배가 고팠을 뿐이에요."

"너랑 만나고 싶어."

"좋아요." 그가 말했다. "어디서 볼까요?"

"모르겠어."

"음, 오두막이 하나 있는데." 그가 말했다. "내가 친구들하고 같이 쓰는 오두막이 만 옆에 있어요. 일단 가게로 돌아갔다가 30분 뒤에 거기로 갈게요."

"좋아."

"철교를 건너서 만으로 내려오면 돼요." 그가 말했다. "쓰레기 하치장 옆에 비포장 길이 있어요. 내가 먼저 가서 주위에 사람이 있는지 확인해 볼게요."

그녀는 자신의 세계 너머에 있는 그 장소를 본 적이 없었다. "있잖아요," 그가 말했다. "점심때 맨해튼 클램차우더를 먹고 두 가지 채소를 곁들인 뜨거운 로스트비프 샌드위치와 아이스크림을 곁들인 파이를 먹었는데도 여전히 배가 고파요."

25

에밀과 크랜머 부인은 두 세대용 판잣집 2층에 살았다. 집의 외벽은 가장자리를 하얀색으로 두른 짙은 초록색이었는데, 비가 내리면 초록색이 검게 변했다. 그런 집들은 원래 한 채만 달랑 서 있는 경우가 드물었다. 몬트리올의 교외에도 그런 집들이 있고, 국경 너머 북부의 벌채 마을에도 있고, 보스턴, 볼티모어, 클리블랜드, 시카고에서도 그런 집이 전성기를 누리고 있다. 그런 집들은 밀의 곡창 지대에서 잠시 지하로 숨었다가 수시티, 위치토, 캔자스시티 일대의 우울한 동네에 다시 나타난다. 유목민들의 집과 흡사한 이 집들은 이렇게 불규칙하게 이어지며 거대한 집단을 형성해서 대륙 전체에 퍼져 있다.

크랜머 부인은 저녁에 바넘의 가게에서 집으로 걸어 돌아오는 길에 크랜머 씨가 살아 있을 때 자신의 집이었던 집 앞을 지나갔다. 벽돌과 치장 벽토로 지은 큰 집이었다. 방이 열두 개나 되었다! 넓고 편안한 이 집에 관한 기억이 마치 마술처럼 그녀의 머릿속에 떠올랐다. 은행이 이 집을 토마시라는 이탈리아 인 가족에게 팔았다. 그녀는 학교에서 배운 평등의 원칙을 받아들이려고 안간힘을 썼지만, 다른 나라에서 온 사람들, 아직 미국의 언어와 관습도 배우지 못한 사람들이 자기처럼 이 땅에서 태어난 사람의 집을 소유할 수 있다는 사실에 여전히 속이 쓰렸다. 피할 수 없는 경제적 현실은 그녀도 알고 있었지만, 그렇다고 쓰린 속이 가라앉지는 않았다. 그녀의 눈에는 그 집이 여전히 자기 것 같고, 자기가 그 집을 관리하는 것 같았다. 그 집을 보면 지금도 크랜머 씨와 함께 풍요롭게 살던 기억이 떠올랐다. 토마시 일가는 부엌에서 보내는 시간이 가장 많았기 때문에 집 앞쪽의 창문들은 대개 어두웠지만, 오늘 저녁에는 창문 한 군데에서 술 장식이 달린 전등 하나에 불이 들어와 있었다. 전등 너머로 외국인 몇 명의 사진을 확대해서 벽에 걸어 놓은 것이 보였다. 콧수염을 기르고 깃이 높은 옷을 입은 남자들과 검은 옷을 입은 여자들이 함께 찍은 사진이었다. 한때 자기 삶의 중심이었던 집의 불 켜진 창문 안쪽을 들여다보면서 그녀는 마치 다른 세상에 와 있는 것 같은 기분이었다. 그녀는 만화가 그려진 신발 차림으로 계속 걸었다.

석간신문이 우편함 속에 들어 있었다. 그녀는 대개 부엌에서 신문을 보았다. 가장 놀라운 기사는 에밀과 비슷한 또래의 청년들이 은밀히 이끌고 있는 도덕 혁명에 관한 것이었다. 그들은 강도 짓을 하고, 약탈을 하고, 술을 마시고, 강간을 저질렀다. 그러다가 감옥에 갇히면 건물 안의 파이프를 뜯어 버렸다. 그녀는 이것이 그들의 부모들 잘못이라고 생각하며 에밀처럼 착한 아들을 주신 하느님께 전적으로 진심에서 우러나온 감사 기도를 드렸었다. 그녀도 젊었을 때 나름대로 거친 행동을 한 적이 있지만, 그때는 세상이 더 널찍하고 관대한 것 같았다. 그녀는 자신의 잘못된 행동이 누구의 탓인지 분명히 집어낼 수 없었다. 세상이 자신의 머리와 직관으로 감당하기에는 너무 빠른 속도로 변해 버린 것 같아서 무서웠다. 선과 악을 가려낼 수 있게 그녀를 도와줄 사람이 하나도 없었다. 신문을 다 읽고 나면 그녀는 대개 자기 방으로 가서 자신이 좋은 남자의 사랑을 받은 적이 있음을 의미하는 화려한 속옷의 끈들을 풀었다. 그녀는 언제나 만반의 준비를 갖추고 있었고, 단정치 못한 모습을 결코 남에게 보여 주지 않았다. 그녀는 깨끗한 슬리퍼를 신고 깨끗한 면 원피스를 입은 다음 저녁 식사를 준비하곤 했다. 하지만 오늘 밤에는 곧장 침실로 가서 불도 켜지 않은 채 침대에 누워 울었다.

오두막에서 차를 몰고 돌아오면서 에밀은 자신이 예전과 달리 진지하고 성숙해진 것 같다는 생각이 들었다. 그가 집에 들어와 보니 부엌에 불이 켜져 있었지만, 어머니는 화덕 앞에 있지 않았다. 그때 어머니가 침실에서 우는 소리가 들렸다. 그는 어머니가 왜 우는지 즉시 알아차렸지만, 이런 상황에 전혀 준비가 되어 있지 않았다. 그는 마음이 시키는 대로 즉시 어두운 어머니 방으로 갔다. 비참한 인생에게 버림받아 침대 위에 내동댕이쳐진 어머니는 당혹스러움에 사로잡혀 그 어느 때보다 쓸쓸하고 그 어느 때보다 아이처럼 보였다. 어머니의 슬픔이 그를 짓누르는 것 같았다. "정말 말도 안 돼." 어머니가 흐느끼며 말했다. "정말 말도 안 돼. 난 네가 정말 착한 아들인 줄 알고 매일 밤 하느님께 감사 기도를 드렸는데, 그동안 내내 너는 바로 내 코앞에서 그런 짓을 하고 있었다니. 나로비 씨한테서 다 들었어. 오늘 가게로 왔더라."

"나로비 씨 말은 사실이 아니에요, 어머니. 나로비 씨가 무슨 말을 했는지 몰라도 사실이 아니에요."

그녀는 젖은 베개에 아이처럼 얼굴을 비벼 댔다. 그런 어머니가 마치 낯선 사람에게 심한 일을 당한 그의 어린 딸 같았다.

"네가 바로 그런 말을 하게 해 달라고 내가 기도했어. 네가 바로 그런 말을 해 주기를 바랐어. 하지만 이제는 어떤 말도 믿을 수가 없어. 나로비 씨가 전부 얘기해 줬어. 그 사람이 왜 사실도 아닌 얘기를 나한테 해 주겠니? 그 얘기를 처음부터 끝까지 지어냈을 리가 없잖아."

"나로비 씨 말은 사실이 아니에요, 어머니."

"그럼 그 사람이 왜 나한테 그런 이야기를 한 거야? 왜 나한테 그런 거짓말을 한 거냐고. 네가 어떤 여자랑 놀아나고 있다고 나로비 씨가 그러더라. 그 여자가 필요한 것도 없으면서 항상 가게로 전화를 한다면서? 그래서 자기가 눈치를 채게 되었다고 했어."

"사실이 아니에요."

"그럼 그 사람이 왜 나한테 거짓말을 한 거야? 혹시 질투라도 난 건가?" 그녀는 무모한 희망을 품었다. "재작년에 그 사람이 나한테 청혼한 거 너도 알지? 물론 난 재혼할 생각이 전혀 없어. 그런데 그 사람이 그 말을 듣고 아주 괴로워하는 것 같더라." 그녀는 일어나 앉아서 눈물을 닦았다.

"어쩌면 그래서 그런 말을 했는지도 몰라요."

"어느 날 밤에 내가 혼자 있을 때 그 사람이 여기 왔어. 사탕 한 상자를 가져와서는 나한테 청혼하더라. 내가 싫다고 하니까 화를 내면서 나더러 후회할 거라고 했어. 그 사람이 그래서 그런 소리를 한 것 같니? 날 괴롭히려고?"

"예, 틀림없이 그럴 거예요."

"정말 웃긴다. 나를 괴롭히고 싶어 하는 사람이 있다는 게. 웃기지 않니? 사람들이 하는 짓은 정말 이상해."

그녀는 세수를 하고 저녁 식사를 준비하기 시작했다. 에밀은 자기 방으로 갔다. 서랍 안에 숨겨 둔 사파이어 반지가 발각될까 봐 걱정스러웠다. 반지를 주머니에 넣어 두면 안심이 될 것 같았다. 그가 서랍을 열어 상자에서 반지를 꺼내려다가 뒤를 돌아보니 어머니가 문간에 서 있었다. "그거 이리 내놔." 어머니가 말했다. "그거 이리 내놔, 이 나쁜 놈아. 도대체 누가 널 이렇게 만든 거야? 그게 누구야? 그거 이리 내놔. 그 여자가 너한테 이런 식으로 돈을 주는 거냐, 이 더럽고 썩어 빠진 뱀 같은 놈아? 내가 너 때문에 눈물을 흘릴 거라고 생각한다면 오산이야. 진심에서 우러나오는 눈물은 네 아버지의 무덤 앞에서 마지막으로 흘렸으니까. 좋은 남자한테 사랑받는 게 어떤 건지 나는 알아. 그 기억만은 아무도 나한테서 빼앗아 갈 수 없지. 내가 나오라고 할 때까지 이 방에서 꼼짝도 하지 마."

다음 날 저녁 크랜머 부인이 초인종을 울렸을 때 문을 열어 준 사람은 모지스였다. 그녀는 모자와 장갑 등을 다 갖춘 차림이었다. 그는 그녀가 무슨 일로 자기를 찾아왔는지 도무지 짐작이 가지 않았다. 그녀는 승용차가 없어서 버스 정류장에서 여기까지 걸어온 사람처럼 보였다. 처음에 그는 그녀가 주소를 잘못 찾은 모양이라고 생각했다. 아니면 일자리를 찾아 헤매는 요리사나 침모일 수도 있었다. 그녀는 그에게 단도직입적으로 하고 싶은 말을 했다. 그러느라 용기와 자부심이 모두 몸에서 빠져나가는 것 같았는데도.

"당신 부인한테 내 아들을 건드리지 말라고 해요."

"무슨 말씀이신지……."

"당신 부인한테 내 아들을 건드리지 말라고 해요. 당신 부인이 내 아들 말고 다른 남자들을 몇 명이나 쫓아다니는지는 모르겠지만, 당신 부인이 내 아들한테 접근하는 모습을 내가 다시 보면 당신 부인 눈알을 파내 버릴 거예요."

"무슨 말씀……." 그녀는 이미 탈진해 버렸고, 그는 문을 닫으며 소리쳤다. "멜리사, 멜리사." 그녀가 왜 대답하지 않는 걸까? 그녀가 왜 대답하지 않는 걸까? 그녀가 계단을 올라가는 소리가 들려서 그는 그 뒤를 따라갔다. 문이 열려 있고, 그녀는 손에 얼굴을 묻은 채 화장대 앞에 앉아 있었다. 살의가 그의 핏줄을 타고 흐르는 것 같았다. 욕망에 들떠 있을 때 가끔 그녀의 몸에 손을 대기도 전에 손끝에서 그녀의 몸이 느껴질 때가 있는데, 지금은 자신이 그녀의 목을 조르고 있고 손끝에서 그녀의 목 근육과 인대가 느껴지는 것 같았다. 그는 덜덜 떨고 있었다. 그는 그녀의 뒤로 다가가 그녀의 목을 손으로 감쌌다. 그녀가 비명을 지르자 목을 졸라 비명을 막아 버렸지만, 지옥에 갈 거라는 두려움이 솟아올라서 그녀를 바닥에 던져 버리고 밖으로 나갔다.

26

어떻게 된 걸까? 모지스 왑샷이 어떻게 된 걸까? 그는 두 형제 중에서 더 잘생기고, 더 똑똑하고, 더 꾸밈이 없었다. 그런데 30대 초반밖에 안 된 나이에, 단순하고 충동적인 성격의 그가 지금까지 살아오면서 코벌리보다 훨씬 더 심한 일들을 겪기라도 한 것처럼 나이 들어 보였다. 코벌리는 목이 길고, 손마디를 뚝뚝 꺾는 기분 나쁜 습관이 있고, 가끔 우울해져서 공연히 화를 내곤 하는데 말이다.

모지스는 어느 토요일 아침 연락도 없이 갑자기 탤리퍼에 나타났다. 동생 집으로 찾아가니 동생은 창문을 닦고 있었다. 형제간의 끈끈한 관계를 빛처럼 꿰뚫어 버리는 신화의 힘은 카인과 아벨에게서 그대로 멈춰 버린 것 같다. 어쩌면 원래 그래야 하는 것인지도 모른다. 코벌리와 모지스는 오랜만에 만나 반가운 나머지 노련한 솜씨로 자연스레 서로를 툭툭 쳐 댔다. 모지스는 동생이 들고 있던 창문 닦는 걸레를 보며 우습다는 듯 미소를 지었다. 코벌리는 모지스의 얼굴이 붉게 부어 있음을 눈치 챘다. 모지스는 은 손잡이가 달린 지팡이를 들고 있었다. 집 안으로 들어가자마자 그는 지팡이의 손잡이를 돌려 열더니 그 안에 있던 마티니를 잔에 따랐다. "이 안에 0.5리터가 들어가." 그가 조용히 말했다. "아버지가 아주 좋아하셨을 것 같지?" 그는 아직 무척 이른 시간인데도 술을 마셨다. 마치 아버지를 비롯해서 왑샷 일가의 수많은 조상들이 아주 튼튼한 사람들이었으므로, 자기 역시 절제와 자제력 따위는 신경 쓰지 않아도 되는 것처럼. "난 지금 샌프란시스코로 가는 중이야." 그가 설명했다. "도중에 너한테 한번 들러 봐야겠다 싶었어. 5시 비행기를 타고 떠날 거야. 멜리사랑 우리 애는 잘 있어. 정말로 잘 있어."

그는 거칠고 힘차게 이 말을 했다. 코벌리처럼, 멜리사처럼, 그도 실제로 일어난 일이 일어나지 않았다고 믿어 버리고, 실제로 일어나고 있는 일이 일어나지 않는다고 믿어 버리고, 어쩌면 일어날 수도 있었던 일을 불가능한 일로 믿어 버리는 솜씨가 아주 좋아져 있었다. 수수께끼 같은 오노라의 소식이 두 사람에게는 가장 걱정스러운 일이었다. 코벌리는 세인트보톨프스로 전화를 걸어 보았지만, 전화를 받는 사람이 없었다. 오노라에게 보낸 편지도 그대로 되돌아왔다. 모지스는 호랑가시나무 이야기를 늘어놓았던 오노라의 편지에 사실은 오노라가 아프다는 이야기가 숨겨져 있었던 것 같다는 생각이 들었지만, 그녀가 뭔가 법을 어겼다는 사실과는 아귀가 맞지 않았다. 코벌리는 형에게 전산 센터를 보여 주거나 쌍안경으로 정비탑을 보여 주고 싶었지만, 그 대신 모지스를 차에 태우고 폐허가 된 농장으로 가서 숲 속을 걸었다. 화창한 겨울날이었지만, 코벌리 때문에 그 화창한 날씨와 숲이 상당히 우울해졌다. 과수원에는 뒤둥그러진 열매들이 여전히 달려 있었고, 그 열매들이 바람 때문에 떨어질 때 나는 소리와 향기는 바다만큼이나 오래된 이 세상의 일부 같았다. 낙원에서는 틀림없이 바람에 떨어진 과일 냄새가 날 것이다.(그런 생각이 들었다.) 낙엽 몇 개가 바람에 실려 날아가는 것을 보면서 코벌리는 계절의 변화를 일으키는 에너지를 생각했다. 낙엽이 바람에 이리저리 휘날리는 모습을 지켜보다 보니 그의 마음속에서 포부와 불안감이 고개를 들었다. 모지스는 무엇보다도 갈증을 해결하는 것이 급선무라고 생각하는 것 같았다. 숲 속을 걷기 시작한 지 얼마 안 되었을 때 그는 주류 판매점으로 가자고 말했다. 자동차를 세워 둔 곳으로 돌아오는 길에 정비탑들이 허공에 그리고 있는 선의 일부가 끊어진 것이 눈에 띄었다. 그 방향에서 커다란 폭발음이 들리더니 공습경보가 울린 것 같은 기색이 나타났다. 파란 하늘에 비행기는 한 대도 보이지 않았지만, 노인이 조개껍데기를 아이의 귀에 대 주었을 때 나는 그 순수하기 짝이 없는 포효 소리 같은 비행기 굉음이 들렸다.

두 사람은 자동차로 돌아가서 변두리의 주류 판매점으로 갔지만, 가게는 문이 닫혀 있었다. 유리창에 걸린 안내판에는 "종업원들이 가족과 함께 지낼 수 있게 가게 문을 닫았습니다."라고 적혀 있었다. 분별없는 공포가 산발적으로 텔리퍼를 휩쓸었다. 몇몇 사람들은 희망을 잃어버리고 대피소에 처박혀서 기도나 드리며 술을 퍼마실 것이다. 하지만 코벌리가 보기에 이 사람들은 어린 시절에 보았던 예수재림교 신도들과 마찬가지였다. 그들은 가끔 이불보를 몸에 두르고 파슨스 산으로 올라가서 죽은 자가 살아나고 세상의 생명이 도래하기를 기다리곤 했다. 지독한 재앙은 인류의 보편적인 상상의 일부인 것 같았다. 두 사람은 쇼핑센터로 계속 차를 몰고 갔다. 그곳의 주류 판매점은 영업 중이었다. 모지스가 현금이 필요하다고 하자, 가게 주인이 그의 수표에 코벌리의 이서를 받아 현금 100달러로 바꿔 주었다. 집으로 돌아온 뒤 모지스는 지팡이에 술을 채우고는 남은 술을 퍼마시기 시작했다. 4시에 코벌리는 형을 민간 공항으로 데려다 주고 중앙 출입구 앞에서 작별 인사를 했다. 두 사람 모두의 입장에서 볼 때, 사랑과 호전성이 폭력적으로 뒤섞인 것 같은 인사였다.

사흘 뒤, 주류 판매점 주인이 전화를 걸어 모지스의 수표가 부도났다고 알려 주었다. 코벌리는 그 가게에 들러 자기 수표로 그 돈을 물어 주었다. 목요일에 공항 근처의 모텔에서 전화가 왔다. "전화번호부에서 선생님 이름을 봤습니다." 낯선 사람이 말했다. "워낙 웃기는 이름이라서 두 분이 친척일지도 모른다는 생각이 들더군요. 여기 모지스 왑샷이라는 분이 계십니다. 토요일에 투숙하셨는데, 빈 병만 세어 봐도 하루에 술을 2리터 정도는 드시는 것 같습니다. 그분이 소란을 피우거나 한 적은 없지만, 그 많은 술을 정말로 다 드시는 거라면 조만간 문제가 생길 겁니다. 만약 그분이 선생의 가족이시라면 알려 드려야 할 것 같아서요." 코벌리는 당장 가겠다고 대답하고는 차를 몰고 모텔로 갔지만, 모지스는 이미 사라지고 없었다.

27

에밀이 멜리사를 사랑한 적이 있는지, 자신과 아버지의 유령을 제외한 다른 사람에게 진정한 사랑의 충동을 느낀 적이 있는지 의심스럽다. 그는 가끔 멜리사를 생각했지만, 항상 자신은 아무 잘못도 없다는 결론을 내리곤 했다. 그녀가 어떤 곤란을 겪든 전혀 자신의 책임이 아니라고. 그는 나로비의 가게에서 해고당한 뒤 한동안 백수로 지내다가 곧 언덕 위에 새로 들어선 슈퍼마켓에서 일하게 되었다. 뾰족탑이 있는 슈퍼마켓 말이다. 그는 명목상 재고 관리 담당이었지만, 지배인인 프릴리 씨는 그를 고용하면서 다른 일을 하게 될 것이라고 말했다. 이 슈퍼마켓이 문을 연 지 이제 두 달째였지만, 장사가 잘되지 않았다. 마을의 주부들은 버릇 나쁜 아이들처럼 변덕스러웠고, 기운을 북돋워 주는 갈망과 욕구가 부족한 삶 때문에 때로 신경질을 부렸다. 프릴리 씨는 가게가 문을 열던 날 그들이 질풍처럼 가게 안으로 들어와 손님들에게 나눠 주던 신선한 난초 코르사주를 쓸어가 버리는 것을 보았다. 꽃이 다 떨어지자 그들은 무정하게도 오랜 친구 같은 단골 가게인 그랜드 유니언과 A&P로 돌아가 버렸다. 그들은 메뚜기 떼처럼 몰려와서 그가 원가보다 더 싸게 내놓은 특별 상품을 모조리 가져가고는 나머지 필요한 물건들은 다른 곳에 가서 샀다. 그는 자신의 가게가 아주 화려하다고 생각했다. 널찍한 유리문이 광선을 받아 활짝 열리면 식료품의 박물관이 나타났다. 통조림, 냉동 닭고기 등이 빽빽이 꽂힌 회랑들이 줄줄이 이어지고, 생선 판매대 옆에는 가재들이 헤엄치고 있는 바닷물 수조 위에 자그마한 등대도 있었다. 허공에는 부드러운 빛과 음악이 가득 차 있었다. 아이들을 위한 놀이 시설도 있고, 미식가들을 위한 음식도 준비되어 있었다. 하지만 그의 가게를 찾는 사람이 거의 없었다.

이 가게는 체인점이었으므로, 중앙 사무국의 통계 전문가들은 버릇 나쁜 주부들의 변덕을 이미 계산에 포함하고 있었다. 주부들은 의리를 지킬 능력이 없었으므로 조만간 프릴리 씨의 박물관에 한들한들 들어올 터였다. 프릴리 씨는 그때까지 기다리면서 가게를 계속 번쩍번쩍하게 유지하기만 하면 되었다. 하지만 주부들이 통계 전문가들의 예측보다 더 오랫동안 머뭇거렸기 때문에, 마침내 프릴리 씨에게 판촉 행사가 허용되었다. 부활절 전야에 마을 잔디밭에 플라스틱 달걀 1000개를 숨겨 두는 것이 그 행사의 골자였다. 플라스틱 달걀에는 가게에서 신선한 시골 달걀 열두 개와 교환할 수 있는 증서가 들어 있었다. 그리고 그 중 스무 개에는 값비싼 프랑스 향수 4밀리리터들이 한 병과 교환할 수 있는 증서가 들어 있었다. 그 밖에 외장형 엔진과 교환할 수 있는 증서가 든 달걀이 열 개, 두 사람이 마드리드나 파리나, 런던이나 베네치아나, 로마의 호화로운 호텔에서 3주 동안 무료로 휴가를 즐길 수 있게 해 주는 달걀(황금 달걀)이 다섯 개였다. 이 판촉 행사에 대한 소비자들의 반응은 엄청나서 가게가 손님들로 가득 찼다. 그들은 가게에서 일하는 사람이 달걀을 숨기는 작업을 할 거라는 가정하에, 과연 그 직원이 누구인지 찾아내려 했다. 프릴리 씨가 읽은 판촉 행사 설명문에는 다음과 같이 적혀 있었다. "우리의 경험에 따르면, 지역을 막론하고 달걀을 숨긴 직원과 달걀이 숨겨져 있을 만한 장소를 알아내기 위해 수단과 방법을 가리지 않는 주부들이 많다. 그래서 어떤 경우에는 놀라울 정도로 부도덕한 일들이 벌어지기도 했다." 프릴리 씨가 달걀을 숨기라고 지시한 사람은 바로 에밀이었다. 만약 그가 에밀이 어떤 청년인지 나로비에게 물어보았다면, 애당초 에밀을 채용하지도 않았을 것이다. 하지만 그는 청년의 얼굴이 깔끔할 뿐만 아니라, 심지어 정직해 보이기까지 한다고 생각했다. 그는 자기 사무실에서 에밀에게 자세한 지시를 내렸다. 본부에서는 그에게 달걀을 어디에 숨겨야 하는지 설명한 도표를 내려보냈다. 부활절 새벽 2시에서 3시 사이에 달걀을 숨겨야 한다는 지시 사항도 있었다. 그는 에밀에게 월급 외에 25달러의 수당을 주기로 했으며, 비밀이 새어 나가는 것을 막기 위해 부활절 전야까지는 에밀에게 절대 말을 걸지 않겠다고 말했다. 그때까지 에밀에게는 통조림에 가격표를 붙이는 일이 맡겨졌다.

가게는 부활절 전날 6시에 문을 닫았다. 백합 화분이 모두 팔려 나갔는데도 몇몇 주부들이 박물관 회랑 같은 진열대 사이를 계속 서성거리며 직원들에게서 달걀의 비밀을 캐내려고 했다. 6시 15분에 가게 문이 잠겼다. 6시 30분에는 불이 모두 꺼졌고, 프릴리 씨는 달걀이 있는 자기 사무실에 혼자 있었다. 그는 금고에서 도표를 꺼내 자세히 살펴보았다. 몇 분 뒤 에밀이 계단을 올라왔다. 다른 사람들은 모두 퇴근한 뒤였다. 프릴리 씨는 그에게 보물을 보여 주고 도표를 주었다. 그는 에밀의 자동차 뒷좌석과 트렁크에 달걀을 보관해 둘 계획이었다. 그리고 새벽 2시에 에밀의 집 앞에서 에밀과 만나 달걀을 숨기는 작업을 시작할 작정이었다. 두 사람은 달걀 상자를 들고 사무실을 나가기 전에 혹시 가게 안에 숨어 있는 주부가 없는지 확인하려고 가게 뒤쪽의 빈 상자와 쓰레기통을 자세히 살펴보았다. 달걀은 자동차 뒷좌석과 트렁크를 가득 채웠다. 두 사람은 어스름 녘에 이 일을 시작했으나, 일을 끝냈을 때에는 날이 어두워져 있었다. 두 사람은 함께 음모를 꾸미는 사람들 특유의 기분 좋은 표정으로 악수를 하고 헤어졌다. 에밀은 뒷좌석의 달걀이 깨지기 쉬운 물건이라도 되는 것처럼 조심스레 차를 몰았다. 달걀이 상징하는 축제 분위기와 흥분이 금방이라도 손에 잡힐 것 같았다. 그는 집 뒤의 오래된 차고에 차를 집어넣고 문에 맹꽁이자물쇠를 채웠다. 그는 신이 났지만, 혹시 일이 잘못될까 봐 부담스럽기도 했다. 비밀이 새어 나가지는 않았지만, 그렇다고 완벽히 지켜진 것도 아니었다. 그는 가게 직원들 중에서 그가 보물 담당자일 거라고 추측한 사람이 적어도 열 명은 된다는 것을 알고 있었다. 그들이 그에게 직접 질문을 던져 댔으므로.

크랜머 부인은 순진한 아들이 멜리사에게 이용당했다는 결론을 내리고는 에밀과 함께 예전의 평화로운 생활로 돌아갔다. 나이도 많고 슬픔도 많이 짊어지고 있는데도 크랜머 부인은 여전히 여학생 때처럼 열정적인 우정을 맺을 수 있었다. 그녀는 이웃들이 자기를 무시하는지 아니면 관심을 가져 주는지에 따라 쉽사리 마음을 다치기도 하고 의기양양해지기도 했다. 얼마 전에 그녀는 렘젠 파크(저비용 개발 구역)에서 새로 친구를 사귀어 그녀와 줄곧 전화로 수다를 떨곤 했다. 에밀이 들어갔을 때에도 그녀는 통화 중이었다. 에밀은 어머니의 통화가 끝나기를 기다리면서 판촉 행사 설명문을 읽었다. 체인점 본부의 판촉 전문가들이 이 설명문의 뒷부분을 맡았는데, 거기 적힌 선전 문구가 선동적이었다. 5개 유럽 도시의 사진과 함께, 아침에 잔디밭을 살펴보기만 하면 여행을 떠날 수 있다는 말이 적혀 있었다.

두 사람은 부엌에서 저녁을 먹었다. 크랜머 부인은 설거지를 마치고 또 전화기에 매달렸다. 이번에는 달걀 이야기가 화제에 올랐다. 에밀은 오늘 밤 이 마을에서 달걀 이야기를 하는 사람이 아주 많을 거라는 생각이 들었다. 크랜머 부인은 아들이 달걀 담당자로 선정되었을 거라는 생각을 전혀 하지 못했다. 그의 입장에서는 다행이었다. 저녁 식사를 마친 뒤 그는 텔레비전을 보았다. 9시경에 개 짖는 소리가 들렸다. 그는 거실을 가로질러 자기 방으로 가서 창밖을 내다보았지만 차고 옆에는 사람의 모습이 전혀 보이지 않았다. 10시 30분에 그는 잠자리에 들었다.

그날 저녁 프릴리 씨는 기분이 아주 좋았다. 가게가 점점 자리를 잡기 시작했고, 조금 있으면 이슬 머금은 잔디밭에 숨길 달걀 속의 마드리드, 파리, 런던, 로마, 베네치아 여행이 마치 자신이 베푸는 호의, 즉 자신이 착하고 후한 마음씨 때문에 베푸는 일 같았다. 부엌에서 아내에게 입을 맞추면서 그는 오래전 그녀와 결혼한 날처럼 그녀가 매력적이라고 생각했다. 아니, 그렇게까지 매력적이지는 않더라도 최소한 남편보다 더 빨리 늙어 버리지는 않은 것 같았다. 그는 행복한 마음으로 그녀에게 불타는 욕망을 느끼며 아내와 단둘이 시간을 보내려면 얼마나 기다려야 하는지 보려고 시계를 바라보았다. 오븐에서 고기를 굽고 있었기 때문에 그녀는 고기에 양념을 치려고 그의 품을 빠져나갔다. 양념을 다 친 다음에는 식탁을 차리고, 아기 욕조의 물을 빼고, 장난감을 치웠다. 아내가 이렇게 꼭 필요한 일들을 하며 돌아다니는 것을 지켜보던 그는 아내가 너무 피곤해서 얼굴이 창백해졌음을 깨달았다. 그녀가 설거지를 마치고, 잠옷을 다림질하고, 아이에게 자장가를 불러 주고, 아이의 기도까지 들어 주고 난 뒤에는 그의 열정적인 손길에 반응할 힘이 없을 것 같았다. 성적 에너지로 인한 이러한 갈등 때문에 불편해진 그는 저녁을 먹고 나서 산책을 나갔다.

하늘은 어둡고 구름이 잔뜩 끼어 있었지만, 자신의 계획을 위해서는 달이 밝게 빛나는 것보다 비가 오는 편이 더 나을 것 같았다. 그는 동네를 벗어나 파시니아로 걸어가면서 이곳에 숨길 달걀이 몇 개 되지 않는다는 사실에 죄책감을 느꼈다. 슈퍼마켓처럼 새로 생겨난 상점들 때문에 이곳의 가게들은 대부분 인적이 뜸해졌다. 담에는 더러운 말들이 적혀 있었고, "세 놓습니다."라는 말이 붙어 있는 상점 진열창 안에는 마른 이끼와 가짜 회양목으로 만든 장례용 화환이 진열되어 있었다. 그

중에 밸런타인데이의 하트 장식처럼 생긴 화환에는 "어머니와 아버지"라고 적힌 배너가 드리워져 있었다. 이곳은 깡패들의 영역인 워터 거리였다. 깡패 세 명이 앞쪽의 문간에 서 있는 것이 보였는데, 왠지 그들이 낯익다는 생각이 들었다.

일주일 전에 프릴리 씨는 고등학생인 자기 딸이 노래하는 모습을 보려고 학교에서 열린 부활절 모임에 참석했다. 그는 지각을 했기 때문에 강당 뒤쪽의 출입문 근처에 서서 다른 부모들과 마찬가지로 자기 아이가 무대에 등장하기를 기다렸다. 그가 알기로 그의 딸은 딱히 특별한 재주가 없었는데도 이날 독창자로 선택되었다. 그가 너무 늦게 와서 앉을 자리를 찾지 못한 것이 유감이었다. 그의 곁에는 동네 깡패 몇 명이 서 있었는데, 그들이 뭐라고 귓속말을 하며 자꾸만 발을 움직이는 통에 아이들의 노랫소리에 정신을 집중하기가 힘들었다. 깡패들은 공연에 별로 관심이 없는 것 같았다. 그들이 계속 문을 들락날락했기 때문에, 정말이지 어떤 일에도 관심이 없는 놈들인 것 같다는 생각이 들었다. 그들은 게임을 하지도 않고, 공부를 하지도 않고, 연못에서 스케이트를 타지도 않고, 체육관에서 춤을 추지도 않았다. 그저 오늘 저녁처럼 항상 문간이나 문턱에 서서 빛 속을 들락날락하며 그런 활동을 하는 사람들 주위를 협박하듯 맴돌 뿐이었다.

그때 피아노 연주자가 딸이 부를 노래의 반주를 쾅쾅 치기 시작했다. 딸이 합창단원들 사이에서 수줍게 걸어 나와 무대 앞에 서는 모습이 보였다. 이와 동시에 깡패 한 명이 문간의 그림자 속에서 나와 프릴리 씨 앞에 서 있던 아가씨 옆으로 왔다. 두 사람 때문에 딸의 모습이 보이지 않았다. 그는 왼쪽, 오른쪽으로 자리를 옮겨 보았지만, 깡패와 그 여자 친구가 계속 그의 시야를 가렸기 때문에 딸의 모습이 그저 언뜻언뜻 보일 뿐이었다. 그는 깡패가 여자 친구와 무슨 짓을 하는지 똑똑히 볼 수 있는 위치에 있었다. 깡패가 여자 친구의 어깨를 감싸 안는 모습이 보였다. 그가 여자 친구에게 귓속말을 하는 소리도 들렸다. 그러더니 「내 주는 살아 계시고」의 곡조에 맞춰 그가 여자 친구의 원피스 앞섶에 손을 집어넣는 모습이 보였다. 프릴리 씨는 청년과 아가씨의 어깨를 거칠게 잡고 서로에게서 떼어 놓으면서 큰 소리로 말했다. 그의 목소리가 어찌나 컸는지 그의 딸이 무대에서 이쪽을 바라볼 정도였다. "그만 하든지, 아니면 나가서 해. 여긴 그런 짓을 하는 데가 아니야." 그는 화가 나서 부들부들 떨었다. 청년의 뺨을 후려치고 싶었지만 그러면 안 될 것 같아서 그는 강당을 나가 교사(校舍) 계단으로 올라갔다.

그는 어렵게 담뱃불을 붙였다. 마음이 너무 어지러워서 분노 때문이 아니라 딸에게 무슨 일이 생길까 봐 걱정하는 마음이 더 큰 것 아닌가 하는 생각이 들 정도였다. 하지만 적어도 천진난만한 아이들의 것임을 표방하는 건물 안에서 부활절 찬송가가 울려 퍼지는 도중에 자신이 목격한 그 일이 때와 장소에 너무나 맞지 않았기 때문에 자식을 키우는 아버지이자 시민으로서 분노한 것이라는 확신이 들었다. 담배를 다 피운 뒤 그는 다시 강당으로 돌아갔다. 깡패들은 그가 지나갈 수 있게 길을 비켜 주었다. 누군가가 그에게 이토록 적나라하게 증오심을 드러낸 적은 처음이었다.

워터 거리의 그 가게 문간에 서 있는 깡패들도 똑같이 어중간한 태도로 어둑어둑한 곳에 서 있었다. 마치 그들이 다른 계급이나 다른 동네 출신이 아니라 사악한 행성에서 지구로 돌진해 온 외계인이라도 되는 것처럼 그들에게 혐오감과 이질감이 느껴졌다. 그들과 점점 가까워짐에 따라, 그들이 위스키 한 병을 돌려 가며 마시고 있는 모습이 눈에 들어왔다. 그는 법을 어기고 타락한 짓을 한다고 그들을 나무랄 수 없었다. 법을 어기고 타락한 짓을 하는 것이 바로 그들의 포부였으니까. 그가 문간을 지나갈 때 위스키 냄새가 났다. 그러고는 곧바로 뒤통수를 맞아 그 자리에서 정신을 잃고 말았다.

에밀은 1시 30분에 자명종 소리를 듣고 깨어났다. 그가 면도를 하는 동안 바람 때문에 그의 방문이 쾅 하고 닫혔고, 그 소리에 그의 어머니도 깨어났다. 너무 갑자기 잠에서 깬 탓에 어머니의 목소리가 잠겨 있었다. 훨씬 더 나이가 많은 할머니의 목소리 같았다. "에밀, 어디 아프니?"

"아뇨, 엄마." 그가 말했다. "아무것도 아니에요."

"어디 아파? 혹시 무슨 문제라도 있어? 그 냉동 게살 케이크…… 그것 때문에 배탈이라도 난 거야?"

"아뇨, 엄마." 그가 말했다. "아무 일도 없다니까요."

"어디 아프니?" 어머니의 목소리는 여전히 잠겨 있었다. 하지만 어머니는 이내 헛기침을 하며 목을 가다듬더니 정신까지 말짱해진 모양이었다. "에밀!" 어머니가 소리쳤다. "달걀 때문이구나."

"이제 가 봐야 돼요, 엄마." 그가 말했다. "걱정 마세요. 아침 식사 전에 돌아올게요."

"아, 달걀 때문이구나. 그렇지?"

어머니가 일어나 앉아서 바닥에 발을 내려놓는 바람에 침대가 삐걱거리는 소리가 들렸다. 하지만 그는 어머니가 침실 문까지 미처 오기도 전에 그 방 앞을 지나 계단을 내려갔다. "아침 식사 전에 돌아올게요." 그가 소리쳤다. "그때 이야기해요." 그는 주머니에 도표가 있는지 확인하고 현관문으로 나갔다.

별들이 반짝이고 있었다. 꽃이 피기에는 너무 이른 계절이라 눈꽃만 군데군데 보였다. 유일하게 피어 있는 야생화는 우묵한 곳에서 자라는 얼룩무늬 앉은부채뿐이었다. 하지만 허공에는 장미 향기만큼이나 좋은 부드러운 흙냄새가 배어 있었다. 그는 잠시 걸음을 멈추고 허파와 머릿속으로 그 냄새를 깊이 빨아들였다. 가로등 불빛과 별빛에 비친 세상이 근사했다. 비록 초라하기는 해도 이곳의 운명을 알려 줄 이야기가 이제 막 시작되기라도 한 것처럼 젊어 보이기도 했다. 낙엽, 이끼, 야생 마늘, 일찍 나온 클로버 등이 가볍게 덮고 있는 땅이 그의 보물을 기다리고 있었다.

2시 15분이 됐는데도 프릴리 씨가 나타나지 않자 슬슬 걱정이 되기 시작했다. 사방이 너무 적막해서 아주 먼 곳의 자동차 소리까지 들릴 정도였다. 그런데 그 소리 말고는 아무 소리도 들리지 않았다. 그는 자기 일을 누가 도와줬으면 싶었다. 혼자서 그 일을 하고 싶지 않았다. 하지만 2시 20분이 되자 그는 혼자서 할 수밖에 없다는 결론을 내렸다. 그는 차고 문의 자물쇠를 열었다. 차고 문이 뒤틀려 있었기 때문에 문이 자갈 바닥을 긁으면서 커다란 소리를 냈다. 그는 자동차 뒷좌석을 들여다보았다. 그의 보물은 안전했다. 그가 낡은 차를 후진시켜 도

로로 나왔을 때, 동네에서 불이 켜져 있는 곳은 그의 집 거실
뿐이었다. 그는 너무 흥분해 있었기 때문에 어머니가 뭔가 일
을 꾸미고 있을 거라고는 상상도 하지 못했다. 사실 어머니는
아주 많은 일을 꾸미고 있었는데 말이다. 그녀는 렘젠 파크의
새 친구와 통화 중이었다. "에밀이 방금 달걀을 숨기려고 나갔
어요." 그녀가 말했다. "방금 나갔어요. 잘은 모르겠지만, 우리
애가 델로스 서클 근처에 달걀을 숨길 것 같다는 느낌이 들어
요. 돈 많은 속물들한테만 모든 걸 주고 렘젠 파크의 자기 친
구들한테는 신경도 안 쓰는 게 정말로 프릴리 씨답지 않아요?
프릴리 씨라면 정말로 그렇게 할 것 같죠?"

에밀은 후진 기어를 저속 기어로 바꾸면서 두 시간 정도면
일이 끝날 거라고 생각했다. 성공이 가까운 탓인지 책임감이
그의 마음을 무겁게 짓눌렀다. 모퉁이의 어떤 집에 불이 켜져
있었지만 창문이 작고 좁은 데다가 커튼까지 쳐 있었다. 욕실
인 것 같았다. 그가 그 불빛을 쳐다보고 있는데 불이 꺼졌다.
터너 거리 꼭대기의 골프장 근처에서는 마을 전체가 내려다보
였다. 마을 전체가 편안한 어둠 속에 완전히 잠겨서 얼마나 깊
이 잠들어 있는지가 한눈에 보였다. 수많은 남자, 여자, 아이,
개 들이 꿈의 미로 속을 헤매고 다니는 모습을 생각하니 배
시시 미소가 지어졌다. 그는 자동차의 전조등 불빛 속에 서서
지시 사항을 읽었다. 달걀 여덟 개는 델우드 대로와 앨버타 거
리가 교차하는 모퉁이에, 세 개는 앨버타 거리에, 열 개는 델
로스 서클과 체스트넛 거리의 교차 지점에 숨기라고 되어 있
었다.

해저드 일가는 델우드 대로와 앨버타 거리 모퉁이에 살고

있었다. 해저드 부인은 깨어 있었다. 그녀는 악몽 때문에 2시쯤 깨어나서 창문을 열어 놓고 담배를 피우며 앉아 있었다. 그녀는 달걀을 생각했다. 여행권이 들어 있는 달걀에 대해서. 앨버타 거리에서 그런 달걀을 찾아낼 수 있을까? 그녀는 유럽에 가 보고 싶었다. 그녀의 감정은 동경보다는 시기심에 더 가까웠다. 세상을 보고 싶다는 마음보다는 다른 사람들이 본 것을 자기도 보고 싶다는 감정이 더 강했다. 베네치아가 바닷속으로 가라앉고 있다는 기사나 피사의 사탑이 언젠가 무너질 거라는 기사를 읽었을 때 그녀가 느낀 것은 경이로운 것들이 사라진다는 슬픔과 아쉬움이 아니었다. 자신, 즉 로라 해저드가 가서 보기도 전에 베네치아가 파도 속으로 사라지는 모습을 상상하며 속이 부글부글 끓어올랐을 뿐이다. 자신이야말로 여행의 즐거움을 제대로 음미할 능력을 남다르게 잘 갖추고 있다는 생각도 들었다. 여행이야말로 그녀에게 꼭 맞는 일이었다. 친구들과 친척들이 유럽 여행에서 돌아와 사진과 기념품 들을 보여 주었을 때, 그녀는 그들의 여행담에 귀를 기울이면서도 자기 여행담이 더 생생하고, 자신의 기념품과 사진이 더 아름다울 거라고 생각했다. 곤돌라를 탄 자신의 모습이 더 우아할 거라는 생각도 들었다. 하지만 그녀의 시기심에는 부드러운 감정도 조금 섞여 있었다. 여행을 생각하면 사랑의 슬픔, 웅장함이 함께 떠올랐다. 여행을 하면 이런 감정들이 계시처럼 모습을 드러낼 것 같았다. 사랑에 빠졌을 때 그녀는 북반구의 푸른 하늘보다 훨씬 더 깊은 하늘이 있는 것 같았다. 방, 계단, 아치, 둥근 지붕도 모두 더 크게 보였다. 거인들이 살던 과거의 물건들처럼. 그녀가 이런 생각을 하고 있을 때 자동차 한 대가 모퉁이를 돌아와서 멈춰 서는 것이 보였다. 그녀는 에밀의 얼굴을 알아보고는 그가 풀밭에 달걀을 숨기는 모습을 지켜보았다. 오늘 밤에 일어난 모든 일, 즉 악몽 때문에 잠에서 깬 것, 창문을 열어 놓고 앉아서 생각에 잠긴 것, 별빛 속에서 저 청년이 갑자기 나타난 것이 모두 경이로운 기적 같아서 흥분한 그녀는 창가에서 큰 소리로 그를 불렀다.

그녀의 목소리를 듣는 순간 절망감이 에밀을 휩쌌다. 그의 비밀스러운 작업을 그녀가 이미 보아 버렸으니 이 일을 어쩐다? 그녀의 목을 비틀 수는 없는 노릇이었다. "쉿." 그는 창문을 올려다보며 이렇게 말했지만, 그녀의 모습은 이미 사라지고 없었다. 그녀는 금방 문을 열고 맨발에 잠옷 차림으로 뛰어나왔다. "어머, 에밀, 내가 달걀을 찾을 운명인가 보다." 그녀가 말했다. "잠이 안 와서 그냥 창가에 앉아 있는데 네가 나타났지 뭐니. 난 꼭 황금 달걀을 갖고 싶어, 에밀! 황금 달걀 하나만 줘."

"이건 비밀이에요, 해저드 부인." 에밀이 숨죽여 말했다. "아무도 알면 안 된다고요. 달걀은 아침이 된 뒤에야 찾을 수 있어요. 빨리 집으로 들어가세요. 가서 주무세요."

"날 뭘로 보는 거니, 에밀?" 그녀가 물었다. "내가 무슨 어린애인 줄 알아? 네가 황금 달걀을 주면 가서 잘게. 달걀을 안 주면 나도 꼼짝 안 할 거야."

"아주머니 때문에 일을 다 망치게 생겼어요, 해저드 부인. 아주머니가 집 안으로 들어가시기 전에는 저도 일 안 할 거예요."

"황금 달걀 한 개만 줘. 황금 달걀 한 개만 달라고. 안 주면 내가 그냥 가져갈 거야."

해저드 부인의 목소리를 듣고 옆집의 크레이머 노부인이 깨어났다. 순식간에 정신이 번쩍 든 그녀는 틀니를 끼고 슬리퍼를 신고는 창가로 갔다. 그러고는 상황을 금방 이해했다. 그녀는 전화기로 달려가 딸인 헬렌 핀처에게 전화를 걸었다. 헬렌은 세 블록 떨어진 밀우드 거리에 살고 있었다. 헬렌은 곤한 잠에 빠져 있었기 때문에 전화벨 소리를 자명종 소리로 착각해서 소리를 멈추려고 시계를 흔들어 대다가 결국 불을 켜고 나서야 그것이 전화벨 소리라는 것을 깨달았다. "헬렌, 에미다." 어머니가 말했다. "지금 사람들이 부활절 달걀을 숨기고 있어. 우리 집 바로 앞에서. 창문에서 내다보면 다 보일 정도야. 얼른 이리로 와!"

핀처 씨는 전화벨이 그렇게 울려 대도 깨어나지 않았지만, 결국 불빛 때문에 깨어나 통화의 끝부분을 들었다. 아내가 수화기를 내려놓고 뛰어나가는 모습이 보였다. 지난 한 달여 동안 핀처 씨는 아내의 행동을 주시하고 있었다. 그녀가 가계 수표를 세 번이나 초과로 발행하기도 하고, 일주일에 차의 기름을 세 번이나 떨어뜨리기도 하고, 그럽서 일가의 결혼식에 가면서 깜박 잊고 스타킹을 신지 않기도 하고, 뱀 모양 팔찌를 잃어버리기도 하고, 그가 아끼는 사냥용 가죽 재킷을 세탁기에 집어넣어 망쳐 버리기도 했기 때문에. 그렇게 실수를 저지를 때마다 그녀는 이렇게 말했다. "내가 미쳤나 봐." 그가 발소리를 듣고 일어나 창밖을 내다보니 아내가 잠옷 바람으로 거리를 향해 뛰어가고 있었다. 그는 아내가 정말로 이성을 잃어버렸다고 확신했다. 그래서 아내를 쫓아가려고 실내복 가운을 걸쳤지만, 슬리퍼를 찾을 수 없어서 그냥 맨발로 뛰어나갔다. 아내가 한 블록쯤 앞서 달리고 있었기 때문에 그는 큰 소리로 그녀를 불렀다. "헬렌, 헬렌. 돌아와, 여보. 돌아와, 여보." 이 소리를 듣고 반스테이블 일가, 멜처 일가, 피츠로이 일가, 드호벤 일가가 모두 잠에서 깨었다.

에밀은 다시 차에 올랐다. 해저드 부인은 반대편 문을 통해 차에 올라타려고 했지만 문이 잠겨 있었다. 에밀은 시동을 걸려고 했지만, 마음이 불안한 탓인지 엔진에 지나치게 많은 연료가 흘러들고 말았다. 그런데 그때 자동차 전조등 불빛 속으로 헬렌 핀처가 뛰어 들어왔다. 그녀의 잠옷은 속이 훤히 들여다보였고, 머리에 만 롤은 왕관처럼 보였다. 그녀의 어머니는 창문에 매달려 그녀를 재촉하고 있었다. "그 사람들이야, 헬렌. 그 사람들이야!" 그녀의 뒤에서는 남편이 소리를 질러 댔다. "돌아와, 여보. 돌아와, 여보."

헬렌이 막 차창 속으로 얼굴을 들이미는 순간 자동차에 시동이 걸렸다. 그녀가 말했다. "파리 여행이 든 걸로 하나 줘, 에밀."

에밀은 기어를 넣고 클러치에서 서서히 발을 떼기 시작했다. 그때 핀처 씨가 고함을 지르며 그 자리에 다다랐다. "멈춰, 이 멍청아. 그 여자는 환자란 말이다." 자동차 전조등 불빛 속에서 잠옷 차림의 여자들 10여 명이 더 몰려오는 것이 보였다. 모두들 왕관을 쓴 것 같은 모습이었다. 그는 계속해서 자동차가 천천히 앞으로 나아가게 했지만, 여자들 몇 명이 자동차 바로 앞에 서 있었기 때문에 중간에 차를 두 번이나 멈춰 세워야 했다. 이렇게 그가 차를 멈춘 동안에 드호벤 부인이 뒤 타이어 한쪽의 바람을 빼 버렸다.

차가 푹 내려앉는 것이 느껴졌다. 에밀은 그 이유를 알아차렸지만 그래도 계속 천천히 움직였다. 바람 빠진 타이어 때문에 속도를 많이 올릴 수는 없었지만, 그래도 뒤쫓는 사람들을 따돌릴 정도는 될 것 같았다. 이 지점에서 앨버타 거리는 약 800미터 정도 가파른 내리막길을 이루고 있었다. 왼쪽에는 넓은 공터가 있었다. 이 땅의 주인(크레이머 노부인)이 에이커당 1만 달러를 부르고 있었기 때문에 이 땅은 아직 새 주인을 만나지 못했다. 땅 위에는 풀과 덤불이 높게 자라 있었고, 야생 벚나무와 옻나무 들에는 모두 부동산 중개업자의 이름과 전화번호가 못으로 박혀 있었다. 에밀은 델로스 서클까지만 가면 사람들을 떨쳐 버릴 수 있을 것 같다는 생각이 들었다. 내리막길이라 자동차에 속도가 붙었다. 그런데 전조등 불빛에 델로스 서클이 들어오자마자 렘젠 파크의 주부들이 나와 있는 것이 보였다. 30~40명이나 되는 여자들 중 대부분은 긴 가운을 입고 거대한 왕관처럼 보이는 것을 머리에 쓰고 있었다. 그는 차를 왼쪽으로 홱 꺾어서 덜컹거리며 도로 턱을 넘어 인도로 올라서서 아직 팔리지 않은 크레이머 노부인의 땅으로 들어가 반대편 경계선을 향해 곧장 차를 몰았다. 그는 덫에 갇힌 거나 마찬가지였지만, 아직 시간적인 여유가 조금 있었다. 그는 엔진과 불을 끄고 자동차에서 내려 뒤로 돌아가서 트렁크를 열고 달걀을 무성한 풀 속에 던지기 시작했다. 그는 팔 힘이 좋았으므로 달걀을 멀리까지 힘껏 던져서 사람들의 주의를 그쪽으로 돌릴 수 있었다. 하지만 오래지 않아 팔이 아파 오자 그는 달걀 상자를 통째로 들어 풀 속에 그 내용물을 내동댕이치기 시작했다. 그가 달걀을 하나만 빼고 모두 처리했을 때 마침내 여자들이 그 자리에 도착했다. 그는 몸을 똑바로 펴고 그들을 바라보았다. 잠옷만 입은 모습이 마치 천사들 같았다. 여자들이 갈망과 흥분 때문에 자그맣게 비명을 질러 댔다. 그는 달걀 하나(황금 달걀)를 주머니에 넣은 채 숲 속으로 뒷걸음질쳤다.

뭔가에 머리를 맞아 기절했던 프릴리 씨는 맞은 자리의 통증 때문에 정신을 차렸다. 머리가 깨진 것 같았다. 몸은 어느 지하실의 기둥에 묶여 있었다. 추워서 몸을 떨다 보니 몸에 걸친 거라고는 팬티뿐이었다. 처음에 그는 자신이 미쳐서 환상을 보는 줄 알았다. 하지만 머리의 통증이 끔찍할 정도로 생생해서 이 모든 일이 현실이라는 느낌이 들었다. 그는 몸집이 큰 중년 남자였고, 얼룩덜룩한 털이 온몸을 양탄자처럼 뒤덮고 있었다. 그를 묶은 줄이 통통한 팔을 깊이 파고들어 왔고, 손에는 감각이 없었다. 그는 느닷없이 살려 달라고 고함을 질러 봤지만 대답하는 사람이 아무도 없었다. 그는 강도를 당하고 매를 맞은 데다가 이제는 어딘가의 지하실에서 꼼짝도 할 수 없는 처지가 되어 있었다. 이 어처구니없는 상황과 공포 때문에 머리가 그냥 쪼개져 버릴 것 같았다. 그가 몸을 떨자 줄이 살 속을 파고들었다. 그때 위층에서 발소리와 목소리가 들렸다. 깡패들의 목소리였다. 놈들이 한 명씩 차례로 지하실로 들어왔다. 강당에서 본 바로 그 세 놈이었다. 그 중 한 명이 우두머리였고, 나머지 두 놈은 각각 얼굴이 통통한 놈과 창백하고 여윈 얼굴에 머리를 길게 기른 놈이었다.

"겁쟁이." 우두머리가 그를 보며 말했다.

"너희들 원하는 게 뭐야?" 프릴리 씨가 말했다. "이미 내 돈을 가져갔잖아. 학교에서 같이 있던 그 여자애 때문이냐?"

"학교니 여자애니 난 다 모르는 일이야." 우두머리가 말했다. "그냥 당신 생김새가 맘에 안 들어, 겁쟁이. 그뿐이야. 왜 그래, 겁쟁이? 왜 그렇게 벌벌 떨어? 우리가 성냥이나 뭐 그런 걸로 당신을 고문하기라도 할까 봐서?" 그는 성냥에 불을 붙여 프릴리 씨의 피부 가까이 갖다 댔지만 그의 몸을 태우지는 않았다. "저 겁쟁이 좀 봐. 죽는 게 무서운 모양인데. 내가 그래서 당신 생김새를 싫어하는 거야, 겁쟁이. 세상에, 겁쟁이가 소리도 지를 줄 아네."

프릴리 씨는 소리를 질러 댔다. 바닥이 처음에는 왼쪽으로 기울었다가 다시 오른쪽으로 기울었다. 그는 다시 의식을 잃었다. 누군가가 그의 몸을 만지는 것 같았다. 누군가가 줄을 끊고 그의 몸을 바닥으로 내려놓는 중이었다. 줄이 느슨해지면서 양팔로 피가 몰려드는 것이 느껴졌다. 그대로 두었다면 그가 바닥으로 그냥 쓰러졌을 텐데 누군가가 그를 붙들어 부축해 주었다. 긴 머리에 기름기가 덕지덕지 묻어 있던 그 창백한 녀석이었다. 그가 프릴리 씨를 구석으로 데려갔다. 프릴리 씨는 거기 있던 낡은 자동차 의자에 쓰러졌다.

"다른 녀석들은 어디 있지?" 그가 물었다.

"갔어요." 아이가 대답했다. "아저씨가 기절하니까 겁을 집어먹었어요."

"너는?"

"난 한시도 무섭지 않은 적이 없어요."

"원하는 게 뭐지?"

"지금은 원하는 거 없어요. 걔가 말한 그대로예요. 걔는 아저씨 생김새를 싫어해요. 물 좀 드실래요?"

"그래."

아이가 물을 가져와서 그의 입술에 잔을 대 주었다.

"난 언제 나갈 수 있지?"

"지금요." 아이가 말했다. "아저씨 옷은 위층에 있어요. 그 옷이 맞는 애가 없었어요. 해리가 아저씨 시계를 가져갔어요. 난 아무것도 안 가졌어요. 안녕히 가세요."

아이가 휙 문을 빠져나갔다. 가볍게 계단을 뛰어오르는 소리가 들렸다. 프릴리 씨는 머리의 상처를 만져 본 다음 팔과 다리도 만져 보았다. 모두 별다른 이상이 없는 것 같아서 그는 힘없는 발걸음으로 계단을 올라갔다. 그의 양복은 문 옆에 있었다. 밖으로 나와 보니 그가 있던 곳은 도시 외곽 도로변의 버려진 여관이었다.

프릴리 씨는 집까지 걸어갔다. 에밀도 마찬가지였지만 두 사람이 선택한 길은 달랐다. 에밀은 주택가의 뒷마당을 가로질러 터너 거리로 가서 오르막길을 올라갔다. 묵시록을 연상시키는 풍경이 펼쳐졌다. 버려진 아이들이 빈집에서 울어 대는 소리가 들렸고, 새벽 공기 속에서 대부분의 집들은 문이 열려 있었다. 마치 가브리엘 천사가 긴 나팔을 울린 것 같았다. 터너 거리 꼭대기에 이른 그는 골프장으로 들어가서 가장 높은 곳의 페어웨이로 올라가 날이 밝기를 기다리며 앉아 있었다. 피곤하기도 하고, 행복하기도 하고, 우습기도 하고, 책임감과 그보다 훨씬 더 무거운 짐을 벗어 버린 것 같아 홀가분하기도 했다. 뭔가가 일어났다. 뭔가 변화가 일어났다. 신문을 읽는 사람들이 다들 그렇듯이, 그도 어떤 군인이 술에 취해서 이 행성을 태워 버릴지도 모른다는 공포와 평화로운 삶에 대한 강렬한 갈망을 모두 간직하게 되었다. 아직 젊은데도 그는 세상이 병들었다는 주장을 빨아들였다. 가끔은 지구의 심장 박동에 귀를 기울이는 것 같기도 했다. 마치 지구가 우울한 건강 염려증 환자라도 되는 것처럼. 강한 힘과 아름다움을 지니고 있으면서도 갑작스레 아무 의미 없는 죽음을 맞을 것 같다는 예감을 떨쳐 버리지 못하는 것처럼. 이제 위험한 순간은 지나간 것 같았다. 그는 인간이 이룩해 놓은 화려하고 평화로운 작품들이 영원할 거라는 생각을 하며 즐거워했다. 이런 감정을 말로 설명할 수는 없었다. 새벽도 말로 설명할 수 없었다. 심지어 멀리서 들려오는 기적 소리나 그가 지금 기대앉아 있는 나무의 모습도 말로 설명할 수 없었다. 그는 그저 밤이라는 거대한 통 속에 낮의 아름다운 빛이 가득 들어차고 나무 위에서 새들이 휘파람으로 사냥개를 부르는 천사들처럼 지저귀는 광경을 지켜보며 감탄할 뿐이었다.

집으로 가는 길에 그는 멜리사의 집에 들러 로마 여행권이 담긴 황금 달걀을 잔디밭에 숨겼다.

3부

28

완전히 다른 세상에서 태어나 자란 데다가 나이까지 많은 데도 오노라는 로마의 기념비적 건축물들을 찍은 사진을 많이 봤기 때문에 그 도시에 발을 들여놓는 것이 어떤 의미에서는 일종의 귀향과 같았다. 어렸을 때 그녀의 침실에는 하드리아누스의 무덤을 찍은 커다란 갈색 사진이 걸려 있었다. 잠이 오기를 기다리며 누워 있을 때, 병에 걸려 고생하다가 회복 중일 때, 북처럼 생긴 그 무덤의 모양과 사납게 날뛰는 천사의 모습이 그녀의 상념 속에 굳건히 자리를 잡았다. 집 뒤쪽의 거실에는 천사의 다리를 찍은 사진이 걸려 있었으며, 임페리얼 포럼을 찍은 두 장의 커다란 사진은 이 방 저 방으로 옮겨 다니다가 결국 요리사의 방에 걸리게 되었다. 따라서 그녀는 로마가 어느 정도 친숙했다. 그럼 사람들이 로마에서 하는 일은 무엇일까? 교황을 만나는 것. 오노라는 아메리칸 익스프레스 사무실에서 어떻게 하면 교황을 만날 수 있느냐고 물어보았다.

그곳 직원들은 그녀의 나이를 감안해서 매우 친절하게 그녀를 대했으며, 아메리칸 칼리지의 어떤 사제를 소개해 주었다. 그 사제는 그녀의 이야기에 예의 바르게 관심을 보였다. 그는 교황을 알현할 기회를 주선해 줄 수 있다고 했다. 시간이 잡히면 약속 시간으로부터 24시간 이내에 그녀에게 연락이 갈 거라면서 교황을 만날 때는 짙은 색 옷을 입고 모자를 써야 한다고 말해 주었다. 만약 교황의 축복을 받은 메달을 사고 싶다면 자신이 가게도 추천해 줄 수 있다면서(그는 그곳의 주소를 가르쳐 주었다.) 그 가게에 가면 종교적인 그림이 새겨진 훌륭한 메달을 20퍼센트 할인된 가격에 살 수 있다고 말했다.

그는 또한 교황이 영어를 말할 줄은 알지만 듣고 이해하는 실력은 그보다 조금 떨어지는 편이라는 얘기와, 만약 교황이 깜박 잊고 그녀의 메달에 축복을 내려 주지 않더라도 교황을 만난 것만으로도 축복을 받은 것이나 다름없다고 생각해야 한다는 얘기도 솜씨 좋게 에둘러서 설명해 주었다. 물론 오노라는 메달을 좋아하지 않았지만, 교황의 축복을 받은 메달을 귀하게 여길 친구들이 많았으므로 메달을 잔뜩 샀다. 어느 날 저녁 자신이 묵고 있는 펜시오네*로 돌아온 그녀는 바티칸에서 온 카드를 받았다. 다음 날 오전 10시에 교황을 알현하게 되었음을 알리는 카드였다. 그녀는 일찍 일어나서 옷을 갖춰 입었다. 그러고는 택시를 타고 바티칸으로 갔더니, 예복을 흠잡을 데 없이 차려입은 남자가 그녀의 이름을 물으며 카드를 달라고 했다. 그는 그녀의 이름을 '왑샷'이라고 발음했다. 그러고

---

* '펜션'의 이탈리아 식 발음.

는 그녀에게 죄송하지만 장갑을 벗어 달라고 말했다. 그의 영어 발음에 이탈리아 식 발음이 강하게 섞여 있었기 때문에 그녀는 그의 말을 이해하지 못했다. 그래서 설명을 더 들은 뒤에야 교황 성하 앞에서는 장갑을 끼지 말아야 한다는 뜻을 이해했다. 남자가 그녀를 데리고 계단을 올라갔다. 도중에 그녀는 다리를 쉬면서 숨을 고르느라 두 번이나 걸음을 멈춰야 했다. 두 사람은 대기실에서 30분 동안 기다렸다. 또 다른 관리가 문을 열고 그녀를 거대한 살로네*로 안내한 것은 11시가 지나서였다. 교황이 옥좌 옆에 서 있는 것이 보였다. 그녀는 교황의 반지에 입을 맞추고 자신을 이리로 안내한 관리가 권해 준 의자에 앉았다. 이제 보니 그 관리는 손에 쟁반을 들고 있었는데, 그 위에 수표가 여러 장 있었다. 교황을 알현하는 동안 교회에 헌금을 해야 할 거라는 생각을 미처 하지 못했기 때문에 그녀는 쟁반에 그냥 몇 리라만 올려놓았다. 그녀는 수줍음을 타지는 않았지만 뭔가 거룩한 것, 장엄하고 조직적인 세력의 정수와 마주하고 있다는 기분이 들어서 진정한 경외심을 느끼며 교황을 바라보았다.

"아이가 몇 명이나 됩니까, 부인?" 교황이 물었다.

"아, 전 아이가 없어요." 그녀가 큰 소리로 말했다.

"집은 어디입니까?"

"전 세인트보톨프스에서 왔어요." 그녀가 말했다. "작은 마을이에요. 아마 교황 성하께서는 들어 본 적도 없는 곳일 거예요."

"산바르톨로메오라고요?" 교황이 흥미를 보이며 물었다.

---

* '살롱'의 이탈리아 식 발음.

"아뇨, 보톨프스예요."

"산바르톨로메오 디 파르노." 교황이 말했다. "디 사빌리아노, 바르톨로메오 일 아포스톨로, 일 레페로, 바르톨로메오 카피타니오, 바르톨로메오 델리 아미데이."

"보톨프스요." 그녀는 그냥 건성으로 다시 말해 주었다. 그러고는 느닷없는 질문을 던졌다. "가을에 미국 동부에 와 본 적이 있으세요, 교황 성하?" 그는 미소를 지으며 흥미를 보이는 듯했지만 아무 말도 하지 않았다. "세상에, 얼마나 아름다운지 몰라요." 그녀가 탄성을 질렀다. "그렇게 아름다운 풍경은 아마 세상 어디에도 없을 거예요. 황금색과 노란색을 잔뜩 수확해 놓은 것 같아요. 물론 낙엽들은 아무 쓸모도 없으니까 치워야 되는데 제 몸이 너무 늙어서 마음대로 움직이지 않으니까 돈으로 사람을 사서 낙엽을 긁어 태우라고 시켜야 하지만, 그래도 풍경이 얼마나 아름답고 풍요롭게 보이는지, 아, 돈이 많아 보인다는 얘기가 아니에요, 어쨌든 어딜 봐도 황금빛 나무들이 있어요. 사방이 황금빛이죠."

"부인의 가족을 축복해 드리겠습니다." 교황이 말했다.

"감사합니다."

그녀는 고개를 숙였다. 교황은 라틴 어로 축복의 기도를 했다. 기도가 다 끝났다는 생각이 들었을 때 그녀는 큰 소리로 아멘이라고 말했다. 이제 알현은 끝났다. 어떤 관리가 그녀를 아래로 데리고 내려갔고, 그녀는 스위스 위병들을 지나쳐 주랑으로 돌아갔다.

멜리사와 오노라는 서로 만나지 못했다. 멜리사는 아벤티네에서 하녀를 두고 아들과 함께 살면서 포폴로 광장 근처의 음향 스튜디오에서 일했다. 이탈리아의 스펙터클 영화들을 영어로 더빙하는 것이 그녀의 일이었다. 그녀는 막달라 마리아, 들릴라, 헤라클레스가 가장 좋아하는 여자의 목소리를 연기했다. 하지만 그녀는 로마의 우울함을 느끼고 있었다. 로마의 우울함이 뉴욕의 우울함이나 파리의 우울함보다 더 독하지는 않지만 자기만의 표정을 갖고 있으며, 형태를 막론하고 모든 감정적 욕지기가 다 그렇듯이 일단 힘을 발휘하기 시작하면 덫에 걸려 죽어 있는 쥐처럼 지극히 평범한 광경도 묵시록의 한 장면처럼 보이게 만든다. 멜리사가 설사 향수를 느끼고 있었다 해도, 미국식 생활의 페이소스, 아름다움, 활기를 연상시키는 장면들이 머릿속에 선명하게 떠오르는 것은 아니었다. 그녀는 델라웨어 강에서 한 번 더 카누를 타고 싶은 생각도 없었고, 서스쿼해나 강의 어스레한 강둑에서 하모니카 연주를 한 번 더 듣고 싶은 생각도 없었다. 그녀의 우울함은 아주 간단한 말조차 이해할 수 없다는 사실과 사기를 당하는 것 같다는 속상한 마음에서 나온 것이었다. 비 오는 날 캄피돌리오에서 여행 가이드는 그녀를 데리고 마르쿠스 아우렐리우스의 동상 주위를 빙빙 돌면서 계절과 불황에 대해 불평을 늘어놓았다. 겨울이라 빗줄기가 너무 차가웠기 때문에 빗줄기를 막아 줄 무화과 이파리 하나 없이 지붕 위에 알몸으로 서 있는 수많은 신과 영웅들이 안쓰럽다는 생각이 들었다. 포룸의 습한 공기, 17세기에 지어진 계단통의 냉기, 로마의 쓸쓸한 부엌들. 거기에는 대리석 도마가 있고, 벽에는 죽은 파리가 덕지덕지 붙어 있었으며, 때 묻은 성모의 그림은 가스가 새는 파이프 위에 걸려 있었다. 전쟁의 기운이 한시도 떠나지 않는 유럽 어느 도시의 가을. 아우렐리우스의 벽에서 가장 높은 구멍에 피어난 꽃들이 시들어 가는 것. 로마 시내 곳곳 교회의 둥근 지붕을 에워싸고 서 있는 성자와 천사 들의 발가락 사이에서 돋아난 풀. 로마 인들의 흉상이 쌓여 있는 카피톨리네 미술관의 그 방. 그곳에서 그녀는 제국의 힘의 정수나 명암을 느끼는 대신 밀 농사를 지으려고 북쪽 위스콘신으로 간 일가친척을 떠올렸다. 흉상들 속에 바바라 숙모, 스펜서 숙부, 사촌인 앨리스, 호머, 랜들, 제임스가 모두 있는 것 같았다. 흉상들은 그들과 똑같이 이목구비가 뚜렷하고 머리카락이 굵었다. 생각에 잠긴 표정, 강인한 표정, 걱정스러운 표정도 똑같았다. 왕의 아내들은 왕을 내조했다. 대리석 옥좌에 앉은 그들의 모습은 마치 오븐에 파이를 구우면서 남편이 밭에서 돌아오기를 기다리는 것 같았다. 그녀는 정신을 바짝 차리고 바쁜 척하며 거리를 걸어 보려고 했다. 현대 유럽 역사의 비극에 마음을 빼앗긴 사람처럼. 거리를 걷는 대부분의 사람들이 그렇게 보였기 때문에. 하지만 그녀의 다정한 미소를 보면 누구나 그녀가 로마 인이 아님을 분명히 알 수 있었다. 그녀는 자기 또래건 아니건 모든 여성들이 이 나라에서 저 나라로 옮겨 갈 때 짊어지고 다니는 습관의 무게를 느끼며 보르게세 공원을 걸었다. 식사 습관, 음주 습관, 옷 입는 습관, 휴식을 취하는 습관, 불안의 습관, 희망의 습관, 그리고 그녀의 경우에는 죽음을 두려워하는 습관까지. 공원의 불빛에 그녀가 턱없이 커다란 짐을 지고 있다는 사실이 훤히 드러나는 것 같았다. 이곳의 풍경 전체와 저 멀리 보이는 산들은 그녀보다 가벼운 짐을 들고 여행하는 사람들을 위해 마련된 것 같았다. 그녀는 이끼 때문에 질식할 지경인 분수대를 지나갔다. 대리석

영웅들 사이로 낙엽이 떨어지고 있었다. 비행사 모자를 쓴 영웅, 턱수염을 기른 영웅, 월계관을 쓰고 스카프처럼 생긴 넥타이를 매고 모닝코트를 입은 영웅, 세월의 풍상이 변덕을 부린 탓에 대리석 얼굴이 망가져 버린 영웅. 고민과 불안에 휩싸여서 그녀는 걷고 또 걸으며 커다란 나무의 그늘과 함께 사람의 어깨에 내려앉는 고요함에서 약간의 기쁨을 느꼈다. 그녀는 폐허에서 올빼미 한 마리가 날아오르는 것을 지켜보았다. 길이 꺾어지는 지점에서는 금잔화 냄새가 났다. 공원은 온통 연인들 천지였다. 서로에게 몹시 다정하고 쾌락에 대해 솔직한 사람들. 그녀는 어떤 커플이 분수대 옆에서 키스하는 모습을 지켜보았다. 그런데 갑자기 남자가 벤치에 앉더니 한쪽 신발에서 자그마한 돌조각을 꺼냈다. 이 사건의 의미가 무엇이든, 멜리사는 자신이 로마를 떠나고 싶어 한다는 것을 깨닫고 그날 밤 섬으로 가는 기차를 탔다.

29

에밀은 거의 여름 내내 일자리를 구하지 못했다. 가을이 되자 외삼촌 해리가 뉴욕의 어떤 회의에 참석하러 온 길에 에밀과 어머니를 만나러 왔다. 그는 유쾌하고 뚱뚱했으며, 톨레도에서 선박 물품 조달 사업을 하고 있었다. 그는 조달업자로서 영향력을 발휘해 에밀에게 일자리를 마련해 줄 수 있다고 했다. 로테르담이나 나폴리 항로를 정기적으로 오가는 배의 무면허 선원 자리였다. 에밀은 삼촌의 말을 듣자마자 그 일을 하겠다고 했다. 해리 삼촌은 톨레도로 돌아간 뒤 편지를 통해 에밀에게 주말부터 S. S. 재닛 렁클 호에서 갑판 선원으로 일할 수 있게 되었다고 알려 왔다.

에밀은 파시니아의 여행사에서 톨레도 행 버스 표를 사고 어머니에게 작별 인사를 한 뒤 뉴욕으로 갔다. 버스는 그날 밤 9시 출발 예정이었지만, 8시부터 이미 10여 명의 승객들이 정거장에서 버스를 기다리고 있었다. 그들은 여행자들이었다. 화려한 옷, 수줍은 표정, 새로 산 가방이 그 증거였다. 누구나 특별한 장소, 특별한 전적지, 무덤, 성당 등에 자기 나라의 고갱이와 목적이 가장 많이 드러나 있다고 생각하는 것 같다. 기차역, 공항, 버스 정거장, 부두는 동포들의 위대함이 드러나는 장소 같았다. 대부분의 승객들은 마치 사치를 금하는 법정에 가는 사람들처럼 옷을 입고 있었다. 구두는 발에 꼭 끼고, 장갑은 뻣뻣하고, 모자는 너무 무거웠다. 하지만 이런 특별한 옷차림은 그들이 여행에 관한 고대의 전설(테세우스와 미노타우로스의 전설)을 아주 어렴풋하게나마 아직 기억하고 있음을 암시하는 것 같았다. 그들의 눈은 완전한 무방비 상태였다. 이단자인 그들 중 두 명이 슬쩍 시선을 주고받기만 해도 에로스의 심연에 빠져 버릴 것만 같았다. 그래서 그들은 자기 자신, 자기 가방, 포장된 길바닥 또는 정거장 위에 불이 켜지지 않은 채 매달려 있는 전광판만 바라보았다. 9시 20분 전에 전광판에 불이 들어왔다. 톨레도라는 글자가 전광판에 나타난 것이다. 사람들은 부스럭거리며 일어서서 앞으로 나아갔다. 그들의 얼굴은 빛으로 가득 차 있었다. 마치 방금 커튼이 올라가면서 새로운 삶이, 절박함과 아름다움을 지닌 낙원이 눈앞에 나타나기라도 한 것처럼. 사실 커튼이 올라가면서 나타난 것은 저지의 늪지, 심야 영업을 하는 식당, 오하이오의 초원, 편안하지 않은 꿈 같은 것들이었는데 말이다. 버스 창문은 연한 초록색이었다. 그래서 버스가 시내를 빠져나갈 때 가로등이 모두 초록색으로 불타는 것 같았다. 마치 온 세상이 공원이 되기라도 한 것처럼.

그는 푹 자고 새벽에 깨어났다. 그날 하루 종일 버스는 오하이오를 가로질렀다. 초록색 유리창 때문에 주위 풍경이 무시무시하게 보였다. 마치 태양이 차가워져서 지구의 생명이 몇 시간 남지 않은 것 같았다. 이 묘한 햇빛 속에서 사람들은 히치하이크를 하고, 잡초를 깎고, 중고차를 팔았다. 그날 늦게 버스는 톨레도 외곽에 이르렀지만, 그가 보기에는 자기가 살던 파시니아와 별로 다를 것이 없어 보였다. 햄버거 판매대가 있고, 신선한 채소를 파는 가게도 있고, 전구들을 줄줄이 매단 중고차 전시장도 있고, 동물 병원도 있고, 수영복 차림으로 휘발유를 쓰는 잔디깎이 기계를 밀고 있는 여자도 있고, 빨래를 널고 있는 임신부도 있고, 느릅나무와 단풍나무도 있었다. 모든 것이 똑같았다. 들판에서 야생 당근이 자라는 것도. 그래서 시내 중심가까지 가 보기 전에는 여기가 파시니아인지 톨레도인지 구분할 수가 없었다.

다른 승객들은 이리저리 흩어졌지만 에밀은 여행 가방을 든 채 모퉁이에 서 있었다. 허공에서 풀 냄새가 나는 것 같았다. 주변의 농장이나 호수에서 나는 냄새일 터였다. 가로등 불빛이 타오르고 있었고, 상점 진열창에도 불이 들어와 있었지만, 석양의 장밋빛이 아직 남아 있었다. 그는 야구장에서 더블헤더* 경기의 4회나 5회에 하늘이 아직 파란데도 조명등에 불이 들어올 때처럼 마음이 들떴다. 날씨가 전혀 춥지 않았는데도 그는 부르르 몸을 떨었다. 이런 시간에 이렇게 맥 빠진 시골의 공기 속에는 생경함이 교묘하게 배어 있는 것 같았다. 그는 경찰관에게 유니언 홀로 가는 길을 물었다. 한참 걸어가야 한다

---

* 야구에서 두 팀이 같은 날 계속해서 두 경기를 치르는 것.

고 했다. 햇빛은 이미 건물들 위로 솟아올라 하늘을 벗어나 버렸으므로, 그는 가게, 식당, 술집에서 새어 나오는 빛 속을 걸었다. 유니언 홀에 도착해 보니 사람이 전혀 없는 것 같았다. 유니언 홀의 벽은 초록색이었고, 바닥에는 기름이 칠해져 있었으며, 사람들이 앉아서 기다릴 수 있는 벤치가 마련되어 있었다. 창구에 앉은 남자가 그에게서 요금으로 30달러를 받고는 그의 삼촌이 필요한 조치를 취해 두었다고 말했다. 그날 밤 배에 올라 물건 선적이 끝나는 대로 출항할 예정이라는 말도 해 주었다. 그는 벤치에 앉아 선원들이 나타나기를 기다렸다.

가장 먼저 나타난 사람은 요리사였다. 키가 작은 그가 갈색 양복을 입고 나타나 창구에 앉은 친구에게 인사를 하고는 에밀에게 자기소개를 했다. 그는 안색이 나빴고, 코는 부러진 것을 치료하지 않고 그대로 내버려 둔 모양이었다. 그의 얼굴에서 가장 먼저 눈에 띄는 것이 바로 그 점이었다. 그리고 원숭이 같은 눈빛도. 부러진 코가 그의 얼굴을 지배했다. 넓게 퍼진 콧구멍 때문에 약삭빠른 눈빛이 원숭이처럼 보였다. 일요일 오후에 동물원에서 볼 수 있는 냉정한 원숭이의 눈처럼 때로는 장난스럽고, 때로는 생각에 잠긴 것처럼 보였다. "작년에 우리랑 같이 배를 타고 나갔던 친구랑 아주 판박이로구먼 그래." 그가 말했다. "패프라는 친구였지. 어떤 대학에서 장학금을 받았다며 바다를 떠났어. 그런데 자네가 그 친구랑 아주 판박이야."

에밀은 대학에서 장학금을 받은 사람과 닮았다는 말이 기분 좋았다. 그 낯모르는 사람의 총명함이 그의 어깨에도 살짝 묻은 것 같았다. 다른 선원들도 어슬렁어슬렁 나타나서는 하나

같이 그에게 패프와 꼭 닮았다고 말했다. 1등 항해사는 야구 선수처럼 모자를 뒤로 젖혀 쓴 젊은이였는데, 명랑하고 적극적이지만 호전적인 사람처럼 보이지는 않았다. 2등 항해사는 가느다란 콧수염을 기르고 올이 해진 제복을 입은 노인이었다. 그는 지갑에서 자기 딸 사진을 꺼내 에밀에게 보여 주었다. 사진 속에서는 발레복을 입은 소녀가 임대 아파트 옥상에서 포즈를 취하고 있었다. 그 다음에 나타난 사람은 선실 사환이었다. 그는 네브래스카의 초가집에서 자란 사람들 특유의, 점잔 빼는 분위기를 지닌 젊은이였다. 절대적인 절망 속에서 형성된 일종의 우아함이라고나 할까. 선원은 모두 서른다섯 명이었다. 가장 마지막으로 나타난 사람은 바벨을 든 검은 피부의 남자였다.

택시가 그들을 시내 밖으로 실어 날랐다. 에밀은 운전사, 요리사와 함께 앞자리에 앉아 톨레도를 눈에 익히려고 애썼다. 불빛과 건물 들이 있고, 저 멀리 강이 보였다. 반대편 차선의 사람들 중에 수영복 차림이 많은 것으로 보아 근처에 해수욕장도 있는 것 같았다. 에밀은 톨레도가 현실처럼 느껴지지 않는다는 사실에, 자신의 마음이 아직도 파시니아에 대부분 남아 있다는 사실에 마음이 심히 불편해졌다. 일행은 기찻길을 건너 어두운 동네로 들어갔다. 불빛이라고는 가스 분해 공장에서 나오는 빛밖에 없고, 여기저기 길모퉁이에는 살롱이 있었다. 일행이 어떤 문 앞에서 멈추자 제복을 입은 남자가 요리사의 얼굴을 보고 안으로 들여보내 주었다. 문을 지나니 황무지가 나왔고, 흰 도로를 따라 방향을 꺾자 넓게 원을 그리고 있는 불빛이 나타나면서 시끄러운 엔진 소리가 들려왔다. 두세 시간 전에 이리 호반에서 해가 이미 졌음에도 S. S. 재닛 렁클 호가 어둠 속에서 짐을 싣고 있었다. 크레인, 자아틀, 광석 적재기, 지게차, 보조 기관, 개저식 화물차, 배의 기적 소리 등이 사랑의 고뇌를 표현한 음악처럼 허공을 가득 채웠다.

승객들은 한밤중에 배에 올랐다. 가장 먼저 오른 사람은 아내인지 딸인지 모를 여자를 데려온 노인이었다. 그는 긴 트랩을 곧바로 올라왔지만, 일행인 여자는 무서워하는 것 같았다. 결국 그녀가 하이힐을 벗으면 어떻겠느냐는 말이 나왔고, 선원들이 그녀의 앞뒤에 각각 한 명씩 서서 천천히 그녀를 데리고 트랩을 올라왔다. 그 다음으로 배에 오른 사람은 아내와 자녀 셋을 데려온 남자였다. 아이 한 명이 울고 있었다. 마지막으로 배에 오른 사람은 기타를 든 젊은이였다. 에밀은 4시에 근무를 시작해서 같은 조의 다른 선원들과 함께 호스로 갑판에 물을 뿌렸다. 그는 패프의 방수복을 입고 있었다. 선장은 5시에 예인선을 보내라고 지시했으나, 예인선이 늦어지자 선원 두 명을 의자형 발판에 태워 뱃전으로 내려보내 밧줄과 자아틀을 이용해 배를 항로로 끌어내게 했다. 동틀 무렵에 배의 굴뚝에서 연기가 피어오르기 시작했고, 에밀은 새벽별을 보며 안전한 항해를 기원했다.

아침 조는 호스로 갑판에 물을 뿌리고, 상갑판 위의 구조물들과 갑판실을 물과 비누로 닦았다. 오후 조는 페인트 조각을 떼어 냈다. 일은 쉽고 동료들은 유쾌한 사람들이었지만 음식은 끔찍했다. 에밀이 지금까지 먹어 본 음식 중에서 최악이었다. 아침 식사 때에는 분말 달걀이 나왔고, 저녁 식사 때에는 기름기 많은 고기와 감자가 나왔으며, 매일 밤 치즈와 얇게 저민 냉육이 나왔다. 에밀은 항상 배가 고팠다. 어찌나 배가 고팠던지 세상이 원망스러울 정도였다. 밤마다 그가 마주하는 치즈와 냉육 접시는 교회의 신성한 의식처럼 어리석음과 무심함을 상징하는 것 같았다. 세상은 그의 욕구, 포부, 나이를 모두 이해해 주지 않았고, 치즈와 냉육이 상황을 더욱 악화시켰다. 어느 날 저녁 그는 화를 내며 취사실을 나와 선미로 돌아갔다. 잠시 후 사이먼이 그의 옆에 나타났다. 사이먼은 바벨을 들고 있던 그 선원이었다. "이 렁클 호 말이야," 사이먼이 말했다. "음식이 형편없다고 온 세상에 소문이 다 났어."

"배고파." 에밀이 말했다.

"난 나폴리에서 다른 배로 갈아 탈 거야. 나한테 여행자 수표로 400달러가 있어. 너도 나랑 같이 가자."

"배고파."

"나폴리에 가면 미국 식당이 있어. 로스트비프, 으깬 감자. 심지어 클럽 샌드위치도 있어. 나랑 같이 가자."

"어디로?" 에밀이 물었다. "어디로 갈 건데?"

"라드로스." 사이먼이 말했다. "난 미남 대회에 나갈 거야. 내가 보기에 사람이 얻을 수 있는 기회는 한정돼 있어. 그런데 내가 확실히 아는 것 한 가지는 내가 잘생겼다는 거야. 난 진짜 잘생겼어. 내가 가진 게 그것뿐이니까 너무 늦기 전에 그걸로 돈을 벌어야지. 라드로스에서 그 대회에 나가면 2000~3000달러를 벌 수 있어."

"미쳤어."

"뭐, 내가 왕자병인 건 사실이야. 난 왕자병이 아주 심한 남자야. 거울 앞을 지나갈 때마다 반드시 거울을 들여다보면서 참 잘생겼다는 생각을 하거든. 언제나. 어쨌든 나랑 같이 가자. 나랑 같이 그 식당에 가는 거야. 사과 파이도 있고 햄버거도 있어."

"난 블루베리 파이가 좋아. 그 다음으로 좋아하는 건 레몬 머랭. 그 다음은 살구."

에밀은 뚱한 표정으로 치즈와 냉육 접시 너머의 아조레스 제도를 바라보았다. 지브롤터는 미트로프였다. 그는 스페인 해안을 떠내려 오며 물에 퉁퉁 불은 스파게티를 먹었다. 어느 날 아침 일찍 배가 나폴리에 정박했을 때, 그는 사이먼의 포부에 관심이 없었는데도 달리 선택의 여지가 없다는 생각이 들었다. 그들은 오전 중반에 렁클 호를 떠나 미국 식당으로 갔다. 에밀은 그곳에서 햄에그 두 접시와 클럽 샌드위치 하나를 먹어 치웠다. 톨레도를 떠난 뒤 처음으로 기운이 좀 나는 것 같았다. 두 사람은 파도가 이는 바다에서 라드로스 행 오후 배를 탔다. 사이먼이 뱃멀미를 했다. 미남 대회 본부는 중앙 광장의 카페에 있었다. 사이먼은 얼굴이 노랗게 질렸으면서도 배에서 내리자마자 그곳으로 달려가 참가 등록을 하고 참가비를 냈다. 두 사람은 항구 근처의 숙소에서 침상을 얻었다. 스물다섯 명에서 서른 명쯤 되는 대회 참가자들이 머무르고 있는 곳이었다. 사이먼은 열심히 근육 운동을 했다. 그는 몸에 기름을 바르고 일광욕을 했으며, 다른 사람들과 마찬가지로 슬립이라는 것을 입었다. 그것은 일종의 음경 가리개였다. 그는 보트를 빌려 오전에 그 안에서 운동을 했다. 낮잠을 자고 일어난 뒤에는 바벨을 들었다. 에밀은 넉넉한 미국식 트렁크 차림으로 오전에 그와 함께 노를 젓고 바위섬 근처에서 헤엄을 치며 즐거운 시간을 보냈다.

날이 몹시 덥고 라드로스에는 많은 사람이 북적였지만, 바다는 그가 한 번도 본 적이 없는 색깔을 띠고 있었다. 공기 중에도 뭔가가 있었다. 외면당한 양심 같은 것. 그 때문에 고향의 백사장과 검은 바다가 냉담한 잔소리꾼처럼 보였다. 그는 나폴리 만을 건너면서 망설임을 다 떨쳐 버린 것 같았다. 대회는 토요일이었는데 금요일에 사이먼이 심한 식중독에 걸렸다. 에밀이 약국에서 약을 좀 사다 주었지만, 사이먼은 밤새 잠을 거의 자지 못해 아침에는 침대에서 일어날 기운도 없었다. 에밀은 그가 너무 안쓰러웠다. 자기가 도울 수만 있으면 돕고 싶었다. 그는 이미 저축한 돈을 다 써 버렸다. 그의 유일한 포부가 우스꽝스러운 것이라 해도 누가 그를 비난할 수 있을까? 사이먼은 에밀에게 자기 대신 대회에 나가 달라고 부탁했고, 에밀은 결국 그러마고 했다. 그가 어쩔 수 없이 그런 결정을 내린 것은 따분함이라는 괴물을 도저히 이길 수 없기 때문이었다. 대회에 나가는 것 말고는 달리 할 일이 없었다. 그는 수영복을 입고 사이먼의 참가 번호를 달고는 4시 조금 지나서 광장으로 갔다. 뜨겁고 밝은 햇빛이 여전히 거리 발치에 머물러 있었지만, 광장에는 그늘이 져 있었다. 기다리는 시간이 몹시 길었다. 이윽고 영국인 관광객들이 배를 타고 와서 광장 외곽의 탁자들을 채웠다. 그리고 참가 번호 순서대로 행렬이 시작되었다.

그는 뚱하게 보이고 싶지 않았다. 그건 사이먼한테 잘못하는 짓이 될 테니까. 하지만 초연해 보이고 싶기는 했다. 애당초 자기는 여기에 참가할 생각이 없었음을 분명히 하기 위해서.

그는 아래쪽의 사람들을 보지 않고 대신 카페 뒤의 벽에 걸려 있는 산펠레그리니 광천수 광고판을 노려보았다. 어머니가 이 모습을 보면 무슨 생각을 할까? 삼촌은? 돌아가신 아버지의 유령은? 그가 살던 파시니아의 그 어두운 집은 어디 있는 걸까? 광장을 다 가로지른 그는 다른 사람들과 함께 기다리다가 카페 주인의 손에 끌려 카페 안으로 들어갔다. 그제야 그는 카페 안으로 들어온 참가자가 겨우 열 명밖에 안 된다는 사실을 깨달았다. 이건 그가 순위 안에 들었다는 의미였다.

이제 날이 어두워지고 있었다. 특히 하늘의 색이 점점 짙어져 포도 색으로 변하는 모습을 보면서 그는 고향에서 멀리 떨어진 곳에 와 있는 것이 그리 나쁘지만은 않다는 생각을 하게 되었다. 이제 광장에는 사람들이 북적거렸다. 대회에서 뽑힌 열 명의 남자들은 바 앞에 서서 커피와 포도주를 마셨다. 공통의 경험과 순위 안에 들었다는 수상쩍은 영광이 그들을 하나로 묶어 주었지만, 언어의 장벽이 그들을 서로에게서 소외시켰다. 에밀은 프랑스 인과 이집트 인 사이에 서 있었는데, 서투른 이탈리아 어를 몇 마디 하고 나서 미소를 지어 보이는 것이 고작이었다. 자신이 상냥하고 침착한 사람임을 상대가 알아 줄 거라는 희망을 안고서. 하지만 사실 그가 지은 것은 얼빠진 미소였다. 광장이 점점 더 어두워지고, 햇빛은 사라져 버렸다. 그들은 바텐더들의 작품을 돋보이게 할 뿐 사람을 돋보이게 하는 데에는 전혀 도움이 안 되게 일부러 경제적으로 배치한 카페의 벌거벗은 불빛 아래 서 있었다. 옷을 입지 않았다는 점만 빼면, 어디든 자기 삶의 중심이 되는 곳, 어디든 자신을 원하는 사람이 기다리고 있는 곳으로 돌아가는 길에 술이나 한잔 하려고 들른 인부나 사무원이나 배심원 들이라고 해도 될 것 같았다. 에밀은 이제부터 뭐가 어떻게 돌아갈지 몰랐기 때문에 카페 주인에게 손짓 발짓으로 물어보았다. 주인은 한참 동안 뭐라고 설명했다. 그것이 그들, 그러니까 열 명의 수상자들이 조금 있으면 경매를 통해 광장에 모여든 사람들에게 팔릴 거라는 말임을 에밀이 깨닫는 데에는 또 한참 시간이 걸렸다. "난 미국인이에요." 에밀이 말했다. "우리나라에서 노예제도는 안 될 일이에요!"

"Niente, niente.*" 카페 주인은 에밀에게 경매에 나가고 싶지 않다면 그냥 가도 된다고 상냥하게 설명해 주었다. 자기 나라였다면 에밀은 화를 내며 집으로 가 버렸겠지만, 여긴 자기 나라가 아니었다. 게다가 호기심 또는 그보다 더 심오한 뭔가가 그를 그 자리에 붙들어 두었다. 그는 낯선 환경, 불빛, 상황이 자신의 도덕관념에 영향을 미칠 수 있다는 사실에 충격을 받았다. 자신은 그런 사람이 아님을 확인하려고 파시니아의 거리들을 떠올리려 했지만 그곳이 너무나 멀게 느껴졌다. 방, 거리, 의자, 탁자 같은 것들이 정말로 그의 성격을 일부 바꿔 놓을 수 있는 걸까? 풍경과 음식이 그의 도덕관념에 영향을 미칠까? 나폴리 만을 건널 때 자신의 성격, 선과 악을 구분하는 능력을 잃어버린 걸까?

광장에서 악단이 연주를 시작했고, 카페 뒤에서는 축포가 몇 발 울렸다. 이윽고 카페 주인이 문을 열고는 이반이라는 남자를 불렀다. 이반은 함께 서 있던 남자들에게 미소를 지어 보

---

* 아무것도 아니야, 아무것도 아니야.

이고는 테라스로 나가 자그마한 단 위에 올라섰다. 그는 지금의 상황을 점잖게 받아들이고 있는 것 같았다. 에밀은 테라스로 나가 아카시아 나무 밑에 몸을 숨겼다. 사람들이 가벼운 마음으로 농담을 하듯 입찰을 시작했다. 하지만 점차 액수가 올라가면서 그는 저 젊은이 자체가 판매 대상임을 깨달았다. 액수는 금방 15만 리라까지 올라갔다. 그 다음부터는 사람들이 액수를 부르는 속도가 느려졌고, 군중 사이의 동요는 에로틱했다. 이반은 태연한 것처럼 보였지만, 심장이 벌렁거리는 것이 눈에 보일 정도였다. 이것이 죄일까. 에밀은 생각했다. 만약 죄라면 왜 이 자리에 있는 모든 사람의 깊은 속내가 훤히 드러난 것처럼 보이는 걸까? 지금 매물로 나와 있는 것은 육체라는 최고의 쾌락, 모든 것을 잊게 만드는 그 괴로운 힘이었다. 색욕의 동굴과 아름다운 하늘, 궁전과 계단, 천둥과 번개, 위대한 왕과 물에 빠져 죽은 뱃사람이 모두 여기 있었다. 액수를 불러 대는 사람들의 목소리를 들어 보면, 그들이 평생 동안 원한 것은 오로지 이것뿐인 것 같았다. 경매는 25만 리라에서 끝났다. 이반은 단에서 내려와 어둠 속으로 걸어 들어갔다. 에밀의 눈에는 보이지 않는 누군가가 아까부터 그 어둠 속에서 차를 가지고 대기 중이었다. 차에 시동을 거는 소리가 들리더니 전조등 불빛이 무너진 담을 비췄고, 차는 그 자리를 떠났다.

아합이라는 이집트 인이 다음 차례였지만 뭔가 이상했다. 그는 모든 것을 다 아는 사람처럼 빙그레 웃었고, 빨리 누군가에게 팔려서 주인이 원하는 일을 해 주고 싶어 안달이 난 사람처럼 보였기 때문에 몇 분 만에 5만 리라에 낙찰되었다. 하지만 파올로라는 남자가 경매장의 분위기를 다시 에로틱하게 만들었기 때문에, 사람들은 이반이 올라섰을 때처럼 천천히 갈라진 목소리로 액수를 불러 댔다. 그 다음에는 피에르라는 남자가 단 위에 올라섰는데, 입찰이 조금 지연되었다.

뭔가 이상했다. 그에게는 건강미가 없었다. 포도주를 너무 많이 마셨거나 너무 피곤했는지 단 위에 서 있는 모습이 막대기처럼 뻣뻣했다. 그의 슬립은 아주 깊게 파여서 음모가 보일 정도였고, 그의 포즈는 어렴풋이 고전적인 냄새가 났다. 엉덩이를 비스듬히 기울이고 한 손을 구부려 허벅지에 댄 자세. 고전적이다 못해 아득한 옛날을 연상시키는 모습, 남자들이 악몽 속에서 몇 번이나 거듭 보았던 모습 같았다. 얼굴도, 목소리도, 체취도, 추억도 없는 사랑의 얼굴. 개성과 성격이라는 알갱이 없이 모래처럼 거칠기만 한 혼란. 사랑의 어리석음, 복수심, 음탕함을 모두 일깨워 주는 존재. 광장에 모인 타락한 사람들이 그를 보고 갑자기 품위와 점잖음을 고집스레 사랑하게 된 것 같았다. 그를 보느니 차라리 메뉴판에 적힌 음식 가격을 보는 편이 나을 것 같았다. 그는 교활하고 사악하게 보였으며 다른 사람들보다 훨씬 더 외설적이고 유혹적이었지만 아무도 그에게 신경을 쓰지 않는 것 같았다. 광장의 분위기가 미묘하게 변했다. 1만 리라. 1만 2000리라. 더 이상 액수를 부르는 사람이 없었다. 에밀이 본 것 중에 최악의 경매였다. 이반은 어둠 속에 얼굴을 감추고 있어서 누구인지 정체를 알 수 없는 사람에게 자신을 팔았다. 하지만 전혀 신성하지 않은 보상을 받고 신성하며 신비스러운 의식을 기꺼이 수행하려 하는 피에르를 아무도 원하지 않는다는 사실, 기꺼이 죄를 저지를 각오가 되어 있는데도 결국은 그가 숙소에서 양이나 세며 조용히 하룻밤을 보내게 될지도 모른다는 사실이 그보다 더 수치스럽고 더 죄스러운 일 같았다. 뭔가 이상했다. 비록 외설적인 약속이기는 해도 약속이 깨어졌다. 에밀은 동료의 모습을 보며 수치심 때문에 식은땀을 흘렸다. 욕정을 품고 있는데도 선택받지 못하는 것이 세상에서 가장 꼴사납고 추잡한 일 같았으니까. 결국 피에르는 2만 리라에 팔렸다. 카페 주인이 에밀을 바라보며 혹시 마음이 바뀌지 않았느냐고 물어보았다. 에밀은 자부심에 취해서 자기는 절대 피에르 같은 일을 당하지 않을 거라는 사실을 증명하겠다는 결의 때문에 앞으로 나아가 단 위에 서서 광장의 불빛들을 대담하게 바라보았다. 마치 세상과 대면하기라도 하듯이.

경매는 활기차게 진행되었고, 그는 10만 리라에 팔렸다. 그는 단에서 내려와 탁자들 사이를 지나 어떤 여자가 앉아 있는 자리로 갔다. 멜리사였다.

그녀는 그를 차에 태우고 여러 개의 언덕을 넘어 어떤 별장 안으로 들어갔다. 분수대에서 나는 시끄러운 소리와 나뭇가지 사이에서 나는 나이팅게일의 노랫소리가 들렸다. 이곳에서 그는 자신이 나폴리 만을 건널 때 선과 악을 구분하는 능력을 함께 가져오지 않았음을 분명히 알았다. 감각의 폭발, 인생이 그에게 안겨 준 짐들과의 단절이 너무나 완벽해서 마치 하늘을 날고 물속을 헤엄치는 것 같았다. 그의 삶과 죽음이 이미 널리 알려진 모든 사실들과 아무 상관이 없는 것 같았다. 자신이 스스로를 마구 때려 부순 뒤 부활시키고, 지상의 세계와 달력에 매이지 않은 대단히 관능적인 차원에서 자신의 영혼을 파괴한 뒤 재건하는 것 같았다.

정원에 있는 수영장에서 두 사람은 수영을 했고, 테라스에서 식사를 했다. 이번에는 그녀와 함께 있는 동안 전혀 의식이 돌아오지 않는 것 같았다. 아니, 어쩌면 새로운 차원의 의식을 발견한 것 같기도 했다. 이 집에 있는 여섯 마리의 개들이 두 사람을 지켜보았다. 하인들은 음식과 술이 담긴 쟁반을 들고 나타나곤 했다. 시간이 얼마나 흘렀는지 전혀 감이 잡히지 않았지만, 이 집에 온 지 일주일이나 열흘쯤 된 것 같다는 생각이 들던 어느 날 아침에 그녀가 라드로스에 볼일이 있다며 점심 전에는 돌아올 거라고 말했다.

2시가 되어도 그녀가 돌아오지 않았기 때문에 그는 테라스에서 혼자 점심을 먹었다. 하녀들은 식탁을 치운 뒤 낮잠을 자려고 2층으로 올라갔다. 계곡 전체가 고요했다. 그는 수영장 옆의 풀밭에 누워 그녀가 돌아오기를 기다렸다. 생생하게 느껴지는 관능적인 감각 때문에 마치 마약에 취한 것 같았다. 마약을 제때 먹지 못한 사람처럼 그녀가 돌아오지 않는 것이 고통스러웠다. 검은 개들은 풀밭에서 그의 주위에 누워 있었다. 개두 마리는 그에게 계속 막대기들을 물어다 주었다. 던져 달라는 뜻이었다. 녀석들은 고집스럽고 끈질겼다. 몇 분마다 한 번씩 그의 발치에 막대기를 떨어뜨렸다. 그러고는 그가 그것을 즉시 알아차리지 못하면 그의 주의를 끌려고 아우성을 쳐 댔다. 도로에서 차 소리가 들려오자 그는 이제 5분만 더 있으면 그녀가 자기 옆에 나타날 거라고 생각했다. 하지만 차는 별장을 그냥 지나쳐 절벽 위로 멀리 올라가 버렸다. 그는 수영장에 뛰어들어 끝까지 헤엄을 쳤다. 하지만 차가운 물속에서 뜨거운 햇볕 속으로 나오는 순간 그녀에 대한 욕망이 오히려 더 강렬해진 것 같았다. 정원의 꽃들이 최음제 같았고, 심지어 하늘의 파란색조차 사랑의 일부 같았다. 그는 다시 수영장 끝까지 헤엄쳐 가서 그늘진 풀밭에 누웠다. 개들이 그의 옆에 와서 누웠고, 막대기를 가져오던 녀석들은 이번에도 막대기를 던져 달라고 아우성을 쳐 댔다.

그녀가 무슨 일로 라드로스에 간 건지 궁금했다. 포도주와 음식을 구입하는 일은 요리사가 맡고 있었으므로, 그녀가 굳이 라드로스에 갈 필요가 없었다. 그녀는 그의 손길과 눈길에 저항하지 못했다. 그렇다면 그녀가 다른 남자의 손길과 눈길에는 저항할 수 있을까? 지금쯤 팔에 털이 수북하게 난 낯선 남자와 함께 어딘가의 계단을 오르고 있는 건 아닐까? 그는 관능에 빠진 그녀에게서 쾌락을 느끼는 만큼, 딱 그만큼 질투를 느꼈다. 그녀가 한결같은 사람이라고 할 수는 없었다. 그는 개들에게 계속 막대기를 던져 주었다.

마치 그것이 확실한 의무인 것처럼, 녀석들을 편안하고 즐겁게 해 주는 것에 자신의 양심이 걸려 있기라도 한 것처럼 그는 계속 막대기를 던져 주었다. 왜? 그는 녀석들을 좋아하지도, 싫어하지도 않았다. 그의 감정은 분명했다. 개들에게 모종의 의무감을 느끼고 있는 것 같았다. 그와 개들은 어느 정도 서로에게 의존하고 있었다. 과거에 그가 정원에 나타난 낯선 사람의 변덕에 휘둘리는 개였거나 아니면 미래에 개로 변해 빗줄기 속에서 안으로 들여보내 달라고 애원하는 처지가 될 가능성이 있기라도 한 것처럼. 그는 의무감을 느끼는 동시에 개들에게 끈기 있게 막대기를 던져 주는 행위에서 보람도 느끼고 있는 듯했다. 그녀는 도대체 어디 있는 걸까? 왜 지금 그의 곁에 없는 걸까? 그는 그녀가 특별한 의미가 없는 볼일을 보고 있을 거라고 상상하려 했지만 마음대로 되지 않았다. 그가 분노와 고통 때문에 갑자기 허리를 똑바로 세우며 일어나 앉자, 개들도 일어나 앉아 그를 지켜보았다. 녀석들의 황금색 눈과 막대기를 주워 오던 녀석들이 낑낑거리는 소리 때문에 더욱더 화가 치민 그는 계단을 올라 살로네로 가서 술을 한 잔 따랐다. 그가 문을 열어 두었기 때문에 개들이 그를 따라 들어와 바 옆에 서 있는 그의 주위에 앉았다. 마치 그와 말을 하고 싶어 하는 것 같았다. 집 안은 적막했다. 하녀들은 자고 있을 터였다. 그녀와의 친밀한 관계, 그녀가 아무짝에도 쓸모없는 사람이라는 생각, 그녀가 타락한 사람이라는 생각 때문에 치밀어 오른 분노가 그를 뒤흔들었다. 개들의 시선은 점점 더 탐색적으로 변하는 것 같았다. 지금의 상황이 녀석들도 잘 알고 있는 절정을 향해 치닫고 있기라도 한 것처럼. 그가 녀석들 모두와 관련된 중요한 순간을 향해 가고 있기라도 한 것처럼. 녀석들의 멍청함과 그의 욕정, 질투, 분노가 하나로 수렴하고 있기라도 한 것처럼. 그는 계단을 뛰어 올라가 옷을 입었다. 마을까지는 걸어서 한 시간 거리였지만, 도중에 그녀의 차를 만나게 될 거라고 기대하지는 않았다. 그녀가 마을에서 돌아올 때에는 새로운 남자와 함께일 것이고, 에밀 자신은 이미 개로 변해 있을 거라는 확신이 들었기 때문에. 하지만 그는 도중에 그녀의 차를 만났고, 그녀는 차를 세웠다. 자동차 뒷좌석에는 식료품 꾸러미가 놓여 있었다. 그의 도덕적 분노가 사그라졌다. 그는 그녀와 함께 별장으로 돌아갔다가, 주말에 그녀와 함께 다시 로마로 갔다.

30

어느 날 아침 오노라가 펜시오네로 돌아와 보니 노먼 존슨이 로비에서 그녀를 기다리고 있었다. "아, 왑샷 부인." 그가 말했다. "세상에, 이렇게 반가울 데가. 영어를 할 줄 아는 사람이 이렇게 반가울 줄은 몰랐습니다. 여기 사람들은 전부 학교에서 영어를 배운다고 들었는데, 지금까지 제가 만난 사람들은 대부분 이탈리아 어밖에 못 하더군요. 여기 좀 앉을까요?" 그는 서류 가방을 열고 그녀에게 범죄인 인도 명령서를 보여 주었다. 트래버틴의 순회 재판소가 내려보낸 범죄인 기소장과 그녀의 전 재산 몰수 명령서 사본도 있었다. 그런데 그렇게 엄청난 힘을 지닌 서류를 손에 들고 있으면서도 그가 면목이 없다는 표정을 지었기 때문에 오히려 그녀가 그를 안쓰럽게 바라보았다. "걱정 마요." 그녀가 그의 무릎에 가볍게 손을 대며 말했다. "내 걱정은 하지 마요. 전부 내 잘못이니까. 내가 빈민 구호 농장을 너무 끔찍하게 생각한 게 문제였어요. 난 평생 동안 빈민 구호 농장을 끔찍하게 생각했죠. 어렸을 때부터 그랬어요. 브리테인 부인이 가을 단풍을 보자며 날 데리고 드라이브를 나갈 때에도 나는 빈민 구호 농장 앞에서 눈을 감곤 했어요. 그 정도로 끔찍했으니까. 하지만 지금은 고향이 그리워요. 돌아가고 싶네요. 내가 은행에 가서 돈을 찾아 올 테니 나랑 같이 하늘을 나는 그 기계를 타고 집으로 돌아가요."

두 사람은 아메리칸 익스프레스 사무실까지 함께 걸어갔다. 간수와 범죄자가 아니라 절친한 친구로서. 그녀가 계좌를 해지하는 동안 그는 아래층에서 기다렸다. 그녀가 커다란 지폐 뭉치를 들고 나왔다. 모두 20만 리라였다. "제가 택시를 잡을게요." 그가 말했다. "그런 걸 들고 거리를 걸으면 안 됩니다. 강도를 당하기 십상이에요." 두 사람은 스파냐 광장으로 나갔다.

화창한 겨울날이었다. 프레제네에서는 대형 썰매가 달리고, 목욕탕은 문을 닫았을 것이다. 올리브에 닿는 불빛은 슬퍼 보이고, "zuppa di pesce*"라고 적힌 간판은 땅에 떨어졌거나 못 하나로 간신히 매달려 있을 것이다. 제비들은 이미 사라졌다. 로마의 거리에서 햇빛이 비치는 곳은 더웠지만, 그늘은 추웠다. 부드럽고 밝은 빛 때문에 역사가 길고 인구가 많은 이 도시의 묘한 분위기, 만조 때 해안으로 밀려오는 바닷물 같은 분위기가 한층 더 도드라졌다. 마치 옛날에 테베레 강이 강둑 위로 흘러넘쳐(검은 물의 홍수) 건물과 교회 들을 박공벽이 있는 곳까지 더럽힌 것 같았다. 반면 물에 잠기지 않은 그 위의 석

* 해산물 수프.

회암 벽은 여전히 하얀색이었고, 건물의 모든 틈새에는 음모와 너무 비슷해서 이 유명한 광장에 골동품 같은 분위기를 더해 주는 풀과 덤불이 한겨울인데도 무성하게 자라고 있었다. 미국 인들은 그리운 고향에서 날아온 소식을 읽으며 아메리칸 익스 프레스 사무실에서 멀어졌다. 대부분의 소식이 재미있는 모양 이었다. 그들 대부분이 가끔씩 빙그레 웃는 것을 보면. 그들의 걸음걸이는 이탈리아 인들과 달랐다. 마치 기억 속의 땅, 즉 테 니스장이나 해변이나 쟁기로 갈아 놓은 밭 같은 곳의 지형에 걸음걸이를 맞추는 것 같았다. 변화, 죽음, 시간의 흐름에 전혀 준비가 되어 있지 않은 것처럼 보인다는 점도 이탈리아 인들과 확연히 달랐다. 광장에 있는 사람들이 150명쯤 되는 것 같았 다. 오노라는 광장에 들어서서 하늘을 흘깃 올려다보았다. 덴 마크 인 관광객이 스페인 계단에서 아내의 사진을 찍고 있었 다. 미국인 선원 한 명은 분수대에 머리를 처넣고 있었다. 성모 의 기념물에는 신선한 꽃이 놓여 있었다. 공기 중에서 커피 냄 새와 금잔화 냄새가 났다. 독일인 관광객 열여섯 명이 길 건너 편 카페에서 커피를 마시고 있었다. 오전 11시 18분이었다.

찢어진 초록색 원피스를 입고 아기를 안은 맨발의 거지가 오노라에게 접근했다. 그녀는 거지에게 1리라짜리 지폐를 한 장 주었다. 줄무늬 앞치마를 입은 남자, 하얀 겉옷을 입고 커 피 쟁반을 든 소년, 외투 깃을 목 앞에서 꼭 붙들고 있는 예쁜 매춘부, 쓰레기통 모양의 모자를 쓰고 허리가 굽은 여자, 진홍 색 법의를 입은 독일인 사제 세 명, 검은색 법의를 입고 라벤 더 파이프를 든 예수회 사제 세 명, 맨발의 프란체스코 수도 사 세 명, 수녀 여섯 명, 로마의 하녀들이 입는 초라한 검은색

제복 차림의 젊은 여자 세 명, 기념품 가게의 점원 한 명, 미용사 한 명, 이발사 한 명, 포주 한 명, 관청에서 사용하는 라벤더 잉크가 손끝에 묻은 사무원 세 명, 잃어버린 별장, 잃어버린 집, 잃어버린 말, 잃어버린 개의 사진을 낡은 핸드백에 잔뜩 쑤셔 넣은 왕년의 여후작 한 명, 비아 아테네의 연습실로 가는 바이올리니스트, 튜바 연주자, 첼리스트 각 한 명, 소매치기 한 명, 신학생 한 명, 골동품상 한 명, 도둑 한 명, 바보 한 명, 게으름뱅이 한 명, 일자리를 찾는 시칠리아 인 한 명, 비번인 경찰관 한 명, 요리사 한 명, 보모 한 명, 미국인 소설가 한 명, 잉글레세 출신의 웨이터 한 명, 흑인 드러머 한 명, 의료 용품 판매원 한 명, 꽃 장수 세 명에게도 1리라짜리 지폐를 한 장씩 주었다. 그녀에게 자선을 행하는 분위기는 전혀 없었다. 자기가 준 돈이 좋은 결과를 낳을 수도 있다는 생각을 그녀는 단한 번도 하지 않을 것이다. 돈을 마구 뿌리고 싶다는 충동은 불에 대한 그녀의 애정만큼이나 뿌리가 깊었다. 깨끗함, 가벼움, 자신이 쓸모 있는 사람이라는 생각에 도취하고 싶다는 이기적인 욕망. 돈은 더러운 것이었으므로, 돈을 나눠 주는 행위는 그녀에게 세정식*이나 마찬가지였다.

이제 광장 주위의 지붕들 위에 사람들이 새까맣게 모여 있었다. 아메리칸 익스프레스 사무실의 직원 한 명이 창문으로 기어 나와 차양을 타고 미끄러져서 오노라 발치의 인도 위로 떨어졌다. 구경꾼들은 무릎까지 올라오는 분수대 물속에 서 있었다. 그때 기마경찰들이 비아 콘도티에 나타났고, 오노라는

---

* 성찬식 전후에 손을 씻는 것.

몸을 돌려 계단을 올라갔다. 수천 명의 목소리가 성부와 성자와 성신의 이름으로 영원히 그녀를 축복했다.

31

코벌리의 기밀 취급 허가가 부활되었다. 뉴델리에 가 있는 캐머런이 돌아올 때까지의 한시적인 조치였다. 하지만 브러너가 영국에 가 있었기 때문에 코벌리는 캐머런이 언제 돌아올지 알 길이 없었다. 그런데 한 번 발효되면 돌이킬 수 없는 복잡한 관료적 절차에 따라 코벌리에게 정부가 제공한 주택에서 열흘 안에 퇴거하라는 통지서가 날아왔다. 그는 혼란스러웠다. 탤리퍼 생활은 이제 끝난 것 같았다. 여기서 과연 생활이라는 걸 한 적이 있었는지는 잘 모르겠지만. 다른 곳에서 프리프로 그래머 일자리를 구하기는 쉬울 것이다. 게다가 벳시는 탤리퍼를 떠난다는 생각만으로도 새로운 삶을 약속받은 기분이 드는 모양이었다. 이 무렵 세인트보톨프스에서 전보가 왔다. "당장 와." 오노라가 이렇게 다짜고짜 명령부터 내린 적이 없었기 때문에 무슨 일인가 싶어서 깜짝 놀란 그는 짐을 꾸려 출발했다. 그가 세인트보톨프스에 도착한 것은 다음 날 오후 늦은 시각이었다. 처음에는 비가 내렸지만, 바다가 가까워지자 비가 눈으로 바뀌었다. 눈 때문에 앙상한 나무와 철로변의 빈민가가 하얗게 변해서 애잔하고 아름다운 분위기로 바뀌었다. 코벌리가 보기에는 그랬다. 이 동네에서 이런 분위기가 나는 것이 어쩌면 처음이자 마지막일 것이다. 사방이 하얗게 변하자 그의 마음도 가벼워졌다. 그런데 목적지에 도착해 기차에서 내려 보니 조윗 영감은 어디에도 보이지 않고, 기차역도 한동안 사람의 손길이 닿지 않은 것 같았다. 구름다리 호텔 창가에도 손을 흔들어 인사할 사람이 한 명도 보이지 않았다. 사료 가게에도 사람이 전혀 보이지 않았다. 그는 잔디밭을 가로지르다가 그리스도 교회의 교구 회관을 나서는 사람들의 행렬 때문에 걸음을 멈췄다. 그들은 모두 여덟 명이었는데 둘씩 짝을 지어 걷고 있었다. 남자들은 머리에 아무것도 쓰지 않은 한 명을 제외하고는 모두 꼭대기에 술이 달린 털모자를 쓰고 있었다. 교구 회관에서 차를 마시며 강연을 듣고 자선을 베푸는 행사가 있었던 모양이었다. 이 사람들은 빈민 구호 농장에 사는 사람들 같았다. 그 중에 빼빼 마른 남자 한 명은 미친 사람 아니면 바보 같았는데, 혼자 이런 말을 중얼거리고 있었다. "회개하라, 회개하라. 너의 때가 왔도다. 천사들의 목소리가 어떻게 하면 주님을 기쁘게 할 수 있는지 내게 말해 주었다……." "쉿, 조용히 해, 헨리 손더스." 그와 나란히 걷던 덩치 큰 흑인이 말했다. "버스에 탈 때까지 입 좀 다물어." "허친스 시각 장애인 요양원"이라는 말이 옆구리에 적힌 버스가 길가에 서 있었다. 코벌리는 운전사가 사람들을 부축해 버스에 태우는 것을 지켜보다가 보트 거리로 걸어갔다.

오노라의 집에서 문을 열어 준 사람은 간호사였다. 그녀는 코벌리에게 다 안다는 듯한 미소를 지었다. 그에 대해 이미 많은 이야기를 듣고 별로 안 좋은 사람이라는 결론을 내린 것 같았다. "댁을 줄곧 기다리셨어요." 그녀가 속삭였다. "저 가엾은 분은 매일 댁을 기다리셨어요." 그가 비난받을 이유가 없었다. 코벌리가 이미 전보를 부쳤으므로, 그녀는 그가 도착하는 시간을 정확히 알고 있었다. "저는 부엌에 있을게요." 간호사는 이렇게 말하고서 복도를 걸어갔다. 집은 더럽고 추웠다. 그가 기억하기로는 아무 장식이 없던 벽이 지금은 검은색 격자무늬와 짙은 빨간색 장미가 그려진 벽지로 덮여 있었다. 그는 거실로 통하는 문을 열었다. 처음에는 그녀가 벌써 죽어 버린 줄 알았다.

그녀는 낡은 안락의자에서 잠들어 있었다. 그녀를 마지막으로 본 것이 몇 달 전인데, 그새 뚱뚱하던 몸이 많이 줄어들어 있었다. 너무나 쇠약해 보였다. 예전의 그녀는 튼튼했지만(그녀 자신은 강건하다는 표현을 썼을 것이다.) 지금은 약해져 있었다. 변하지 않은 것은 사자처럼 당당한 얼굴과 아이처럼 발을 놓은 자세뿐이었다. 그녀가 잠에서 깨어나지 않았기 때문에 그는 방 안을 둘러보았다. 이곳도 복도와 마찬가지로 방치된 것 같은 느낌이 들었다. 먼지와 거미줄이 보였고, 벽에는 꽃무늬 벽지가 발라져 있었다. 커튼이 없어서 높은 창문을 통해 가볍게 눈발이 흩날리는 바깥 풍경을 볼 수 있었다. 그때 그녀가 깨어났다.

"아, 코벌리."

"오노라 고모님." 그는 그녀에게 입을 맞추고 안락의자 옆의 등받이 없는 의자에 앉았다.

"정말 반갑구나, 코벌리. 네가 와 줘서 정말 기뻐."

"저도 여기 다시 오게 돼서 기뻐요."

"그동안 내가 뭘 했는지 알지, 코벌리? 유럽에 갔었다. 내가 세금을 내지 않아서 비즐리 판사, 그 멍청한 늙은이가 나더러 감옥에 가게 될 거라고 하기에 유럽으로 갔어."

"여행은 즐거우셨어요?"

"토마토 싸움 기억나니?" 오노라가 물었다. 코벌리는 혹시 오노라가 정신을 놓아 버린 건가 싶었다.

"예."

"서리가 내리고 나면 너랑 다른 애들이 우리 집 토마토 밭에 들어와 토마토 싸움을 했잖아. 너희들은 토마토를 전부 던진 뒤에는 소가 떨어뜨리고 간 명함을 주워서 던졌지." 이 무서운 노부인이 김이 모락모락 나는 소똥 더미를 명함이라고 부르는 걸 보니 이 마을 사람들이 이상한 데서 예의를 차린다는 사실이 새삼 생각났다. "토마토도 다 던지고 명함도 다 던지고 나면 너희들 몰골이 정말 볼 만했지." 오노라가 말했다. "하지만 누가 너희들더러 재미있었느냐고 물었다면, 너희들은 그렇다고 대답했을 거야. 유럽 여행을 할 때 내 기분도 그랬다."

"그렇군요." 코벌리가 말했다.

"난 변했어. 네가 보기에도 내가 변한 것 같지?" 그녀의 목소리에서 약간의 경쾌함, 약간의 희망, 심지어 약간의 애원까지 느껴졌다. 만일 그가 그녀에게 전혀 변하지 않았다고 말하면, 당장 일어나 씩씩하게 정원으로 나가서 정원에 눈이 쌓이기 전에 예전처럼 갈퀴로 낙엽을 긁어 치울 수 있을 거라고 생각하는 것 같았다.

"예."

"그래, 그럴 거야. 살이 많이 빠졌다. 그래도 기분은 훨씬 좋아." 호전적인 말투였다. "하지만 외출은 안 해. 사람들이 날 보고 싶어 하지 않는다는 걸 알아차렸거든. 날 보면 슬픈 표정을 짓더라. 눈을 보면 알아. 내가 죽음의 천사처럼 보이는 모양이야."

"그럴 리가요." 코벌리가 말했다.

"아냐, 맞아. 그럴 만도 하지. 곧 죽을 몸이니까."

"그렇지 않아요."

"난 곧 죽을 거다, 코벌리. 이미 나도 아는 사실이야. 나는 죽고 싶다."

"그런 말씀 마세요, 고모님."

"왜 안 되는데?"

"삶은 선물이니까요. 신비로운 선물." 이 말이 그에게는 커다란 무게를 지니고 있었기 때문에 그는 힘없이 말했다.

그녀가 탄성을 질렀다.

"세상에, 요즘 교회에 열심히 나가는 모양이구나."

"가끔 나가요."

"고교회파야, 저교회파야?"

"저교회파요."

"너희 식구들은 항상 고교회파였는데."

단호하고 호된 말이었다. 예전에 그녀는 자신의 뜻을 표현하기 위해 대척점에 서 있는 이 두 가지를 그 무엇보다 자주 이용하곤 했지만, 지금은 너무 쇠약해져서 그럴 기운이 없는 듯했다. 그녀가 보기 싫은 벽지를 바라보는 그의 눈길을 눈치 챘다. "내 장미를 봤구나."

"예."

"아무래도 벽지를 잘못 바른 것 같지만, 집에 돌아왔을 때 내가 태너 씨를 불러서 장미가 그려진 벽지를 좀 바르라고 했다. 여름 분위기를 느껴보려고." 그녀는 허리를 구부정하게 기울여 의자에서 몸을 일으키며 고개와 눈을 들고 무서울 정도로 초췌한 얼굴로 장미를 바라보았다. "저것들이 이젠 지긋지긋해. 하지만 바꾸기에는 이미 너무 늦었지."

코벌리는 벽을 바라보았다. 그녀가 잘못 바른 벽지를. 벽지에 그려진 꽃의 색깔과 모양이 진짜 장미와 전혀 다르다는 사실이 눈에 들어왔다. 꽃봉오리는 남근 모양이었고, 활짝 핀 꽃은 무슨 육식성 식물 같았다. 목구멍을 쩍 벌리고 파리를 잡아먹는 꽃. 그녀는 여름 분위기를 느끼고 싶어 저 벽지를 발랐다고 했지만, 그런 분위기를 전혀 느끼지 못했을 것이다. 벽지의 꽃들은 어둡고 타락한 존재 같았다. 혹시 그녀가 저물어 가는 자신의 삶과 그 꽃들이 어울린다는 생각으로 일부러 고른 것이 아닌가 하는 생각이 들었다.

"위스키 좀 갖다주겠니, 코벌리? 식료품실에 있다. 저 여자한테는 감히 말할 수가 없어."

오노라는 집 뒤쪽을 고갯짓으로 가리켰다. 틀림없이 간호사가 그쪽에 앉아 있을 터였다. 오노라는 목소리가 문 쪽으로 새어 나가지 못하게 하려는 듯 왼손으로 입을 가렸다. 하지만 정작 그녀가 입을 열었을 때에는 분노에 가득 찬 목소리가 흘러나왔기 때문에 틀림없이 복도 아래쪽까지 다 들릴 것 같았다.

"저 여자는 술꾼이야." 오노라가 말했다. 자기 딴에는 목소리를 줄이려고 애썼기 때문에 목에서 쉭쉭거리는 소리가 났다. 그녀는 '저 여자'가 누군지 코벌리가 알아차리지 못할까 봐 눈동자를 열심히 굴리며 부엌 쪽을 가리켰다.

오노라가 위스키를 달라고 말한 것이 코벌리에게는 놀라운 일이었다. 예전에 그녀는 가족 모임에서 술을 한 잔씩 하곤 했지만, 그때마다 싫은 기색을 있는 대로 드러냈다. 마치 술을 한 잔만 마셔도 정신을 잃고 바닥에 뻗어 버리거나, 아니면 탁자 위에 올라가 춤을 춰 대는 무서운 짓을 저지를까 봐 걱정하는 것 같았다. 코벌리는 식당을 지나 식료품실로 갔다. 그가 알아챈 두 가지 변화, 즉 황폐해진 집과 장미에 대한 집착을 여기서도 볼 수 있었다. 벽은 검은 목구멍을 쩍 벌린 장미 천지였고, 탁자에는 먼지가 고리 모양으로 두텁게 앉아 있었다. 의자 하나에는 부러진 다리와 팔걸이가 놓여 있었다. 이 집도 수명을 다해 가고 있었다. 곧 죽을 거라는 그녀의 말이 맞다면, 그녀는 달팽이나 앵무조개처럼 자기 집이라는 등딱지를 짊어지고 무덤으로 다가가고 있는 것 같았다. 침침해진 눈과 기억이 흐려진 머리로 거미줄과 재를 바라보면서.

"뭐 필요한 거라도 있으세요, 왑샷 씨?" 간호사였다. 그녀는 싱크대 옆의 의자에 앉아 있었다. 빈손으로.

"위스키를 좀 가져가려고요."

"젤리가 있는 찬장에 있어요. 얼음은 없지만, 부인은 원래 술에 얼음 넣는 걸 싫어하세요."

위스키가 아주 많았다. 버번 병들이 상자에 반쯤 차 있었고, 바닥에 어지럽게 흩어진 빈 병들을 모으면 최소한 한 상자는 될 것 같았다. 도무지 이해할 수가 없었다. 저 간호사가 위스키를 이렇게 많이 주문해 놓고 부엌에서 혼자 퍼마신 건가?

"언제부터 오노라 고모를 돌봐 주셨어요?" 코벌리가 물었다.

"아, 전 부인을 돌보는 사람이 아니에요." 간호사가 말했다. "그냥 오늘만 와 있는 거예요. 부인이 잘 살고 있는 것처럼 보이려고요. 부인이 자기가 여기 혼자 있다는 걸 알면 댁이 걱정할 거라면서 절 불렀어요."

"그럼 항상 혼자 계시는 건가요?"

"혼자 있고 싶으실 때는요. 아, 부인을 찾아와서 차라도 한 잔 만들어 주고 싶다는 사람이 많지만, 부인이 안으로 들여놓질 않으세요. 혼자 있고 싶다면서요. 이젠 음식도 전혀 안 드세요. 그냥 술만 마시고 계세요."

코벌리는 간호사를 더 자세히 살펴보았다. 오노라의 말처럼 간호사가 술을 마시고서 자기 죄를 오노라에게 뒤집어씌우고 있는 것이 아닌지 알아보기 위해서.

"의사도 이런 사실을 알고 있나요?" 코벌리가 물었다.

"의사요? 하, 부인은 의사를 집에 들이지 않으실걸요. 부인은 지금 서서히 스스로를 죽이고 있어요. 자살을 하려는 거라고요. 부인은 의사가 수술을 권하리라는 걸 알고 있지만, 몸에 칼을 대는 걸 무서워하세요."

그녀의 말투에는 오노라를 가엾게 여기는 기색이 전혀 없었다. 마치 그녀는 칼의 옹호자, 칼의 여사제이고 오노라는 배교자라도 되는 것 같았다. 그래, 이유가 그거였군. 이걸 어쩐다? 더 이상은 부엌에서 꾸물거릴 수 없었다. 그가 여기서 더 시간을 보내면 오노라가 뭔가 이상하다는 낌새를 알아챌 터였다.

오노라의 방으로 돌아가 빈 술병을 보았다며 왜 간호사에게 누명을 씌웠느냐고 다그치는 것은 생각도 할 수 없는 일이었다. 오노라는 그의 말을 일언지하에 부정해 버릴 것이다. 게다가 그가 자기들의 관계를 유지해 주는 그 기괴한 게임의 규칙을 무례하게 깨 버렸다며 큰 상처를 받을 것이다.

그는 식료품실과 식당을 지나 오노라의 방으로 향했다. 집 안의 황폐한 풍경이 죽음을 연상시켰다. 오노라는 결국 죽음을 맞을 수밖에 없다는 명백한 사실과 대담하게 맞서 싸우고 있는 것 같았다. 옛날에 캐스케이드에서 검은 대합이 가득 든 자루를 등에 메고 해변에서 걸어오던 기억이 났다. 보통 바다에서 무슨 소리가 나더라? 대개는 사자 같은 소리. 명백하게 드러난 운명. 최후의 패를 돌리는 소리. 묘석만큼이나 커다란 에이스 카드. 쾅. 변태(變態)에 관한 그의 경건한 성찰이 어떤 결론에 이르렀더라? 바닷가에서 삶이 한 형태에서 다른 형태로 변하는 것을 본 것 같았다. 해초는 죽어서 바짝 마른 채 바람에 실려 제비처럼 하늘을 날고, 성난 표정의 관광객은 자기가 들고 있는 막대기를 램프의 받침대로 쓸 것이다. 어젯밤 바다가 무겁게 밀려왔던 곳에는 공작석과 자수정이 선을 그리고 있다. 그래서 바닷가에는 하늘과 똑같은 선들이 그어져 있다. 여기가 변화의 받침대인 것 같았다. 여기에 장벽이 있었다. 파도가 밀려드는 이곳에 삶의 두 가지 형태를 구분하는 선이 그어져 있었다. 하지만 이런 것들을 안다고 해서 그가 자신의 때가 왔을 때 자비를 애걸하며 비명을 지르지 않게 될까?

"고맙다." 그녀는 목마른 사람처럼 위스키를 마시고는 눈을 가늘게 뜨고 그를 바라보았다. "그 여자가 취해 있었니?"

"그런 것 같지 않던데요." 코벌리가 말했다.

"그 여자가 널 속인 거야. 나한테 세 가지만 약속해 주겠니, 코벌리?"

"예."

"만약 내가 혼수상태에 빠지더라도 날 병원으로 옮기지 않겠다고 약속해라. 난 이 집에서 죽고 싶어."

"약속해요."

"내가 죽더라도 슬퍼하지 않겠다고 약속해라. 나는 죽을 때가 됐다. 내게 예정되어 있던 일들을 모두 했을 뿐만 아니라 예정되지 않은 일도 많이 했다. 물론 내 재산은 전부 몰수되겠지만, 존슨 씨가 1월까지는 아무 조치도 취하지 않을 거다. 내가 좋은 사람들 몇 명을 크리스마스 만찬에 초대했는데, 네가 여기서 그 사람들을 맞아 주었으면 좋겠다. 요리는 매기가 할 거야. 약속하지?"

"약속해요."

"그리고 또 한 가지 약속할 것은, 약속할 것은…… 아, 뭔가가 있었는데 기억이 나질 않는구나. 이제 좀 누워야겠다."

"도와드릴까요?"

"그래. 저기 소파까지 부축을 좀 해 주고 책을 읽어 주겠니? 요즘은 누가 책을 읽어 주는 게 좋더라. 네가 아플 때 내가 책을 읽어 주던 것 기억나니? 내가 너한테 『데이비드 카퍼필드』를 읽어 주곤 했지. 그런데 우리 둘 다 울어 버리는 통에 내가 책을 계속 읽을 수가 없었어. 우리가 울던 것 기억나지, 코벌리?"

이 추억 속에 깃든 감정이 그녀의 목소리에 힘을 불어넣어 시간을 거슬러 올라가게 만든 것 같았다. 그래서 그녀의 목소리가 순간적으로 소녀의 목소리처럼 들렸다. 그는 의자에서 일어나는 그녀를 부축해 낡은 말총 소파로 데려갔다. 그녀가 소파에 눕자 그는 그녀에게 담요를 덮어 주었다. "내 책은 탁자 위에 있다." 그녀가 말했다. "요즘 『몽테크리스토 백작』을 다시 읽고 있어. 22장이다." 그녀가 편안히 자세를 잡은 뒤 그는 책을 찾아 들고 읽기 시작했다.

그녀가 책을 읽어 주던 기억은 그에게 영상이 아니라 느낌으로 남아 있었다. 그녀가 자기 침대 옆에 앉아 눈물을 흘리던 기억은 나지 않았지만, 그녀가 나간 뒤 격렬하고 혼란스러운 감정이 남았던 것은 기억하고 있었다. 지금 그는 불편한 기분으로 책을 읽으며 그 이유가 무엇인지 생각해 보았다. 그녀가 그에게 책을 읽어 준 것은 그가 아플 때였다. 그리고 지금 그는 죽음을 앞둔 그녀에게 책을 읽어 주고 있었다. 이 두 가지 상황의 연결 고리가 무엇인지는 불을 보듯 뻔했지만, 왜 완전히 무기력한 환자의 모습으로 소파에 누워 있는 그녀가 그를 집어삼킬 주문을 만들어 낼 수 있을 거라는 생각이 드는 걸까? 그녀는 그에게 언제나 관대함과 친절함만 보여 주었는데, 그는 왜 이렇게 간단한 일을 그녀에게 해 주면서 불편해하는 걸까? 그는 『몽테크리스토 백작』을 좋아하고, 오노라를 사랑했다. 또한 이 방만큼 그에게 친숙한 곳은 없었다. 그런데 왜 거짓말쟁이 간호사, 위스키 상자, 낡은 책이 있는 함정 속에 자기도 모르게 발을 들여놓은 것 같은 기분이 드는 걸까? 22장을 절반쯤 읽었을 때 그녀가 잠이 들자 그는 책을 덮었다. 잠시 후 간호사가 간호사 복장 위에 검은 외투를 입고 머리에 검은 모자를 쓴 차림으로 문간에 나타났다. "이제 가 봐야 돼요." 그녀가 속삭였다. "집에 가서 식구들이 먹을 저녁 식사를 준비해야 돼요." 코벌리는 고개를 끄덕이고는 집 뒤쪽으로 가는 그녀의 발소리에 귀를 기울였다. 이윽고 문 닫는 소리가 들렸다.

그는 눈을 보려고 길쭉하고 더러운 창문으로 다가갔다. 지평선에 노란 빛이 있었다. 레몬 같은 색깔은 아니었다. 노란색으로만 한정되어 있지도 않았다. 랜턴, 랜손, 롱손의 불빛. 종이에 반사된 빛. 어린 시절의 가든파티가 생각났다. 지금은 계절도 맞지 않고 시간도 너무 늦어서 할 수 없는 일.

"코벌리?" 오노라의 목소리였다. 잠꼬대. 그는 다시 의자로 돌아가 앉았다. 그녀가 너무나 쇠약해졌다는 생각이 들었지만, 그래도 영혼의 기까지 꺾여 버렸다고 생각하고 싶지는 않았다. 그녀는 혼자만의 삶을 즐겼을 뿐만 아니라, 때로는 자기만의 문화를 만들어 낸 것 같았다. 죽음을 대하는 그녀의 태도에는 충격을 줄이려고 애쓰는 기색이 전혀 없었다. 그녀의 행동은 대담하고, 기묘하고, 불가해했다. 그녀가 사랑하는 이 집의 우울하고 황량한 모습, 거짓말쟁이 간호사, 목구멍을 쩍 벌리고 있는 장미. 그녀 스스로 이런 것들을 주위에 늘어놓고 만족하는 것 같았다. 옛날 사람들이 죽음이라는 긴 항해를 위해 확신에 차서 먹을 것과 포도주를 충분히 준비했던 것처럼.

"코벌리!" 그녀가 갑자기 잠에서 깨어나 베개에서 머리를 들며 외쳤다.

"예."

"코벌리. 방금 천국의 문을 봤어!"

"어떻게 생겼던가요, 오노라 고모님? 어떻게 생겼어요?"

"아, 뭐라고 말할 수가 없어. 그런 걸 어떻게 말로 설명해? 너무 아름다웠어. 내가 분명히 봤어, 코벌리. 분명히 봤어." 그녀는 빛나는 모습으로 일어나 앉아 눈물을 닦았다. "아, 너무 아름다웠어. 문도 있고, 색색의 날개를 단 천사들도 아주 많았어. 내가 분명히 봤어. 정말 굉장하지?"

"예, 오노라 고모님."

"가서 위스키 좀 더 가져와."

그는 가벼운 마음으로 어두운 방들을 지나갔다. 자기도 그녀의 환상을 함께 본 것처럼 기분이 좋았다. 그는 잔에 술을 따르고, 오노라가 절대 죽지 않을 거라며 스스로를 위로했다. 그녀의 호흡이 멎어서 사람들이 그녀를 가족 묘지에 묻기는 할 것이다. 하지만 그의 기억 속에 남은 그녀의 풋풋한 인상은 변하지 않을 것이고, 그들은 무엇이든 결정을 내릴 때 항상 그녀를 생각할 것이다. 죽어서 흙이 된 뒤에도 그녀는 그의 꿈속을 자유로이 돌아다닐 것이고, 그와 형의 못된 행동에 죄책감이라는 벌을 내릴 것이고, 착한 행동을 하면 마음을 가볍게 해 주는 상을 내릴 것이며, 그들의 친구와 애인 들에 대해 이러쿵저러쿵 판단을 내릴 것이다. 그녀의 묘비에 이끼가 끼고 겨울 서리 때문에 관이 뒤틀린다 해도. 이 노부인의 선함과 사악함은 결코 사라지지 않을 터였다. 그는 술잔을 들고 다시 어둠 속을 지나 벽난로에 장작을 하나 더 넣었다. 그녀가 아무 말도 하지 않았는데도 그는 그녀의 잔을 두 번이나 채워 주었다.

6시 30분에 그는 그리너프 박사를 불렀다. 박사는 저녁 식사 중이었지만, 한 시간 뒤 오노라의 집으로 와서 그녀가 굶어 죽었다는 판정을 내렸다.

　이상하게 변해 버린 이 집에 오고 싶어 하는 사람이 없었기 때문에 가족 중에서 유일하게 코벌리만이 그녀의 장례식에 참석했다. 모지스는 도무지 연락이 되지 않았고, 벳시는 탤리퍼의 집을 정리하느라 바빴다. 멜리사는 사라져 버렸다. 교외에서 로마 시내로 들어가는 버스를 타고 가는 모습이 우리가 마지막으로 본 그녀의 모습이다. 크리스마스가 가까웠지만 크리스마스 분위기는 별로 나지 않는다. 에밀이 그랬는지 그의 머리를 잘라 준 이발사가 그랬는지 어쨌든 그의 이마에 머리카락이 드리워져 있다. 그 머리카락 때문에 그가 교활하고, 소년 같고, 조금 멍청하게 보인다. 그는 조금 취한 것 같다. 그리고 당연히 배도 고프다. 멜리사는 머리를 빨갛게 물들였다. 나이가 훨씬 어린 사람과 함께 살다 보니(두 사람은 함께 살고 있다.) 그녀의 행동거지가 소녀처럼 변해 버렸다. 어깨를 으쓱하는 버릇, 고개를 이리저리 갸우뚱하는 버릇이 생겼다. 그녀는 영어로 말하는 것을 수치스럽게 생각하는 망명자들과는 다르다. 음악적이고 고상한 그녀의 목소리가 버스 안에 울려 퍼진다. “네가 배고픈 거 알아.” 그녀가 말했다. “그건 아는데, 사실 그게 내 잘못은 아니야. 그 사람들은 우릴 점심 식사에 초대했어. 그 여자가 우리더러 점심을 먹으러 오라고 했다고. 내가 분명히 기억해. 내 생각에는 그 여자가 우리를 점심 식사에 초대한 뒤에 파를라피아노 일가가 자기 식구들을 점심 식사에 초대하니까 우리를 버리기로 한 것 같아. 음료수 한 잔으로 우리를 쫓아 버리기로 한 거지. 우리가 들어갔을 때 식탁이 차려져 있지 않았어. 그때 이미 나는 뭔가 이상하다는 걸 알았어. 그 여자가 전화로 약속을 취소했더라면 훨씬 좋았을 텐데. 그것도 무례한 짓이기는 하지만, 우리는 점심 식사를 기대하며 기껏 거기까지 가서야 그 사람들한테 다른 약속이 있다는 얘기를 들었잖아. 그렇게 무례한 사람들은 처음 봐. 하지만 어쩌겠어. 그냥 잊어버려야지. 잊어버려. 잊어버리면 돼. 로마에 도착하자 마자 내가 장을 봐서 점심 식사를 만들어 줄게⋯⋯."

그녀는 그렇게 한다. 사지투리우스 거리에 있는 수프라 마르케토 아메리카노에 가서 수백 개나 되는 카트 중 하나를 꺼낸다. 금속이 가볍게 부딪치는 소리가 난다. 그녀는 카트를 밀고 벽처럼 늘어서 있는 미국 음식들 사이를 지난다. 인생이 안겨 준 타격에 당황해서 슬픔에 잠겨 있는 그녀에게 이것이 약간의 위로가 된다. 이것이 그녀가 택한 길이다. 그녀의 얼굴은 창백하다. 곱슬머리 한 가닥이 그녀의 뺨 위로 흘러내려 있다. 눈물 때문에 그녀의 눈이 빛 속에서 반짝이지만, 슈퍼마켓 안에 사람이 워낙 많다. 게다가 여자가 이곳에서 눈물을 흘리며 장을 보는 일은 전에도 있었고 앞으로도 있을 것이다. 그녀는 슈퍼마켓 안의 낯선 사람들에게 무심하다. 마치 그들이 그녀의 삶 속을 흐르는 개울과 수로에 불과한 것처럼. 사람들로 이루어진 이 개울가에서 버드나무가 비스듬하게 자라지는 않는다. 그런데도 그녀는 오필리아를 가장 많이 닮았다. 석죽, 쐐기풀, 난초를 엮은 화려한 화관 대신 소금, 후추, 클렌저, 크리넥스, 냉동 대구 완자, 양고기 파이, 햄버거, 빵, 버터, 드레싱, 아들에게 줄 미국 만화책, 자신을 위한 카네이션 한 다발로 화관을 만든다는 점이 다를 뿐. 그녀는 오필리아처럼 옛날 노래를 흥얼거린다. "윈스턴은 맛이 좋아. 담배라면 당연하지. 미스터 클린, 미스터 클린." 자기만의 화려한 화관이 완성된 것 같아서 그녀는 계산을 한 뒤 전리품을 들고 그 자리를 떠난다. 슬픔에 빠져 있지만 어느 누구 못지않게 위엄 있는 모습으로.

32

벳시와 빈시는 크리스마스 전날 도착했다. 코벌리는 기차 시간에 맞춰 역으로 나갔다. "너무 피곤해." 벳시가 말했다. "피곤해서 죽을 것 같아." "기차 타고 오면서 힘들었어, 여보?" 코벌리가 물었다. "힘들었어." 벳시가 말했다. "힘들었어. 말하기도 싫을 만큼. 애당초 우리가 왜 크리스마스를 지내려고 여기까지 와야 하는 건지 모르겠어. 플로리다로 가면 좋잖아. 난 플로리다에 한 번도 안 가 봤단 말이야."

"오노라 고모님한테 우리가 여기서 크리스마스를 지낼 거라고 약속했어."

"그 고모님은 돌아가셨다며. 이미 땅에 묻혔다며."

"내가 약속했어." 순간적으로 아내와 자신 사이의 이 틈새 앞에서 무기력한 기분이 들었다. 분노 때문인지 절망 때문인지 그의 피가 뭔가 달콤하고 거품이 이는 액체, 그러니까 코카콜라 같은 것으로 변해 버린 것 같았다. 오노라와 한 약속을 깨는 것은 생각도 할 수 없는 일이었다. 그가 자신의 품위를 지키려면 어쩔 수 없었다. 하지만 벳시의 입장에서는 그가 이렇게 애를 쓰는 것이 도무지 이해가 가지 않는 일임을 분명히 알 수 있었다. 코벌리는 남과 여의 전쟁에서 지고 있는 사람답게 살짝 몸을 웅크린 채 아내와 나란히 걸었다. 반면 벳시는 몸을 똑바로 세우고 고개를 단호하게 쳐든 자세로 그가 떨어뜨린 자부심 조각들을 모조리 주워 올리고 있는 것 같았다. 코벌리는 집 안을 정리하려고 최선을 다했다. 벽난로에 불을 붙이고, 트리를 꾸미고, 아들과 아내를 위해 트리 밑에 선물도 놓아두었다. "빈시를 재워야겠어." 벳시가 화난 표정으로 말했다. "여기서 더운물로 목욕하는 건 불가능하겠지? 가자, 빈시. 엄마랑 같이 2층으로 가자. 너무 피곤해서 죽을 것 같아."

저녁을 먹은 뒤 코벌리는 캐롤 성가대를 기다렸지만, 사람들이 캐롤을 부르는 의식을 포기해 버렸는지 아니면 보트 거리를 코스에서 빼 버렸는지 끝내 나타나지 않았다. 10시 30분에 그리스도 교회의 종소리가 울리기 시작하자 그는 외투를 입고 잔디밭으로 나갔다. 그가 문을 향해 다가갈 때 종소리가 멈췄다. 그의 앞에 여자 세 명이 있었는데, 모두 그가 모르는 사람들이었다. 그들은 일행이 아닌 것 같았으며, 모두 중년이 넘은 나이였다. 첫 번째 여자는 금속판이 잔뜩 달린 북 모양의 모자를 쓰고 있었는데, 가로등 불빛이 금속판에 부딪혀 광고판처럼 눈부시게 반짝였다. 진저플러프를 광고하는 걸까? 텍사드롤? 풀프루프 타이어? 그는 그녀의 속내를 알아보려고 얼굴을 들여다보았지만, 보이는 것이라고는 결혼 생활과 출산의 흔적, 약간의 기쁨과 절망뿐이었다. 다른 두 여자도 비슷한 모자를 쓰고 있었다. 그는 그들이 안으로 들어간 뒤에야 따라 들어갔다. 알고 보니 크리스마스이브 예배를 드리려고 온 사람은 그들 네 명뿐이었다.

그는 신도석 앞쪽으로 가서 큰 소리를 내며 삐걱거리는 무릎뼈를 구부려 무릎을 꿇고 태곳적의 눅눅함이 깃든 감독파 교회의 냄새에 푹 빠져 기도를 드렸다. 애플게이트 목사가 검은 성직자 옷을 입지 않은 채 들어와 양초에 불을 붙였다. 그러고는 잠시 후 성체를 들고 다시 제단에 나타났다. "전능하신 하느님," 그가 읊조렸다. "주님을 향해 모든 사람이 마음을 열고, 주님께서는 저희의 욕망을 모두 알고 계시며 주님 앞에서는 어떤 비밀도 숨길 수 없습니다. 주님의 거룩한 영혼으로 저희의 마음을 깨끗이 씻어 주시고……."

예배를 드리는 소리가 허공에 울려 퍼지며 엘리자베스 여왕 시대의 행렬처럼 위풍당당하게 이 우울한 교회 안을 채웠다. 탄원인지 신앙 고백인지 모를 말 뒤에 장황한 설교가 찬란하게 멀리 퍼져 나갔고, 사람들이 설교에 응답하며 중얼거리는 소리는 진홍색과 황금색 자수로 장식되어 있는 것 같았다. 이렇게 계속 예배가 이어지겠지. 코벌리는 속으로 생각했다. 하느님의 어린 양, 영광의 찬가, 감사 기도를 지나 마지막 아멘 소리가 이 화려한 말의 향연에 종지부를 찍을 때까지. 그런데 그때 뭔가 이상하다는 느낌이 들었다. 애플게이트 목사의 설교는 연극적이었지만, 그보다 더 눈에 띄는 것은 온화한 척하는 태도, 거룩한 말씀을 지루해 하며 오만하게 바라보는 태도였다. 크랜머가 그것 때문에 불끈 화를 낸 적이 있었다. 그가 기도를 하려고 제단을 향해 몸을 돌리다가 휘청하면서 쓰러지지 않으려고 장식 끈을 붙드는 모습이 눈에 띄었다. 어디가 아픈 건가? 기운이 없나? 반짝거리는 모자를 쓴 여자가 코벌리를 돌아보며 숨죽여 말했다. "목사님이 또 취하셨어요." 술에 취한 거였다. 그는 오만불손하게 경멸하듯 예배를 진행했다. 마치 자기가 술에 취한 것이 현명하다는 증거라고 주장하는 것 같았다. 그는 비틀거리며 제단을 돌아가더니 신앙 고백과 아침 기도를 뒤죽박죽 뒤섞어 버리고는 이런 말만 되풀이했다. "그리스도는 자비로운 분입니다. 기도합시다." 마침내 그도 당황한 것 같았다. 예배가 엉망진창이 되어서 신도들이 제멋대로 나서게 된 마당에 성찬식을 격식대로 진행하는 것은 아무 의미가 없는 일이다. 이제는 목사가 허둥대며 예배를 끝까지 마치는 모습을 지켜보는 수밖에 없었다. 갑자기 그가 양팔을 활짝 펼치더니 털썩 무릎을 꿇고 이렇게 외쳤다. "고속도로와 유료 도로에서 목숨을 잃거나 심한 부상을 당한 모든 사람을 위해 기도합시다. 비행기 착륙 사고, 공중 충돌, 추락 사고로 불에 타죽은 모든 사람을 위해 기도합시다. 회전식 잔디깎이 기계, 전기톱, 전동 전지가위, 그 밖의 기타 전동 공구 때문에 부상을 입은 모든 사람을 위해 기도합시다. 주님께서 만들어 주신 하루를 술로 지새우는 모든 알코올 중독자들을 위해 기도합시다." 이 대목에서 그는 큰 소리로 흐느꼈다. "음란하고 부도덕한 사람들을 위해 기도합시다……." 이 기도가 끝나기 전에 번쩍이는 모자를 쓴 여자를 필두로 신도들이 모두 나가 버렸기 때문에 애플게이트 목사의 기도에 아멘이라고 답해 줄 사람은 코벌리밖에 없었다. 목사는 예배를 마친 뒤 옷을 벗고, 양초를 끄고, 옷 속에 숨겨 둔 술병을 서둘러 꺼냈다. 코벌리는 보트 거리로 걸어서 돌아왔다. 전화벨이 울리고 있었다.

"코벌리, 코벌리, 구름다리 호텔의 행크 무어예요. 내가 간섭할 일이 아니라는 건 알지만, 당신 형님이 어디에 있는지 궁금해 할 것 같아서요. 형님은 여기 있어요. 과부 윌스턴과 같이. 남의 일에 간섭할 생각은 없지만, 당신이 형님의 행방을 알고 싶어 할 것 같아서요."

크리스마스이브였지만 구름다리 호텔 2층의 분위기는 말도 안 되게 이교도적이었다. 여기는 신성한 숲도 아니고, 물소리라고는 고장난 수도꼭지에서 물이 새는 소리뿐이었지만, 사티로스 모지스는 자욱한 연기 속에서 바커스 신의 여사제에게 추파를 던졌다. 윌스턴 부인의 곱슬머리는 흐트러지고, 얼굴은 빨갛게 달아올랐으며, 미소는 황홀하고 음탕한 망각의 미소였다. 그녀는 오른손에 사랑스러운 버번이 담긴 사랑스러운 잔을 들고 있었다. 그녀의 턱(살이 늘어졌음을 보여 주는 최초의 증거. 그녀의 가슴이 똑같은 모습을 대규모로 재현하고 있었다.)은 살집이 아주 많았다. "잘 들어, 모지스 왑샷." 그녀가 말했다. "잘 들어. 너희 왑샷 집안 사람들은 항상 자기들이 남보다 나은 줄 알지만, 내가 보기에는 말이야, 내가 보기에는 말이야, 내가 무슨 말을 하려고 했는지 기억이 안 나네." 그녀는 웃음을 터뜨렸다. 그녀는 조리 있는 사고 능력을 잃어버렸다. 그와 함께 삶의 아픔과 고통도 모두 사라져 버렸다. 그녀는 깨어 있었지만 여전히 꿈을 꾸었다. 사티로스처럼 벌거벗은 모지스는 입맛을 다시며 의자에서 일어섰다. 그의 걸음걸이는 무겁고 호전적이었으며, 귀신에 홀린 사람 같기도 했다. 한편으로는 싸움을 좋아하는 사람 같으면서도, 다른 한편으로는 가볍고 덧없었다.

부도 수표로 진을 사서 주류 판매점을 나서는 사람처럼 왠지 은밀해 보이는 모습. 그는 그녀에게 다가가 여기저기에 쪽쪽 입을 맞추고는 그녀를 품에 안았다. 그녀는 한숨을 내쉬며 그의 품 안에 축 늘어졌다. 그는 이 기분 좋은 짐을 안고 침대로 향했다. 그가 오른쪽으로 휘청하다가 균형을 잡는가 싶더니 다시 오른쪽으로 휘청했다. 그러고는 계속 쓰러졌다. 계속 쓰러졌다. 쓰러졌다. 쿵. 구름다리 호텔 전체에 이 소리가 울려 퍼지고 무시무시한 정적이 찾아왔다. 그는 그녀와 비스듬하게 엇갈려 쓰러져 있었다. 뺨이 양탄자에 닿아 있었는데, 양탄자에서는 가을의 숲 속처럼 기분 좋은 먼지 냄새가 났다. 아, 내 개, 내 총, 인생의 소박한 즐거움은 다 어디로 가 버린 걸까! 그녀가 아무렇게나 널브러진 채로 먼저 입을 열었다. 화를 내거나 짜증을 내는 기색은 없었다. 그녀가 미소를 지었다. "술 한잔 더 하자." 그녀가 말했다. 그때 코벌리가 문을 열었다. "집으로 가자, 형." 그가 말했다. "집으로 가자, 형. 오늘은 크리스마스이브잖아."

크리스마스 날 아침, 코벌리는 잠에서 깨어 벳시에게 사랑을 구했다. 날씨는 눈부셨다. 유리창에 파편 모양으로 붙어 있는 서리가 빛을 정화해서 증폭시켰다. 매기가 일찍 와서 벽난로 통풍구를 열었다. 이윽고 통풍 장치에서 뜨거운 공기와 석탄 가스가 쏟아져 나오기 시작했다. 빈시는 양말 속의 선물을 몽땅 쏟아 놓고, 코벌리가 준 선물 포장을 뜯었다. 그러고는 다들 따뜻한 부엌의 나무 식탁에서 아침을 먹었다. 식탁은 손 전용 비누처럼 반지르르하고 작은 구멍이 많았다. 부엌은 어두운 곳이 아니었지만 새로 쌓인 눈에 반사된 빛 때문에 동굴 같은 느낌이 났다.

　모지스는 몸을 부숴 버릴 듯 치밀어 오르는 불안감 속에서 깨어났다. 이렇게 우울했던 적은 없었다. 눈부신 빛, 그리스도의 탄생, 이 모든 것이 그에게는 자기 동생 같은 바보를 속이려고 만들어진 야바위 같았다. 자기는 만물이 공허하다는 것을 곧장 꿰뚫어 보고 있는데 말이다. 그 자신의 잘못으로 신경이 망가지고 기억도 잃어버렸지만, 재앙이 다가오고 있다는 느낌만큼 괴롭지는 않았다. 자비를 모르는 이 숙명적인 재앙이 정체를 드러내지도 않은 채 그를 망가뜨릴 것 같았다. 그의 손은 이미 떨리고 있었다. 15분만 더 지나면 식은땀이 흐르기 시작할 것이다. 이것은 죽음의 고통이었다. 삶을 향한 길이 영원하다는 사실을 그가 알고 있다는 것이 다를 뿐. 젤리를 넣어 두는 벽장에 오노라가 남겨 둔 버번 병 속에 그 길이 있었다. 그는 면도를 하고 옷을 입으면서 버번을 생각했다. 그러고는 부엌으로 내려가 식탁에 앉은 식구들을 보자 가족이 아니라 잔인한 장애물들 같았다. 사워 매시* 병 속의 고산 풍경을 가로막고 서 있는 장애물. 매기가 그에게 준 커피와 오렌지 주스는 아무 자극이 없어서 구역질이 날 것 같았다. 어떻게 하면 저들을 방에서 몰아낼 수 있을까? 그가 미리 선물을 좀 사서 트리 밑에 놓아두었다면 1분 정도는 혼자 있을 수 있을 텐데. "젤리." 그가 소리쳤다. "토스트에 젤리를 발라 먹어야겠어." 그는 벽장 안으로 들어가 문을 닫았다.

---

* 위스키 등을 증류하는 데 사용하는 원액.

코벌리는 아침 식사를 마치고 식당을 살펴보다가 매기가 손님 열두 명분의 식탁을 차려 놓은 것을 보았다. 누가 손님으로 올 건지 궁금했다. 오노라는 크리스마스 때마다 항상 많은 사람을 초대했다. 추수 감사절이 지나고 나면 그녀는 기차, 버스, 대합실 같은 공공장소에서 주위를 둘러보며 도무지 지워지지 않는 고독의 표식이 얼굴에 드러나 있는 사람들을 찾아 자기 집에서 열릴 크리스마스 만찬에 초대하곤 했다. 직감과 경험 덕분에 그녀는 그런 사람들을 귀신같이 찾아낼 수 있었지만, 낯선 사람들은 그녀의 초대를 받아들이기보다 거절하는 경우가 더 많았다. 고독이라는 열정이 모든 사람의 삶을 관통하고 있음을 그녀가 알고 있었는데도. 그녀는 낯선 사람들이 자신에게 등을 돌리는 순간, 그들이 친구나 친척이 없다는 사실을 그녀에게, 아니, 심지어 자기 자신에게조차 인정하기보다는 차라리 황량한 방에서 명절을 보내는 편을 택할 것임을 알 수 있었다. 제멋대로 날뛰는 자존심이 그녀의 적이었다. 그것도 만만찮은 적. 하지만 식탁을 가득 채우고 싶다는 소망은 그녀가 불을 사랑하는 것이나 돈에 관심이 없는 것과 마찬가지로 타고난 특징 같았다. 한번은 그녀가 크리스마스 아침에 기차역 대합실로 가서 석탄 난로 옆에서 몸을 녹이고 있는 부랑자들을 끌고 온 적도 있었다.

코벌리는 아침 식사를 한 뒤 밖에서 눈을 치웠다. 포장된 길에 삽이 부딪혀 크게 울리는 소리에는 독특하고 바보스러운 매력이 있었다. 마치 이 무례한 음악, 이 단순한 임무가 리앤더의 영혼을 일깨워 리버 거리의 폐허가 된 낡은 집에서 수행하고 있는 역할보다 더 즐거운 역할을 맡긴 것 같았다. 물컵을 서로 문지르면 소리가 나는 것처럼, 눈에 반사된 눈부신 빛이 마을 경계선 주위에서 자꾸만 땡땡 울리고 있는 것 같았다. 하지만 아직 이른 시간인데도 눈부신 빛이 조금씩 변하는 것이 보였다. 지금은 1년 중 낮이 가장 짧은 시기였으니까.

브리테인 일가와 더머 일가가 11시에 왔다. 매기는 그들에게 셰리와 나무딸기로 만든 음료수를 주었다. 모지스의 눈빛이 워낙 냉혹하고 사악하게 변해 있었기 때문에 그들은 이내 자리를 떴다. 오후에 코벌리는 창가에 서 있다가 이리로 돌아오던 날 밤에 보았던 노란색 버스를 다시 보았다. 운전사도 똑같고, 승객들도 똑같고, 허친스 시각 장애인 요양원이라는 글귀도 똑같았다. 버스가 문 앞에 멈춰 서자 코벌리는 계단을 뛰어 내려갔다. 거실 문도 닫지 않은 채. "왑샷?" 운전사가 물었다. "그런데요." 코벌리가 말했다. "크리스마스 만찬을 함께 하실 분들이에요. 나더러 3시에 데려다 달라고 하셨어요." 운전사가 말했다. "안으로 들어오시죠." 코벌리가 말했다. "아니에요, 말씀은 고맙지만 괜찮아요. 속이 좀 안 좋아서 수프만 한 그릇 주시면 돼요. 식사는 마을에 가서 할 거예요. 칠면조니 뭐니 명절 요리를 먹으면 속이 메스꺼워져요. 손님들이나 데리고 올라가세요. 제가 도와드리죠." 운전사가 말했다.

코벌리는 문을 열고 잔디밭에서 본 적이 있는 흑인 여자에게 말했다. "메리 크리스마스. 저는 코벌리 왑샷이에요. 이렇게 와 주셔서 정말 기뻐요." "메리 크리스마스, 메리 크리스마스." 그녀가 말했다. 그녀가 들고 있는 휴대용 라디오에서 단원이 수백 명이나 되는 합창단이 「참 반가운 신도여」를 부르는 소리가 들렸다. "계단은 일곱 개예요. 그 다음에 하나를 더 올라가야 집 안으로 들어갈 수 있어요." 코벌리가 말했다. 여자가 그의 팔을 잡았다. 관습에 따른 행동이기도 했고, 그녀가 무력하기 때문이기도 했다. 그녀가 눈부신 하늘을 향해 얼굴을 들어 올렸다. "빛이 조금 보여요. 아주 조금. 날이 굉장히 화창한 모양이에요." "예, 그래요. 다섯, 여섯, 일곱." 코벌리가 말했다. 모지스가 허리를 숙여 인사하며 말했다. "Joyeux Noël,* 목도리를 이리 주세요." "아뇨, 괜찮아요. 아뇨, 괜찮아요. 차를 타고 오면서 한기가 들어서 몸이 좀 따뜻해질 때까지 계속 두르고 있을 거예요." 여자가 말했다. 모지스가 그녀를 응접실로 데리고 들어가는 동안 운전사가 고집 센 예언자를 데리고 올라왔다. 예언자는 이런 말을 하고 있었다. "저희에게 자비를. 저희에게 자비를, 자비로우신 아버지. 아버지의 평화를 저희에게 허락하소서." "쉿, 조용히 해요, 헨리 손더스. 당신 때문에 파티 분위기가 엉망이 되잖아요." 흑인 여자가 말했다. 그녀의 라디오에서 「고요한 밤, 거룩한 밤」이 흘러나왔다.

모두 여덟 명이었다. 남자들은 술이 달린 털모자를 쓰고 있었는데, 요양원 직원이 빨리 이 사람들에게서 벗어나 크리스마스 만찬에 가고 싶어서 마음이 급한 나머지 짜증을 내며 모자를 귀 위까지 푹 덮어씌운 것 같았다. 코벌리는 벳시와 함께 그들을 응접실에 모두 앉힌 뒤 그들을 둘러보며 오노라가 이 사람들을 선택한 이유를 찾아보려고 애썼다. 이 여덟 명의 눈먼 손님들은 인간적인 친절함의 본질을 누구보다 잘 알고 있을 거라는 생각이 들었다. 차가 붐비는 도로에서 눈에 보이지 않

---

* 메리 크리스마스.

는 낯선 사람들의 도움을 기다리고, 상대의 손길 하나로 상냥한 사람과 독선적인 사람을 구분하고, 남의 눈에 띄는 것을 너무나 꺼려 해서 도움이 필요한 사람을 도와주는 것조차 싫어하는 사람들의 무심함을 견디고, 무슨 일이 생길 때마다 사람들의 친절에 의지하며 살아온 그들은 너무나 강렬해서 한낮의 눈부신 빛조차 눌러 버리는 어둠으로 가득 찬 풍경을 함께 끌고 다니는 것 같았다. 그들은 시력을 잃었지만, 그것은 장애가 아니라 오히려 통찰력을 강화해 주는 역할을 하는 것 같았다. 마치 인류의 조상이 원래 장님이었던 것처럼, 그래서 앞을 못 보는 것이 아주 오래전 인류의 특징 중 하나였던 것처럼. 그들은 또한 밤의 미스터리를 응접실로 가지고 들어왔다. 그들은 고통을 겪는 사람들을 대변하는 듯했다. 황홀감만큼이나 강렬한 불행의 맛, 낙오자, 패배자, 실패자, 이미 놓쳐 버린 것(비행기, 기차, 배, 기회)을 꿈꾸다가 깨어나서 텅 빈 활주로, 텅 빈 대합실, 텅 빈 수로(배가 있을 때에는 사랑의 터널*처럼 풍요로웠다.)를 보게 되는 사람들, 죽음을 두려워하는 모든 사람들을 대변하는 것 같았다. 그들은 조용히, 참을성 있게, 수줍은 표정으로 앉아 있었다. 마침내 매기가 문간에 나타나 이렇게 말했다. "만찬이 준비되었어요. 빨리 와서 먹지 않으면 음식이 전부 차갑게 식어 버릴 거예요." 그들은 밝은 복도를 지나 식당으로 눈먼 사람들을 한 명씩 데리고 갔다.

이것으로 모든 이야기가 끝났다. 내가 살고 있는 이곳 세인

---

* 연인들을 위해 일부러 터널 안을 어둡게 만든 놀이 시설.

트보톨프스는 지금 가을이다. 계절이 얼마나 빨리 바뀌는지! 동틀 무렵에 나는 거위 소리를 들었다. 그 짜릿하고 변덕스러운 소리. 낡은 B&M 화물 열차의 기적 소리처럼 거친 소리. 나는 작은 배를 헛간에 집어넣고 테니스장용 테이프를 집어 든다. 여름의 기운을 잃어버린 햇빛이 쨍쨍하다. 하늘은 눈부신 빛을 전혀 잃어버리지 않았는데도 왠지 뒤로 물러난 것 같다. 공항은 심하게 붐비고 있고, 나의 유목민 동포들은 바지를 입고 머리에 롤을 만 채 또다시 이동하고 있다. 삶이 곧 이주라는 생각이 이 낙후된 시골에까지 퍼진 것 같다. 브리테인 부인은 바람을 불어넣을 수 있게 만든 파란색 비닐 수영장을 말리려고 빨랫줄에 걸어 놓았다. 트래버틴에서는 어떤 여자가 자신의 멋있는 침대에서 시체로 발견되었다. 오노라와 리앤더가 누워 있는 묘지에는 초록색 양탄자 같은 풀이 자라고 있다. 인간의 몸이 흙으로 변해 가는 떠들썩한 과정을 향해 미소를 짓는 것 같은 모양으로. 나는 가방을 챙기고 마지막으로 강에 수영을 하러 간다. 나는 이 강과 강변을 좋아한다. 어찌나 터무니없이 좋아하는지 마치 이곳 풍경과 결혼해서 집으로 데려와 함께 잠자리에 들기라도 할 것 같다. 은 식기 공장의 호각 소리는 4시에 울리고, 푸른 하늘의 재갈매기들은 정신 나간 암탉 같은 소리를 낸다.

한 해가 벌써 끝을 향해 달려가고 있는데도, 윌리엄스 일가는 여전히 차를 몰고 트래버틴으로 가서 그 어둡고 영양 많은 바다에서 헤엄을 친다. 저녁 식사를 한 뒤 윌리엄스 부인은 전화기를 들고 교환원에게 말한다. "안녕하세요, 앨시아. 와그너 씨의 아이스크림 가게에 전화 좀 연결해 줄래요?" 와그너 씨는 자기 집에서 파는 커피도 같이 마셔 보라고 권하고는 몇 분 뒤 자전거로 아이스크림을 배달해 준다. 가을 어스름 녘에 그의 자전거가 하도 시끄럽게 따르릉거려서 마치 종을 잔뜩 매달아 놓은 것 같다. 그들은 휘스트를 조금 하다가 잘 자라며 서로에게 입을 맞추고 잠자리에 들어 꿈을 꾼다. 땅을 뒤흔들고, 등이 휘도록 사람을 찍어 누르고, 묶고, 으스러뜨리는 사랑의 욕구 때문에 괴로운 윌리엄스 씨는 트래버틴의 퍼골라 식당에서 일하는 중국인 웨이트리스를 품에 안은 꿈을 꾼다. 잠을 이루지 못하는 윌리엄스 부인은 애교 있는 기도를 색색의 연기구름처럼 줄줄이 하늘로 올려 보낸다. 브리테인 부인은 새벽 3시에 낯선 마을에서 어떤 판잣집의 초인종을 누르는 꿈을 꾼다. 그녀는 맡긴 빨랫감을 찾으려고 이 집에 온 것 같은데, 문을 열어 준 낯선 사람은 느닷없이 이렇게 소리친다. "아, 프랜시스인 줄 알았는데. 프랜시스가 집에 돌아온 줄 알았는데!" 브리테인 씨는 돌들이 폐허처럼 무질서하게 놓여 있는 개울에서 송어 낚시를 하는 꿈을 꾼다. 개울의 돌들은 오랜 역사를 자랑하는 도시의 거리와 바실리카처럼 장엄한 과거를 연상시킨다. 더머 부인은 잠이라는 분명한 수로를 항해하는 꿈을 꾸고, 그녀와 나란히 누운 더머 씨는 마터호른을 오른다. 잭 브래틀은 개밀*이 없는 잔디밭, 잡초가 없는 집 앞 진입로로, 진디나 뿌리 먹는 벌레나 검은 반점이 없는 정원, 천막털벌레 유충이 없는 과수원을 꿈꾼다. 옆방에 있는 그의 어머니는 속도 제한, 교통 신호등, 정지 신호를 유례없이 꼼꼼하게 지킨 공로로

---

* 볏과의 여러해살이풀.

매사추세츠 주지사와 교통 위원장이 자신의 머리에 왕관을 씌워 주는 꿈을 꾼다. 그녀는 긴 하얀색 가운을 입었고, 수천 명의 사람들이 그녀의 미덕에 박수갈채를 보낸다. 왕관이 놀라울 정도로 무겁다.

자정이 지나고 얼마쯤 되었을 때 천둥이 치면서 폭우가 쏟아진다. 내가 마지막으로 본 마을은 폭발하듯 터지는 번개의 불빛을 받고 있다. 이 꾸밈없는 마을에 세월이 얼마나 모질게 굴지 나는 알고 있다. 번개가 그리스도 교회의 뾰족탑 주위에서 장난을 친다. 그리스도 교회는 선과 악을 둘러싼, 모든 것을 삼켜 버리는 우리의 투쟁을 상징하는 존재다. 나는 리앤더가 물에 빠져 죽은 뒤 그의 지갑에서 발견된 다음의 구절을 되뇐다. "인간의 영혼이 영원불멸하며, 모든 종류의 선과 모든 종류의 악을 견뎌 낼 수 있다고 생각하자." 동굴에서 울리는 것 같은 소리, 시골에서 밤의 정적 속에 자리 잡은 일종의 심연이 하늘의 끝에서 끝까지 입을 벌리고, 내 머리 위의 나무 지붕은 빗소리를 더욱 증폭시킨다. 나는 다시 돌아오지 않을 것이다. 설사 내가 돌아온다 해도 여기에는 아무것도 남아 있지 않을 것이다. 지금까지 일어난 일을 기록한 묘비 외에는 아무것도 남아 있지 않을 것이다. 그러니까 사실상 아무것도 없을 것이다.

작품 해설

교외(郊外)의 음유 시인

김욱동(한국외국어대학교 교수)

　미국 뉴잉글랜드 지방에서 태어난 작가 존 치버(1912~1982)
는 미국 남부 오지에서 태어난 작가 윌리엄 포크너와 비슷한
데가 많다. 고등학교도 제대로 졸업하지 못하고 홀로 책을 읽
거나 삶의 경험을 통하여 작가 수업을 쌓았다는 점에서도 그
러하고, 장편소설보다는 단편소설에 깊은 관심을 기울였다는
점에서도 그러하다. 포크너에게 문명의 손길이 닿지 않은 미개
척 숲이 '그의 하버드 대학이요 예일 대학'이었다면, 치버에게
하버드 대학과 예일 대학은 바로 귀스타브 플로베르의 『마담
보바리』였다. 또한 두 작가는 상상력으로 찬란한 우주 '세인트
보톨프스'와 '요크너퍼토퍼 군, 제퍼슨 읍' 같은 신화적 왕국을
창안해 내었다는 점에서도 비슷하다. 그런가 하면 경제적으로
어려움을 겪은 치버와 포크너는 비록 짧은 기간이기는 하지만
한때 소설 집필을 접어 두고 할리우드에서 영화 대본을 쓰는
일에 종사하기도 하였다. 결혼 생활이 불행했던 이 두 작가는

405

바로 이때 젊은 여성을 만나 사랑에 빠지기도 한다.

그러나 이러한 공통점보다 더욱 중요한 것은 치버와 포크너가 미국 문학에 새로운 활력을 불어넣었다는 점이다. 20세기 초엽 포크너는 마치 '사하라 사막'처럼 황무지와 다름없던 미국 남부 문학을 수준 높게 끌어올렸다. 흔히 '남부 문예 부흥'으로 일컫는 현상은 바로 포크너를 비롯한 작가들이 눈부시게 활약한 시기를 말한다. 한편 뉴잉글랜드에서는 19세기 중엽에 '뉴잉글랜드 문예 부흥' 또는 '미국의 문예 부흥'이라고 하여 찬란한 황금기를 맞이하였지만, 20세기에 접어들면서 그 주도권을 점점 남부나 중서부에 넘겨주고 말았다. 이렇게 쇠퇴한 뉴잉글랜드 문학에 새로운 활기를 불어넣어 준 작가가 바로 치버이다.

존 치버는 1912년 5월 매사추세츠 주 보스턴에서 남쪽으로 몇 킬로미터 떨어진 퀸시에서 태어났다. 그는 평생 동안 자신이 이 세상에 태어나서는 안 되는 '불청객'과 같다는 생각을 뇌리에서 떨구어 내지 못하였다. 그의 아버지 프레더릭 치버는 마흔두 살 때 첫아들 프레드를 낳았고, 그 아들 하나로 만족했다. 몇 해 뒤 아내가 둘째 아이를 임신한 사실을 알자 그는 좋아하기는커녕 무척 실망하였다. 그리하여 낙태 수술을 하려고 의사를 집에 부르기까지 하였다. 그도 그럴 것이 존 치버가 태어날 때 그의 아버지는 무려 마흔아홉 살이었다. 뒷날 이 사실을 전해 들은 존 치버는 무척 분개하면서 자신이 부모가 원하지 않은 자식일뿐더러 부모로부터 버림받은 자식이라고 생각하였다. 치버가 여러 작품에서 이 사건을 언급하거나 중요한 모티프로 사용하는 것을 보면 자신의 출생을 둘러싼 이 에

피소드는 그에게 심리적 외상으로 깊은 상처를 남긴 것이 틀림없다.

어린 시절과 청소년기에 존 치버가 겪은 시련과 고통은 비단 이것으로 그치지 않는다. 그는 부모의 불행한 결혼 생활을 비롯하여 가족의 붕괴를 몸소 경험하며 자랐다. 존 치버는 자신의 아버지가 구두 공장을 경영했다고 말한 적이 있지만 실제로 그의 아버지는 오랫동안 구두 외판원 노릇을 하다가 조그마한 구두 공장을 경영한 듯하다. 그러나 뉴잉글랜드에서 한때 번영하던 구두 사업은 방직업처럼 1920년대에 들어오면서 점차 쇠퇴의 길을 걷게 되었다. 더구나 1929년 10월 월스트리트 주식 시장의 붕괴가 불을 댕긴 경제 대공황을 맞아 존 치버의 아버지도 사업이 도산하고 그동안 투자한 돈을 모두 잃고 말았다. 설상가상으로 은행에 저당 잡힌 집마저 압류되는 신세가 되었다. 하루아침에 실직자가 된 데다가 집까지 잃은 그는 술로 울분과 절망을 달래기 시작하였다. 치버는 자신의 전기를 쓴 스콧 도널드슨에게 "내 일생에서 가장 크고 쓰라린 신비는 바로 내 아버지다."라고 밝힌 적이 있다.

가장으로서 무거운 짐을 진 존 치버의 어머니 메리 치버는 시내에 조그마한 기념품 가게를 차려 가족의 생계를 어렵게 꾸려 나간다. 나이 어린 존 치버에게 어머니의 이 일은 '말할 수 없는 치욕'이었다. 또한 존의 아버지는 자신을 무시하는 도도한 아내의 태도에 자존심이 상할 대로 상해 자살을 시도하기도 하고 마침내 아내와 별거한 뒤 가족을 남겨 두고 어디론가 자취를 감추고 만다. 감수성 예민한 사춘기 소년 존 치버에게 가족의 와해와 미국 자본주의 경제의 붕괴는 그야말로 엄청난 충격이었다. 뒷날 존 치버는 "내 가족들을 떠올릴 때면 나는 언제나 그들의 등을 기억할 뿐이다. 그들은 언제나 화가 나서 집을 떠나고 있었다."라고 고백한 적이 있다.

이러한 분위기에서 자라난 존 치버의 학교생활이 순탄할 리 없었다. 1926년 대학 예비 학교인 세이어 아카데미에 입학하지만 성적에는 그다지 관심을 기울이지 않던 그는 2년 뒤 공립 학교인 퀸시 고등학교로 전학을 간다. 그리고 이듬해《보스턴 헤럴드》의 단편소설 공모에 응모하여 당당히 입선한다. 이 일을 계기로 그는 '특별 학생' 자격으로 세이어 아카데미에 조건부로 복학을 허락받는다. 그러나 여전히 성적이 좋지 않은 데다가 담배를 피우는 것이 발각되어 마침내 이 학교에서 퇴학당하고 만다. 이때 그는 열일곱 살로, 이 경험을 토대로 쓴 작품이 바로 단편소설 「퇴학」이다. 치버는 이 작품의 원고를 당시 미국 문단에서 비평가들의 대부로 활약하던 맬컴 카울리에게 보냈고, 카울리는 이 작품을 읽고 곧바로 미국 유수의 잡지《뉴리퍼블릭》에 실어 주었다. 평범한 사람들의 일상적 삶을 예리한 관찰로 솔직하게 묘사한 이 처녀 작품에는 치버가 앞으로 그의 문학에서 사용하게 될 소재, 작중 인물, 배경, 주제, 스타일 등이 모두 들어 있다. 말하자면 이 작품은 치버 문학의 씨앗으로, 바로 이 씨앗이 싹을 틔워 줄기가 자라고 가지가 뻗고 잎사귀가 돋았다고 할 수 있다.

치버는 1934년《뉴요커》에 「브루클린 하숙집」이라는 단편소설을 발표하면서 이 잡지와 처음 관계를 맺기 시작한다. 그 후 40여 년 동안 치버는 이 잡지와 떼려야 뗄 수 없는 깊은 관계를 맺는다. 《뉴요커》 하면 치버를, 치버 하면 《뉴요커》를 떠올릴 정도였다. 치버가 평생 발표한 단편소설 157편 가운데 무려 77퍼센트에 해당하는 121편을 이 잡지에 발표하였다. 존 오해러를 빼면 아마 치버만큼 이 잡지에 작품을 많이 발표한 작가를 찾아보기 어려울 것이다.

그러나 《뉴요커》와의 관계는 치버에게 축복인 동시에 다른 한편으로는 저주와 다름없었다. 오랜 세월 동안 고급 종합지로 이름을 날린 이 잡지는 트루먼 카포티를 비롯하여 존 업다이크, J. D. 샐린저, 앨리스 먼로, 블라디미르 나보코프, 수전 손택, 심지어 일본 작가 무라카미 하루키 등 쟁쟁한 작가들의 활동 무대였다. 치버로서는 이러한 작가들의 대열에 합류한다는 것이 여간 다행스러운 일이 아니었다. 이 잡지에 실린 작품들은 '삶의 단면'을 다루되 잡지의 제목에 걸맞게 흔히 도회풍의 재치와 세련미를 지닌다는 인상을 풍겼다.

한편 문학 비평가 존 올드리지는 치버를 "중요한 현대 미국 작가 가운데 가장 주목받지 못하고 있는 작가 중 한 사람."이라고 평가한다. 그러면서 올드리지는 부당하게 그가 이렇게 제대로 평가받지 못하는 까닭 중의 하나로 《뉴요커》와의 '부적절한' 관계를 꼽는다. 치버는 이 잡지에 작품을 발표한 다른 작가들과는 적잖이 다른데도 도매금으로 그들과 똑같이 취급받는다는 것이다. 이 점을 의식하였는지 치버는 "나는 한 번도 《뉴요커》를 위하여 작품을 쓴 적이 없다. 그 잡지의 편집자들이 내 작품을 구입하였을 뿐이다."라고 말한 적이 있다. 엄밀히 따지고 보면 치버의 작품은 이 잡지에 실린 다른 작품들에서 흔히 엿볼 수 있는 '안전하다'느니 '위생 처리하였다'느니 '예측 가능하다'느니 하는 특징과는 조금 거리가 있다. 작품 활동을 처음 시작할 무렵에는 몰라도, 자신의 독특한 작품 세계를 구축한 뒤 치버는 점점 이 잡지에 실린 다른 작품들과는 다른 방향으로 나아간다. 다시 말해서 이 잡지에 실린 전형적인 작품들과 비교해 볼 때 길이가 점점 길어지는가 하면 플롯도 좀 더 복잡한 양상을 띠게 된다.

치버는 《뉴요커》와의 밀접한 관계에서도 엿볼 수 있듯이 처음부터 장편소설보다는 단편소설에 더 깊은 관심을 기울였다. 앞에서 밝혔듯이 그가 생전에 발표한 단편소설은 무려 157편이나 된다. 이 정도의 작품 수라면 160여 편의 단편 소설을 쓴 F. 스콧 피츠제럴드와 거의 맞먹는다. 장편소설은 한 편도 쓰지 않고 오로지 단편소설만 집필한 오 헨리가 250여 편의 작품을 썼을 뿐이다. 치버는 이렇게 많은 단편소설을 발표하여 미국 문단에서 단편소설의 전통을 굳건히 다지는 데 크게 이바지하였다는 평가를 받는다.

치버는 처녀 작품 「퇴학」을 발표한 지 13년이 지난 뒤에야 비로소 첫 번째 단편집 『어떤 사람들이 살아가는 방법』(1943)을 출간한다. 그러나 그는 웬일인지 이 단편집을 '창피할 만큼 미숙한' 책이라고 생각하였다. 그리하여 그는 일생 동안 이 책을 입수하는 대로 없애 버렸다. 그러나 치버는 바로 이 책 덕분에 목숨을 건졌다고 할 수도 있다. 2차 세계대전이 막바지에 접어들던 1942년 그는 미 육군에 입대하여 훈련을 마치고 유럽 전선으로 배치받게 되어 있었다. 그런데 그의 상관 한 사람이 우연히 『어떤 사람들이 살아가는 방법』을 읽고 치버의 문학적 재능을 알아차린 뒤 그를 전선이 아니라 뉴욕 시 퀸스에 있는 육군 통신 부대로 배치하였다. 치버가 스튜디오에서 전시

선전 영화를 만드는 일에 관여하는 동안, 유럽 전선에 배치된 그의 보병 부대원들은 노르망디 해안 전투에서 대부분 사망하거나 심한 부상을 입었다.

이 첫 단편집은 특히 앞으로 치버가 사용하게 될 소재와 주제 그리고 스타일 등을 잘 보여 준다는 점에서 주목할 만하다. 이후 그의 작품들은 이 단편집의 제목 그대로 미국 중류층에 속한 평범한 사람들이 삶을 영위해 가는 동안 맞닥뜨리는 일상적 사건들이 뼈대를 이룬다. 치버는 남달리 예리한 관찰력으로, 때로는 비판적 시선으로 주로 교외에 사는 미국 중류층의 일상을 설득력 있게 다룬다. 때로는 조금 지나치다 싶을 만큼 사물을 현미경으로 들여다보듯 세부적으로 묘사하고, 대리석을 정교하게 조탁하여 조각품을 만들듯 어휘 하나하나에 신경을 쓴다. 그러면서도 평범한 것에서 비범함을 찾아내는 그의 솜씨는 대단하다.

치버가 단편소설을 비롯한 여러 작품에서 주로 공간적 배경으로 삼는 지역은 맨해튼 북부 이스트사이드 지역과 역시 맨해튼 북부 뉴욕 시 메트로폴리탄의 일부를 이루는 웨체스터 지역이다. 치버의 작품에서 사건들은 대부분 비평가들이 흔히 '치버 지방'이라고 부르는 이 지역을 배경으로 펼쳐진다. 이렇게 교외를 중심 배경으로 다루되, 언뜻 사소하고 중요하지 않은 것처럼 보이는 중산층의 일상 속에 숨어 있는 진실을 깨우쳐 줌으로써 에드먼드 윌슨이 말하는 '인식의 충격'을 느끼게 한다. 비평가 존 레너드가 치버를 '교외(郊外)의 체호프'라고 부른 것은 바로 그 때문이다. 실제로 치버의 작품을 읽다 보면 러시아 작가 안톤 체호프의 그림자가 자주 어른거린다. 사건다운 사건이 좀처럼 일어나지 않는다는 점에서도 그러하고, 플롯보다는 작중 인물의 미묘한 성격에 크게 기댄다는 점에서도 그러하다. 그런가 하면 두 작가는 직접적인 방법보다는 간접적인 방법을 사용한다는 점에서도, 언어보다는 침묵에 무게를 싣는다는 점에서도, 겉으로 드러나는 의미보다는 표층 뒤에 숨은 심층적 의미를 중시한다는 점에서도 서로 비슷하다. 그러고 보니 치버의 작품이 왜 러시아에서 그렇게 인기를 끌었는지 알 만하다.

치버는 『어떤 사람들이 살아가는 방법』 말고도 『거대한 라디오』(1953), 『셰이디힐의 가택 침입자』(1958), 『여단장과 골프 과부』(1964), 『사과의 세계』(1973) 등 단편집을 무려 일곱 권이나 출간하였다. 이로써 치버는 미국 문학뿐만 아니라 세계 문학에서도 단편소설의 대가로서 자리를 굳혔다. 앞에서 언급한 레너드를 비롯한 많은 비평가가 치버 생전 그를 살아 있는 단편 작가 중에서 가장 뛰어난 작가로 높이 평가한 것도 무리가 아니다. 미국 문학에서 오 헨리가 오노레 드 발자크와 기 드 모파상의 전통을 이어받아 플롯 중심의 객관적 단편소설의 기반을 세웠다면, 치버는 이반 투르게네프와 체호프의 전통을 이어받아 성격 형성 중심의 주관적 단편소설을 정립하였던 것이다.

미국 문학으로 좁혀 보면 이렇게 언뜻 사소해 보이는 일상적 경험을 소재로 즐겨 다룬다는 점에서 치버는 거의 같은 시대에 활약한 레이먼드 카버와 아주 비슷하다. 차이가 있다면 카버는 좀 더 미니멀리즘에 가깝다. 반면 치버한테서는 조금 요설이다 싶을 만큼 맥시멀리즘적인 요소가 많다. 그런가 하면 치버는 유대계 작가 솔 벨로와도 비슷한 점이 적지 않다. 그가 벨로의 『험볼트의 선물』을 좋아했던 그 까닭을 알 만하다.

치버는 1950년대에 들어서면서 작가로서 새로운 방향 전환을 모색하기 시작하였다. 그동안 그의 꼬리표가 되다시피 한 '단편 작가'라는 꼬리표를 떼고 '장편소설가'로 인정받고 싶었다. 치버는 1950년대가 장밋빛으로 시작되었지만 그 중간쯤 이르러서 사정이 달라지기 시작했다고 생각하였다. 이 무렵 치버는 자신의 문학에 대하여 동료 작가 허버트 골드에게 "뭔가 잘못되어도 크게 잘못되었다. …… 오늘날 강력한 삶의 부조리성 때문에 나는 전혀 무방비 상태에 놓여 있다."고 털어놓았다. 이렇게 갑자기 부조리해진 세계의 의미를 이해하기 위해 치버는 단편소설에서 장편소설로 눈을 돌렸다. 또한 1958년 그는 "나는 여전히 단편소설 형식에 관심을 두고 있다. 어떤 상황은 단편소설로밖에는 쓸 수가 없다. 그러나 일반적으로 단편소설은 좀 더 격렬한 작가들, 지각 대상이 좀 더 파편적인 젊은 작가들한테 더 잘 어울리는 형식이다."라고 밝히기도 하였다. 40대 중반을 넘기면서 치버는 말하자면 문학적 위기의식을 느끼고 문학 장르에서 어떤 변신을 꾀할 필요성을 느꼈던 것이다.

치버가 장편소설가로 변신한 뒤 출간한 첫 장편소설이 『왑샷 가문 연대기』(1957)이다. 이 작품으로 그는 1958년도 전미도서상을 받았다. 치버는 이 장편소설을 출간한 지 6년 뒤 두 번째 장편소설 『왑샷 가문 몰락기』(1964)를 출간한다. 두 번째 작품은 첫 작품의 속편이라고 할 수 있다. 이 밖에도 치버는 『불릿 파크』(1969), 『매잡이』(1977), 『오 이 얼마나 낙원 같은가』(1982) 등 모두 다섯 권의 장편소설을 출간하였다. 작가의 생애 중 전반기에 주로 단편소설에 관심을 기울였다면 후반기에는 주로 장편소설을 썼다고 할 수 있다.

치버가 『왑샷 가문 몰락기』를 집필하기 시작한 것은 『왑샷 가문 연대기』를 출간하고 나서 2년 뒤부터이다. 그는 1959년부터 1964년까지 5년에 걸쳐 이 작품을 집필하였다. 그런데 그가 이 작품을 쓰는 데 이렇게 많은 시간이 걸린 것은 전처럼 작품 활동에 전념할 만한 상태가 아니었기 때문이다. 역시 소설가인 치버의 딸 수전에 따르면 치버는 마치 직장인처럼 절도 있게 작품 활동을 하였다. 그는 아침 일찍 정장 차림을 하고 같은 아파트에 사는 회사원들과 함께 엘리베이터를 타고 1층으로 내려온다. 다른 사람들은 1층에서 내려 저마다 직장을 향하여 발길을 돌리지만 치버는 1층에서 내리지 않고 계속 엘리베이터를 타고 지하로 내려간다. 지하에는 창고 같은 조그마한 방이 하나 있고, 이 방에는 타자기를 올려놓을 수 있는 작은 책상이 있다. 정장을 벗고 속옷만 입은 채 치버는 이곳에서 점심시간이 될 때까지 집필에 몰두한다. 정오쯤 밖에 나가 점심을 먹은 뒤에는 다시 이 방에 돌아와 작업을 계속한다. 그리하여 《뉴요커》의 편집자이자 치버의 오랜 친구인 윌리엄 맥스웰은 거트루드 스타인의 그 유명한 말을 인용하면서 "만약 '장미가 장미이고 장미라면 장미는 또한 장미를 만들어 내는 기계이다.' 치버는 스토리를 만들어 내는 기계이다."라고 밝힌다. 맥스웰의 말대로 전성기에 치버는 그야말로 계속하여 스토리를 써 내는 기계에 지나지 않았다.

그러나 평소 술을 좋아한 치버는 1950년대 말엽부터 알코올 중독 증세를 보이기 시작하였다. 술을 마시는 양도 점점 늘어났고, 술을 마시고 난 이튿날이면 전처럼 집필 작업을 강행할 수 없었다. 또한 이 무렵 치버는 알코올 중독 말고도 마약과 동성애 그리고 원만하지 못한 결혼 생활 등 여러 문제에 시달리느라 작가로서의 능력을 마음껏 발휘할 수 없었다. 능력을 발휘하기는커녕 그나마 집필 활동을 계속할 수 있었다는 것이 기적이었다. 그래서인지 두 번째 장편소설 『왑샷 가문 몰락기』는 치버의 작품 중에서 가장 음울하고 비관적이다. 그의 첫 장편소설 『왑샷 가문 연대기』에서 흔히 엿볼 수 있는 유머나 희극적 비전을 이 작품에서는 좀처럼 찾아볼 수 없다. 그는 이 작품을 집필하면서 한때 자살을 생각한 적이 있었다고 고백한 바 있다.

『왑샷 가문 몰락기』는 『왑샷 가문 연대기』와 비교하여 비평가들에게서 별다른 관심을 받지 못하였다. 첫 장편소설처럼 이 작품에서도 이렇다 할 플롯 없이 에피소드 식으로 산만하게 이야기가 진행한다. 특히 1장에서 6장에 이르는 도입부는 시냇물이 흐르다가 큰 나무 그루터기나 돌에 걸려 같은 자리에서 맴도는 것처럼 좀처럼 앞으로 나아가지 않는다. 그러나 판매량으로 말하자면 이 작품은 첫 장편소설보다 수십 배많이 팔려 나가 한동안 베스트셀러 목록에 올라 있었다. 더구나 치버는 이 작품으로 미국 국립 예술원이 수여하는 하우얼스 메달을 받기도 하였다. 이 두 번째 작품이 독자들의 관심을 모으자 시사 주간지 《타임》은 치버를 커버스토리로 다루면서 「오시닝의 오비디우스」라는 글을 실었다.

『왑샷 가문 몰락기』는 첫 번째 장편소설이 끝나는 곳에서 시작한다. 그 제목에서 엿볼 수 있듯이 이 작품에서도 왑샷 가문의 구성원들이 중심인물들이다. 그러나 두 번째 작품에서는 리앤더 왑샷과 새러 왑샷이 이미 사망한 상태이다. 오노라 왑샷은 여전히 살아 있지만 앞의 작품에서처럼 성격이 별나거나 고압적이지 않고 좀 더 동정이 가는 인물로 바뀐다. 리앤더, 새러 부부의 두 아들 모지스와 코벌리가 주역으로 전면에 등장하고, 앞 작품에서 스케치 풍으로 간략하게 묘사된 모지스의 아내 벳시와 코벌리의 아내 멜리사의 성격이 좀 더 구체적으로 부각된다. 그런가 하면 코벌리의 상관인 캐머런 같은 인물이 새롭게 등장하기도 한다.

치버는 이 작품에서 2차 세계대전 이후인 20세기 중엽을 시대적 배경으로 삼는다. 이 무렵은 미국과 소련의 냉전이 최고조에 달한 시기이다. 또한 하버드 대학교 경제학 교수 존 갤브레이스가 말하는 '풍요로운 사회'이기도 했다. 갤브레이스는 이제는 고전이 되다시피 한 『풍요로운 사회』(1958)에서 "미국 경제가 개인적 부(富)를 창출하고 있지만 학교와 고속도로 등 공공 수요에는 적절히 접근하지 못하고 있다."고 말하며 정부의 개입을 촉구하였다.

왑샵 가문의 후예들은 좀 더 넓은 세계에서 삶을 개척하기 위하여 뉴잉글랜드의 세인트보톨프스를 떠나간다. 그들은 한 곳에 머무는 것이 아니라 지상의 지옥이라고 할 탤리퍼, 웨체스터 근처에 있는 듯한 프록스마이어 장원, 그리고 대서양 건너 이탈리아 등 여러 지역을 옮겨 다닌다. 그런데 어느 한 곳에서 자라 온 식물을 다른 땅에 옮겨 심은 것처럼 그들은 새로운 세계에 뿌리를 내리는 데 적잖이 어려움을 겪는다. 그들이 어디에 머물든 정신적 공허감이 안개처럼 짙게 그들을 에

위쌀 뿐만 아니라 과학과 기술 문명이 무자비한 힘으로 그들을 압도한다. 그러므로 17세기 식민지 시대부터 선조들이 살아온 세인트보톨프스는 미덕과 가치를 지닌 곳, 낙원으로 부각되는 반면, 현대 사회는 온갖 부패와 타락이 판을 치는 실낙원으로 부각된다. 이 점과 관련하여 미국 소설가 글렌 웨스콧은 "이 작품은 미국을 지상 낙원으로 묘사한다. 그러나 그 낙원은 뱀이 한 마리 이상 살고 있으며 악으로 가득 찬 낙원이다."라고 말한 적이 있다. 그렇다면 왑샷 가문의 후예들은 구약 성서의 저 아담과 하와처럼 에덴동산에서 쫓겨난 셈이다.

치버는 언젠가 "삶이란 위험한 도덕적 여정이다."라고 밝힌 적이 있다. 존 번연의 『천로역정』이 기독교인이 영적으로 거듭나는 영혼의 순례를 다룬 작품이라면, 『왑샷 가문 몰락기』는 젊은이가 도덕적으로 성장해 가는 과정을 그린 작품이라고 할 수 있다. 도처에 뱀 같은 위험이 도사리고 있는 지상 낙원에서 치버의 주인공들은 도덕적으로 파멸하지 않고 살아가는 방법을 배우려고 한다. 치버의 작품에서 결혼 생활은 마치 살얼음판을 걷는 것처럼 위태롭다. 남편과 아내 사이에는 갈등과 긴장이 마치 활시위처럼 팽팽하다. 그런데도 미국의 현대 작가 중 치버만큼 일부일처제를 찬양하면서 가정의 신성함을 믿는 사람을 찾아보기 쉽지 않다. 리앤더 왑샷은 '아들들에게 주는 충고'라는 메모에서 "꼿꼿하게 서라. 세상에 감탄해라. 부드러운 여자의 사랑을 즐겨라. 주님을 믿어라."라고 말한다. 그 때문에 절박한 도덕적 통찰에서 치버 문학의 의미를 찾으려는 비평가들도 있다.

『왑샷 가문 몰락기』에서 치버가 다루는 또 다른 주제는 물질주의적 미국의 성공 신화에 대한 회의이다. 지금까지는 근면하고 성실하게 일하여 물질적 부를 축적하고, 결혼하여 행복한 가정을 이루어 교외에서 삶을 영위하는 것이 중산층의 꿈이었다. 비단 중산층에 그치는 것이 아니라 미국인이라면 으레 품게 마련인 꿈이라고 할 수 있다. 그러나 이 작품에서 치버는 그러한 삶의 방식에 적잖이 도전한다. 모지스는 두 번째로 결혼한 아내 벳시가 열아홉 살 난 청년과 벌이는 혼외정사의 치욕을 목격해야 하는가 하면, 코벌리는 비인간적인 미사일 기지에서 근무하던 중 반미(反美) 활동 위원회에 연루된다. 그런데도 두 인물은 절망하지 않고 꿋꿋이 살아간다. 적어도 이 점에서 그들은 어니스트 헤밍웨이가 말하는 '압력에서의 우아함'을 보여 준다고 할 수 있다.

치버의 작품에서 주인공이 이렇게 물질주의에 굴복하지 않고 자신의 도덕적 성실성을 유지할 수 있는 것은 가문의 전통과 사회의 계급 구조를 존중하기 때문이다. 그의 작품에는 '경건(piety)'이라는 낱말이 유난히 많이 나온다. 그런데 그가 사용하는 이 말은 일반적으로 사용하는 종교적 의미와는 조금 다르다. 다시 말해서 치버는 이 말의 뿌리인 라틴어 '피에타스(pietas)'에 가까운 의미, 즉 미국의 사전 편집자 노어 웹스터가 이 어휘의 두 번째 의미로 정의하는 '부모, 가족, 민족 등에 대한 충성스러운 헌신'의 뜻으로 사용한다. 치버가 가문의 뿌리에 강박 관념 같은 것을 느끼는 것은 바로 그 때문이다. 개척 시대부터 20세기 중엽에 이르기까지 뉴잉글랜드에 뿌리를 박고 살아온 것에 자부심과 긍지를 느낀 그는 언젠가 로스앤젤레스를 방문하고 크나큰 충격을 받는다. 그 도시는 하나같이

'뿌리 뽑힌 사람들'이 득실거리는 곳이었기 때문이다. 한 작중 인물에 대하여 치버는 "그 사람은 어떤 곳 출신도 아니지. 내 말은, 그 사람한테는 어떤 좋은 일도 기억할 만한 것이 없다는 거야. 그래서 그 사람은 다른 사람들의 기억을 빌려 오는 거지."라고 말한다.

그동안 치버가 이룩한 문학적 성과는 노벨 문학상을 빼놓고 미국 작가로서 받을 수 있는 상을 모두 휩쓸다시피 하였다는 점에서도 엿볼 수 있다. 1951년 구겐하임 연구비를 받은 것을 시작으로 『왑샷 가문 연대기』로 1958년 전미 도서상을 받았다. 1965년에는 『왑샷 가문 몰락기』로 미국 국립 예술원이 수여하는 하우얼스 메달을 받았고, 1979년에는 『존 치버 단편집』으로 미국 도서상과 퓰리처 상을 받았다. 1982년 사망하기 직전에는 미국 예술원이 문학가에게 수여하는 훈장을 받았다. 치버는 이러한 상보다도 더 훌륭한 '스토리의 대가'요 '뛰어난 스타일리스트'라는 명성을 얻었던 것이다.

작가 연보

1912년   미국 매사추세츠 주 퀸시에서 출생. 어머니가 그를
         임신했을 당시 아버지는 낙태 수술을 시키려고 의
         사를 집으로 불렀을 정도로 부모가 원치 않았던
         둘째 아이로 태어남.

1926년   대학 예비 학교인 세이어 아카데미에 입학. 성적에
         관심이 없었고 순탄하지 않은 학교생활로 방황함.

1929년   미국 경제 대공황의 여파로 아버지가 운영하던 신
         발 공장이 도산. 아버지의 자살 시도와 가출 등으
         로 부모님의 결혼 생활은 파경을 맞고 가정이 붕괴
         됨. 《보스턴 헤럴드》의 단편소설 공모에 입선.

1930년   담배를 피우다 적발되어 세이어 아카데미에서 퇴학
         당한 후 가출. 이때의 경험을 토대로 한 단편소설
         「퇴학」을 《뉴 리퍼블릭》에 발표. 형과 함께 유럽 여
         행을 함. 보스턴으로 돌아와 백화점에서 일하기도

하고 지방 신문 기자로 일하면서 창작 활동에 전념. 이 시기 e. e. 커밍스 등 보헤미안적 문인들과 교제하기 시작.

1934년 「브루클린 하숙집」을 《뉴요커》에 발표하면서 40년 동안 계속될 《뉴요커》와의 인연을 시작함. 이후 157편의 단편 중 121편을 《뉴요커》를 통해 발표.

1941년 매리 윈터니츠와 결혼.

1942년 육군에 입대. 유럽 전선으로 파견될 계획이었으나 문학적 재능을 인정받아 뉴욕 시 퀸스의 육군 통신 부대로 배치. 이때 반파시즘 선전 영화 각본을 쓰기도 함.

1943년 첫 단편집 『어떤 사람들이 살아가는 방법』 출간. 대부분 여러 잡지를 통해 발표했던 작품들을 모은 책으로, 뉴욕 부유층과 교외 주민들의 삶을 묘사하거나 자신의 신병 시절 경험을 이야기함. 스스로 이 책을 '창피할 만큼 미숙'하다고 생각하여 입수하는 대로 없애 버리기도 함.

1951년 「형이여, 안녕」으로 구겐하임 연구비를 받아 전업 작가 생활 시작.

1953년 《뉴요커》에 기고했던 단편들을 위주로 『거대한 라디오』 출간.

1956~1957년 버나드 대학과 아이오와 대학에서 글쓰기를 가르침.

1957년 첫 장편소설 『왑샷 가문 연대기』 출간. 작가로서의 위기의식을 느끼고 문학 장르에 변화를 꾀할 필요성을 절감하여 장편소설가로 활동 시작.

1958년 『왑샷 가문 연대기』로 전미 도서상 수상.『셰이디힐의 가택 침입자』출간.

1960년 D. H. 로렌스의『길 잃은 소녀』영화화 작업에 참여.

1964년 『여단장과 골프 과부』출간.『왑샷 가문 연대기』의 속편『왑샷 가문 몰락기』발표.『왑샷 가문 연대기』처럼 비평가들의 관심이 쏟아지지는 않았지만 판매량에서 전작보다 수십 배 많이 팔려 나가 베스트셀러가 됨. 문화 교류 프로그램의 일환으로 러시아에 6주 동안 머무름.

1965년 『왑샷 가문 몰락기』로 미국 국립 예술원으로부터 하우얼스 메달을 받음.

1969년 『불릿 파크』출간.

1973년 『사과의 세계』출간.

1974~1975년 보스턴 대학 문예창작학과 객원 교수 역임.

1977년 『매잡이』출간.

1978년 『존 치버 단편집』출간.

1979년 『존 치버 단편집』으로 풀리처 상, 전미 도서 비평가 협회 상, 미국 도서상 수상.

1982년 『오 이 얼마나 낙원 같은가』출간. 미국 예술원으로부터 문학 부문 국민 훈장을 받음. 그로부터 6주 후 뉴욕 주 오시닝에서 일흔 살을 일기로 사망.

세계문학전집 **193**

왑샷 가문 몰락기

1판 1쇄 펴냄 2008년 12월 5일
1판 18쇄 펴냄 2023년 3월 14일

지은이 존 치버
옮긴이 김승욱
발행인 박근섭, 박상준
펴낸곳 (주)민음사

출판등록 1966. 5. 19. (제 16-490호)
서울특별시 강남구 도산대로1길 62(신사동) 강남출판문화센터 5층 (우편번호 06027)
대표전화 02-515-2000 팩시밀리 02-515-2007
www.minumsa.com

한국어 판 ⓒ (주)민음사, 2008, 2018. Printed in Seoul, Korea

ISBN 978-89-374-6193-4 04800
ISBN 978-89-374-6000-5 (세트)

세계문학전집 목록

세계문학전집은 계속 간행됩니다.